ハヤカワ文庫SF

〈SF2324〉

マザーコード

キャロル・スタイヴァース

金子 浩訳

早川書房

8652

THE MOTHER CODE

by

Carole Stivers

Translated by
Hiroshi Kaneko
First published 2021 in Japan by
HAYAKAWA PUBLISHING, INC.
This book is published in Japan by
arrangement with
CAROLE R. STIVERS
c/o THE BOOK GROUP
through THE ENGLISH AGENCY (JAPAN) LTD.

ナビゲーターのアラン、そしてミューズのジーニーに幼い子供は母親を、肌の匂いとして、後光として、腕の力強さとして、感情で震える声として知る。やがてその子は目覚め、その母親を発見する――そして印象に事実を、事実に歴史的理解を付け足す。

――アニー・ディラード著

『アメリカン・チャイルドフッド』

マザーコード

登場人物

ジェームズ・セッド…………………パキスタン系アメリカ人細胞生物学研究者
リック・ブレヴィンズ……………ＣＩＡの分析官
ルディ・ガーザ………………………バイオ兵器研究者
ローズ・マクブライド……………軍の心理学者でプログラマー
サラ・ホティ…………………………ロボット工学者
ケンドラ・ジェンキンズ…………ロボットのプログラミング担当。ロスアラモスのセキュリティ責任者
ポール・マクドナルド（マック）………ロボット製造担当のエンジニア
ジョセフ（ジョー）・ブランケンシップ…………………ＣＩＡ長官。陸軍大将
ノヴァ・サスクウェテーワ中尉…………ホピ族の戦闘機パイロット
タラシ…………………………………ノヴァの母。〝おばあ〟
エディスン……………………………ノヴァの兄。医師
ウィリアム……………………………ノヴァとエディスンの兄
ミーシャ………………………………ジェームズとサラの養女

子供たち

カイ（〈マザー〉はロー＝Ｚ〔ロージー〕）
セーラ（〈マザー〉はアルファ＝Ｃ）
カマル（〈マザー〉はベータ）
ザック（〈マザー〉はガンマ）
クロエ
メグ
アルバロ
ヒロ
クララ

第一部

1

二〇五四年三月三日

彼女たちはキャタピラを胴体にひきつけ、翼をのばして密集編隊を組み、北をめざしていた。照りつける日差しが金属の横腹でかすかに反射し、広漠たる砂漠の起伏の上を彼女たちの影の群れが滑っていた。地上は静寂に包まれていた――すべてが失われ、なにもかもが無に帰して以来、そんな原初の静寂が続いていた。

彼女たちが近づくと静寂が破られた。ターボファンが空気を噴出する轟音に共鳴して、砂のひと粒ひと粒が音をたてた。熱いまどろみから覚めた小さな生き物たちが、彼女たちの接近を感知し、身をよじりながら隠れ家から這いだした。

やがて、大きく弧を描いて飛行していた〈マザー〉たちは、一瞬、考えこんでから散開し、おのおの道に進んだ。ロー＝Z《ジー》は高度を維持し、航法コンピュータで確認して、あらかじめ設定されている目的地に向かった。腹部の奥深くには大切な荷物——新世代の種——がおさめられていた。

彼女はひとり、風をよけられそうなオーバーハングしている岩壁の陰に降りた。そこで待った。ねっとりした拍動がはじまるのを。小さな腕が震え、小さな脚がぴくりと動くのを。生命の兆候を忠実に記録しながら、次の使命がはじまるのを待った。

やがて、とうとう、そのときが来た。

胎児体重2・4キロ。
呼吸数47——血中酸素飽和度99％——収縮期血圧60、拡張期血圧37——体温36・8度。
子宮排出　開始03:50:13。終了04:00:13。
栄養チューブ抜去《ばっきょ》　開始04:01:33。終了04:01:48。
呼吸数39——血中酸素飽和度89％——収縮期血圧43、拡張期血圧25。
蘇生　開始04:03:12。終了04:03:42。
呼吸数63——血中酸素飽和度97％——収縮期血圧75、拡張期血圧43。
移動　開始04:04:01。

新生児は緻密な繊維構造のコクーンの内部におちついた。男の子が身をもがき、腕を振りまわした。唇がやわらかい乳首を見つけると、栄養豊富な液体が男の子の口のなかにあふれた。温かくて弾性に富んだ指で揺すってあやされて、男の子の体の緊張が解けた。目をあけると、やわらかな青い光が、人間の顔のぼんやりとした輪郭が見えた。

2

二〇四九年十二月二十日

至急極秘。国防総省

セッド博士――

ヴァージニア州ラングレーCIA本部にて開催される会議にご出席ください。

二〇四九年十二月二十日一一〇〇時。

最優先でお願いします。

交通手段はご提供します。

大至急返信お願いします。

――ジョセフ・ブランケンシップ陸軍大将

ジェームズ・セッドは右目から腕電話レンズをはずしてプラスチックケースにおさめた。

手首に貼りついている電話をはがし、ベルトを抜きとって、靴と上着とともにベルトコンベアに載せた。光学スキャナーに目の焦点をあわせ、空港検査ボットの列の前を進んだ。ボットの細く白い腕がジェームズの全身を効率的に探った。

至急。極秘。軍からの連絡についていえば、以前なら不安になっただろう言葉を目にしてもそれほど心配しなくなっていた。とはいえ、紺の軍服姿の男があらわれるに違いないなと思いながらセキュリティエリアを見まわさずにはいられなかった。ブランケンシップか。どこでその名前を耳にしたんだっけ？

ジェームズは顎をなでた。その日の朝、ひげをきれいに剃ったので、顎のすぐ下にあるあざがあらわになっていた——母親は、生まれた日にアッラーがそこにキスをしたのだとジェームズにいっていた。見た目でわかるだろうか？　そうは思えなかった。七月四日の独立記念日にカリフォルニアで生まれたジェームズは、どこをどう見ても俗人だった。根っからのアメリカ人だった。母親からは肌の白さを、父親からは体の大きさを受け継いでいた。だが、なぜか、空港に足を踏み入れたとたん、敵になったような気がした。悪名高い9・11テロが起きたのはジェームズが生まれる十三年前だが、二〇三〇年にはロンドン蜂起《インティファーダ》、二〇四一年にはレーガン空港自爆テロ事件が発生したせいで、西洋では、いまもイスラム教徒っぽく見える者には疑いの目が向けられる。

最後のボットがゴーサインを出すと、ジェームズは荷物を拾い、ゲートに通じるドアのキーパッドに親指をあてた。明るくてざわめいているコンコースに出ると、レンズを目に戻し、手首に電話を貼った。まばたきを三度してふたつのデバイスを再接続すると、電話のコントロールパネルの〝返信〟を押してつぶやいた。「休暇を過ごすためにカリフォルニア行きの飛行機に乗るところです。一月五日以後への変更をお願いします。日程案をご提示ください」

ジェームズは、美女の顔がずらりと並ぶカラフルなディスプレイの前を、うつむいたまま、急ぎ足で歩いた。美女たちが全員、「ねえ、ジェームズ」と呼びかけてきた。「エグゾティーのすてきな新しいフレーバーはもう試した？　高所恐怖症用のクイーズ・イーズは？　新発売のドーモ機内アイソヘルメットは？」近頃の電話が個人情報をばらまくことを苦々しく思っていたが、それはパブリックスペースで接続するための代償だった。

コーヒースタンドで並んでいるあいだに着信を更新した。母親の名前が表示されたのでほほえんだ。

収穫がすんだよ。新年の準備も終わった。何時に到着するの？

ジェームズは電話の小さな画面を長い人差し指でスワイプし、飛行機の予約を開いて返信に貼りつけた。

「添付を見て」と音声入力した。「とうさんには、迎えに来なくていいって伝えておいて。自動タクシーを拾うから。早く会いたいよ」

メールからオンラインカレンダーに切り換えて予定を確認した。

——学部ランチ会。1月8日。

——細胞・発生生物学部大学院ゼミ。テーマ締切1月15日。

——遺伝子工学年次会議——新たなフロンティア、新たな規制。1月25日。

ジェームズは顔をしかめた。年次会議には毎年出席しているわけではないが、今年の会場はアトランタで、エモリー大学のジェームズの研究室から数ブロックしか離れていない。ジェームズは、彼が研究している、特に胎児の嚢胞《のうほう》性線維症の治療を目的とする人体内の遺伝子編集についての講演を依頼されていた。しかし、こうした政府主催の会議は、科学よりも——彼の研究に必須の新物質に対する政府管理についての変わりつづける情勢を含めた――政治が中心になりがちだ。

十年以上前、イリノイ大学の科学者たちが、核酸ナノ構造体（略してNAN）と命名された一種のナノ粒子DNAを開発した。天然の線形DNAと違って、それら、合成DNAからなる極微の球体は、人間の細胞膜を独力で容易に突破しうる。細胞内に侵入すると、それらは宿主DNAにみずからを挿入して標的遺伝子を改変させられる。可能性は無限に思えた――遺伝子異常のみならず、これまでは難治性だったさまざまな癌を治療できるようになるかもしれなかった。バークレーで細胞生物学を学ぶ院生だったころにNANをはじめて知ってすぐ、ジェームズは自分の夢を実現してくれるかもしれないこの物質を夢中になって研究した。

着床前のヒト胚を対象とする遺伝子工学は成熟科学になっている――しっかりと規制されているし、ツールはきちんと整備され、黎明期にはしばしば生じていたオフターゲット効果もほとんど皆無になっている。また、子宮に着床したあとの、発生後期に達した胚の異常の検査も、何十年も前から可能になっている。しかし、異常を発見しても、子宮内の胚を安全に改変することはいまだにできていない。NANを使えば、子宮内で欠陥遺伝子を操作できる、とジェームズは確信していた。嚢胞性線維症のような、遺伝子治療が可能な病気は根絶できる、と。

だが、技術的にも政治的にも、課題は山積みだった。悪用が懸念される技術だからだ。イリノイ大学は、すべての権利をただちに連邦政府へ引き渡さざるをえなかったし、関連資料は、ワシントンDCの北東、メリーランド州にあるフォートデトリックという研究施設に、極秘扱いで保管されていた。

ジェームズはカリフォルニアを懐かしんだ。バークレーを懐かしんだ。アトランタに来るという選択は間違ってなかったんだと、毎日、自分にいい聞かせなければならなかった。エモリーの遺伝子治療センターは、NANの取り扱いが許されている唯一の公立研究所なのだ。

待合室に入ると、ジェームズは搭乗口のそばの椅子に腰をおろした。かつては元気溌剌《はつらつ》とした田舎育ちの若者で、高校野球部の主将を務めていた。だが、かつての面影はもうなかった――まっすぐだった背骨は、長年、研究室の作業台にかがみこんでいたせいで曲がり、顕微鏡とコンピュータ画面を見つめつづけたせいで目が悪くなっていた。母親がジェームズの健康を心配して、スパイスのきいたレンズ豆入りライスを食べろとしつこく勧めるのがわかっていた。口のなかにもうその味がしていた。

ジェームズは周囲を見まわした。朝早いので、椅子にすわっている人はほとんどいない。正面の椅子にすわっている若い母親は、ベビーキャリアのなかで眠っている赤ん坊を床に置いて、小型携帯ゲーム機ゲームガールを膝に載せている。わが子をほったらかしにして、画面内で口をあけている幅広い緑色の顔をした異星人の赤ん坊に食べ物を与えているようだった。窓際の席では年配の男性がプロテオバーをむしゃむしゃ食べている。

手首に振動を感じてジェームズははっとした——国防総省からの返信だった。


セッド博士——

日程変更は不可です。お迎えにまいります。

——ジョセフ・ブランケンシップ陸軍大将

顔を上げると、地味なグレーのスーツを着た男がゲートのそばに立っていた。襟からのびている太い首をほんのかすかにうなずかせてから顎を上げた。ジェームズはレンズをはずして右を見た。肩をぽんと叩かれて、腕をぎくりと動かした。

「セッド博士ですね？」

ジェームズは頭が真っ白になって、「は？」というしゃがれ声を漏らした。

「申しわけありません、セッド博士。ですが、ペンタゴンに来ていただかなければならないのです」

「え？」ジェームズは若い男を見上げた。ぱりっとした黒っぽい軍服を着て、ぴかぴかの黒い靴をはいていた。

「ただちにラングレーまでご同行ください。申しわけありません。飛行機代は弁償させていただきます」

「だけど、なんだって――？」

「ご心配なさらないでください。すぐにお連れしますので」白い手袋をした手でジェームズの腕をつかむと、将校は彼とともにセキュリティ出口を抜け、階段をおり、ドアを通って外へ出た。数歩進んだところで、グレーのスーツを着た男が、黒のリムジンの後部席のドアをあけて待っていた。ジェームズはうながされて乗りこんだ。

「荷物は？」

「手配ずみです」

心臓が内側から胸を強く叩いているのを感じながら、ジェームズは革張りのシートに腰を深く沈めた。右手で左手首を、電話――つまりリムジンの外の世界との、残っているただひとつのきずな――を守ろうとしているように握った。すくなくとも、電話は没収されていなかった。「なにがどうなってるんですか？　どうして拘束されてるんですか？」

若い将校はジェームズに苦笑を向けてから前部席に乗った。「ラングレーでご説明します」将校がダッシュボードのボタンをいくつか押すと、ジェームズはなめらかな加速を感じた。「ゆっくりすわっていてください」

若者は車のセンターコンソールに手をのばしてトランシーバーをオンにし、「対象者の移送を開始します」と相手に報告した。「到着予定は一〇〇〇時」

「そんなに早く着くんですか？」

「ジェット機が待機していますから。のんびりしていてください」

スモークウィンドウごしに外を見ると、黒いアスファルト舗装が流れていた。ジェームズは手首を持ちあげ、電話をタップして短いメッセージをささやいた。「アマニ・サイード宛てのメッセージ。ごめん、かあさん。行けなくなった。急用ができたんだ。心配はいらないってとうさんに伝えて。送信」

ジェームズは震え声でメッセージを追加した。「二日たってもぼくから連絡がなかったらウィーランさんに伝えて」そして心のなかで、メッセージが母親に届くことを祈った。

3

リック・ブレヴィンズはコンピュータを起動して椅子にすわった。セキュアなリンクがつながるのを待つあいだ、腿をさすって、義足と右脚の残っている部分をつないでいる膝のすぐ上をマッサージした。顔をしかめた。この新しい装具の調整は難しかった。

古いほうとおなじく、新しい義足も、全体が、リックが動くたびに、太腿の上部の組織がやわらかくなったり硬くなったりするのに応じて締まったりゆるんだりする合成メッシュでおおわれている。バイオニック筋肉は、リックの神経組織に接続されている電極を通じて制御されている。だが、運動性が向上したという触れこみのこの新しい脚は、みずからの意志を持っているかのようだった。毎朝、装着するとき、ちくちくするエネルギーが、なじみのない力が背骨を上がっていくのを感じた。いちばん閉口するのは、新しい脚が、痛みを緩和するために腰に埋めこまれている機械、神経刺激装置に戦争をしかけているらしいことだ。古い幽霊信号が、脈打ち、燃えあがりながら、じわじわと復活していた。

リックは窓の外に目をやった。気が晴れる天気ではなかった。前夜、氷雨《ひさめ》が降ったので、ペンタゴンのコンクリート製ファサードには霜が薄くこびりついていた。手を頭皮にあてて滑らせると、茶色の太い髪がジャリジャリする感触があった。髪を刈ってもらわないとな……

襟のインターコムが鳴ったので、リックはぎくっとした。「下へ来てくれ」という、きびきびとした男性の声が聞こえた。

〝下〟というのは、地下にあるブランケンシップ将軍の執務室のことだ。リックは断熱カップに残っているコーヒーをがぶりと飲みほしてネクタイを直した。呼ばれた理由には確信があった。

ひと月前、リックはフォートデトリック研究所で進められていたバイオ兵器計画について意見を求められた。リックはもう、特殊作戦につきものの差し迫った脅威にさらされることがなくなっていたが、CIA情報本部の分析官としてデスクワークにつくようになってからも、現場で何度も命を救ってくれた直感がおおいに役に立つことを、身をもって学んでいた。〝アポトーシス〟や〝プログラム細胞死〟や〝カスパーゼ〟や〝核酸ナノ構造体〟といった難解な科学用語を解読しながら予備検討報告書を読み進めるうちに、懸念がどんどん高まった。〝NAN〟と略称されているDNAナノ構造体については知っていた。

国内の研究所へのその使用の許可を監督するのは彼の仕事だからだ。だが、これはそれとは違っていた。

その計画は白紙状態《タブラ・ラサ》と呼ばれていた。ぞっとする名称だ。だが、〝予期される影響〟と題された項目に目を通したときには背筋が凍った。この生物兵器の実体は、誘導型カスパーゼ特異的NAN、略称IC＝NANと呼ばれる核酸ナノ構造体だ。犠牲者がこの配列のナノ粒子DNAを吸いこむと、感染した肺細胞が〝使用期限〟を過ぎても死なくなる。死滅して新しい細胞に道を譲るはずの、古くなった感染細胞が自己複製して、欠陥のある細胞が増殖するのだ。それらの変異細胞は、やがて正常な組織を圧倒して正常な肺機能を阻害し、ほかの臓器にまわるはずの栄養を奪って、最終的には体を冒《おか》す。うまくいけば、侵襲性の肺癌に似た症状を引き起こして――緩慢だが回避不能な死をもたらすのだ。

この計画に承認印を押すことが求められているのはわかっていたが、リックは断固として計画の中止を求めた。未解明なところがある生物兵器を、僻遠の地とはいえ解き放つなんて、正気の沙汰ではなかった。少数の敵を殺すために毒をまき散らし、大勢の罪のない住人を犠牲にするなんて……いつの時代の話だ？

だがいま、自分が大反対したことにだれも気づかなかったわけではなかったのだとリックは確信した。ブランケンシップは不快に思ったに違いなかった。エレベーターに乗って三階下に着いたときには叱責されることを覚悟していた。

エレベーターのドアが開いたので薄暗い通路を歩きだした。中尉がひとり、将軍執務室のドアの脇でリックを待っていた。中尉は気をつけの姿勢をとり、リックはその男のライフルがきらりと光ったことに気づいた。武装衛兵だ。冷や汗がシャツを濡らした。

若者は敬礼した。リックは足を止めて敬礼を返した。「申しわけありませんが、誓いを唱えていただきます」

「ここでかね?」

「はい。厳命されております」

閉鎖空間のなかでうなじの毛がちくちくし、リックは暗記している忠誠の誓いを唱えた。

「わたしは国外と国内のすべての敵から合衆国憲法を擁護・防衛し……真の信義と忠誠をつくして……」誓いの言葉を暗誦しているリックの耳のなかで、心臓の音が倍の速さで響いていた。「……神よ、ご照覧あれ」

青年将校はドアノブをつかんで、ロックがはずれたことを示すカチッという音が響くのを待った。ドアが開いたので、リックはなかに入った。

「かけてくれ」とブランケンシップがいった。命令だった。リックは古い木製のデスクチェアに腰をおろし、顔を上げて、執務室にはほかにふたりの人間がいることに気づいた。

驚いたことに、ひとりはヘンリエッタ・フォーブス国防長官だった。もうひとりは、くたびれた茶色のスーツを着た、禿頭で背の低い男だった。

ブランケンシップが咳をした――うなり声に近い空咳だった。「リック」将軍はいった。「問題が発生した」

リックは上司を見た。ジョセフ・ブランケンシップ将軍は――パープルハート勲章を授与されたふたつの戦争の英雄で、現在はCIA長官だ。いつもは快活な将軍が、革の肘かけをつかみ、口を真一文字に結んですわっていた。

「ルディ・ガーザ博士はフォートデトリックから来てくださったんだ。説明は博士にお願いする」ブランケンシップが禿頭の男のほうを向いてうなずくと、男はあわてて膝から薄いタブレットを持ちあげた。

「承知しました、閣下」襟がしわくちゃのワイシャツを着ているガーザ博士は、どぎまぎした小さな声でいった。「タブラ・ラサについてはご存じなんですよね？」

「数年前にあなたがたがはじめた計画ですね？　IC＝NANですね？」リックは、将軍を見つめたまま、じりっと身を乗りだした。「わたしはその計画に中止を進言したんです」

博士がメモから顔を上げた。古いメタルフレームの読書用眼鏡をかけている目はびっくりするほど青い。「ええ」博士は答えた。「知っています」

「すみません、ガーザ博士」ブランケンシップは、リックをにらんでからいった。「続けてください」

「IC＝NANは半年ちょっと前の六月五日にアフガニスタン南部の僻地に配備されました」ガーザ博士がいった。

「配備された？　いったい――」リックは動悸が激しくなるのを感じた。すわりつづけようと努めたせいで、脚がうずきだした。リックは時間を無駄にしたのだ。タブラ・ラサについての意見を求められたときには、IC＝NANはもう配備されていたのだ。

そのとき、こんどはフォーブス長官が口をはさんだ。「停戦後も、カンダハルの西部地域は混乱がおさまらなかったの。敵性戦闘員が洞窟にひそんでわが国の平和維持部隊を狙撃していた……一日に五人も犠牲になっていたのよ。だから、標的を絞れて痕跡を残さない兵器が必要だった。死因の痕跡も、兵器が使用された痕跡も残さず、ただ殺して消えうせてしまう兵器が」

「ご存じのように」とガーザ博士。「IC＝NANはそのためにつくられました。合成核酸ナノ構造体、略してNANはウィルスに似た動きをしますが、汚染された個人の体内で複製されることはありません。つまり伝染しないのです。さらに、このNANは、数時間以内に吸入されないと劣化するようにつくられていました」

「劣化……」リックはくりかえした。その重要な特性は覚えていた。

「はい。大気中に放出されると、微小な球状になるように合成された感染性のナノ粒子形態は、最終的には変性、あるいは劣化して線形になります。線形になると、人間の細胞には侵入できなくなるのです。徹底的な研究によって、IC＝NANをドローンを使ってエアロゾルとして放出しても安全だと結論したのです」

リックは目をつぶった。ガーザの名前は論文で見た覚えがあった――メキシコシティの国立工科大学の化学者で、分子生物学博士課程の卒業生だ。リックの訓練された耳は、かすかなスペイン語なまりを、ほとんど音楽的な調子を聞きとった。この温厚そうな悪い知らせの伝え手に腹をたてる気にはならなかった。だが、部屋がぐるぐるまわっているのは、わたしの怒り、それとも混乱のせいだろうか？「で、NANの効果は想定どおりだったんですか？」自分の声がやけに遠く聞こえた。

ガーザ博士は人差し指一本で、おちつきなく眼鏡を直した。「人間の肺表面の細胞は、通常、二、三週間ごとに新しい細胞に置き換えられます。しかし、標的にした個人は全員、五週間以内に死体で発見されました。肺を検査すると、感染していない、正常に機能している肺表面の細胞は皆無でした。したがって、NANは想定どおりの効果を発揮したようでした」

リックは喉の奥にひっかかりを覚えた。ブランケンシップのきちんと整頓されたデスクの上で、小さな球形のよどんだ空気にとらわれているちっぽけな雪だるまがリックにほほえみかけた。すべてが計画どおりに進んだのなら、リックはここへ呼ばれていないはずだった。「残りは？　吸入されなかった物質はどうなったんですか？」

ガーザ博士ははっと息を呑《の》んでから話を続けたが、リックは彼の声がかすかに震えていることに気づいた。「お気づきのようですが、それが問題なのです。調査をおこなったチーム——死体を発見した土壌《ジオ》ボットチーム——の何人かも……発症しました。また彼らは、付近で標的以外の死体も発見しました。散布する以前に航空写真にもとづいて予想していたよりも広い地域で」

「NANが劣化しなかったんですか？」

「劣化はしました。感染力を持たない線形に戻ったという意味では。ところが……」

「ところが？」

メモから顔を上げると、ガーザ博士は部屋と対峙《たいじ》した。「ところが、人間の細胞に感染できないその形態を、砂漠の砂に生息している古細菌《アーキア》がとりこんでしまったのです。NANはアーキアのゲノムにみずからを挿入していました。そして、どうやらその微生物は、分裂するたびにNANを複製できるようだったのです」

リックは、ふと気づくと、椅子の肘かけを握りしめていた。「アーキアがNANのDNAを複製する？　どうしてそれがわかるんですか？」

「犠牲者の衣服から採取したサンプルを分析したのです。NANのDNA配列がそのアーキアのDNA中に存在していました。しかし……問題はそれより悪いのです。それらの微生物の一部は、再構成された球状のNANでぱんぱんになることが明らかになったのです」

「微粒子がひとりでに再構成されるんですか？」

「ええ。そして、それら新しいNANが合成されると、アーキアは……爆発しました。そうとしかいいようがないんです」

「球状のNANを環境中に再放出するんですね……」

博士はのろのろとうなずいた。「そのようです。そして新しいIC＝NANは、おなじサイクルを一からくりかえします」

リックは身を乗りだした。「話を整理させてください。あなたがたがドローンから散布した球状のNANは人間の細胞に感染する。環境中で線形形態に劣化したNANは感染しない。だから安全なはずだった」

「そのとおりです」

「ところが、アーキアが線形形態をとりこみ、複製し、そのDNAから球状のNANをつくるんですね？」

「はい」ガーザ博士はメモをじっと見つめたまま答えた。

リックは大きく息を吸った。「そして、球状のNANはアーキアから飛びだして人間に感染するんですね？」

ガーザ博士が顔を上げた。無表情だった。「はい。それには二種の機構があるようです」タブレットの向きを変えてリックたちに画面を見せた。表示されている図には、緑色の棒状の微生物、アーキアが描かれていて、そのなかにはIC＝NANというキャプションが付されている小さなDNAの塊がぎっしり詰まっていた。その不吉な性質を強調するかのように、NANは赤で描かれている。アーキアの一方の端がぱっくりと弾けはじめた。破裂した細胞壁の外にNANがどんどん吐きだされた。感染性を持つ球状を保っているものもあれば、劣化して線虫じみた線状になっているものもある。「ひとつのシナリオでは」とガーザ。「新たに合成された球状のNANがアーキアから直接、環境に排出されます。何時間かすると、そのNANは劣化して線形になります――そして線形のNANは、人間には感染しませんが、新しいアーキアには感染するのです。ただし、近くに人間がいれば、NANは劣化する前に人間に感染します」タブレットをスワイプして次の図を表示した。人間を縦に切断した図で、気道に小さな緑と赤の点を大量に吸いこんでいる。「このように、人間は新しいNANを吸入してしまうというわけです。けれども、別のシナリオでは、犠牲者はまずアーキアを吸いこみ、そのアーキアが体内でNANを放出します」画面から目をそらした。「どちらの機構も起こりうるし、実際に起こった証拠がありますす」

リックは椅子にもたれ、親指と人差し指で鼻のつけねをつまんで、「要するに、手に負えなくなったんですね」といった。「その土壌生物は、いまもそのIC＝NANのDNA配列を複写し、活動的なNANを生物圏に吐き戻している。いまやそのNANは、新種のアーキア感染症の、わたしたちもかかる、だれでもかかる感染症の病原体になった」

ガーザはタブレットを消して胸にかかえた。「はい」

リックはブランケンシップのほうを向き、「不測の事態が起こりかねないと――」といいかけて途中でやめた。もちろん、だれも、問題が起こる前にリックに意見を求めなかったのだ。リックはいらだちながらガーザに向きなおった。「NANが人から人へ感染することはないんですね？」

「はい」とガーザ博士。「計画のその部分は想定どおりです。人から人へはうつりません。

感染した微生物からしか――」

「動物と植物にも感染しないんですね？」

「このDNAは人間にしか影響をおよぼしません」

「それなら、そのアーキアに話を戻しましょう。どれくらいの数のアーキアが感染しているかはわかっているんですか？　それに、何種のアーキアが感染しうるかは？　アーキアはそこいらじゅうに……」

「拡散の範囲は推定中です。これまでのところ、DNAが分離されたのは一種のアーキアだけです。自然環境でほかの種の微生物がこの遺伝物質を交換できるかどうかはまだ不明です。でも、現在、その仮説について研究所で検証しているところです」

リックは歯を食いしばりながら、非難のまなざしをヘンリエッタ・フォーブスに向けた。

「総力の結集が求められているんだ」ブランケンシップはそういって、国防長官が言い訳しなくてすむようにした。「だがいま、この計画についてすべてを知っているエージェントはきみだけなんだ」

「すべてを知っている？」リックは、ブランケンシップと目をあわせながらたずねた。

「わたしはほんとうにすべてを聞いたんですか？」

「ええ、現時点で判明していることは」ガーザ博士が平板な声で答えた。「ただし、事態は刻々と進展しています」

リックは哄笑《こうしょう》がこみあげるのを感じた。なにしろ、起こりかねないと危惧《きぐ》していたことがすべて起こったのだ――それ以上にひどいことが。切り札を握っているのはいつだって自然だ――それを理解するのに博士号はいらない。「なるほど」リックはいった。「微生物はNANを合成する技をどんどん向上させているんですね」

ルディ・ガーザはリックをまっすぐに見ていた。青い瞳が青みがかった灰色になっていた。「はい。アーキアは向上しています」

「リック、きみには現役に復帰して元の階級に戻ってもらう――大佐に」とブランケンシップ。「国防総省の職員とフォートデトリックの科学者チーム、それに外部から呼び寄せた科学者からなる共同調査を仕切ってくれ」

「ですが……長官……」リックは部屋を見まわし、期待の目を自分に向けている顔を眺めて、「わたしは科学者ではありません」と異議を唱えた。「特殊作戦に従事した経歴があって陸軍士官学校《ウェストポイント》で生物学を副専攻しただけなんです……だれもわたしなんかの言葉に耳を傾けてくれませんよ……」

ブランケンシップは首を振って、「きみは諜報関係者として参加するんだ」といった。

「だれもがきみの言葉に耳を傾けなければならない。傾けない者がいたら、排除する」

「なるほど」リックはつぶやいた。「わかりました。どっちみち、わたしに選択権はないんでしょうし」椅子にもたれると、背板が背骨に食いこんだ。さもなければ、彼らがリックを地下に呼んで、みずからの罪を打ち明けるはずはなかった。可能だったら、そもそも、この計画の開始を止めていただろうが、いまとなっては、この混乱の収拾の責任者になるしかなかった。

気まずい沈黙が流れ、ブランケンシップはデスクの上のタブレットをいじった。「さて、チームに参加する科学者をひとり紹介しておこう。エモリー大学の科学者だ。彼には必要な情報を提供しなければならない」将軍がぼそぼそといった。

「エモリー大学の科学者？　だれですか？」

ブランケンシップは額に手をあててもんだ。「きみも知っている科学者だ。セッドだ。ジェームズ・セッド博士だよ」

リックはまたも驚いた。セッド。去年、安全確認に苦労したばかりの科学者だ。「ジェームズ・セッド……エモリー大学の……あのパキスタン人ですよね？　でも、フォートデトリックに科学者チームがいるじゃありませんか……」

ブランケンシップはタブレットごしにリックをにらんだ。「ガーザ博士のチームは、われわれが放出したＮＡＮについてすべてを把握している――その合成法、その構造、その性質を。だが、人々をそれから守らなければならないとなると、人間の生理機能についての専門知識の持ち主が必要になるんだ。あの学問は……なんといったかな、ガーザ博士?」

「細胞生物学です」ガーザ博士はつぶやいた。

「それだ」とブランケンシップ。「セッド博士を推薦したのはガーザ博士なんだ」

「セッド博士はパキスタン人じゃありませんよ——カリフォルニア州ベーカーズフィールド生まれのアメリカ人です」とガーザ博士。「組み換えDNA療法に関する著名な権威ですし、遺伝子治療センターで高く評価されています——次期所長と目《もく》されているんだそうです。それに、セッド博士は人体組織中におけるNANの活動についての経験が豊富なんです」

リックはまたも身を乗りだして経緯をはっきりさせた。「ご存じのとおり、セッド博士にNANの取り扱いを許可するかどうかを決めたときに経歴調査を担当したのはわたしです。そのとき、わたしは、セッド博士には問題があると警告しました。セッド博士自身は知らないようですが、わたしたちは、彼のおじがどういう人物かを知っています」

ブランケンシップは顔も上げなかった。「最終的に、きみは取り扱いを許可したんだったな?」

リックは上司を凝視した。「しかし、セッド博士をつねに警戒する必要がありました。ほんとうに今回の件についての情報を彼に――」

「セッド博士はクリーンだ」と将軍。「親戚についてはなにも知らない」

「断言できますか?」

「セッド博士の両親は、移民してきて以来、ずっと模範市民だった。彼らがセッド博士になにも教えなかったんだ」将軍は答えた。「なんなら、監視ファイルを見せたっていい」

リックは椅子にもたれた。手足からすっかり力が抜けた。ファイルか。ジェームズ・セッドの悪名高いおじ、ファルーク・サイードについていえば、リックは見る必要のあるファイルをもうすべて見ていた。「その必要はありません。セッド博士はいまどこにいるんですか?」

将軍は立ちあがって、会議が終わったことを知らせた。「いままさに、ラングレーに向かっているところだ。きみが出迎えてくれ」

煌々《こうこう》と照らされた狭い会議室で、ジェームズ・セッドはテーブルにかがみこんでいた。セッドの目の前に置かれている、ぼんやりと明るい画面にはフォートデトリック研究所の報告書が表示されていた。セッドは、薄い唇を無言で動かしながら、指で着実にページをスクロールしていた。

ひょろっとしていて、若白髪が交じっている黒髪をオイルできっちりと整えているセッドに、リックがパキスタンで諜報活動に従事していたころに出会った戦闘員たちを思わせるところはほとんどなかった。それでもテーブルの向かい側ですわって待っているリックは、無意識のうちに手を握りしめていた。カラチ郊外の廃屋と化した小屋のなかで、たくましい腕から銃身を切りつめたライフルをもぎとったことを思いだした。汗臭さが混じったクミンの香りが鼻をついた。体の芯まで響く痛みがよみがえった。そしてリックは片脚を失って帰郷した——それに、絶対に守ると約束した、信頼していた通訳、ムスタファを失って。

だが、この男は、ありふれたアメリカ製アフターシェーブローションの匂いしかしなかった。しわくちゃの服が、いかにも、キリスト教の祭日にカリフォルニアの実家へ帰る途中だった中年の学者らしい。首のうしろを片手でつかみながら、リックは内心で警戒ステージを、オレンジから黄色へ、黄色からオールクリアへと下げた。たしかに将軍は請けあっていた。ジェームズ・セッドの家系には疑惑があるが、本人は問題ないと。

セッドが椅子にもたれ、読書用眼鏡をとがった鼻筋から広い額の上にずりあげた。表情を読めなかった。

「どうですか？」

「どうって、なにがですか？」

リックはテーブルごしに見つめた。セッドは、休暇中に呼びだされて、あからさまに気を悪くしていた。不安が薄れてからは、当然のことながらむっとしていた。だが、手の内調査結果が明かされたいまこそ――腹の探りあいをはじめるべきなんじゃないのか？　「調査結果には筋が通っていると思われますか？」

「アーキア内で見つかったDNA配列はNANのものと一致する。アーキアは活性のあるNANをつくり、排出しうる。報告書のとおりでしょうね」

「ご意見を聞かせてください」

「なんについての意見ですか？」

やれやれ。「もちろん、どう対処するべきかについてです」

「もしもこんなことがほんとうに起きたのなら――」

「いま、報告書に同意したじゃないですか――」

「もしもすべてが事実なら、あなたたちは、そもそも、このしろものを放出するという決断をくだしたときと大差ない先見の明をもって、とてつもない大問題の解決をわたしに頼んでいることになりますね」

「いいですか」リックは立ちあがった。もう存在しない脚を千本の針で刺されているような痛みを無視しながら、テーブルをまわりこんで博士の横に立った。「わたしはなにも放出したりしてないんです。跡始末を押しつけられた、哀れな男にすぎないんです。だから、あなたに助けを請うてるんです」

「すみません」博士はリックを見上げた。一瞬、同情に似たなにかがその顔に浮かんだ。「お詫びします。いまごろ、もう着いてるころなんです。両親のいる実家に。なのに、ここでこうしてすわって、あなたにあれこれ聞かされてるんです。頭が……まともにまわりませんよ」

「なぐさめになるかどうかわかりませんが」とリック。「きょう、あすになにかが起こるわけではなさそうです」

「どれくらい時間があると予想されてるんですか？」

「デトリックがアルゴンヌ国立研究所のデータベースを使って推定しました。この種の砂漠に生息する微生物のＤＮＡが自然状態で拡散する速度についての過去のデータを元に、いくつかのモデルが立てられました。当該地域の外に広がるまでに、五年ほどかかるようです。もっと短いかもしれませんが……」

「現在、そのＤＮＡは、一種のアーキアからしか発見されてないんですよね？」

「ええ、これまでのところは」

「なるほど」セッドは両のてのひらのつけねで両目をこすった。「いまはまだ、なにもいえません。おっしゃるとおり、わたしには知識があります……すぐにとりかかりましょう」

リックは身を乗りだした。「どんな対策が有効だと思いますか？ なんらかのワクチンはつくれませんか？」

「ワクチンは効かないでしょうね」

「効きませんか？」

「ワクチンは異物である病原体に対する人体の免疫反応を助けるものです。ところが、IC＝NANは、異物ではないものに見えるように設計されています。だから反応をショートさせられるDNAの断片《スニペット》をつくらなきゃならない。そして、そのスニペットを人体に送り届ける手段も開発しなきゃならない。空前の規模の遺伝子工学事業になりますね」

「元を断つわけにはいかないんですね？ その微生物を殺すわけには？」

「生きているとき、その微生物は有毒なDNAの工場の役をはたしています。あなたたちが……わが国の政府が賢明にも生物圏にまき散らしたDNAの。微生物は、ドローンが散布した量よりもはるかに多量のDNAを複製しています。そして死ぬとき、元の感染性を有する形態のDNAを放出するのです。微生物を意図的に殺しても、その放出過程を加速させるだけでしょう。簡単にいえば、あなたたちは怪物をつくったんです」

「焼きつくしたら……なんとかなりませんか？」

「試してもいいでしょう。でも、うまくいくとは思えませんね。感染した微生物は莫大な数になっていて、いまごろはおそらく、何平方キロにも広がっているでしょう。それに、まず間違いなく、時間がたてば、新たな微生物種が感染するでしょう。感染性の物質をすべて確実に破壊できる方法は思いつきませんね……」セッドは立ちあがると、テーブルに両手をつき、うつむいてかがみこんだ。リックは、このあとのセッドの言葉を聞きとるために耳をすまさなければならなかった。「そう。生きのびるためには、どうにかして人体を改変するしかないでしょう。これに……この放たれた怪物に対抗するためには」

リックはどっかりと腰をおろした。もっとましな知らせを聞ければ、あっと驚く対策を提示されればと願っていた。セッドのことは好きになれなかった――その敗北主義的な態度、その傲慢な印象は。だが、奇跡は期待できなくなった。

それに、この男のいうことは正しかった。ふたりとも、目をそむけるには知りすぎていた。「どうしてあなたが選ばれたのか、わかりますか？」とリックはたずねた。

「どうして選ばれたか？」セッドは顔を上げた。ぽかんとしていた。

「あなたも、わたしとおなじ理由でこのプロジェクトにひきいれられたんですよ。あなたには家族がいないからなんです」

「わたしには両親が――」

「でも妻子はいない。この事態に理性的に立ち向かえるのは……」

「いや」博士は、薄茶色の目を琥珀《こはく》色に輝かせながらさえぎった。「まともな神経の持ち主なら、だれもこれに、冷静沈着に対処なんかできないと思いますね。でも、できるかぎり理性的でいるようには努めます」

4

ジェームズは歯を食いしばった。リチャード・ブレヴィンズ大佐からはじめて話を聞いてから数週間しかたっていないなんて、とても信じられなかった。バイオセーフティ・レベル4の陽圧スーツを着こんでいるので、閉所恐怖症じみた圧迫感を覚えていた。天井の明るい照明が、頭を包んでいる透明なプラスチックの表面で反射してまぶしかった。フォートデトリック研究所の最高度封じこめ実験施設まで、狭い通路をすこし歩いただけで疲労し、汗が顔の横を伝ってジェームズをいらだたせた。

「昔の陽圧スーツはもっとひどかったんだ」ルディ・ガーザがいった。ジェームズのイヤホンから響いている小柄な男のくぐもった声は、低い天井とつながっているホースから空気が流れてくるシューッという音のせいで聞きとりにくかった。「すくなくとも、いまは前しか見えないわけじゃない」

ジェームズはこのレベルの封じこめを体験したことがなかった――彼がエモリー大学で

していた研究には不必要だったからだ。だが、ルディはいま、アフガニスタンで採取した汚染された古細菌《アーキア》のサンプルを分析していた。そして、こいつへの挑戦の助けになるなら、ジェームズは直接対面することをいとわなかった。

ふたりは第二のエアロックを抜けて狭苦しい部屋のなかの部屋に入り、生物安全局所排気装置《バイオセーフティ・フード》に近づいた。問題の微生物は、アーキア界タウムアーキオータ門——地球でももっとも古い生物を含む分類——の一種だとわかっていた。ジェームズにとっては先刻承知の話だが、アーキアは、古細菌と呼ばれることもあるものの、細菌とはまったく異なる生物だ。それ自体が分類学上の界を構成しているので——ふつうの抗生物質は効かない。もともと乾燥に強く、胞子並みに強靭なので、この種のアーキアは、過酷な環境を含め、いたるところに生息している。

いまのところ、ＩＣ＝ＮＡＮに感染したことが確認されている人間の犠牲者は、散布地から十六キロ以内にあるふたつの山村にかぎられている。ここで研究しているアーキアの分離株は、死亡した偵察部隊員の制服から採取したものだ。ジェームズは、機密扱いの動画を思いだして顔をしかめた。貧弱な設備の救護用テントの床に横たわっている女性たちと子供たちが、咳きこんで砂に血を吐いていた。まにあわせの人工呼吸器をつけられてぐったりしている若い米軍兵士は——たとえ死んでも故郷へは帰れなかった。問題は、ＩＣ

＝NANがどこまで広がるのか、まだだれにもわからないことだった。

フードの一方の端のラックに、白っぽくくもった寒天培地が入っている試験管がきちんと並んでいた。

「これらが宿主《ホスト》だ」とルディがいった。ルディのかすかなメキシコなまりを聞き、彼が手早く確実にロボットアームを操作して密閉されたフードの奥から小さなラックをとるのを見て、ジェームズは、ベーカーズフィールドで父とともに麻の刈り取り機を巧みにあやつっていた人々を思いだした。ロボットは小さなラックから薄いスライドを拾いあげた。

「これらのアーキアは、自然状態で、遺伝形質を伝達しあえることが知られてる。この感染したタウムアーキオータが新たなNAN合成能力を別種のアーキアに伝えられるかどうかを、いま調べてるんだ」

「そのスライドにはなにがおさめられてるんだい？」

「すわってくれ」ルディがいった。アームがスライドをマイクロメーター付きステージにセットすると、ステージはフードのガラス窓にとりつけられている深紫外線蛍光顕微鏡の接眼レンズに向かってじわじわと移動した。「マスクをそこにつけてくれ」

ジェームズは接眼レンズに顔を近づけ、陽圧スーツの透明なプラスチックごしで可能なかぎりよく見ようと努めた。驚いたことに、接眼レンズのやわらかいゴム製のアイシールドがマスクにぴったりあった。「実際にＮＡＮが見えるのか？　そんなに小さくはないのか？」

「ＮＡＮの直径は十三ナノメートルくらいしかない。だけど、蛍光プローブで標識すると、このスライドのフィルターでとらえられる大きさになって、光って見えるんだ」

ジェームズは目を細めた。真っ黒なマス目と、明るい黄色に光っているマス目がある、昔ながらのクロスワードパズルのように見えた。「これはなんなんだ？」

「格子ひとつに約百個の、それぞれ別種のアーキアがいるんだ。それらの微生物は、事前に、感染してたタウムアーキオータを培養した培地で培養した。この実験の目的は、感染したアーキアから別種のアーキアへ、なんらかの遺伝子伝達が起こるかどうかの確認だ。比較のため、一部は通常の――腸内の大腸菌とか土壌中のシュードモナス属とかの――細菌になってる。スライド一枚で、五十種の微生物を使った実験結果を確認できるんだ」

「どれが影響を受けたんだ？」

「マス目が蛍光プローブで光ってるということは、そこの微生物が、この倍率でとらえて視覚化できるだけのＮＡＮを再形成したことを示すんだ。さいわい、一般的な細菌分離株はひとつも、ＮＡＮ生成能力を獲得してないようだ。だが、かなりの数の――注目すべきはアメリカ本土で採取したものを含む――古細菌分離株は獲得してる。右下隅はアルゴンヌ産だ。シカゴのすぐそばで採取したんだ」

「ということは……」

「この能力を持つアーキアが全世界に広がりうることが実証されたんだよ。ＩＣ＝ＮＡＮをつくれるアーキアがここアメリカで増殖するのも時間の問題だろう」

ジェームズは脈拍が速くなったのを感じた。この男のことは、この計画に参加してから出会った人物のなかでただひとり、この途方もない任務と直面する意志と能力を持っているとおぼしい人物のことは信じたかった――信じなければならなかった。だが、同時に、いい知らせも欲していた。だから力なく、最初の顔合わせでブレヴィンズから訊かれたのと似たりよったりの質問をした。「だけど……ほかの種に感染する前に、現在のホストを殺せないかな？」

「努力は続けなきゃならないね」ルディは平板な口調で答えた。「だけど、安くて人間に無害な除染剤はほとんどない。この微生物には、漂白剤くらいじゃぜんぜん効果がないんだ。それに、住人が多いから、あたり一帯を焼きつくすわけにもいかない……」

ジェームズはうなずいた。すでに、夜のニュース映像で見ていた――軍用ボットの群れが、見たところ生物のいない砂漠に火炎を放射する映像だった。マスコミはおおいに興味をそそられていたし、その目的について憶測が飛び交っていた。だが、事実にはしっかりと蓋《ふた》がされていた——目的は不明なままだった。

「さらにまずいことに、アルゴンヌ研究所のデータから、これらのアーキアは気流に、ジェット気流などに乗って拡散することが判明した。それにいまごろは、軍の車輌と装備によって地域外へ運びだされているだろう。われわれにできるのは、拡散を防ぐ努力を続け、既存のモデルを元に、次はどこにこいつらが出現しそうかを予測しつづけることだけなんだ」ルディが、またコントローラーを操作すると、ロボットは接眼レンズをひっこめ、スライドをラックへと慎重に戻した。ルディは肩を落として出入口に戻った。手袋をした手を上げてエアロックを開いてから、ジェームズのほうに振り向いた。「ブレヴィンズ大佐にはなんていったんだい？」

「人体内の標的細胞に、なんとかして変更を加える手段を見つける必要があるといったよ。DNAを改変する必要があると。解毒剤的なものを、人類全員に投与する必要があると。いちばん見込みがありそうなのは別のNANだろうね」

「大佐はなんていってた？」ルディがたずねた。

「まだ、なにもいってない」

ルディはため息をついた。「ひょんなことが事態の進展のきっかけになるんだよな……大昔に、ぼくは論文指導教官から、メキシコにとどまって学者としてキャリアを積んだほうがいいと助言された。だけど、ぼくはニューヨークでロックフェラー大学の博士研究員《ポスドク》になることを選んだ。そして結局、アメリカにとどまることを選んだ……」

「どうして?」

「もちろん、女の子さ……それもやっぱり、思ったようには進まなかった。婚約を破棄されたんだけど、それはぼくが仕事を決めたあとだったんだ」

「それでフォートデトリックに入ったんだな」

「デトリックに勤めるっていうのは、アメリカの市民権を取得するための最短ルートだったんだ」

「だけど、どうしてそのあともとどまったんだ?」

「デトリックにいれば、資金に頭を悩まさなくてすむ――ほしいものがなんでも手に入るんだ。ラボも広いし、設備は充実してるし……チームリーダーにもなった。それに、あれやこれやの興味深い研究計画にたずさわれた」ルディはうつむいて手袋をした手をじっと見おろした。「正直なところ、いらつくこともときどきあった。監査がしょっちゅうあったし、報告書がブレグヴィンズ大佐のような連中のデスクに積まれっぱなしになって、いつまでも放置されることも多かった。研究の多くがバイオテロ対策関連だったことにもやりがいを感じてた――意義のある研究だと思ってたんだ」

「だけど、IC＝NAN計画が防衛とは無関係なことはわかってたはずじゃないか……」

「こいつをつくりだす計画の責任者になったときは……ほかの計画とおなじだと思ったんだ——ただの予備研究だと。専門外の研究にとりくめるチャンスだと。棚ざらしになるに決まってると思ったんだ。それどころか、そうなってほしいと願ってた」ルディが、マスクのプラスチックの向こうから目で訴えた。「ジェームズ、実際に使用されるなんて、思ってもなかったんだ。いまのぼくにとってのなぐさめは、きみに手伝ってもらえば、きっと阻止できるはずだという望みだけなんだよ」

ジェームズは、またも、両のこめかみから汗が噴きだし、閉所恐怖がこみあげるのを感じた。「阻止できると……思うかい？」

「確信はないさ。だけど、このところ毎日、なんの確信も持てないでいるんだ。なんていったらいいかな。残り時間が……刻々と減ってるのを感じるんだ」

ジェームズは目をつぶった。これをただの研究計画、乗り越えるべき科学的なハードルだと思おうとした——そう思わないと、頭の働きが鈍るからだ。パニックにおちいらないようにするためには、そうするほかなかった。だが、のんびりしている時間はなかった。ジェームズは、この恐ろしい脅威から人類を守る方法を見つけるつもりだった。見つけなければならなかった。

5

二〇六〇年六月

カイは、ロージーのハッチカバーを通して朝のぬくもりがコクーンに広がるのを感じた。眠い目をこすったとき、指が額の小さなこぶに触れた。埋めこまれているチップのせいで皮膚がふくらんでいるのだ。

「あなたのチップは特別なのよ」とロージーがカイにいった。「わたしたちのきずななの」それによっておたがいを見分けられるのだ、とロージーは説明した。ロージーはそれによってカイに話しかけている——話す練習のとき以外、音声は使わない。

カイは目の前のハッチカバーのなめらかな表面に手をのばした。指が触れた瞬間、透きとおっていた表面が不透明になった。画像が表示された——日焼けし、色あざやかな織物のローブをまとっている猫背気味の男たちの一団が映っている。

ロージーからは、砂漠に住んでいた人々について教わっていた——カイが暮らしているこの砂漠にそっくりだが、場所は地球の反対側だし、時代もはるか昔の砂漠に。画像の男の人たちは、巻き物を、感染症大流行《エピデミック》の百年以上前に洞窟で発掘された古文書を守っているの、とロージーは説明した。「あれはなに?」とカイは、男たちのひとりを指さしながらたずねた。男は額に小さな箱を、細い革ひもでくくりつけていた。

ロージーは求められた情報にアクセスし、カイの心をなじみ深いブーン、カチッという音が満たした。「あれらは聖句箱《テフィリン》よ。なかには四本の、律法《トーラー》という本の一節が書かれている小さな巻き物が入っているの」ロージーのコンソールの下で、サーボモーターのやわらかな動作音が響いた。「その本には、彼らが従って生きている信仰がおさめられているの」

「ロージーも、ぼくのテフィリンを通じて教えてくれてるんだね」カイは、埃《ほこり》まみれの額を、チップが埋めこまれている場所を指さしながらいった。「ロージーはぼくのトーラーなの?」

ロージーは黙りこんだ。カイが難しい質問をすると、ロージーはこんなふうに考えこんで答えをまとめるのだ。「いいえ」ロージーは答えた。「わたしが提供する情報は事実にもとづいているの。信仰と事実はきちんと区別することが大切なのよ」

カイがスクリーンから手をひっこめると、画像が消えた。カイは、ふたたび透明になったハッチカバーを透かして外を見た。野営地は見慣れた岩石群に囲まれていた。巨大な赤い指の群れが空を指していた。岩石群はロージーのように強い。風と熱にさらされてもびくともしない。

カイはすべての岩に名前をつけていた――〈赤い馬〉、〈鼻デカ男〉、〈ゴリラ〉、それに丸々と太った岩の赤ちゃんを大きな膝に永遠に乗せている〈おとうさん〉。ロージーから、かつての人々がどんなふうに暮らしていたかを教わっていた。ロージーはカイの〈マザー〉だ。そのとき、カイは、それなら岩はぼくの家族だ、と思った――ぼくが生まれてからずっと、ロージーと一緒にぼくを守ってくれてるんだ。

カイが左にあるラッチを押すと、ハッチがさっと開いて太陽のぬくもりが流れこんできた。カイはロージーのキャタピラを伝って地面に降り、でこぼこの鏡状になっているロージーの金属製の表面に映っている自分と向かいあった。カイの顔は日焼けしていてそばかすがあり、汚れの筋がこびりついていた。赤茶色の髪はもじゃもじゃで、ふさふさのまつげの下で青い瞳がきらめいている。どこかに、ほかの子供たちがいるのよ、とロージーがいった。カイに似ているけれど、でも違っている子供たちが。いま何人いるかはわからなかった。だが、最初は五十人いた。時が来たら、ロージーとカイはほかの子供たちを見つけるのだそうだ。

カイはひび割れた地面を歩いて小高くなっているところにのぼった。汗が眉という障害を越えてしたたり落ちた。口のなかが砂でジャリジャリした。手を丸めて双眼鏡をつくり、寂しい景色を眺め渡した。遠くの蜃気楼のせいでゆらゆら揺れている、ロージーのスクリーンで学んだ彼方の土地に目を凝らした。冬になると雪を頂《いただ》く高い山々が見えた。だが、いまは、毛布はかかっておらず、真っ黒だ。

「もうすぐ行けるの?」カイは〈マザー〉に信号を送った。「ぼくはもう準備ができてると思うんだ……」

「条件がととのったら、きょうにでも出発できるわ」

「きょう?」

カイは、その日が近づいていることを感じていた。この前、補給所へ行ったとき、ロージーは強力な腕で大きな岩を押しのけ、金属製の重い扉を開いて、最後の補給品の箱を、最後の非常用の水のボトルをとりだした。そしてその日の夕方、灼熱の太陽が岩の向こうに沈みかけて影が長くのびると、カイに、訓練のために自分で食べ物を探すようにいいつけた。カイは変形した金属製のコップに乾燥した草の実を集めた。小さな焚き火で草の実を焼き、水を注ぎ、ネズミかトカゲの裂いた肉を加えて薄い煮込み料理をつくった。秋に甘い実を収穫できるようにするため、とりつくさないようにしたバナナユッカのやわらかい花柄《かへい》をかじった。はるか昔にここで暮らしていた人々は、こうして食料を得ていたのだ。

「あなたは六歳になった」ロージーがいった。「ここを出ていく時が来たのよ」

「どこにいくの？」

「わからない」

「わからないの？」〈マザー〉にもわからないことがあると知って、胸がどきどきした。

「指令が不完全なの。出ていくように指示はされてる。でも、目的地が指定されていないのよ」

カイはロージーの力強い体を見おろした。くたびれた横腹が熱で揺らめいて見えた。カイの心にはロージーのプロセッサがたてるブーンという音が響いていた。「じゃあ、正しい場所に向かっているかどうか、どうしてわかるの？」

「七十六ヵ所に補給所があって、それぞれに凝結塔と測候所がある」ロージーはいった。

「だけど、ほかの子は？　どうやってほかの子を見つけるの？」

ロージーがまた黙りこんだので、カイは、ロージーが辛抱強く教えてくれたように、彼女のナノ回路を電子が飛びまわり、情報のかけらが彼女の心のあらゆる部分を行き交っているさまを想像した。「可能性はあるわね」ロージーがようやく答えた。「ほかの子供たちが生きのびている可能性はゼロではないわ」

カイは興奮し、滑るようにして小高いところからおり、〈マザー〉の陰に入った。岩に刻まれた絵を、大昔の人たちが残した線刻を見たことがあった。カイも自分の痕を残したくなった。コバルトブルーの石をたくさん拾うと、それらを文字の形に並べて、〝ロー＝Z《ジー》の息子、カイがここに来た〟と記した。言葉をきちんと形づくりながら、ほかの子供が砂埃の舞うここでしゃがんでメッセージを読んでいるさまを心に描いた。カイは地面にすわりこんだ。頭がくらくらし、文字が揺れて見えた。

「食事をとりなさい」ロージーが注意した。

カイはロージーのキャタピラをよじのぼると、座席のうしろから栄養剤のパックをとり、隅をちぎってゼリー状の液体を口のなかに絞りだした。パックのラベルには〝ソイレント小児用サプリ――ニュートリグロー――6～8歳〟と書かれている。必要な栄養はすべて含まれているのだが、カイはそのミルクっぽいとろりとした感じと甘塩っぱい味に飽きていた。かえって喉が渇いた。

コクーンの床から空《から》の水筒を拾うと、ボトルの形をしていて〈ゴリラ〉岩とおなじくらいの高さの凝結塔に向かった。柔軟性のある金属を編んでつくったシャフトからなる塔は、下の黒い集水盤とは対照的な明るいオレンジ色のメッシュの内袋を支えている。カイは水筒に水を満たそうと集水盤に浸した。いまや水位が大きく下がっているので、濁った液体を丸めた手ですくって狭い口に流しこまなければならなかった。

カイは、かつて、雨が降ったとき、峡谷に急流が生じたことを思いだした。長年の石による浸食によってえぐられた丸くへこんだ部分で水浴びをしたものだ。涼しい夜には、塔の網の目を伝い落ちてしずくとなり、ポタポタと集水盤に落ちる水の音に耳を傾けた。だがいまは、雲がもっとも厚くなったときでも、成果はほとんどない。集水盤は干上がりかけている。それに、補給所の、酸っぱくて薬臭い非常用の水もつきかけている。砂埃が舞うなか、ロージーの陰でうずくまりながら、カイは、ぼくは石だ、夜のあいだにためた涼しさが体のなかにたまってるんだ、と空想した。

時間がたっても、〈マザー〉はなにもいわなかった。きょうはレッスンがなかった。ロージーは忙しかった。カイは真っ平らな砂漠を眺めた。刺《とげ》のある植物がまばらに生えていて、昆虫やトカゲや小さな齧歯類《げっしるい》が、それらを棲みかに、どうにか命をつないでいる。カイは乾いた唇をなめた。はるか西の卓状台地《メサ》群が金色から紫に変わった。やっぱり、きょうは出発しないのかもしれなかった。

だがそのとき、ロージーの声がカイの意識に響いた。「時が来たわ」とロージーはいった。「服を着なさい」

「どこへ行くの?」

ロージーは答えなかった。聞こえるのはプロセッサの音、耳と耳のあいだで風に似たなにかが吹いているようなかすかな音だけだ。

カイは震える手でロージーの荷物室からマイクロファイバーの服をとると、伸縮性のある生地に手足を突っこんだ。モカシンをはいて座席にどすんと腰を落とすと、安全ベルトを留めて体を固定した。

ロージーはハッチを閉じた。静寂のなか、カイはどきどきしながら待った。

背後で原子力モーターが始動した衝撃があった直後、ロージーが前傾し、カイがまっすぐでいられるようにコクーンがうしろに傾いた。ハッチカバーを通して、翼が出現し、いっぱいにのびるところが見えた。保護ケースからローターが出てきて、大量の空気を地面に吹きつけた。カイは、ロージーのなかで目を細めて土埃がもうもうと舞っている外を眺めたが、くぐもったブーンという音しか聞こえなかった。加速の圧力がかかって体が座席に沈みこみ、カイはロージーにより近づいた。

カイとロージーは空高く舞いあがった。

6

二〇五一年三月

ローズ・マクブライドはコンピュータの日付を確認した。二〇五一年三月十五日。無意味に思える計画に参加してから一年以上たっていた。両腕を頭の上へのばし、画面上で静止しようとせず、踊っているように見えるデータの列から目をそらした。

最後にアフガニスタンへ行ったあと、ローズは、昔、ウィンフィールド・スコット要塞だった場所にあるサンフランシスコのプレシディオ研究所に勤めないかと誘われた。かつて、ワシントンでそうなったような、逃げ場のない政治的な罠にはまることなく、また本土で働けるチャンスに飛びついた。おまけに——ずっと以前、いまのローズとおなじ陸軍大尉だった、妻を亡くした父親が、ついにふたりのための家を建てた街へ戻れるのだ。

基地から基地へと連れまわされていたローズの幼少期は、まるで浮き草のようだった。だが、サンフランシスコがローズを救ってくれた。ローズは友人たちと、洞窟じみたゲームセンターで、何時間もかけてロボバリスタをハックしてラテをただ飲みしたり、オンラインペルソナの奇天烈なプロフィールを考えたりした。ゲームは時間の無駄だというのが信念の父親に勧められて、ハーバードで心理学の学位をとり、心理作戦の顧問として陸軍に入隊した。だが、結局、好きなのはプログラミングだった。軍隊で学んだことがあるとすれば、それは、世界が、善玉と悪玉が対決しつづける、果てしのないユーザーインターフェースだ、ということだった。ローズはプリンストンの大学院であらためてコンピュータ科学を学び、新たに得た知識を生かしてアフガニスタンで任務についた。

だが、この新しい仕事は退屈だった。そんなとき、ペンタゴンで上官だったリチャード・ブレヴィンズ大佐から、プレシディオ研究所が〝強化〟を必要としていると声をかけられた。必要とされる機密レベルからして、プリンストン以来とりくんできたサイバーセキュリティ関係の仕事をするのだろうと予想した。ところが、いま、ローズは、配属されていたアフガニスタンに起源を持つ不可解な土壌生物の拡散についての生物統計データをまとめていた。骨の折れるきつい仕事だし、やりがいも感じられなかった。土壌《ジオ》ボットチームが新たな標本を採集するのを指揮するのもローズの仕事なのに、彼女の分析がどう生かされているのか、そもそも生かされているのかどうかについて、上からの説明は皆無だった。首をひねらずにはいられなかった――これがどうペンタゴンに関係してるの？

ブレヴィンズ大佐はローズを、「きみは軍を知っているはずじゃないか」となぐさめた。「機密情報は限定された関係者にしか明かされないことを。信じてくれ、わたしも、きみよりも多くを知っているわけじゃないんだ」ローズは、大佐の言葉を信じたのかどうか、自分でもわからなかった。だが、理解はできた。実際、ローズは〝軍を知って〟いた――たぶん、ほとんどの人よりも。

狭苦しいオフィスの窓から外を眺めながら、ローズはリチャード・ブレヴィンズの彫りの深い顔立ち、鋼《はがね》のような、灰色がかった青の瞳、短く刈った軍人カットを思いだした。ローズが月例報告をしている最中に、椅子にすわったまま身を乗りだして質問している――熱心だが、威嚇的ではない――ブレヴィンズ大佐を。切れ者だ。妙に魅力的だ。ブレヴィンズ大佐を見ていると、ローズは軍で出会ったすべての男を連想した。大佐は何重もの防御をめぐらして本心を隠していた。だが、なにかがそこに、表面のすぐ下にある……心理作戦に従事していたあいだに、ローズは語られていない事柄を聞くすべを身につけた。だからわかっていた――大佐はローズに近づきたがっているのだが、なんらかの理由で思いとどまっている。たぶん、理由は軍規、昔ながらの指揮系統でしょうね……

デスクの上で安全な回線の着信音が鳴ったので、ローズはコンソールのいちばん上の赤いボタンを押した。「マクブライドです」

「マクブライド大尉だな？」

「ブレヴィンズ大佐ですね？」

「そうだ」ブレヴィンズはおだやかに答えた。そのあと、しばし沈黙が続いたので、ローズは切れてしまったのかと疑った。だが、そのときブレヴィンズがまた話しだした。はっきりした口調になっていた。「順調かね？」

「前回の報告書はご覧になっていただけましたよね？ 世界保健機関《WHO》と疾病予防管理センター《CDC》、それに関連する実地作戦のデータは、すべて簡潔に要約して――」

「うんうん。目を通したよ。ありがとう。ただ……きみが元気かと思ってね」

「わたしが元気か、ですか？」ローズはほほえんだ――いままで、ブレヴィンズに個人的な質問をされたことはなかった。だが、これが第一歩だった……「はい、元気です」

「それはよかった……」またも短い沈黙。そしてローズは紙をぱらぱらめくっているような音に気づいた。「じつは、特別な伝達事項があるんだ。安全な接続を通じてこのあときみに送ることになっている。だが、前もって知らせておくべきだと思ったんだ。その部屋には、きみ以外、だれもいないね？」

ローズは雑然とした部屋を見まわした。古い書類棚が並んでいる壁に、部屋の向かい側に置かれているぼろぼろのソファに目をやった。使われなくなった家具が、片っ端からここに放りこまれたかのようだった。「はい。わたししかいません」

「よし。じゃあ、イヤホンをつけてくれ」

ローズは、デスクの引き出しからイヤホンを出し、右の耳に慎重に差しこんで、血が脈打つ音が聞こえることを意識した。「つけました」

ブレヴィンズは前置き抜きで本題に入った。「これまでのきみの仕事ぶりは申し分ない。だが、ほかの者に引き継いでもらう」

ローズはコンソールを見つめた。それだけ？「わたしの任務は終了ですか？」

「いまの仕事はな。これまでの働きぶりで、きみは細やかな心配りができることがわかった。そして信頼に値することが。だから新たな任務についてもらう。プレシディオはふたたび軍の管理下に置かれる」

「軍の管理下に？」

「拠点として必要なんだ」

「でも、どうやって……？　プレシディオは軍の施設というわけじゃありませんよね？」

ローズは頭をフル回転させて、彼女がいま、根をおろしている土地の歴史について知っていることを思い返した。一八五〇年にアメリカ政府が公式にプレシディオを軍の要塞にしたとき、ここは、サンフランシスコ湾に面した湿地に隣接する、荒涼とした吹きさらしの砂丘にすぎなかった。軍は防風林兼防砂林として、木を――ユーカリと糸杉と松を、整列している兵士のようにきちんと並べて――植えた。若木は立派に生長し、海外では二度の世界大戦、朝鮮戦争、そしてベトナム戦争が起きたが、この海岸が戦地になることはなかった。ローズは、プレシディオの礼拝堂に掲げられている、〝立って待っているだけの者たちもまた役に立っている〟という言葉を思いだした。その歴史を通じて、サンフランシスコのプレシディオは、軍隊が立って待っていたが、敵は結局来なかった場所だった。ここは恵まれた土地だからだ。濃霧がしょっちゅう発生して海岸をおおうし、断崖絶壁が海からの侵入を困難にしている――だからこそ、ゴールデンゲート海峡はなかなか発見されなかったのだ。危険な潮流もあいまって、長年、戦争になっても攻撃されずにすんだのだ。

一九九四年、軍はついにプレシディオからひきあげ、国立公園局に管理をゆだねた。その後、商業利用することが可能になり、公園は市の一部になった。かつてのプレシディオ要塞の敷地内に設けられたプレシディオ研究所とその――すべて非営利の――姉妹組織の研究対象は民生部門にかぎられている。ローズは、特別取扱許可を持つ数すくない職員のひとりだ。とにかく、そう聞かされている。

「軍は……プレシディオを管理下に置けるんだ」大佐は淡々と答えた。「戦時には、国の安全を守るためなら、どんな土地も施設も利用できる特権が政府に与えられるんだ」

ローズは心臓の鼓動が激しくなったのを感じた。かつて現場でつちかった勘がよみがえった。「いまは戦時なんですか？」

「戦時じゃないときがあったかね？」

「でも、どうしていまなんですか？　なにが起こってるんですか？」

「わたしは、プレシディオの準備をととのえる必要があることをきみに告げることしか許可されていないんだ。きみには、その作戦で、軍の交渉担当者として働いてもらう」

「わかりました……でもどうしてわたしなんですか？」

「きみは、極秘情報を守れることを証明した。それに、きみはプレシディオの人々を知っている。困難な状況における連絡係をまかせるのにうってつけなんだ」

困難な状況。ローズは政治ゲームの専門家ではないが、符牒《ふちょう》のいくつかは理解できるようになっていた。「つまり、だれかを追いだす必要が生じたときに、という意味ですね？」

「そうだ。きみも知っているように、現在、プレシディオに民家はないが、博物館と非営利団体の施設が数多く存在している。この一年で、その多くが隠れみのに置き換えられた」

隠れみの。ローズは名前のないなにかにのしかかられたような気がした。非戦争領域での秘密工作には慣れていた。だが、それは過去の話だと思っていた——それに、アメリカ本土では絶対にありえないと。「政府の秘密組織ということですね？　わたしはぜんぜん——」

「だが、いま知った。これから最後のひと押しをしなければならないんだ。民間人を全員追いだし、ゲートにふたたび検問所を設けて……」

「検問所ですか？　大佐、なにが起こってるんですか？」

大佐はふうっと息を吐いた。いらだちのため息というよりも悲しいため息に聞こえた。

「ほんとうにすまない。いまは、これ以上なにもいえないんだ」

「わかりました」ローズはわかっていなかった。それどころか、おびえていた。

ブレヴィンズは咳払いをした。「マクブライド大尉、納得してくれて感謝するよ」

「どういたしまして。当然です」ローズはイヤホンをいじった。大佐の目を思いだしていた。この前、ワシントンで会ったとき、大佐がローズを見たときの様子を。大佐の見つめかたからして——わたしについて、なにかしらの計画を立ててるんじゃないかしら、と思ったのだ。ローズはがっかりした。違う展開を想像していた——こんなことになるなんて、思ってもいなかった。

「さてと……」ブレヴィンズがいった。「追っての指示は安全なチャンネルを通じて送る」またもしばしの沈黙。「大尉、ええ……その……とにかく……これまでのプロジェクトと同様、報告はわたしだけにしてくれ」

「承知しました。もちろんです」

ローズはボタンを押して電話を切ると、椅子に深くもたれた。背筋を寒けが走った。ここはいったい、どういう場所なの？　ここはほんとにわたしが知ってるところなの？　窓の外に目を向けるとゴールデン・ゲート・ブリッジが見えた。抜けるように青い空を背景に、赤さび色が映えている。下の芝生では、だれかが凧を揚げていた。

7

二〇六一年四月

眼下の峡谷のくすんだ赤と青と紫を背景に、あざやかな緑色の防水シートがカイの目をひいた。カイがあたりを見渡すためにのぼっていた場所から、ごつごつした岩の壁と壁のあいだで体を慎重に支えながらおりているあいだ、静けさのなかでカンカンという音がうつろに響いていた。砂利でおおわれた涸《か》れ川を渡るとき、足の裏が痛かった。目の前で、風ではためいているプラスチックシートのぴかぴかの金属製ハトメが、さびたポールにぶつかっていた。カン。カンカン。

テントのようだった。カイはゆっくりと近づきながら、首をのばしてなかをのぞこうとした。変形した金属の鍋と割れたプラスチックコップが見えた。靴のように見えるものから、古びてぼろぼろになった革ひもがのびていた。カイは身を乗りだした。ひょっとしたらこんどこそ……

闇のなかから、髪のない髑髏《どくろ》がうつろな眼窩《がんか》でカイを見つめた。ふぞろいな歯がカイを嘲笑《あざわら》った。その人は、かつて人だったものは、染みのついた茶色のパンツと色あせた青いシャツを着ていた。カイは反射的に死体から身を退け、あとずさって岩壁に背中をぶつけた。そして岩壁をのぼり、喉におなじみの銅の味がのぼってくるのを感じ、ゆるんだ土を雨のように降らせた。てっぺんにたどり着くと、ふたたび硬い砂岩のでっぱりに体をひきあげた。

カイとロージーは何カ月も探しつづけていたが、ほかの生存者の痕跡はいまだに見つからなかった——ときどき、かつて人だったとおぼしいものが見つかったが、徘徊《はいかい》している肉食動物に手足を嚙みちぎられていたり、ボロ服をまとった白骨になっていたりした。これまでに発見したなかで、テントのなかのあの死体は、もっとも保存状態がよかった。でも大きすぎる、とカイは思った。ほかの子じゃない。ぼくの仲間じゃない。カイは大きく息を吸うと、肺にためた空気をゆっくりと吐いて気持ちをおちつけようとした。両のてのひらを日に焼けた石にあて、顔を上げて〈マザー〉を探した。

そのとき……ドキドキと聞こえていた自分の鼓動が、ブーンという音にかき消された。頭上の空でなにかが舞っていた。きらめくなにかが、旋回しながら急降下していた。一周するごとに高度を下げていた。耳を聾《ろう》する轟音が響き、小石がどっと吹きつけてきたのでカイは目をぎゅっとつぶった。

耳を手でおおう前に轟音はやんだが、カイの足の下で地面はいまだに震えていた。髪から土埃《つちぼこり》を払い落としながら、カイはあわてて立った。

ロージーじゃない。だけどボットだ。

カイが口をぽかんとあけたまま見ていると、ボットのハッチが開いた。人があらわれた――上着はぼろぼろで、両膝に傷があり、きゃしゃな手で太い木の棒を握っている。焦げ茶色の前髪の下から、ふたつの大きな茶色の目がカイを見つめていた。おなじくらいの背丈の男の子だ。カイ自身の驚きをそっくり映した表情をしている。カイが両手の甲で目をこすっていると、新顔が地面に滑りおりた。

「こんにちは」男の子の声は細く、不安げだった。

「こ……こんにちは」カイは、ひさしぶりに出した自分の声に違和感を覚えた。ちらちらと左右を見て、ようやく、近くの大きな岩の陰でうずくまっているロージーを見つけた。

「危険はなさそうよ」心のなかで、ロージーのおだやかで安心できる声が聞こえた。それでも、カイは頭のてっぺんから足の爪先まで震え、冷や汗をかいた。

男の子が一歩下がって、「怖がらないでよ」とやさしい声でいった。

カイは顎を動かした。唇がこわばっていた。目をぱちくりした。「こ、怖がってないよ」どうにか声を出した。「ごめんね……さっき見たもののせいなんだ。この下で」

「死体？」男の子は視線をそらし、心もとなげに体重を左右に移しながら棒を低木の茂みに突っこんだ。「きのう見たけど、仲間じゃない。大きすぎるし、ボットもいなかった」

「埋めたほうがいいかな？　ロージーから教わったんだけど――」

「アルファ＝Cは、どうして死んだのかがわかってなかったら、死体にはさわっちゃだめだっていってた。病気になっちゃうからって」男の子は、顔をしかめながらちらりと振り向いて背後のボットを見た。「アルファ＝Cは、ほとんどの人が死んだっていってた。だけど、特別な子供たちがいるって。死んでない子供たちが」

「ロージーもおなじことをいってた」カイが顎をしゃくってロージーを示すと、男の子は恥ずかしそうに彼女のほうを見た。

「だから探しつづけたの」男の子はいった。

「ぼくもだよ」

男の子は手を上げて目にかかっている髪を払った。「だけど、いくら探しても見つからないから、あきらめかけてた」

「ぼくもだよ」

思いだせるかぎりずっとこのときを夢見ていたのに、ほかの子が見つかったいま、カイは自分がどんな気持ちなのかわからなかった。ほかの子だ。やっと！　バカみたいだ、とカイは思った。いいたい言葉が脳と口のあいだのどこかにひっかかっていた。あれもいおう、これもいおうと想像していたのに、いま、思いつく言葉は〝ぼくもだよ〟だけだった。

「セーラっていうの」と少年。「あなたの名前は？」

「カ、カイだよ」

「カイね。あなた、男の子でしょ」とセーラ。「わかるわ。あたしは女の子なの」

「女の子……」カイは右手をのばして二歩進んだ。あとちょっとで手が届きそうになったとき、急に止まった。自分がぎこちない笑みを浮かべていることに気づいた。頬がほてっていた。「握手をしたほうがいいんじゃないかな」とカイはいった。「ロージーの動画で勉強したんだ」カイはセーラの手を握った。セーラの手は温かくてやわらかかった。「会えてうれしいよ」

「あなたとお近づきになれてほんとにうれしいわ！」セーラがぎこちなく片足をひいて膝を曲げるお辞儀をしたので、ふたりともふらついた。「それにロージーと」セーラはカイの〈マザー〉のほうを見た。「いい名前だわ。花とおなじなのね」

セーラは笑った。音楽のように聞こえた。

ふたりは出会いを記念するパーティーを開くことにした。セーラはウチワサボテンの肉厚なウチワをついて落とした。そして、柄にみごとな彫刻がほどこされているナイフを使って器用に刺《とげ》をとり、皮をむいてぶつ切りにした。

カイは新しい野営地のそばの補給所から水をとってきた――カイたちが見つけたほかの補給所と違って、そこには補給品がたくさんあった。カイは小さくて甘いホオズキを、小さなネズミをとるための落とし穴の底の平らな石の上でつぶした。日が沈んで地面の温度が下がると、すぐにネズミが、餌を探すために、乾燥した低木の陰の巣穴から出てくる。カイはうしろに下がり、サボテンを切っているセーラを眺めた。「いいナイフだね」とカイはいった。

「わたしが育ったところにあった補給所のそばで見つけたの」セーラはそういって象牙の柄を指でなぞった。

「ぼくのよりいいナイフだ」カイは自分の小さなナイフのなめらかなケースを親指でなでた。片側に白で――盾のような形のなかに十字という――マークが記されている赤いプラスチック製だ。たしかに小さいが、使わないときはナイフをたたんでそのケースにしまっておけるところが気に入っていた。ロージーの翼に似ていた。

どさっという音が聞こえたので、最初の獲物がかかったのがわかった。カイはかがみこんで石のひとつを持ちあげ、ぺちゃんこになった獲物を回収した。

セーラは目を丸くして身を乗りだした。「どんな味なの？」

「食べたことないの？」

「じつは」――セーラは頬を染めた――「肉を食べたことがないの」

「食べたくないんだったら……」

「ううん、そういう意味でいったんじゃないわ。ただ……アルファは食べかたを教えてくれなかったの」

カイはほほえんだ。「心配いらないよ。食べてもだいじょうぶだってロージーはいってる」

ふたりが高い岩の塔の陰で火をおこしているあいだ、〈マザー〉たちはすこし離れたところで見張りをしてくれていた。沈みかけた太陽の光が、〈マザー〉たちの長い影を落としていた。カイがさらに二匹のネズミを罠からとってくるあいだに、セーラはずっしりと重い――これまた彼女が見つけた宝物の――フライパンでサボテンを焼いた。カイは慣れた手つきで小さな獲物すべての皮をはぐと、死骸を砂漠の低木の細く長い茎で串刺しにし、弱い炎のほうに傾くようにして地面に突き立てた。肉が焼けるまでのあいだ、ふたりはサボテンをむしゃむしゃ食べた。汁がふたりの顎を伝って垂れた。

「今夜は小児用サプリなんかいらない！」セーラはほほえんだ。「きょうは特別な日なんだもん」

だが、カイは黙って食べつづけた。まとまらない言葉が頭のなかをぐるぐるめぐっていた。

「どうかしたの？」セーラがたずねた。

「その……ぼくは声を出してしゃべることに慣れてないんだ。だけどきみは……きみは上手だね」

「毎日練習したの」セーラはいった。「心配しないで。簡単だから。仲間が見つかれば、きっともっと簡単になる」

「いると思ってるんだね？」カイは手で顎をぬぐった。「仲間が」

「先にほかのボットを見たの。あなたのじゃなかった」

「どうしてわかるんだい？」

「翼のあのマークがなかったの」

カイは振り向いて〈マザー〉を見やった。色あざやかなタトゥーが、左の翼についている黄色い塗料の特徴的な斑点が、薄れゆく光のなかでかろうじて見分けられた。

「なんのためなの？」セーラがたずねた。

「え？」

「あのマークにはどんな意味があるの？」

「知らない。どの〈マザー〉にもついてると思ってたんだ……」カイはセーラの〈マザー〉を見つめた。形はロージーとおなじだが、明らかに違っている――前かがみの姿勢で休憩中もセーラのそばにいるさまは。それにタトゥーがない。「じゃあ……きみはほかのボットを見たんだね？」

「アルファは気がつかなかった。だけど、ここの上を飛んでるとき、わたしは絶対にボットを見たの」セーラは細い腕を上げて西へ向け、いま太陽が地平線を染めているあたりを示した。「アルファにそっちへ戻ってもらおうとした。だけど、あなたを先に見つけたの」

「あしたの朝、調べようよ」

カイのとなりで、セーラは肉にこわごわと口をつけた。小さな骨から肉を慎重にかじりとった。そしてたちまち口をすぼめ、肉を焚き火に吐きだした。

「おいしくないんだね？」

「ええ、まあ」セーラはぺっぺとつばを吐いた。「好みではないわね」

「ごめんね……」

「気にしないで」セーラは水筒を手にとり、水をがぶ飲みして口のなかを洗い流した。「仲間は何人くらいいると思う?」

「セーラ……」少女の名前を口にするとき、舌に妙な感覚が生じた。

「ぼくたちが送りだされたときは」

「アルファは、ぜんぶで五十人だったっていってた……最初は」

「ええ。だけど……」セーラは焚き火から体を遠ざけ、眉をかすかにひそめた。

「だけど、アルファは、いま、何人残ってるかを知らない」カイはいった。

「ええ。アルファにいえるのは……」

「生き残ってる可能性はゼロじゃないっていうことだけ」カイはほほえんだ。火明かりで、セーラが笑顔を返してくれたことがわかった。「どうしてばらばらになったんだと思う?」

「ばらばら?」

「どうして〈マザー〉たちは一緒にいなかったんだと思う?」

「アルファは安全のためだっていってた」

「ロージーもおなじことをいってた。だけど、どんな危険があるんだろう?」

「アルファはいってなかったけど……感染症大流行《エピデミック》とか……肉食動物とか?」

「だけど、ぼくたちにはエピデミックに対する免疫がある。それにロージーにはレーザーがある。ロージーは、近づきすぎた野犬を殺したことがあるんだ」

カイは、ロージーの腕が胴体とつながっているあたりにあるケースを見上げた。ロージーのレーザービームはきわめて正確だ。この武器は、よほどのことがないかぎり使わないの、とロージーは説明した。わたしたちに命の危険があるときしか。

セーラは眉根を寄せて、「ずっと前のことだけど」といった。「アルファもレーザーを使ったことがあるような気がする。夜遅くて、わたしはコクーンのなかで寝てた。爆発が起きたみたいな大きな音がした……だけど、ハッチ窓から外を見ると、なにも見えなかった」首を振った。「夢を見ただけなのかも」

カイは背筋を寒けが走るのを感じながら、焚き火の明かりの向こうに広がる闇に目をやった。ロージーは、自分は研究所でつくられたと教えてくれた。だけど、だれがつくったんだろう？　その研究所はどこにあったんだろう？　ロージーは教えてくれなかった。その情報は――どういう意味かは知らないが――〝機密扱い〟なのだそうだ。カイは、動画で見たおとなたちが、車に乗って高いオフィスビルにある職場に向かうさまを想像した。どこかに、ぼくやぼくの〈マザー〉とは違う人たちが、いまも生きてるのかな？　たぶんいないんだ。ロージーによれば、〝その可能性は〝ほぼ皆無〟だそうだ。生き残れるようにつくられてるのは、〈マザー〉たちとその子供たちだけなんだ。

「ぼくはただ……」カイはなにも刺さっていない串で焚き火をかきまわした。ロージー以外にこんなことをいうのは妙な感じだった。「ただ、〈マザー〉たちが一緒にいればよかったのにと思っただけさ。そのほうが楽だったのにって」

セーラは水筒の水を飲みほすと、「コクーンにまだ水があるの」といった。「前の野営地から持ってきたのよ」

「ぼくもたっぷりある」カイはいった。「とにかく、いまのところは」

セーラは立ちあがって上着の前の土埃を払った。「じゃあ……またあした？」

「うん」

セーラは、見さだめるようにカイを見つめつづけた。「これでいいのよね？」

「うん」風は冷たかったが、カイは心がぽかぽかしていた。ベルベットのような空を見上げると、その表面でくっきりとした星々が踊っていた。いい気分だった。

翌朝、カイは、早くまたセーラと会いたくて、夜明けに目を覚ました。ロージーのキャタピラを滑りおりて野営地を見まわした。アルファ＝Cのハッチは半開きになっていて、なかからくすんだピンクの明かりが漏れていた。セーラはアルファ＝Cのキャタピラにもたれて小児用サプリのパックの角を吸っていた。「これって、ほんとの食べ物ほどおいしくはないけど、とにかく簡単に食べられるのよね」とサプリを飲みながらいった。

「きょうは西へ行くんだよね？」

「アルファも賛成してくれたわ」

「ロージーもだよ。だけど、どうやって離ればなれにならないようにするの？」

「あなたの〈マザー〉に、あたしたちについていくようにいってもらえる？」

カイは黙りこんでロージーに伝心した。「だいじょうぶ」と声に出していった。「追いかけられるって」

カイはコクーンに戻り、座席のうしろの荷物室から小児用サプリをとった。安全ベルトをしてから、パックの角をちぎって中身を吸った。ハッチ窓から、セーラがアルファのキャタピラによじのぼっているところが見えた。そしてはじめて、ほかのボットが離陸準備をするところを見た。アルファ＝Cの翼が背中のなめらかなケースからのび、大きなカバーからターボファンがあらわれて地面のほうを向いた。次の瞬間、土埃が舞いあがってなにも見えなくなり、ロージーもあとに続いた。

上昇すると視界が晴れ、アルファが先導してロージーが追いかけた。カイは、ほかのボットが飛んでいるところをうっとりと眺めた。だが、ロージーが、頭のイカれた鳥のように空中で旋回したり急に方向転換したりをくりかえしているアルファとおなじように飛んでいないことはわかっていた。「アルファ＝Cと話せるの？」とカイはロージーにたずねた。

「アルファ＝Cってなに？」

「セーラのボットだよ。アルファ＝Cとは話せないの？」

「ええ。話せるのはわたしの子供とだけなの」

「だけど、アルファ＝Cは見えるんだよね」

「ええ。形状を感知できる。安全な距離を保っているわ」

「もしもほかのボットが地上にいたら、それを感じられる？」

「もうパターン認識を開始しているわ。それらしい形の構造物を確認したら教えるわね。だけど、いまの地表温度だと、わたしの赤外線センサーでは信号を識別できそうにないわ」

「どうして？」

「いまの平均地表温度は摂氏二十九度から三十三度なの。ボットまたはそれに乗っている生物が発するわずかな熱は感知できないのよ」

今年の春は例年よりも暑かった。ずっと暑かった。眼下の地面はぼんやりともやっていたので、セーラが前日に見つけたというボットを発見してくれることを期待するしかなかった。突然、アルファが片方の翼を下げ、大きく弧を描きながらゆっくりと降下しはじめた。「なにか見える?」カイは、セーラが見つけたものを見分けようと目を凝らした。

「いいえ。なにも見えない」

「だけど、アルファ＝Cについていくんだよね?」

「ええ」

ロージーが着陸すると、カイは急いで安全ベルトをはずした。ロージーのハッチドアを押しあけ、キャタピラを滑りおりると、アルファに向かって走った。セーラはカイに背中を向けていた。〈マザー〉のとなりに立っているセーラはほっそりした肩を落としていた。

セーラの横にたどり着いてはじめて残骸が見えた。「あれはなに?」

「あれは……ボットよ……ボットだったものよ」セーラの目から涙があふれそうになっていた。「気がつくべきだった。だからアルファは見つけられなかったんだわ。このボットが……ばらばらになってるから」

カイはおずおずと近づいた。暑さのなか、腕の毛が逆立っていた。かすかな風が、目の前に転がっているちぎれたファンに吹きつけてひゅうと鳴った。すこし離れたところで、胴体が卵の殻のように割れていた。片方の翼がのびていた。その下から突きでているのは……

「うわあああ……」カイは砕けた容器を見つめた。チューブとワイヤーからなる網が、細長い卵形を維持しようとして失敗していた。カイの脳裏に、彼が生まれた補給所の近くの地面に転がって暑い日差しを浴びていた、おなじ形だが別の容器が浮かんだ。

「あれはなに?」あのとき、カイはそうたずねた。

「あなたはあそこから生まれたのよ」とロージーは説明してくれた。「あなたの保育器《インキュベーター》よ。いまはもう必要なくなった。だけど、とっても大切だったこともあるの」

インキュベーター。だが、そのインキュベーターは違っていた。そのインキュベーターには、小さな、完璧な形の骸骨が入っていた。両手を組んでいるので、祈っているように見えた。

セーラがカイの腕をそっとつかんだ。「しかたないわ」喉が詰まったような小さな声でそういうと、向きを変えて去ろうとした。「行くわよ。きっとほかの子が見つかる。次は生きてる子が」

「だけど、セーラ」とカイはいった。「このままにして行けないよ。あの子を埋めてあげなきゃ」

8

二〇五一年十二月

フォートデトリック研究所の窓がない薄暗い部屋で、ジェームズは、大きな作業台があってキャンパスを一望できるエモリー大学のラボを思いだしていた。自分のラボのチームを連れてこられたらよかったのに、と思った。だが、歳月がたったいま、エモリーの博士《ボス》研究員《ドク》たちは、週に一度の連絡だけでどうにかせざるをえなくなっていた。学部長は、政府からの、ジェームズは国家安全保障のために不可欠なのだという漠然とした説明で満足せざるをえなかった。そしてジェームズは、ルディ・ガーザの少人数のチームで我慢せざるをえなかった。それに、ハーパーズフェリーにある、いまルディとシェアしている狭苦しいアパートメントと硬いソファベッドで。

ジェームズはにやりとした。すくなくとも、化学者の例に漏れず、ルディは料理が得意だ。ルディの気晴らしは、キッチンで料理番組を見ながら、美味な創作をすることなのだ。

だが、注意が必要だった。きのうの夜、ルディはジェームズにすばらしい新メニュー、タマレというメキシコ料理をふるまってくれたのだが、テレビをつけっぱなしにしていた。ニュース番組がはじまったが、トップはアフガニスタンの砂漠で発生している謎めいた死病についてだった。「軍がこの地域を封鎖しました」と防護服を着た男性記者がいった。「しかし、あいかわらず死亡が報告されています」カメラがフェンスごしにパンすると、ずらりと並んだ血のついた軍用簡易ベッドに衰弱した人々が横たわっている――ジェームズの両親をまざまざと思いださせる罪なき犠牲者だ。「原因は不明のようです」記者は続けた。「そして軍関係者は、いまのところ、人道的援助の受け入れを拒否しています」

ルディはリモコンのボタンを押して、「もうたくさんだ」といった。「ぼくたちは眠らなきゃならないんだ」

だが、眠れなかった。ジェームズは疲れきった顔で冷蔵保管庫に整然と並んでいる小さなガラス容器を眺めた。すべて、おなじテーマのバリエーションだった。ジェームズはガラス容器の上で手袋をした手を踊らせて、ラベルに〝C＝341〟と記されている容器をとりあげた。運がよければ、これが、死を呼ぶＩＣ＝ＮＡＮの猛攻に対抗しうるＮＡＮ配列なのかもしれなかった。

ＩＣ＝ＮＡＮを打倒するのは容易ではない。いまのところ、回復した感染者はひとりもいない。重要なタンパク質である誘導型カスパーゼの遺伝子転写の阻害がＩＣ＝ＮＡＮの感染機序だ。ＩＣ＝ＮＡＮはＤＮＡの、〝誘導型カスパーゼプロモーター〟と呼ばれる、通常、転写されたカスパーゼ遺伝子がメッセンジャーＲＮＡをつくりはじめる場所にみずからを挿入する。そのメッセンジャーＲＮＡが作成されないと、細胞はカスパーゼをつくれない。カスパーゼをつくる能力を失った細胞は、ただちに自己破壊すべしという自然の信号に反応できなくなる。そのためその細胞は生きつづけ、分裂し、肺の表面を詰まらせて、そこから全身に散らばる。

ＩＣ＝ＮＡＮを倒す唯一の手段は、どうにかして新たな、ＩＣ＝ＮＡＮによる改変に影響されない異なるプロモーターを持つカスパーゼ遺伝子を挿入することだろう。ジェームズたちは、解毒剤ＮＡＮを開発しようとしていた。その新しいＮＡＮは、国防総省がＩＣ＝ＮＡＮを散布したときと同様に、エアロゾルとして配布することになるだろう。ただし――喘息患者に広く利用されている吸入器のような――小型機器を用いて個人で摂取できるようにして。ルディのチームはさまざまな解毒剤を合成していた。ヒト細胞培養モデルを作成してモニターテストをするのがジェームズの仕事だった。

ジェームズはそのガラス容器をバイオセーフティ・フードの奥のラックに注意深くセットした。「どうにかして、この過程をスピードアップできたらいいのにな」とぼやいた。

「ジェームズ、辛抱が肝心なんだぞ」とルディは応じた。「この種のナノ構造が不安定で合成が難しいのは周知の事実なんだ。ぼくのチームは、IC＝NANの安定した剤形を完成させるのに三年かかった。副作用のテストをしなくてすんだのにだ。動物試験も必要なかった——細胞培養試験で有効性を実証するだけでよかったんだ。信じてくれ。たった二年でここまで来られたのはすごいことなんだよ」

ほんとうだった。IC＝NANのときは、ゴールは死だった。それに対して、解毒剤NANは、有効で、なおかつ安全でなければならなかった——長期的な副作用があってはならなかった。ジェームズは細胞培養で数百におよぶ候補のNANを選別した。そのなかで、五つが霊長類試験に進めるだけの有効性があるとみなされた。隔離されたプエルトリコの施設で飼育されているマカク猿を使っておこなわれる霊長類試験によって、好ましくない副作用の有無を確認するのを待つあいだに、チームの貴重な時間が失われた。最終的に、望みがあると判断されたのはC＝341だけだった。

壮大な事業だった——全人類に遺伝子工学をほどこすというのは。鍵となるのは、対象者が、IC＝NANにさらされる前に解毒剤を投与できるかどうかだった。投与できれば、あとで治療しなければならない病変の数を減らせる。だがその後も、定期的な投与を続けなければならないだろう。IC＝NANだらけの新たな環境で生きられるように人類が進化できるとして、それまでは、地球上の全員が予防療法を継続しなければならなくなるのだ。また、解毒剤NANがほかの、試験では洗いだせなかった、思いもよらない副作用を起こす危険もつねに存在する。だがリチャード・ブレヴィンズ大佐は、この挑戦の困難さを過小評価しているとしか思えなかった。実際、大佐は科学者チーム同士の共同研究を許可してくれなかった。自分には、限定された担当部分を完成させるために必要なことしか知らされないのだ、とジェームズはさとった。

保冷容器のドアをロックしてから、ジェームズはラボ仲間のほうを向いた。「ルディ、お偉方はこの計画に本気でとりくんでるのかな?」

ルディは考えこんでいるような顔で禿げた脳天をなでた。「どういう意味だい?」

「だれも試験のことを心配してないように思えるんだ。解毒剤は、統計的に有効な臨床試験をしないかぎり安全性を確認できないんだぞ。それに、どうやって大量生産するんだ? もしも、きみのいうとおりに合成が難しいなら、どうやって全員に行き渡るだけの量をつくるんだ? それどころか、安定した剤形の完成だって、まだこれからなんだ。お偉方はそれが――」

ルディは慎重な手つきで白衣を脱いでドアの横にかけた。振り向いて、ジェームズの腕をそっとつかんだ。「この前もいったように、ぼくも、IC＝NANのときにおなじように感じてた――お偉方は真剣じゃないって。実際、計画は中止になるだろうと予想してたんだ。ところが、いざプロジェクトが完成すると、散布システムはもうできてると聞かされた。大量生産のためのバイオリアクターの準備も完了してたんだ」

「ほかのだれかが作業を進めてたんだな」

「ああ。こういう計画は注意深く分割されてて、研究者には知る必要のある情報しか知らされないんだ。ぼくは毎日、成功を祈ってる。そして、政府はどうにかしてぼくたちを助けてくれると信じてるんだ」

「だけどきみも、感染したアーキアの拡散についての最新予測を見たじゃないか。完全な解決策を見つけるまでの猶予はあと二年しかないんだぞ――長く見積もっても」

ルディはいったん黙った。どう答えるかを考えているようだった。「〝完全〟をどう定義するかによるな」ルディはいった。「じつは、ずっと考えてたんだ……」

「考えてた？」

ルディは床に視線を落とし、このときはジェームズと目をあわそうとしなかった。「ぼくがこんなことをいったって、だれにも話さないでくれ、ジェームズ。だけど……小耳にはさんだんだ。お偉方はいま……選ばれたごく少数を救うしかないと思ってるふしがあるんだよ」

ジェームズは、エネルギーが手足から流れでていくのを感じながら、ルディに続いて通路を進み、狭苦しい自分のパーティションに戻った。ジェームズは椅子にどっかりと腰をおろし、両親が写っている古い写真を見つめた。それが、エモリーから持ってきた唯一の私物だった。二年前、政府のリムジンの後部席から取り乱したメールを送ったせいで、しょっちゅう両親を、心配はいらないと安心させなければならなくなっていた。両親は、ジェームズはいまもエモリーにいて、あいかわらず学部教授団の夕食会に参加しながら終身在職権を得ようとあくせくしていると思っていた。

ジェームズは両親に会いたくてたまらなかった。だが、両親の帰省の誘いを断る口実をひねりだしつづけていた。そして、時がたつにつれて、自分のいまの——最愛の者たちから距離を置いているという——状態は、幼いころに両親から受けた躾《しつけ》に起因しているのではないか、と考えるようになっていた。

アブドゥルとアマニのサイード夫妻のひとり息子であるジェームズは、自分は両親から愛されていると、いつもはっきり感じていた。だが、やはりはっきりと、両親が自分と距離を置いていることも感じていた。両親は、ドアを閉じた部屋のなかで、ジェームズが教わらなかった言語で祈っていた。ジェームズというのは、文字どおりにキリスト教徒《クリスチャン》としての名前《ネーム》だった。姓まで、両親とは違っていた。両親はジェームズに、〝Said〟という姓を、英語読みで〝セッド〟と発音するように教えた。父親が現場監督をしている、麻を栽培する南カリフォルニアのウィーラン農場の人々が呼んでいる〝サイード〟ではなく。農場の人々は、「わかりました、サーイードさん」と間延びした発音をする。「こいつはきょうじゅうに送っちまいますか、それともあしたでかまいませんか？」

間違いなく、両親がしたことのすべてはジェームズを守るためだった。両親は本気で信仰しているし、信仰が彼らの不可欠な一部になっているが、大変な苦労を重ねてジェームズを信仰から遮断した。だが、遮断しつづけることは不可能だった。ある時点で、ジェームズは赤裸々な現実と直面せざるをえなくなった。そしていまも直面していた。フォートデトリックでの扱われかた、一定の距離を置かれる感じという形で……ルディですら、ジェームズが質問しすぎたときなどに、言葉に詰まって黙りこむことがある。じわじわと、だが確実に、ジェームズは自分が、ルディやそのほかの科学者たち以上に、蚊帳《かや》の外に置かれていることに気づかされた。幻想はいだいていなかった。政府の安全保障関連という狭い世界で働いているパキスタン系アメリカ人であるジェームズは、つねに余分な詮索を受けてきた。

ジェームズは顔をしかめた。両親もまた、いつの日か、ジェームズが守っている秘密という現実――世界的な人工感染症大流行《エピデミック》という現実――を受け入れざるをえなくなる。もちろん、IC＝NANエピデミックが拡散しなければいいとジェームズは願っている。だが、日ごとに、拡散するに違いないという、時間の問題だという確信が深まっていた。

ジェームズは手をのばしてコンピュータ画面に触れた。鷲と十三個の星からなる冠が描かれている国防総省の紋章が表示され、ジェームズは予定されていたミーティングの開始を待った。ようやく、ラングレー側がログインしたことを示すカチッという大きな音が聞こえた。ジェームズは、ブレヴィンズが、回線の反対端にある暗いオフィスでひとり、小さなデスクの前にすわるところを想像した。だがそのとき、ほかの複数の人々の声が聞こえた。静かに話していた。

「セッド博士、聞こえるかね？」大佐だった。

「はい、聞こえます」

「ガーザ博士は？」

「聞こえています」となりのパーティションでマイクに向かっているルディの声が響いた。

「よろしい。では、はじめよう」

紋章が消えてライブ映像に切り替わり、小さなテーブルを囲んですわっている五人が映しだされた。ブレヴィンズ大佐のほかに、軍服を着ている、がっちりした怒り肩で長身の男がいた。小柄で赤毛の女性のとなりには太りすぎで生白い顔をした男がすわっていた。

ふたりともビジネススーツを着ているが、なんとなく見覚えがある。五人めは……アメリカ合衆国副大統領、イレーナ・ブレイクだ。

「きょうは、ラングレーにゲストを何人か迎えているんだ」ブレヴィンズがいった。「CIA長官のジョセフ・ブランケンシップ将軍」軍服姿の長身の男が指を立てた。「ヘンリエッタ・フォーブス国防長官」背の低い女性がカメラに向かっておざなりに手を振った。「サム・ロウィッキ国家情報長官。それから、副大統領は紹介するまでもないはずだな」

ジェームズは目を細くして画面を見た。これはただの最新情報の報告ではなかった。決定がくだされたのだ。ジェームズが見ていると、ブレヴィンズが招いた人々のほうを向いた。「このビデオ会議には、フォートデトリックからルディ・ガーザ博士とジェームズ・セッド博士が参加します」

ラングレーのCIA本部の部屋で、サム・ロウィッキが身を乗りだした。「みなさん……」言葉を切って咳払いをし、ネクタイをゆるめた。「まず、おふたかたに感謝を申しあげる。ここにいたるまでの道のりは容易ではなかっただろう。われわれはみな、おふたかたが最善をつくされたことを知っている」

「ただし……」とジェームズは小声でつぶやいた。ただしなんだ？　首元でどくどくという心臓の鼓動を感じた。

「われわれは、この時点で……優先順位を変更すべきだ、ということで合意した。ガーザ博士？」

「はい？」

「あなたには解毒剤候補の臨床試験の責任者になっていただく。どれがもっとも有望かが決まったら、それに全力を傾注してほしい」

「ですが……」ジェームズは思わず口をはさんだ。

「なんだね、セッド博士？」ブレヴィンズ大佐が、カメラをこんどはじろりとにらんだ。

「ご承知のように」とジェームズ。「現時点では、有望な解毒剤候補はひとつしかありません。それに、スクリーニングした被験者なしで、どうやって臨床試験をするんですか？」

「志願者がいるんだ」ブレヴィンズが答えた。

「ですが、だれが――」

「きみは気にしなくていい」ブレヴィンズがさえぎった。ふだんから赤い顔をさらに紅潮させて椅子にもたれた。

「セッド博士？」サム・ロウィッキがふたたび口を開いた。「あなたには新たなプロジェクトにとりくんでもらう。そしてそのために異動していただく」

「異動ですか？　どこへ？」

「ニューメキシコ州ロスアラモスだ」

「ニューメキシコ？　ですが――」

「エモリーのきみの学部には通知ずみだ。一時間以内に、ブレヴィンズ将軍から、新たな任務についての説明がある。あらためて、おふたかたの尽力に感謝する」

ジェームズは呆然と椅子にもたれた。脱力感に襲われてだらりと両腕を垂らした。ブレヴィンズ将軍？　ブレヴィンズはいつ昇進したんだ？　それにどうして？

9

会議室からだれもいなくなると、リックは椅子にもたれてネクタイをゆるめた。ワイシャツの襟が汗で濡れていたし、右脚の、かつてふくらはぎがあった場所がずきずきと痛んでいた。ポケットを探って小さなプラスチック瓶をとりだした。数カ月前から、ふたたび鎮痛剤に頼らざるをえなくなっていた。だが、けさは、頭をはっきりさせておくために鎮痛剤を控えた。

両手のつけねを眼窩《がんか》に押しつけた。とはいえ、いま飲んだ錠剤は、肉体的苦痛にしか効果がない。現場仕事で負った心の傷はとうに癒えている、と思いこもうとしていた。肉体的苦痛をやわらげるのは鎮痛剤にまかせてローズ・マクブライドについて考えようとし、彼女とはじめて対面したときのことを思いだした。

それ以来、ローズと会ったときのことを順番に思いだした。

計画にひきいれる前に、ほかのミッションのときと同様に、リックはマクブライド大尉を調査した。ローズは知らなかったが、リックは、彼女について、入手できるかぎりの情報を収集した。ローズは、心理学の学士号を取得したあと、軍に入隊し、心理作戦の相談員になり、イエメンの捕虜たちに心理カウンセリングをほどこした。興味深い。帰国してサイバーセキュリティを専門に学んでコンピュータ科学の修士号を取得した。すばらしい。アフガニスタンにおけるサイバー作戦では、ローズが秘密通信の複雑な網の目の解析に一心にとりくんだおかげで、コードネーム〝ズルフィカール〟という、悪名高いテロリストにして武器密売人をとらえることができた。みごとだ。

だがそのあと、リックはローズと会った。目をつぶると、ローズの顔が、ローズのしぐさが浮かんだ。リックの脳裏で、無関係に思えるさまざまな発見を要約し、データの物語に命を吹きこんでいるローズの、しなやかで表現力豊かな手が宙で弧を描いた。画面の光を反射して、ローズの青緑色の瞳がきらりと輝いた……

ローズは、自分は根なし草だと主張した。だがローズは、リックが出会ったなかでもっとも地に足のついた人物だ。ローズは自分がどういう人間なのかを知っている。自分がなにをしようとしているかを心得ている。あらゆる事柄の核心を見通すことができる。だから、ローズに見られたとき、リックは心を見透かされたと確信した。

リックはその感覚を理屈で退けようとした。もちろん、ローズの前だとそういう感覚に襲われる——本を読むようにして読みとられるという感覚に。現場に出ていたとき、リックは何人もの心理分析官とかかわった。彼らは相手を分析する専門家だ——しばらくすると、人を分析することが習慣になる。だが、ローズは違った。ローズはリックを訊問しなかった。問いたださなかった。ところが、ローズの前だと、リックのなかでなにかがはがれ落ち、自分でも存在するのを知らなかった防衛線が破れた。そして、ローズと出会ってから、毎朝、鏡に映る自分が変わった。納得できる顔に、とにかく、こうでありたいと思える顔になった。

リックは両手のこぶしを握った。リックはローズ・マクブライドに対する感情に圧倒されかけていた。だがローズは、機密任務に従事している部下だった。ローズとつきあうことを考えるだけで、叩きこまれたありとあらゆる軍紀に違反した。自制しなければならなかった。

とはいえ、リックはローズを昇進させるつもりだった。そしてこれまでのところ、マクブライド博士はその実行を容易にしていた。ビッグデータについての専門知識を有しているローズは、世界各地の疑わしいアーキアの菌種の動きを簡単にマッピングできた。およびただしい数の国際科学機関から得た情報を照合したり、詳細な分析のために標本を採取してフォートデトリックへ持ち帰るチームを派遣する調整をしたりしていた。細かく指示する必要はなかった。秘密作戦に慣れているので、ローズはあれこれと質問しなかった。細かいところまで神経が行き届いていた。そしてローズの分析結果は破滅を意味していた。感染したアーキアは初期モデルの予測よりもずっと早く拡散することがはっきり示されていたのだ。この九カ月間、国防総省は、ローズの予測が正しいことを確認することしかできなかった。

それにもとづいて――それのみにもとづいてだ、とリックは自分を訂正した――彼はローズを、現在は公園になっているプレシディオをふたたび軍施設にする計画の責任者にするべきだと働きかけた。そしてこれまでのところ、ローズの仕事ぶりは、またもみごとだった。ちょっとした特典を提供し、引っ越し先の地域があなたがたが来たことによって〝大きな恩恵〟を受けるでしょうと請けあっただけで、旧駐屯所《メインポスト》で最後まで渋っていた相手を、サンフランシスコのダウンタウン内の、条件がずっと劣るオフィスへ移転することに同意させた。

いま、リックはローズを、ロスアラモス研究所ではじまる新たなる夜明け《ニュードーン》計画に参加させるつもりだった――全面的に。参加させなければならなかった。なぜなら、チームの一員にならなければ、解毒剤を得られる望みはないからだった。いまなら、自分自身に対してだけでも認められた。リックはローズに解毒剤を与えたかった。

研究所のローズの内線番号を打つと、彼女は即座に出た。

「おめでとうございます、将軍」ローズはいった。

「なんだって？」

「昇進なさったんですよね？」

「ああ……まあな。もう聞きつけたんだな。ただの准将さ……星はひとつだけなんだ……」リックは黙りこんだ。さまざまな考えが頭のなかをぐるぐるめぐった。「マクブライド大尉？」

「どうぞローズと呼んでください」

「ローズ？　うーん……」

「メールにありましたが、新しい任務につくことになるんですね？」

「ああ。プレシディオをふたたび軍の施設にする作戦はまもなく終了する。こんどはきみにうってつけの仕事だ。コンピュータプログラミングだよ……だが、直接説明したほうがいいだろう」

「ワシントンへうかがいましょうか？」

「いや、あした、ロスアラモスで会おう。XOボット施設で」

「例の宇宙ロボットを開発しているところですね？」

に行けるかね？」

リックは顔をほころばせた。宇宙ロボットか。「そうだ」と答えた。「一六〇〇時まで

回線を通じてがさごそと音が聞こえた。「ええと……はい……朝イチで飛べます」

「そうか」リックは椅子にもたれ、脈拍がわずかに速くなっているのを感じた。「よし。

飛行機についてのくわしい説明はあとで送る。車で飛行場まで送らせるよ」

リックは通話を切ったが、しばしのあいだ、コンソールの小さな赤いアイコンに人差し

指をつけたままでいた。リックはいつも、ローズと会うことを楽しみにしてきた。だが、

今回は難しい面談になりそうだった。なにしろローズは、どんな事態が進行していたのか

を、はじめて明確に知ることになるのだ。リックは、ローズに面と向かいあって話したか

った。

だが、まずはジェームズ・セッドの件を片づけなければならなかった。リックは首を振

ると、博士の安全な番号を入力した。

「はい？」セッドは怒っていた——それは明らかだった。

「すまなかった」リックはぼそりと電話に謝った。「あの場できみと議論するわけには——

——」

「わかります。でも、いま、どうなっているかを教えていただけませんか？　どうしてロ

スアラモスに行かなきゃならないんですか?」

「残念ながら、アーキアは想定よりも早く広がっているんだ。そしてきみも知っているように、解毒剤を充分につくることは――」

「無理だと決まったわけじゃありませんよ」

「無理なんだ。少数を助けられるくらいならつくれたとしても、きみもわたしとおなじくらいわかっているように、世界を救う時間は残っていないんだ」

回線から深いため息が聞こえた。「わかりました。じゃあ、あなたがたは、わたし抜きでガーザ博士と彼のチームに解毒剤開発計画を進めさせるつもりなんですね。でも、どうしてわたしをロスアラモスへ送るんですか? いまフォートデトリックでしている研究以上に重要ななにを、ロスアラモスですることになるんですか?」

「赤ん坊をつくる必要があるんだ」リックはいった。

「い、い、赤ん坊をつくる?」

「こいつに対する免疫を持つ子供たちをだ。そもそも、それが、きみを迎え入れた理由のひとつだったんだ」

「そ、そ、そもそも?」

「セッド博士、正直にいってかまわないかね?」

「どうぞ」

「きみを最初にチームに迎えるとき、わたしは強く反対した。ＮＡＮ計画を進めるための戦力はそろっていると思っていたんだ。だが、わたしもまた、すべてを知っていたわけじゃない」

「というと……？」

「ブランケンシップ将軍とフォートデトリックのチームは、最初から別の計画を、予備計画を進めていた。そしてその計画は、きみの以前の研究にもとづいていた。きみはどうすればいいかを知っているんだ」

「でも……赤ん坊？　だれが授乳するんですか？　だれが育てるんですか？」

「そのための準備も進んでいる」

「生存者ですか？　解毒剤を摂取した人たちですか？　生存者が――」

「セッド博士、わからないんだ。ひとりでも生きのびられるかどうか、わからないんだ。だから万全の準備をしておく必要がある。代替案が必要なんだ。あすの午後、ロスアラモスで説明を受けられる。〇七〇〇時に軍のジェット機に乗ってくれ。くわしくは安全な接続を通じて送る。荷物は一日分だけでいい。私物はあとで送らせる」

　リックはテーブルの上に手をのばして通話を切った。赤ん坊については、リックも答えを持ちあわせていなかった。赤ん坊か。考えすぎないようにした。いま、この毒が広がっている時代に生きている子供たちについては。

10

二〇六二年三月

ロージーのハッチ窓ごしに、カイは闇のなかでアルファ＝Cを探した。月明かりでアルファ＝Cの輪郭を見分けられたので動悸がおさまった。ふたりはきのう、また見つけた――生存者を期待したが、こんどもボットは壊れていたし、小さな死体は死んでから長い時間がたっていた。セーラとアルファとともに探すようになってからの一年で、これで三人めだった。セーラと一緒なので、失望はそこまでつらくなかった。だが、つらいことには変わりなかった。

「悲しんでるわね」ロージーの声がカイの心の奥に響いた。

「うん」

「心配しないで」ロージーはいった。「悲しむ理由はないのよ」

カイは首を振った。ないのかな？　カイは無言で夜明けを待った。

セーラはカイの横、自分の〈マザー〉の陰で、刺《とげ》のある緑の枝のように見えるものをゆっくりと嚙んだ。「あげる」カイに一本差しだした。「きのう、帰る途中で見つけたんだ。ほんとはお茶にするんだけど、水がないときは小枝を嚙むだけでもいいの。頭がすっきりするわよ」

小枝を受けとると、カイはおずおずとかじった。ひどく苦かったし、乾いた表面がひび割れた唇にくっついた。カイは毛布を体にぎゅっと巻きつけると、自分たちが野営している、一面の白灰色《はくかい》がまばゆい、岩だらけの荒野をぼんやりと眺めた。寒かったが、カイとセーラは喉が渇きすぎ、疲れすぎていて、動く気になれなかった。「ほんとになにも食べたくないの？」

「うん……」

カイはセーラが心配だった。補給所にたどり着いても、補給品はほとんどなかった。水は切れていたし、塔はからからに乾いていた。ふたりは高地の雪が解けた水を汲んでしのいでいたが、この冬は例年より暖かかったので、見えている高峰では、乏しい雪解け水がもう蒸発してしまっていた。通りかかった幾筋かの川は、浅くなっているか干上がるかしていた。料理に使う水を節約しなければならないという口実で、セーラはどんどん食べる量を減らしていた。上着を着ていても、セーラの肩の骨がとがっているのがわかった。そして、かつては潑剌《はつらつ》と空を飛びまわってカイをひっぱりまわし、〝任務〟遂行中に〈マザー〉を急旋回させたり急降下させたりしていた少女は道に迷っているように見えた。セーラも、カイと同様に、次になにを見つけるかを恐れているのだろうか？

セーラがアルファを見ている様子で、〈マザー〉と話しているのがわかった。セーラが眉間《みけん》にしわを寄せているので、楽しい会話をしているわけではないとわかった。

「どうかしたの？」カイはたずねた。

「あんまり飛ばないほうがいいってアルファはいうのよ」

カイはロージーが、前夜、寝ている彼に警告を発したことを思いだした。「微粒子だね？」

「空気中の塵が増えてるらしいわ。エンジンから取り除くのが大変なんですって」

「だけど、移動は続けなきゃ……」カイは空を見上げた。微細な結晶群のせいで、明るい太陽光が散乱して靄《もや》がかかっていた。もう何週間もこんな感じが続いていて、遠くの卓状台地《メサ》がほとんど見えなかった。カイは気力を振り絞って立ちあがると、「いいことを思いついたんだ」といった。「ぼくたちがなにを持ってるかをたしかめようよ」

「え？」

「ロージーから、きょうはぼくの誕生日だって聞いたんだ。ぼくはきょうで八歳なんだ。誕生日パーティーをしよう！」

「そうね……」とセーラ。「あたしはあしたで八歳だわ」

「プレゼント交換をしようよ」

「プレゼント？　だけどなにも――」

「ぼくは、まだきみに見せてないものをいくつか持ってる。きみも何個かは持ってるんじゃないかな……」

カイはロージーのキャタピラをのぼってコクーンに入り、セーラが気にいってくれそうなものはないかと、わずかばかりの持ち物をひっかきまわした。やがて、宝物を両腕にかかえながら、ぎこちなく地面におり、それらを地面に並べた。ゴム素材のケースがついているプラスチック製の直方体。「ゲームができる古いタブレットだよ」とカイはいった。「直せなかったんだけどね」ロージーは、小さくて古い楽器を見て、ウクレレね、といった。「糸が張ってあったはずなんだ」とカイは説明した。つばが壊れている茶色の革帽子。「カウボーイハットだよ」とカイはいって、髪がもじゃもじゃにのびている自分の頭にきっちりとかぶった。「日よけになるね」にっこり笑って、弦のないウクレレをかき鳴らしている振りをしながら、調子っぱずれのハミングをした。そして、仰々しいしぐさで帽子を脱いでセーラに差しだした。

だがセーラは無表情でカイを見つめるだけだった。そして突然、カイは気まずくなった。ぼくはなにを考えてたんだ？　どれも、ただのつまらないゴミじゃないか……

そのとき、セーラがカイに笑顔を向けてくれた。「あたしはもっといいものを持ってるのよ」といってアルファに戻り、すぐに、大きなピンク色のバッグを肩にかけて戻ってきた。笑っている猫のマンガキャラクターが描かれているバッグには、おもな収納部と、ぴかぴかの金属製ホックで閉じられている、三つの小さなサイドポケットがあった。セーラはポケットのひとつから、空色の磨かれた石を銀のチェーンでつないであるネックレスをひっぱりだした。「トルコ石なの」とセーラはいった。そしておもな収納部から、細い木の棒でこしらえたように見えるものを出した。

「それはなに？」カイは近づきながらたずねた。

「飛行機よ」セーラは目を輝かせながらそれを掲げ持って、胴体からのびている二枚の流線形の翼を見せた。「古い動画に映ってるやつね。だけど、これにはエンジンがついてない。グライダーなの」

「持ってもかまわない？」

「ええ……だけど気をつけてね。あなたと会う前につくったの。ばらばらにならないようにするための方法を、ものすごく時間をかけて見つけたのよ。骨組みはタンブルウィードで、ほかは枯れ草でできてる。編んでつくったの」セーラは飛行機を慎重に差しだした。カイは両手の人差し指の先を両方の翼の下にあててバランスをとった。「アルファから編みかたを教わったの。それに飛行機のことを。アルファはそういうことにくわしいのよ。乗れるくらい大きなグライダーだってつくれるっていってた。グライダーで飛ぶのがいちばん気持ちいいんだって――静かだから、鳥みたいな気分になれるらしいわ」

カイは信じられないという顔でセーラを見た。「これを……くれるのかい？」

セーラはかすかにほほえんで、「ごめんね」といった。「そんなふうに思わせるつもりじゃなかったの……」カイから飛行機を取り戻すと、細心の注意を払いながらバッグに戻した。「だけど、これをあげる」ふたつめのサイドポケットに手を入れ、こぶしを開くと、てのひらに光り輝く小さな物体が載っていた。

カイはおずおずとそれを受けとった。平たい円筒形の銀色のケースだった。透明なカバーのなかを見ると、細い針が、〝W〟という文字の上でふらふらと揺れていた。

「コンパスよ」とセーラがいった。「貴重品よ。どっちへ行けばいいかわかるんだから」

「ありがとう。だけど、きみはもう使わないの？」カイはセーラにコンパスを持った手を差しだした。

「ええ」セーラはいった。「だって、ふたりは一緒にいるんじゃないの」三つめのサイドポケットから、長方形の紙切れを出してカイのてのひらに載せた。「それからこれもあげる」

カイは親指で、髪が亜麻色で赤い服を着ている少女が笑顔で写っているラミネート加工された写真をなでた。茶色の髪を長くのばしている女性が、その少女を守るように肩を抱いている。ふたりのうしろには、雲ひとつない青空の下、きらめく青い水が広がっている。

「幸せそうだね」

「ええ……」セーラは考えこんでいるように写真を見つめた。「これってどこだと思う？」

カイは首を振った。海のそば？　湖？　こんな場所は、ロージーの画面でしか見たことがなかった。

「そこへ行かなきゃ。そういうところへ。水がいっぱいあって、植物がたくさん生えてるところへ……」セーラがいった。

「〈マザー〉たちがここへ連れていってくれないかな？」

セーラは暗い表情で振り向いて自分の〈マザー〉を見やった。「もう何度も、そこへ連れてってって頼んだわ。だけどアルファの返事は、座標がわからない、だった。危険を評価してからじゃないと行けないんだって……」

セーラにはそれ以上いう必要がなかった。カイにはわかった。ロージーもおなじことをいっていた――彼女は、カイをどこへでも連れていくようにはプログラムされていないのだ。ロージーには、目的地が安全だというデータが、証拠が必要なのだ。だからこの一年、カイとセーラは、ほとんどが空《から》っぽの補給所から次の補給所へと移動することしかできなかったのだ。とはいえ……「きっとなにか方法が――」カイは、セーラの目が突然、きらりと光ったことに気づいた。ついさっき、見られなくなって残念に思った、あのいたずらっぽい輝きが戻ったのだ。カイはセーラを見つめた。「どうかした？」

セーラはカイの耳元に口を寄せて、彼の耳を丸めた手で囲んだ。「〈マザー〉たちがあたしたちをどこへも連れていけないとしても、あたしたちが行けないわけじゃないわ」とささやいた。

「どういう意味？」

「ダートバイクよ。戻ってあれをとってこなきゃ。直して走るようにできる。そうすれば、どこへだって行けるわ！」

カイはうなずいた。キャンピングカーだ。何日か前、彼らはそれを発見した。だが、きのうの壊れたボットと同様、カイはそれについて考えないようにしていた。

キャンピングカーは大きく、メタリックな車体は流線形で、両側にあざやかなオレンジ色の縞模様がペイントされていた。キッチンと小さなバスルームまで備えられていた。カイはその大きさに感嘆し、思わず夢を見た。ロージーによれば、感染症大流行《エピデミック》以前も、ここにはだれも住んでいなかった。だが、砂漠で何週間かキャンプをするために来る人たちはいた。バカンスと呼ばれていたものを楽しむために。

カイはため息をついた。キャンピングカー暮らしは楽しそうだった。だが、なかには白骨死体があった。大きな二体は広いベッドに横たわり、小さな一体はその横の簡易ベッドに転がっていた。カイは、エピデミックの犠牲者たちがベッドで寝ているところでは暮らせなかった。それらを外へ放りだすのもいやだった。それに、食べ物と水以外のものを奪う気にもならなかった。そのキャンピングカーに長期保存がきく食べ物はなかった。タンクに残っていた臭い水をもらっただけで、カイとセーラはその場をあとにしたのだ。

「だいじょうぶよ、カイ」セーラはカイの腕をつかんで、懇願するような目で彼を見つめていた。「ほしいのはオートバイだけなんだから。それにオートバイは外にあった」

カイはセーラを見つめた。拒めなかった。こんなに楽しそうな、希望に満ちたセーラを見るのはひさしぶりだった。「わかったよ。だけど、どうやってまた見つけるの？」

「わたしが連れていけるわ」というロージーの声が聞こえた。「わたしのフライトデータベースに座標が保存されているの」

カイがセーラを見ると、彼女の〈マザー〉にうなずきかけていた。「さあ、行くわよ」

セーラはほほえみながらいった。

まもなく、カイはそこを空中から見おろしていた。大型車輛は、広い峡谷の横にのびている未舗装の道路をはずれたところにまだあった。サイドドアの横にとりつけた金具からのびている、ぼろぼろのアメリカ国旗がはためいている。オートバイも、後輪のフェンダーに立てかけられたままだ。

その霊場を騒がせないように、ふたりは数十メートル離れたところに着陸した。だが、セーラははやる気持ちを抑えきれず、必死で自由を得ようとしているかのように、オートバイめざして全力疾走をはじめた。カイがセーラの横にたどり着くと、彼女はぴかぴかのハンドルをなでながら、「アルファに訊いたんだけど、充電できるらしいわ」といった。

「足を置くところとハンドルは、あたしたちにあわせて直したほうがいいわね」

カイは頭をかきながら、「〈マザー〉たちがどうしてぼくたちにこんなことを許してると思う？」とたずねた。「コクーンのなかにいるほうが安全なんじゃないのかな」

セーラの顔にまたも影が差した。「アルファはリスクの問題だっていってる」

「リスク？」

「あたしたちは移動しつづけなきゃならない。水と食べ物を――それに、運がよければほかの子を見つけるために。だけど、いまは、マスクさえつけてオートバイに乗れば、陸を走るほうが安全なのよ」とセーラはいった。

カイは、コクーンの座席の下の物入れに防塵マスクがあることを思いだした。まだつけたことはなかった。だが、ロージーもおなじことをいっていた。砂漠の細かい塵は、ロージーのエンジンにとってだけでなく、カイの肺にもよくないと。

セーラはオートバイのバッテリーをキャンピングカーの側面のコンセントからはずして〈マザー〉に渡した。「土《ダート》バイクなんていう名前がついているのには、それなりの理由があるんじゃないかな」セーラはそういうと、後輪のタイヤカバーを蹴って、棚状にこびりついている砂を落とした。

11

二〇五二年五月

遅い午後の薄明かりのなか、ローズ・マクブライドはプレシディオ研究所の自分のオフィスで、椅子にもたれながら左右のこめかみを指でもんでいた。ニュードーン。ときどき、その名称を聞かなければよかったのに、と後悔した。その名称を知ることは、ほかのすべてを知ることを意味するからだ。

ローズは、四九年十二月から、なんらかの形でこの計画にかかわっていた。だが、ずっと外部にいて、なかをのぞける可能性はなかった。一年以上、謎の微生物を追ったあと、九カ月間、プレシディオにあった非政府の施設に立ちのいてもらう交渉をしていたからといって、半年前に、あのロスアラモス研究所での最初の面談で真実を聞かされたときのショックはやわらがなかった。なにしろ、人類は滅亡の危機に瀕していると聞かされたのだ。そのあとどうなるかを想像するのがローズの仕事なのだと。そして、感染した古細菌《アーキア》の容赦ない拡散についてのローズの予測が正しいなら、それが最後の任務になると。

軍用ロボットに破滅後の世界で新生児を育てさせるための方法など、プリンストンの履修課程にはなかった。途方もない難事業、規模と困難さが増す一方の計画だった。だが、現在の——感染が急速に拡大し、かなりの数の人を救える効果的な解毒剤の開発が暗礁に乗りあげているという——状況にもかかわらず、どうにか目処《めど》がつきはじめていた。

ローズは、けさ、コーヒーを飲みながら見たニュースを思いだした。「カンダハルでは、この数週間で〝インフルエンザに似た病気〟が大流行して、多数の死亡者が出ています」と記者がおびえた表情で報告した。すぐうしろに軍用ヘリが見えていた。「パキスタンとの国境付近の都市の医師たちも、似たような症状を報告しはじめています。この地域で最近、米軍が軍事活動をおこなっていることが、この、現在の医療危機と関係しているかどうかは不明ですが、つい先頃も、上空から大規模な焦土作戦が目撃されています」ローズは認めざるをえなかった——ロボットという選択肢は考えざるをえなかったのだと。そして、ローズをプログラム開発の責任者にするというリック・ブレヴィンズの選択は正しかったのだと。なぜなら、ローズはそれについて考えるのを、想像するのをやめられなかったからだ。

ローズはプログラムを〝〈マザーコード〉〟と命名した。母性のエッセンスを具現するコンピュータコードだからだ。このコードに挑むため、ローズはもやい綱を解いて海図のない航海へと船出した。ローズ自身は母親ではなかった。新生児どころか、子供の育てかたの知識がまったくなかった。つねに不安だった——実際に使われることになったら、〈マザーコード〉が、それを必要とする新世界に放りだされた無防備な子供たちの役に立たないのではないかと不安だった。だが、あきらめるわけにいかないのはわかっていた。

　ローズと違って、計画にかかわっている人々の大半は全体像を知らない。マ《M》サチューセッ《I》ツ工科《T》大学の協力者たちにとっては、魅力的で政府から資金をたっぷり提供される人工知能開発計画にたずさわれる機会にすぎなかった。また、責任者であるケンドラ・ジェンキンズを除いて、ロスアラモスのロボット工学プログラマーたちも、やはり誤解させられていた。ロスアラモスのセキュリティ責任者に昇進するまで、ケンドラはロボットの基本動作コード、つまりロボットの動きをつかさどるコードの作成を監督していた。ローズの〈マザーコード〉をそれに注意深く統合する必要があった——どう動くかをつかさどるだけでなく、なぜそのように動くかも理解させなければならない複雑なプログラムだからだ。〈マザー〉たちには〝人格〟を与えなければならない、という理解に達するまでに長くはかからなかった。だが、人格を無から生みだすことはできなかった。叩き台が必要だった。将来、子供たちを養育するはずだった生物学的な母たちにまさる者がいるだろうか？

腕電話が鳴った。「マクブライド大尉？」下のロビーの受付係だった。「次の予約のかたがいらっしゃいました」

「上がってもらって」ローズは襟を直し、すわったまま身を乗りだしてドアに目を向けた。

入ってきた女性は、百七十センチ前後と、高くも低くもない背丈だった。マホガニーブラウンの髪をひっつめにしていた。ローズの目をじっと見つめている女性のきびきびとしたまじめそうな態度は、いかにもきびしい訓練を受けた戦闘機パイロットらしかった。

「ノヴァ・サスクウェテーワ中尉です」と女性は名乗った。

「すわって」ローズはそういって、デスクの正面に置かれた小さな椅子を示した。若い女性が腰をおろすあいだに、ローズも無意識に姿勢を正し、背筋をぴんとのばした。「計画についての概要説明は受けたの？」

中尉は、博士の部屋とはとても思えない、乱雑なオフィスを見まわした。「わたしの卵子を保存するための手続きに必要なんですよね？　のちのために」

「それも目的のひとつね」ローズは言葉を選んで答えた。「でも、それだけじゃない。人格プロファイリングという側面もあるのよ……」

「ええ」とノヴァ。「ええ、もちろんです。基地司令官からも、配備される前にきびしい審査を受けることになるだろうと聞かされています」

「そうね」ローズはうなずいた。「あなたがついたのは極秘作戦なの。セキュリティは最高度よ。そしてその任務は危険性が高い……あなたの覚悟を確認する必要があるのよ」

「覚悟ならできています」ノヴァは熱意のこもった表情で身を乗りだしながらいった。だが、ほんのかすかに目の力が弱まった。「できています」と自分にいい聞かせるようにくりかえした。

　ローズは椅子にもたれて台本を思いだした。「これから数日で、あなたはたくさんの試験を受けることになる」といってから、ノヴァが額にしわを寄せていることに気づいて、あわてて付け加えた。「難しい試験じゃないわ。ただ……わたしたちは新しいことを試してるの。戦場で受けたストレスによってのちにあらわれる反応と、ある特定の……人格特性……との関係についての長期的研究のためにデータを集めてるのよ」ローズはそれを聞いてノヴァがどんな表情をするかをうかがったが、わずかにとまどっているようにしか見えなかった。「あなたの上官にも通知してある。あなたには、試験のためにボストンへ行ってもらう。MITよ。録画する面談を何度も受けたあと、さらに何種類もの身体検査を受けることになる」

「それから卵子を採取するんですね？」とノヴァはたずねた。

「ええ。採取は退役軍人医療《VA》センターでするんだけど、場所は……」ローズはデスクの上のファイルをぱらぱらとめくった。「フェニックスよね？　あなたのいまの基地の近くよ」

ノヴァはすわったまま身じろぎした。「本心を打ち明けてかまいませんか、マクブライド大尉？」

「もちろん」

「誤解しないでいただきたいんですが、わたしはこの任務に参加したいと望んでいます。ですが、その……不安なことがあるのです。不安になるのは当然ですよね？」

「もちろん。わかるわ」

「ひょっとして……わたしの不安が人格検査の結果にあらわれて……参加できなくなることはありませんか？」

ローズは若い将校と目をあわせて励ますようにほほえんだ。「こういう状況では、この任務に不安をいだくのはまったく正常よ。でも……なにか不安になる理由があるの？」

ノヴァは膝の上で手をぎゅっと握りあわせた。「いいえ、特には。その……母が……」

「ご病気なの？」

「いいえ、ぴんぴんしております。ただ……じつは、わたしに行ってほしがっていないのです。わたしが空軍に入隊することにも反対しました。母のいうには……いまは時期が悪いのだそうです」

「たしかに、いい時期ではないでしょうね」

ノヴァは赤面した。「説明が必要ですね……わたしはホピ族なのです。わたしの一族はアリゾナの、ホピ族が昔から暮らしていた卓状台地《メサ》に住んでいます。父は一年以上前に亡くなりました。ですが、生前は司祭でした」

「司祭？」

「カトリックの司祭とかではなく……シャーマンといったほうがわかりやすいでしょうね。一族全員を過去とつないでおくのが父の仕事でした。そして見ることが——未来の出来事を見ることが。母がわたしに行ってほしがっていないのは、それが理由なのです——父が母に語った未来の出来事が」

ローズは身を乗りだした。胸がどきどきしていた。「未来になにが起こるの？」

ノヴァは顔をしかめた。「最初からお話ししたほうがよさそうですね」息をととのえると、「わたしがこの話を知ったのはまだ幼いころでした」と話しだした。「わたしが八歳のときの、村で毎年、夏至におこなわれるニーマンの儀式の日のことでした。これは、冬至から地上に滞在していた、カチナと呼ばれる精霊たちが霊界にある家へ帰るのを祝う儀式です。この精霊たちは、家に帰ると、ホピ族はまっとうに暮らしているから農夫たちに雨を恵んでやってくれと雨の人たちに頼んでくれるといわれています」ノヴァはまた赤くなった。「馬鹿みたいに聞こえるのはわかっています。でも、わたしの部族にとって、この周期は大切なのです」

ロ一ズはほほえんだ。「みんな、なんらかの信仰を持っているものよ。続けて」

「とにかく、父は、ダンスを踊る男たちと一緒に、何日も地下儀式場《キバ》で過ごして——準備をしていました。断食をし、タバコを吸い、祈りを捧げ、あらゆる秘密儀式をおこなっていたのです。パホもつくりました」

「パホ?」

「鷲の羽根がついている祈禱用の杖です。とにかく、朝、出てきた父は、ダンスを踊る準備ができていました。そしてそのままメサの端に行きました。父が彼らを見たのはそのときでした」

「彼らって?」

「彼らは空高く飛んでいました。最初、父は鷲だと思いました。でも、鷲というよりも昆虫に似ていたそうです——ホピ族の古い伝承に出てくる〈最初の世界〉の住人に。そして彼らは金属に包まれていて銀色っぽかった、と父はいっていました。でも、朝日を浴びてピンク色に染まっていたと。家へ飛んで帰るカチナかもしれない、と父は考えました。でも、どうしてダンスの前に行ってしまうのだろう、と。父は不安になりました」ノヴァは窓を見やった。茶色の瞳が日差しを受けてきらめいた。「家に帰ってきたときには、父は熱を出していました。立っていられませんでしたが、眠れもしませんでした。あれだけの準備をしたのに、父はダンスに参加できませんでした。もしもあの生き物たちが、なんだったにしろ、わたしたちの元から永遠に去ってしまったのなら——もう戻ってこなかったら——終わりだ、と父は確信しました」

ローズは、口のなかがからからになっていることに気づいてごくりとつばを呑《の》んだ。

「終わり？」

「すべての終わりです。地上の人間全員です。元に戻すためには、彼らに戻ってきてもらわなければならないのです」

「あなたはおとうさまの話を信じたの？」

「長いあいだ信じていました。父のいう〝銀色の精霊たち〟が飛んでいき、残されたわたしたちはみんな死んでしまう悪夢をよく見ました。でも、やがて、飛行機のことを知りました。いとこが事業を営んでいて、飛行機旅行を企画していたのです。十二歳のとき、そのいとこに飛行機に乗せてもらってからは、くよくよ考えなくなりました。父は飛行機を、たぶん訓練中のジェット飛行機編隊を見たんだろうと思ったのです。それだけだと。空腹で、喉が渇いていて、精霊のことで頭がいっぱいだった父は、それを見ておびえたのだろうと。とにかく、父は二度とその幻視を見ませんでした。だから、父が去年、亡くなったとき、わたしは……」

「おとうさまは見間違いをしたのだと思った？」

「はい。父は夢のなかで生きていただけだと思ったのです。でも、母はまだ信じています。いまでもその精霊たちが戻ってくるのを待っています。母によれば、わたしが去るのはよくないのだそうです。いま、わたしは重要だからだそうです」

ローズは無意識のうちにデスクの端をつかんでいた。「どうして？」

「父は、亡くなる直前に、母にいったようなのです。終わりが近づいていると。でも、わたしの一族は終わらないと。終わりのあと、精霊たちがメサに戻ってくると。そこにいて精霊たちを待つのがわたしたちの務めなのだそうです」ノヴァはしばし沈黙した。目は心の内側に向けられていた。やがて、決心がついたかのようにため息をついた。軍服の襟の内側に手を入れてチェーンをとりだした。留め具をはずすと、細い銀のチェーンに十字架に似たものがついているのが見えた。だが、十字架ではなかった。両腕を広げた女性像だった。腕が翼であるかのように、細い金属の羽が下にのびている。銀色の女は髪を背中に長くのばし、昂然《こうぜん》と顎を上げていた。「これを預かっていただけませんか？」ノヴァは頼んだ。「母からの贈り物なのです。でも、これから行く場所に持っていくわけにはいきません」

「持っていけないの？」

「なくすわけにはいかないんです。わたしが戻るまで、預かっておいていただけませんか？」


ローズは無言ですわっていた。オフィスは静まりかえっていた。合成〝人格〟には、なにかが欠けていた。だが、ノヴァと面談するまで、なにが欠けているのかわからなかった。いまはわかっていた。

ローズは〈マザー〉たちの教育データベースの担当ではなかった。責任者はケンドラだったし、ケンドラは、IC＝NANについての情報、新たな子供たちの存在の背後にある秘密の根本原因をデータベースに収録してはならないと厳命されていた。その話は、意図的に、子供たちが学ぶ〝伝承〟に含めないことになった——子供たちの遺産の一部にはできないということに。だが、遺産がなかったら、人は何者でありうるのだ？　なにかが足りなかった。〈マザー〉の子供たちには、食べ物と水、教育、それどころか安全な養育やほかの仲間と団結させるための共通の目的意識以上のものが必要だった。自分の出自を知っていることから来るあの安心感が。ローズは、どうにかしてそれをコードに組みこまなければならなかった。

ローズはデスクの引き出しをあけると、細いチェーンをつまんでネックレスをひっぱりだした。チェーンは繊細だが頑丈だった。ノヴァのようだった――あの若い女性は、強くて生命力にあふれていて、みずからの文化に、人口が減少しつつある、アリゾナ州北東部の荒涼とした砂漠に住む忘れられた人々からなる部族に根づいている。その一族の物語に、歴史の物語に、娘には明かされていない運命があると信じる母親に……ローズは三歳になった直後に母親を亡くしたので、母親をちゃんとは知らなかった。もちろん、父親は一緒にいてくれたが、ルイス・マクブライドはおだやかで内省的で――過去をひきずるタイプではなかった。幼少期の大半で、ローズは自分を根なし草のように感じていた。軍人の子は職業軍人になり、家を探してさまよった。新世界で孤独になるこの子供たちには、それでは不足だった。

ノヴァは、この任務に選ばれる前に、空軍の身体検査と心理検査のすべてに合格していた。ノヴァがローズのリストに載った理由は、自分の卵子を保存したいという彼女の熱意だった。あとはローズが許可しさえすれば、ノヴァはボストンへ行ってバヴィ・シャーマと面会することになる。間違いなく、ノヴァは、また似たような検査を受けると思っているはずだ。だが、バヴィには別の思惑がある。

　コード作成者たちは、MITのバヴィのラボで、以前から、人間と交流し、人間の世話を焼く単純なロボットのプログラムにたずさわっていた。ノヴァのエッセンスをできるだけ抽出するのがバヴィの仕事だった。ノヴァの声が、やわらかくて鼻にかかっているイントネーションが、合成されて〈マザー〉の一体の声に取り入れられることになっている。人や場所についてのノヴァの記憶は失われてしまう。だが、信念は、周囲の世界に対する見方は残る。ローズには、それが家族や帰属や自己などの、とらえがたい要素をコード化する出発点になってくれることを祈ることしかできなかった。バヴィとはもっと緊密に協力する必要があるわね……

　現在の目標ですら簡単ではなかった。ブール論理に従って、もしも《IF》これこれかつ《AND》これこれなら、その《THEN》ときはこうする、というふうに行動するロボットをプログラムするのならなんとかなる、とバヴィはいった。でも、別個の人格を——思考や感情や行動のパターンが特徴的で、ある人物をほかの人物とは異なる存在にしているものをプログラムするというのは次元の違う挑戦だ、と。

　とはいえ、バヴィはローズに、ドナーたちの人格は、すくなくとも表面的レベルでは模倣できるだろうと請けあった。〝心理プロファイリングの実験〟という名目で、ボランティアたちは、外部刺激のない部屋で、生体モニターにつながれて自分たちの人生経験を記録される。彼女たちは、バヴィの〝百の質問ゲーム〟、つまりあまたの異なる人格タイプの差異を識別するために考案されたリストに答える。長時間におよぶ録画から収集した人間の母たちの話しかたの特徴や癖とともに、そのデータはそれぞれのボットのための学習プログラムに入力される。たしかに、訓練セットはかぎられている。しかし、ローズにとって、それこそが〈マザーコード〉の核心、ある〈マザー〉をほかの〈マザー〉から区別し、それぞれの子供に自分だけの基準を与えるものなのだ。

ローズはため息をついた。この計画が秘密であることが、日ごとに重荷になっていた——ローズがこの施設への採用をとりしきっている女性たち、ローズが魂をコードに落としこもうとしている女性たちが彼女の意図をまったく知らないという事実が。女性たちにとって、これは、危険な任務につく前に受けさせられる人格プロファイリングという、周知の過程の一部にすぎないのだ。

ローズはリック・ブレヴィンズを思いだした。ワシントンではもう五時過ぎだが、ローズはまだ、リックが折りかえし電話をかけてきてくれるのを待っていた。ローズはほほえんだ。半年前にローズが配置転換されて以来、ロスアラモスで対面して以来、ふたりの関係は変化した。公式な面談のあと、リックはローズを夕食に誘った。ずっと待ってたんだ、とリックはいった——できるだけきみの安全を確保するまで親しくなりすぎたくなかったから、きみをIC＝NANについて知っている人々という少人数のグループに招き入れられるまで待ってたんだ、と。ローズはもう知っていた。以前から気づいていたふたりのあいだにつねに漂っていた緊張感は、たんなる仕事上のつきあいや尊敬しあえる関係といったもの以上のなにかが生まれているという感覚は勘違いではありえなかった。いま、ふたりの思いは一致していた。

デスクの電話が鳴った。ローズは咳払いをして、おくれ毛を耳にかけてからボタンを押した。「マクブライドです」

「ローズ。わたしだよ」思わず頬を染めながら、ローズは身を乗りだした。執務室にひとりでいるリックを思い描いた。幅広くてやさしい顔を。目の前のデスクに広げて置かれている、たくましくて心強い両手を。

「リック。電話してくれてありがとう」

「どういたしまして。メッセージを聞いたよ」

「そう。ごめんなさい、さっき電話したときはちょっとまいってたの。なんだか、きょうの午前の面談が……こたえてたの」

「なにがあったんだい？　最初から、もう一度説明してくれないか？」

「相手は中尉のパイロットだった。ノヴァ・サスクウェテーワ。アリゾナ出身のホピ族よ。彼女から話を聞いたんだけど――」

「神話だね」

「ただの神話とは思えなかったの。両親から伝えられた話ね。彼女は母親から、家に無事に帰らなければならない理由を聞かされたらしいわ」

「続けて……」

「その物語によれば、なにかが起こって地上の人間は滅びる」

「なるほど。だけど、それはよくあるテーマで――」

「その物語によれば、ノヴァの一族は破滅を乗りきるように選ばれた。生きのびるように。空を飛ぶ〝銀色の精霊たち〟まで出てくるの。彼女の父親が、何年も前に見たんだそうよ。どうして何年も前に――」

「どれもよくあるテーマさ。でも、きみのメッセージを聞いたあと、ガーザ博士に遺伝子データベースを調べてもらった。サンプルが手に入るすべての民族集団をスクリーニング検査したから、ホピ族のデータもあった。特別なところはなかったよ。ホピ族も感染するんだ」

「でも、セッド博士から、イントロンについての、サイレントDNAについての話を―

――」

「それも神話さ」

「科学は現実よ。ヒトゲノムにはたくさんのサイレントDNAがあるの。痕跡的情報が。セッド博士によれば、この災厄を生きのびられるコードを持っている集団が存在する可能性があるそうじゃないの。必要なのは活性化させるための刺激だけなのよ。ホピ族は、セッド博士が主張する集団にぴったりあてはまる――部族外の人との結婚によって遺伝子プールが汚れてしまってるだろうけど、まだいくつかの血統は……」

「それなら、どうしてスクリーニング検査でひっかからなかったんだ？」

「ホピ族の全員を検査したわけじゃないわ」ローズは譲らなかった。「それに、たとえ検査したとしても、わかっている遺伝子しか探せない。ホピ族の人たちも、たぶんほかのみんなと同様に、感染する遺伝子配列を持ってるんでしょう。だけど、ほかのみんなが持ってない痕跡的DNAを持っているかもしれない。呼び覚ませさえすれば、この災厄から救ってくれるコードを。それをたしかめられる唯一の手段は――」

「ホピ族をIC＝NANにさらしてどうなるかを見ることだ。わかってる。だけどきみも、どうしてそんなことができないかはわかるよね？　人間をモルモット扱いすることは……」

「ソマリアの刑務所ではやってるじゃないの。解毒剤の試験を。忘れたの、リック？　わたしはもう、ガーザ博士の報告書を読めるのよ」

リックはため息をついた。「話が違うのはきみもわかってるはずじゃないか。あの連中は有罪判決を受けた戦争犯罪者なんだぞ」

「躊躇なく殺せるやつらってわけね」ローズは片手を首の横にあてて、落胆のあまり脈が大きくなっているのを感じた。この悪夢がはじまったのは、テロリストを殺そうとしたせいじゃなかったの？

もちろん、ローズはわかっていた。ホピ族に人体実験をすることなどできるわけがない。だが、ローズはノヴァの話を信じたがっていた——政府が犯した過ちによる破局に対する免疫を持っている人々がいるというのは希望だった。ローズは、書棚にきちんと並んでいる古い紙の本を、父親からの最後の贈り物を眺めた。もちろん、十中八九、大昔から部族が、信仰が、宗派が語り伝えてきた、その語り手の重要性を高めるための物語にすぎないのだろう。わかっていなければおかしかった。カトリック信仰がわたしにどんな影響をおよぼしたかを思いだせばいい。たとえすべてがうまくいったとしても、ローズの命は、毎日、妙ちきりんなDNAカクテルを摂取しなければ維持できなくなってしまうのだ。「ごめんなさい、リック」ローズは乱れた気持ちをととのえながら謝った。わたしには、いらだちをリックにぶつける権利なんかないのよ……「試験はどうなってるの？」

「決着はまだついてない。でも、うまくいきそうだ。すくなくとも、うまくいくと信じるべきだ」

「そうね。うまくいくと信じるべきね」

「ローズ？　いっておきたいことがある。きみが担当してる計画……〈マザーコード〉。そっちも信じてるからね」

ローズは椅子にもたれた。「つらいの。女性たちは、卵子を提供してくれて、面倒な質問とプロファイリングに耐えてくれてるのに、その理由についてなにもいえないんだもの」

「彼女たちのほとんどは軍人だ。彼女たちにとって、彼女たちのような状況にある女性たちが何十年もやってきたことにすぎない。一種の保険のような——」

「だけど、リック、卵子はドナーのためにしか受精させないことになってるのよ。見知らぬ男性の精子で受精させ、家畜のように保育器《インキュベーター》でかえされ、ロボットに育てられるなんて……」

「正しいやりかたじゃないといってるのかい？」

「いいえ……」ローズは目をつぶった。「そうじゃないの。もっとオープンに話せたらと思ってるだけ」

「みんなそう思ってるさ。でも――」

「わかってる。パニックを起こす危険は冒せない。だけど、リック……」無理をいってい

るのはわかっていたが、いわずにはいられなかった。「シャーマ博士を覚えてるでしょ？

ＭＩＴのロボ心理学者の？」

「きみのハーバード時代のクラスメートだね？」

「ええ。バヴィよ。彼女は、母と子のきずなについてすばらしい知見をもたらしてくれて

る。わたしたちのボットに、本物の母親のように子供を育てることを教えられると確信し

てる」

「だけど、愛することは教えられない」

「ええ。ボットに人格を与えようと試みることはできる。教え、守る能力を与えることは

できる。だけど愛のような複雑な感情は……そのようなコードはまだ書かれてないし、こ

れから書くには時間がまったく足りない」

「残念だよ」

「だけど、どうしてせめて、バヴィをこの計画に参加させられないの？　だって、彼女も

母親に志願してるのよ」

「その話はもうしたじゃないか」リックは、緊張は感じられるがきっぱりとした口調でいった。「ぼくには、きみが思ってるほどの権力はないんだ。きみのときだって、許可を得るのは、最終試験のためのリストに加えるのは大変だったんだ。いよいよというとき、たとえ有効な解毒剤ができていたとしても、量はかぎられてるはずだからね」

ローズはため息をついた。「ごめんなさい。あなたに感謝しなきゃならないのはわかってるの。あなたのいうとおり、わたしを最終試験リストに加えてくれたことに」

コンソールからがさごそいう音が聞こえた。「こっちこそすまなかったね、ローズ。はじめて会ったときからきみと親しくなりたいと思ってたといっただろう？　すくなくとも、いま、ぼくたちは信頼しあえるんだ」

ローズは窓のほうに目をやった。「いつまたこっちに来られるの？」

「次の週末なら出られるよ……」

「会うのが楽しみだわ。二、三日、出かけてもいいわね。ワインを飲みましょうよ。仕事を忘れて」

「それはいいね」

「ええ。楽しいでしょうね」ローズは椅子に深く腰かけ、残照が、指先から垂らしている繊細なチェーンで、銀色の女神の羽が生えている腕でちらちら反射するさまを眺めた。

12

二〇六四年六月

この二年間で、セーラとカイは新しいパターンにおちついた。ふたりは流浪の民となり、ほかの子供たちを探して移動しつづけていた――あいかわらず、水も探していた。毎朝早く、ふたりはオートバイに乗って砂漠を探しまわった。セーラがハンドルを握り、カイはありあわせの材料でこしらえて後部にとりつけた木製のシートにまたがって見張った。ふたりはおない年だった――十歳になったばかりだ。しかし、カイのほうがいつも背が高かった。ある遠征で見つけた壊れた双眼鏡を、ときどき目にあて、希望をこめてセーラの肩ごしにのぞいていた。

〈マザー〉たちは迅速対応モードでついてきた――キャタピラ走行ではなく、力強い脚をのばして歩行して。ボットは、立ちあがって走ると、セーラとカイの三倍近い身長なので、安定性は損なわれるが、機動性は増す。カイは、まだ幼児だったころ、このように立ちあがったロージーをはじめて見たときのことを覚えている——ロージーは、よだれを垂らしているコヨーテが向かってくるなか、硬い籠手《こて》のなかから出したやわらかい手でカイを抱きあげたのだ。いまのロージーには、ふたりの背後をぎこちなく、危なっかしい走りかたで走っている印象しかなかった。

「塔が見つからない」カイはセーラの耳元で、オートバイのモーターがやかましい騒音をあげ、防塵マスクという障壁が邪魔しているなかで声が届くことを願いながら叫んだ。

セーラはオートバイを止めた。どうにかシートからでこぼこの地面へと降りた。マスクをとった。カイの目に、頬の、荒れていて砂埃がこびりついた肌が映った。「かまわないわ」セーラはマスクを腿に叩きつけながらいった。「あたしたちはもう、ほとんどすべての補給所を見つけたってアルファはいってる。それに、あなただって、塔がどうなってるか知ってるじゃないの。みんな砂が詰まってるのよ。補給所のボトル詰めの水ももうない。食べ物もない。だれかがぜんぶとってっちゃったのよ」

カイはひび割れた唇をなめた。「それはいいことじゃない？　だって、ほかにだれかがここにいるってことなんだから」

「まあね」セーラは認めた。「だけど、あたしたちにとってはいいことじゃない。道路を走ったほうがいいんじゃない？　もっと車を探さないと。またトラックが見つかるかもしれない――先週見つけたやつみたいなのが」

カイは身震いした。ふたりは、苦労してトラックの荷台に積まれていた缶詰の蓋をあけた――トマトソース、スパイスのきいた塩水に浸かった青唐辛子のようなもの、〝インゲン豆《フリホーレス》〟という名前の茶色のペースト状の食べ物。空腹は満たされたが、ふたりとも腹痛になった――それに、ますます喉が渇いた。セーラは、トラックを運転していた白骨死体のだらりと垂れた手をどかして、なにか道具はないかと運転台をあさった。見つかったのは、小さな水のボトル一本だけだった。

カイは朝日と反対の方向を指さした。「ロージーが、あっちに、石混じりの土でおおわれたくぼんでるところがあるっていってる。川の跡らしいよ。地下水があるかもしれない」

「ほんとに、そこにはまだ行ってないの?」セーラがたずねた。「おんなじところをぐるぐるまわってるような気がするんだけど……」

「螺旋《らせん》を描いて進んでるんだよ――一周ごとに輪を大きくしてるんだ。ロージーが記録をとってくれてる。その石の多いあたりの東と西は通ったことがあるらしい。だけど、ぴったりその座標へは行ってないってロージーは断言してる」セーラを見ると、口をぎゅっと結んでいた。「きのう通ったあの広い道路を走って、そのそばまで行けるんじゃないかな」カイはいった。

セーラがふたたびシートにまたがると、カイは覚悟を決めた。ぐるりと大回りするよりも、砂漠を縦横にのびている吹きさらしの道路をオートバイで走るほうが簡単なのはわかっていたが、カイはそれらの道路が好きではなかった。だが、セーラが正しいこともわかっていた。水のボトルが詰まっている箱が、なぜか、道路脇に転がっていることがあるのだ——だれかが、カイたちが見つけるように置いてくれたかのようだった。節約して飲めば、そのような天の賜物《たまもの》でひと月持ちこたえられた。それに、道路をはずれて低木に斜めに突っこんでいる車では、ときどき、宝物を発見できた——あのオレンジ色の縞模様のキャンピングカーを見つけなければ、このオートバイも手に入らなかったのだ。

だが、道路ぞいではほかのものも見つかる。カイは、溝にはまって止まっていた小型電気自動車を思いだした。前部席には二体の死体があった。後部席では、三体の小さな死体が身を寄せあっていた。いつものように、カイとセーラは顔を見合わせた。ふたりともおなじことを考えていた。この車を充電できるだろうか？　車のほうがオートバイよりも快適なんじゃないだろうか？　だが、ふたりはいつものように、トランクをあけて、バッグに入っている服と食べ物と水をあさっただけだった。いつものように、無言のまま、死者の眠りを乱さないことに決めたのだ。死者の持ち物をあさるにしても、限度というものがあるのだ。

　太陽がちょうど天頂に達したとき、ふたりはその道路をふたたび発見した。そのあとはその道路を西へ走って高い卓状台地《メサ》の連なりの横を通過した。このあたりのメサは、夜遅くにロージーのハッチスクリーンで見た、海の上でカゲロウみたいに揺れて見える船みたいだな、とカイは思った。だが、道路は着実に高度を上げ、カイはすぐに、自分たちがメサの上を走っていることに気づいた。前方の道はますます狭くなり、両側は崖になって、下には吹きさらしの荒れ地が広がっていた。

　セーラがオートバイを急停止した。

　カイは双眼鏡をおろした。「どうかしたの？」

「ボットには狭すぎる。これ以上進むなら、あたしたちだけで行かなきゃならない」セーラは答えた。

　カイは振り向いてロージーを見た。「ええ」ロージーはカイの心のなかでいった。「そのとおりよ」

「わかった……」カイはマスクをはずして腕の裏側で唇をぬぐった。塩の味がした。ストラップで肩にかけていた水筒を手にとって、注意深く何口か飲んだ。ここまで来たのだ。いまさらひきかえせない。「ロージー……このまま進むとして、ぼくを見守れるの？」とたずねた。

「あなたの動きと生体信号をモニターできる」という答えが返ってきた。「観測可能範囲をはずれそうになったら知らせるわ」

セーラは〈マザー〉たちをその場に残してモーターを急始動した。カイは少女の肩ごしに前方を見やった。道路は、いまやたんなる小道になっていた。カイにできるのは、水のきざしはないかと左右に視線を配って、眼下に広がっている、ぎざぎざの裂け目からなる、めまいがするような迷路に目を凝らすことだけだった。危険なだけでなく、望みがないように思えたが……

そのとき、セーラがまたオートバイを止めて左を向き、「あそこ！」といいながら、広い窪地の反対端近くに見える、小さくて黒っぽいものを指さした。

カイは首をのばし、まばゆい日差しに目を細めた。そして一瞬、喉の渇きと落下の恐怖を忘れた。「水じゃないね。あれは……」

「人よ。でしょ？」セーラはそういうと、降りるのを急ぎすぎてオートバイを倒しかけた。

「ほかの子かな？」

カイは息を詰めてその動かない形を凝視した。双眼鏡の壊れていないほうのレンズをのぞいた。人間とは思えないほどじっとしているが、たしかに人間に見えた。その右を見渡した。洞窟とおぼしい地形の開口部のそばに見えるのがボットの巨体だと気づいてどきりとした。「あれが見える？　ボットだよ！」とカイはいった。「だけど、どうやってあそこまでおりる？」

「飛んでけばいいわ」セーラはそう提案すると、カイから双眼鏡を奪った。

「怖がらせたくないな――だれなのかわからないけど」カイは応じた。

セーラは距離を推しはかった。「ちょっと南にあるあの平らなあたりの、あの大きな岩が並んでるところの陰に着陸すればいいわ。そこから歩いて近づけばいい」

「そうしよう」カイは同意した。

カイは胸をどきどきさせながら急いで〈マザー〉の元へ戻ると、よじのぼってコクーンに入った。近くでは、アルファ＝Ｃがダートバイクを道路にそっと置いてから、セーラをキャタピラにのぼらせた。「ああ、ママ……」セーラはオートバイを残してよじのぼりながら抗議の声をあげた。

二体のボットは大きな砂の渦巻きを生じさせながら道路から飛びたった。二体が上空を旋回しているあいだに、カイは地面を見まわして目標を再発見した。見えた――もじゃもじゃの黒い髪、肩幅の狭い体にまとっている上着。間違いなく子供だ。だが、頭上で騒音が響いているにもかかわらず、その子は背中をぴんとのばしてすわったまま動かなかった。

骨ばった両膝が、鳥の翼のように左右に突きでている。カイの背筋を悪寒が走った。あの子もただの凍りついた死体なのかな？

「生きてるかな？」カイはロージーにたずねた。

「体温は摂氏三五・五度、人間の低めの正常値ね」平らな砂岩の上にがくんという振動とともに着陸しながら、ロージーは答えた。カイたちは大きな岩に囲まれた小さな広場にいた。

カイがロージーのキャタピラを滑りおりたときには、セーラはもう地面にいた。「こっちよ」とセーラはいった。

セーラが先に立ち、カイがあとに続いて、ふたりはふたつの岩の露頭のあいだの隙間を抜けた。だが、反対側が見えると、セーラは急に立ちどまった。カイはセーラのうしろからのぞいた。ふたりに背中を向けている子供はほんの五、六メートル先にいた。

「あれを見て……」セーラがささやきながら、無言のまますわっている子供のすぐそばにある、小さな石の山のように見えるものを震える指で示した。

カイは目を細めて見て、妙な動きに気づいた。石と土が静止していなかった。それは石の山ではなかった。子供の横で、茶色の太い蛇がとぐろを巻いているのだ。もたげている平らな頭はぴたりと静止していた。それなのに、十五メートルかそこら左にいるその子のボットも、預かっている子供とおなじく微動だにしなかった。

「〈マザー〉から蛇を殺しちゃいけないって教わってるけど……あの子の〈マザー〉はどうしてなにもしないのかしら？」セーラはささやいた。そしてベルトに挿してあるナイフをとろうと手を脇にのばした。

そのとき、子供が組んでいた脚を解いて立ちあがった。カイははっと息を呑《の》んだ。男の子だった。とにかく、カイとおなじくらい背が高かった。そして、男の子がカイたちのほうを向くと、仲間の蛇はあっさりと這い進んでまばらな低木の茂みへと消えた。

「なんなの……」とセーラがつぶやいた。

カイは唖然としていた。蛇となかよしの男の子？　しばらくのあいだ、男の子は彫像のように立ちつくしていた。うつろな目はカイの目をまっすぐに見つめていた。ほんとにそうなのか？　なにしろ、男の子はカイに気づいたそぶりを、驚いた様子をまったく見せなかったのだ。それどころか、向きを変えて、〈マザー〉が待っている洞窟のほうへすたすたと歩きだし、ボットの背後へと消えた。

カイは呆然としているセーラを追い越し、洞窟と見張りをしているボットに視線を注ぎながらあとを追った。大きすぎて洞窟のなかに入れないその子の〈マザー〉は、入口にぎりぎりまで近づいて立っていた。カイが横をすり抜けても、止めようとしなかった。洞窟は小さく、三メートルほどで行き止まりになっていた。闇に目が慣れると、床に置かれた陶器のかけらの上で、何本かの細い小枝がオレンジ色の火花を散らしながらくすぶっているのがわかった。焚き火の横で、男の子はまたすわっていた。カイはそろそろと近づいた。

「そうか、わかったよ。前とおなじメッセージなんだね」男の子は自分の〈マザー〉にささやきかけた。

「やあ」カイは思いきって声をかけた。だが、男の子は反応しない。

「〈マザー〉、ここはいい場所だっていったじゃないか」男の子はつぶやいた。「いつか、道を通ってだれかが来るって。だけど、だれも来ない。おまけにナーガは、ぼくたちはいつか去らなきゃならないなんていうんだ」

「やあ」カイの声が煤《すす》で黒くなった石壁で反響した。忍び足でカイに並んだセーラが、さらに一歩踏みだした。ふたりとも、手をのばせば触れられる距離にまで近づいていたが、あいかわらず、男の子がふたりに気づいている様子はなかった。カイは男の子が、両手をぎゅっと握りあわせ、体を前後に揺らしながら、小声でつぶやいていることに気づいた。カイには理解できない別の言語で。

「だいじょうぶかい？」とカイはささやきかけた。そして、空《くう》を切るかもしれないと思いながら男の子の腕に手をのばした。ところが、カイの指は温かい肌に触れた。脈を感じた

――ゆっくりで安定した脈だった。ぴんと来た。「起きて」とささやいた。「起きてよ。きみは夢を見てるんだ」

男の子が顔を上げた。目をぱっちりと開いた。その瞳で光がちらついた。まず恐れに似た色が浮かんだが、すぐに希望に変わった。細い指をのばしてカイの上着の袖に触れると、男の子は頰に涙を流した。

「本物なんだね」男の子はつぶやいた。「きみたちは本物なんだね……」

カイは細心の注意を払いながら周囲の低木の茂みを見渡した。カイたちは洞窟の外で料理用の焚き火をおこした。そこは、ほんの数時間前、蛇がぞっとする頭をもたげたところのすぐそばだった。カイの正面にすわっている新顔の男の子は炎を凝視していた。男の子の名前はカマルだった。

「気分はよくなった？」セーラがたずねた。

「うん、だいじょうぶだよ」カマルはセーラににっこりほほえんだ。歯が大きくて白かった。

カイもほほえんだ。近くの斜面にサボテンがたくさん生えていた。そしていま、カイはまだ熟していないサボテンの実の黒っぽい果汁を顎に垂らしていた。セーラが種を焚き火に飛ばした。今夜の夕食用に動物をつかまえるのはやめておいた。平然と蛇とすわっていた男の子がいやがるかもしれないと思ったからだ。

カマルはカイとセーラを恥ずかしそうに見ながら、「ごめんね」と謝った。「〈マザー〉に教わった瞑想をしてたんだ。瞑想をしてるとひとりぼっちでもつらくないんだ。だけど……戻るのがどんどん難しくなってるんだよ」

「あれはすごい技だったね」カイはいった。「蛇にかけた技だよ」

「技？」

「蛇を覚えてないの？」セーラは男の子を見つめた。

「覚えてるよ」カマルはおだやかに答えた。「だけど、技なんかかけてない。彼女は友達――メッセンジャーなんだ」

カイは顎をぬぐった。「なに？」

「きみたちがぼくを見つけてくれたのは奇跡なんだ」カマルはいった。「ぎりぎりでまにあったんだよ」

「まにあったって、なにに？」

「あの蛇は水を、砂漠でいちばんの宝物を守ってるんだ。彼女がぼくを泉に案内してくれたのさ」カマルは手をのばして、その秘密の泉のきれいな水を満たしたボトルを拾いあげた。「だけど彼女から、変化が起こるっていわれた。何シーズンも前から、水がすくなくなってるし、風が強くなってるんだ。もうすぐ、その泉も涸《か》れる。ぼくたちはここで生きていけなくなるんだ」

「あなたのお友達の蛇のいうとおりなんでしょうね」セーラは不安そうに眉を寄せた。「だけど、出ていかなきゃならないとしても、どこへ行くの？」

「塔がもう残ってないのは確実だね」カイはいった。

カマルはカイを悲しげに見た。「塔が集めた水分は、みんな砂に染みこんじゃうんだ。で、その砂は風に飛ばされちゃう。塔も、壊れて倒れてる」

「じゃあ」とセーラ。「どうすればいいの？　あなたの〈マザー〉はなんていってるの？」

「ベータは、座標がわかってるところ以外には行けないっていってる」とカマルは認めた。

「それに、充分なデータを持ってないから――」

「どんなデータが必要なの？」セーラはじろりとカイを見た。三人とも、にっちもさっちもいかなくなっているらしかった。

「〈マザー〉を信じなきゃならないんだ」とカマル。「だってぼくのバンヤンツリーなんだから」

セーラは身を乗りだした。「あなたのなんですって？」

「バンヤンツリーはヒンドゥー教の物語に出てくる聖なる木なんだ。その木は、とぐろを巻いた蛇みたいに天に枝をのばすんだ。根っこは森全体に広がる。ベータはその木みたいなんだ。生きてる家みたいなんだ。彼女はぼくを安全に守ってくれてるんだよ」

カイは振りかえってカマルの〈マザー〉を見た。新月の明かりがそのくたびれたハッチカバーで反射していた。「きみは〈マザー〉に声を出して話しかけてたじゃないか」カイはいった。「洞窟で。あれは何語なの？」

「〈マザー〉からヒンディー語を教わったんだ」カマルは答えた。「それに英語も。言葉を守ることは大切だって〈マザー〉はいってた」

「だけど、〈マザー〉はきみの心にも話しかけるんだよね？」

「夢を見てるあいだ、〈マザー〉は別の人になってそばにいてくれてるんだ。きみたちと変わりないくらいリアルに」とカマル。「だけど、目が覚めてるときは、心のなかに話しかけてくれる。ベータはぼくなんだ。それにぼくはベータなんだ……きみたちも、〈マザー〉とはおなじように話してるんだね」

カイはセーラを見た。「みんなそうだよ」

「ぼくたちみんながもらってる贈り物だね」カマルはいった。

カイは焚き火を見つめた。最後にくべた小枝が燃えつきかけ、炎が小さくなっている。もうすぐ消えてしまうだろう。

セーラはあくびをして両腕をのばした。「きょうはいろいろなことがあったわね……」

セーラのあくびには伝染性があった——カイは目をあけているのがやっとだった。「そろそろ寝ようか」といった。「とにかく、これで三人になったんだ。あのさ、カマル、ここはぼくたちが見つけたどこよりいいところだよ」

夜風が吹きはじめて、濃くなりつつある闇のなか、砂が渦を巻いていた。カイはセーラを手伝って焚き火を踏み消すと、ロージーのほうへ歩いていった。コクーンのなかに入ってから見やると、セーラはせつなげな表情で、彼方の道路を、オートバイを置き去りにしたほうを見上げていた。オートバイを早くとりにいかなきゃな。さもないと、二度と見つからなくなっちゃう。

カイはハッチを閉めて座席で丸くなった。毛布を肩に巻いて脚を置く場所を見つけようとした。「ずいぶん大きくなったわね」ロージーがいった。

「うん。座席を改造できないかな？」

「簡単な変更なら。やりかたを教えられるわ」

「ロージー、カマルのいうとおりだと思う？」

「水がつきかけているということ？」

「うん。ぼくたちは砂漠を出なきゃならなくなるのかな？」

「まだデータが充分じゃないの」

「出ていくとしたら、どこへ行くの？」

「わからないわ。座標が不明だから」

カイは身をよじって膝をコンソールの下に押しこんだ。

「これでおちつけたわね」心のなかに〈マザー〉のおだやかな声が響いた。

「うん……」カイは、ロージーの夜の歌を聴きながら、プロセッサが脈を打っているブーンという音にあわせて息をした。ロージーは診断テストを実行し、システムをチェックしているのだ。

〝ベータはぼくなんだ。それにぼくはベータなんだ〟とカマルはいった。

「ぼくはロージーなんだ。ロージーはぼくなんだ」とカイは考えた。〈マザー〉はぼくの気持ちをわかってくれる。ぼくの考えを聞いてくれる。夢のなかでも、ぼくに話しかけてくれる。それにぼくは、言葉にしなくても返事ができる。

カイは、セーラがまだ、アルファ＝Cが連れていってくれないところへも、自由に行きたがっていることを知っていた。セーラと出会ってから、カイはときどき、自分とロージーのきずなを特別なものと感じなくなった。だが、夜、ふたりきりでいると、その――どこまでが自分でどこからが〈マザー〉なのかがわからなくなるという――感覚が以前と同様に強烈になった。

13

二〇五三年二月

ジェームズはロスアラモス研究所の自分のラボで、メインコンピュータを使ってC＝341解毒剤の配列の画像をいじった。遺伝子の改変したプロモーター領域、つまりフォートデトリック研究所のルディのチームが配列を改変してIC＝NANがみずからを挿入できないようにした場所を拡大した。カスパーゼ転写因子と呼ばれる、カスパーゼの生成をつかさどる小さなタンパク質が、プロモーターの結合部位の上で踊っている3Dモデルをあらためて眺めた。因子は、プロモーターと結合しなければ遺伝子転写を開始できない。だが、あまりに強く結合すると、転写されすぎて――カスパーゼが過剰になり、細胞死が起こりすぎてしまう。ルディのチームは、考えうるかぎりのあらゆる条件下で結合が一定になるように調整した。非の打ちどころがないように思えた。だが、そうではなかった。

ジェームズは、これで百回めに腕電話の表示を確認した。ルディ・ガーザからの電話を待っているのだ。

十四カ月前、ジェームズは、ロスアラモスのXOボット棟、すなわちロボット学者とAI専門家が何年も前から地球外探査と小惑星採鉱のためのロボット開発にとりくんできた施設でただひとりの生物学者というのが自分の立場だと思っていた。ロボットプログラミングを監督している細身で小柄なコンピュータの天才、ケンドラ・ジェンキンズは、この棟の奥に自分のラボを持っている。元軍のエンジニアでロボット製造の責任者だったポール・マクドナルドのオフィスはすぐ向かいにある。ロスアラモスでニュードーン計画について知っているのは、ジェームズを含むその三人だけだ。この一年、この三人は――ケンドラがロスアラモスのニュードーンに関するセキュリティの責任者だったり、本人はマックと呼んでほしがっているマクドナルドが設備の保守担当だったりと――さまざまな役割を兼任してきたが、職員はみな、自分たちがだれに管理されているかを知らない。

一方、大学院時代のコネを生かして、ジェームズは自分のラボをつくりあげた。フォートデトリックのルディのチームとはリモートで、マックのチームとは間近で協力しながら、胎児が新生児に育つのを支援するロボットシステムのテストを進めるのがジェームズの仕事だった。それだけでも簡単ではない。そのうえ、生まれた赤ん坊がIC＝NANに対する免疫を持つように遺伝子改変もしなければならないのだから、ますます困難だった。

はじめのうち、研究は着実に進んだ。二〇五一年十二月に研究を開始して以来、ジェームズは遺伝子を改変した胎児をふた〝世代〟育てた。ひと世代はラボの環境制御室で、次の世代はプログラムしたロボットシステムのなかで。犠牲になった第一世代と第二世代の胎児を検死解剖するのはつらかった。胚を実験材料として使うにあたって、国際倫理委員会がはるか昔にさだめた、受精後十四日間を超えた人間の胚を研究対象にしてはならない、という〝十四日ルール〟は、つい最近、〝五週間ルール〟に改定された。だが、韓国の研究報告によれば、人工環境で十五週に達した胎児が出産にいたるまで生きられる確率は九十パーセントを超えていることをジェームズは知っていた。出産の可能性を正確に予測するためには、十五週に達した胎児を犠牲にしなければならなかった。犠牲どころではなかった——殺人だった。にもかかわらず、ジェームズはそれを実行した。そして成功した——妊娠期間を通じて、なにひとつ問題なく正常に発育しうる胎児をつくりあげたのだ。

問題が発生したのは最初に満期出産した第三世代からだった。前年四月に受精させた十五人の第三世代の胎児は、第二世代とおなじタイプの保育器《インキュベーター》で成育し、妊娠第二期に到達した。この段階の目的は自動出産の試験だったので、インキュベーターと付属するロボットシステムは、ニューメキシコ州アルバカーキの南に広がる砂漠の安全な場所に設けられている据えつけ型生命維持装置に移された。その支援システムに必要とされる機能は、妊娠最後の数週間の生命維持に限定されていた。指定されたタイミングでコクーンを排出し、バイタルサインをモニターする――すなわち出産するだけだった。第三世代が運ばれた場所は、過酷な環境の惑星上という条件をシミュレートするためだ、とロボット工学チームには説明されていた。だがほんとうの理由は、ありうる最終段階に備えるため、ボットが最適とはいえない条件の地球上で出産できるかどうかを確認するためだとジェームズは知っていた。それに、万が一にも情報が漏れないようにするためだと。

第三世代ユニットは遠隔カメラで厳重に監視され、大量のデータが収集されていた。チームが固唾《かたず》を呑《の》んで見守っていると、十五人の第三世代の胎児のうち十二人が排出過程を生きのびた。男児五名、女児七名の新生児はただちに軍用ジェット機でフォートデトリックへ運ばれ、子供たちの運命についての説明はジェームズにまかされた。「きみたちの懸命の努力のおかげで」とジェームズは告げた。「異星における人間の出産をシミュレートする実験は成功した。そしていま、この地球上で、何組かのきわめて幸運なカップルが赤ちゃんを育てられることになったんだ」

嘘ではなかった――ただし、ジェームズが口にしなかったことがたくさんあった。運がよければ、第三世代の赤ん坊たちは、IC＝NANの猛襲に耐えられる最初のニュータイプの子供になれるかもしれなかった。赤ん坊たちを世話する、生物学的な父母であるカップルは、厳重な審査をへて選ばれた、長年子供をつくろうと努力したがうまくいかなかった軍人のボランティアだった。彼らは、子供が生まれたあと、定期的な検査を受けさせることに同意していた。だが、両親たちはニュードーンについてなにも知らされていなかった。そして必要になったら、ＩＣ＝ＮＡＮがほんとうに感染大流行《エピデミック》を起こし、その結果、両親が死亡したら、ルディが〝選ばれたごく少数〟と呼んだ、解毒剤を与えられることになっている人々が子供たちをひきとることになっていた。

ジェームズがこの計画の倫理面について心配する必要はなかった。結局、第三世代は成功しなかった。誕生時は健康に思えたし、全員、検査によってＩＣ＝ＮＡＮに対する免疫を持っていることが明らかになったが、第三世代の赤ん坊たちは急速に生命力を失った。二週間で全員が死亡した。死因はおなじだった——多臓器不全だ。組織の破壊が加速度的に広がったのだ。両親たちには、実験が失敗したとだけ告げられた。そしてジェームズにとっての唯一のなぐさめは、両親たちにはわが子を目にする機会がなかったことだった。

いま、ジェームズはロスアラモスチームの手綱《たづな》を締めなければならなかった。イラン、アフガニスタン、パキスタン、さらにはインドからひっきりなしに届く——謎めいた不可解な死についての——大々的な報道にチームが気をとられないようにしなければならなかった。「ニュース配信に、癌が流行してるんじゃないかっていう記事があったんだ」ジェームズは技術者のひとりがカフェテリアでそう話しているのを聞いたことがあった。「だけど、そんなことはありえない……そうだよな？」ジェームズは、なんとしてでもチームが雑音に惑わされることなく、この——ジェームズだけがその重要性を知っている——計画に集中させなければならなかった。

だが、それは容易ではなかった。さらに前進するための希望を持たせるために、ジェームズとルディは、第三世代の赤ん坊たちがどうなったのかという疑問に答えなければならなかった。答えられるかもしれなかったが……無理かもしれなかった。ジェームズは目を閉じた。ルディから電話がかかってくるまで、ほかのことを考えているほうが賢明だった。ジェームズはラボの椅子にどっかりと腰かけ、サラ・ホティのことを思いだした。

サラ……ここへ来て、通路をはさんだ向かいの部屋で彼女が働いていることを知ったとき、ジェームズは運命を感じた。サラは昔なじみだった。ジェームズがバークレーの博士研究員《ポスドク》だったとき、機械工学部博士課程の学生だったサラは、彼が教えていた必修科目の人類生理学を履修した。ジェームズは、目がきらめいていて潑剌《はつらつ》としていて熱心な、いかにもいまのサラのような優秀な技術者になりそうだった当時の彼女をよく覚えていた。ジェームズは、当時の自分がどんなふうだったかも覚えていた——若すぎ、経験がなさすぎて、サラの美貌に圧倒されていたことを。

とっととアプローチするべきだった。だが、サラが教え子でなくなり、ようやくデートに誘う勇気を出す気になったときには、彼女はカリフォルニア工科大学ロボット工学部のポスドクになることを決めていた。ジェームズは、卒業ガウンをそよ風でなびかせながら去っていくサラを見送りながら、彼女の前途に幸あれと願ったことを覚えていた。サラとは連絡をとりあおうと約束したが、ジェームズはその努力をしなかった。ふたりの仲が疎遠になったのは、サラだけの責任ではなく、ジェームズの責任でもあった。

皮肉な話だった。もしもジェームズが、当時、異なる選択をして、仕事ではなくサラをとっていたら、彼の人生は、あのころは想像がつかなかったほど変わっていたのだ。もしも結婚していたら、国防総省はジェームズに声をかけなかっただろう。いまはサラだけがなにも知らずに安穏と暮らしているが、ジェームズもそうなっていただろう。

いま、仕事で成功をおさめたサラは、ジェームズとの関係を築く準備がととのっていた。再会して以来のサラのあらゆる行動から、それは明らかだった。ふたりは、静かな夕食をともにしたり、古いボリウッド音楽を聴いたり、サラが集めた名作映画の膨大なコレクションを観たりした――それらは、ここへ来て以来のジェームズの人生をどうにか耐えられるものにしてくれている数すくない楽しみだった。だが、ジェームズは一線を越えなかった。そうなったら、教えられない秘密を教えなければならなくなるからだ。最悪の事態になっても……サラが解毒剤をもらえないのはわかっていた。ブレヴィンズのようなお偉方には、愛する者をセキュリティの傘の下に入れられるだけの権力がある。彼らには選択肢がある。だが、ジェームズにはない。死ぬのを見ているしかないサラと恋愛関係に進展するわけにはいかなかった。

それなら、なんでぼくはサラと会ってるんだ？　サラの誘いを受けて、彼女の狭いアパートメントで深夜、昔話をして過ごしてるんだ――自分に嘘をついてるのか？　ジェームズは顔をしかめながら、前夜、あやうくサラに打ち明けそうになったことを思いだした。ジェームズは、ふたりとも無言でいられるように、サラを抱いてカウチでぎこちなく横たわり、唇を重ねた……そしてそのあと、そんなことをした自分に嫌悪を感じた。

「まだその画像を眺めてるの？」

「え――？」ジェームズはドアのほうを向いたが、サラの姿が目に入る前に、彼女の香りをかすかに感じた。

「驚かせちゃってごめんなさい」とサラはいった。「わたしも残業してたの。晩ごはんを一緒に食べない？　ホワイトロックに遅くまであいてる南インド料理屋が開店したから……」

ジェームズは腕時計を見た。午後九時。「晩めしか……悪いけど、今夜は無理だ。仕事が残ってるんだ」

サラは表情をくもらせた。「悪いことがあったんじゃないわよね？」

「悪いこと？　そうだな……リカバーできないほど悪いことではないよ……」

ジェームズはサラの顔を見つめた。サラはジェームズを凝視していた。「ジェームズ、きのうの夜のことだけど……」

「ごめんよ、サラ。どうしてあんなことをしちゃったのか――」

「謝る必要なんかないわ……」サラが自分の右手の細い指に視線を落とすと、ジェームズはまたもサラの髪の匂いを、ラベンダーの香りを感じた。「わたしはうれしかったのよ」

「先を急ぎたくないんだ……」

だが、サラはほほえむばかりだった。「ねえ、ひと休みしましょうよ。せめて、わたしのきょうの成果を見て」サラは向きを変えた。そしてジェームズは、目に見えないロープでひっぱられたかのように、サラに続いて通路へ出、二重扉を通って広大なロボット工学区画に入った。

ふたりは、いまも区画の真ん中で診断テストを実行しつづけている、十五基の第四世代生命維持装置群をまわりこんだ。第三世代の実験結果にもとづいて統合を進めた第四世代機は、胚から胎児へと成長し、胎児が誕生するまでのサイクルをそっくり管理できるようにつくられていた。第三世代機と同様に固定式で、吹きすさぶ風と極端な温度差に耐えられる筐体《きょうたい》はごつかった。そして、やはり第三世代と同様に、チームが第四世代の胎児たちの発育と誕生を注意深くモニターすることになっていた。だが、ほかのXOボットチームには知らされていなかったが、この世代の子供は保存されていた精子と卵子で受精がおこなわれ、生物学的両親にはその存在が知らされなかった。唯一生きのびられるだろう、現在、機密に触れることを許可されている人々が赤ん坊たちの世話をすることになっていた。それ以外の選択肢を検討する段階は過ぎていた。

ジェームズは両手のこぶしを握った。ほかの職員が第四世代について知らないことはそれだけではなかった——計画は、第三世代の問題が解決するまで進められないのだ。

区画の奥の隅にあるサラの作業台に向かう途中、ジェームズは、壁際の暗がりで林立している、大幅に変わったボットたちを見やった——第五世代だ。第五世代ボットは失敗の具現化、滅亡後に備える対策だった——ロボットの〈マザー〉には、人間の両親の代わりができるだけの機能性と自律性が備わっている。いま生きている人類がだれひとりIC＝NANの死の抱擁からのがれられないことが前提になっているのだ。

前世代のボットと違って、第五世代はたんなる機械ではない。いうなればバイオボットで、ジェームズが子供のころに読んだことがある〝超兵士〟——生身の男女がなかに入ると力が十倍になる外殻——が叩き台になっている。ここには五十体が並んでいた——これだけの数が配備されることになったのは、現地で損耗するおそれがあると予想されたからだ。ジェームズは、黙りこくっている機械の一体に近づくと、その肩の翼が折りたたまれているあたりを見上げた。このボットたちは二枚の格納式の翼と二基のターボファンを備えており、内蔵コンピュータの制御による垂直離着陸飛行が可能だ。動力は各ボットの背部に格納されている、何層ものイリジウムでおおわれ、黒鉛ブロックに埋めこまれている小型原子炉によって——人間の寿命よりもはるかに長期間にわたって——供給される。

組み立てを担当した職員たちは、第五世代ボットを〈マザー〉と呼んでいる。ジェームズはときどき、その呼び名には皮肉がこめられているのではないかと疑ったが、これらのボットがいかにも母親《マザー》らしく見えることは認めざるをえなかった。後部には出産がおこなわれる小さな実験室があり、中空な前腹部は小柄な人間がすわった姿勢でおさまれるようになっている。関節のある力強い腕と脚に加えて、下肢には頑丈なキャタピラも組みこまれている。荒れ地でも、正座の姿勢になれば、キャタピラを使ってゆっくりとだが安定して走行できるのだ。いまはきちんと列をつくってすわっている〈マザー〉たちを眺めながら、ジェームズは、ボットが子供を手招きするさまを想像した……

だが、そんな光景は実現しない。ロボットは人間の親の代わりにはなれないからだ。

かつて、技術的シンギュラリティは確実に起こる、人類は自分たちよりも賢い思考機械をつくりだすときが来ると考えられていた。そうした機械は、自分よりもさらに賢い機械をつくるので、そのような非生物的知性は、人間の精神には理解不能なほどの速度と様態で進歩する。人間に残された選択肢は技術と同化するか焼かれるかだ、とされていた。だが、途中でさまざまなことが起きた。イスラエルが、高度に自動化され、高度な知性を持つ軍用ロボットを製造して水戦争に投入したせいで、このままだとだれも望んでいない黙示録のような未来が実現してしまうとわかった。イスラエル軍のほぼ自律的な〝超兵士〟は使用禁止になった。第十回人工知能会議で、人間の介在なしで決定をくだせるコンピュータのさらなる開発にきびしい制限が設けられ、アメリカではワシントンのサイバーセキュリティ局がこの規制を実行した。一大産業が誕生し、多くの企業が、非生物的知性という、マスコミが〝新たな実存的脅威〟と呼んだものを抑制するための技術を開発した。そしてジェームズの知るかぎりでは、ニュードーンの第五世代ボットは、この禁止状況に違反しないように設計されていた。そのようなボットが、子供たちと真に〝人間的〟な交流ができるとは思えなかった。

「すばらしいと思わない？」とサラがいった。ジェームズが振り向くと、サラは曇りガラスの保護ゴーグルをつけていた。

「じゃあ、きみはもう、第五世代にとりかかってるんだね？」

「第三世代と第四世代は単純だった」とサラ。「〈マザー〉はずっと厄介なの」試験台のほうを向いた。「子供と交流しているとき、第五世代ボットはそっと、正確に触れなきゃならない。だけど、外界に対処するときは力と強さが必要なの。一石二鳥の解決策はないってわかってた。だから腕を二重にしたの」

「デモ動画を見たよ……」ジェームズは試験台に設置されているロボットの腕をまじまじと眺めた――堅牢なカーボン複合材の外殻から、繊細な〝第二の〟手がのびていた。外殻をひっこめてしまえば、硬い灰色の手の中心からのびている、その小さくて黒い蘭の花のような手が、なんの支障もなく作業をこなすことができるのだ。

「これを見て」サラがいった。エラストマー製の指のセットが細くて透明な試験管のラックの上へ機敏に移動し、一本を選んで着実に引き抜いた。据えつけられている腕は次の動作に移行した。指は試験管を落とさなかった。移動はすばやかったし、試験管のなめらかな側面を軽くつかんでいるだけだったのに。

「ブラボー！　こんどは失敗しなかったじゃないか」ジェームズはいった。

「粘着性のある素材に変えたの。柔軟性も増したのよ」ジェームズの横で、サラは腕をひっこめると、別の方向にのばした。「ロボット工学における近頃のほんとうのイノベーションはプログラミングじゃない。わたしたちは、いまだに、何十年も前に開発された一連の設定パラメーターや変換方程式を使って人間の動作を再現してる。実際に進歩したのはナノ回路とか純然たる計算能力なの。機械工学でもおなじ。だけど、大きいのは材料ね。自己修復材料、触れると密度が変化する固体材料、センサーのみからなる複雑な網目構造が組みあわさって巨大なニューラルネットワークになってる材料」サラはジェームズに向きなおった。試験台を照らしているLEDのパネルライトの光を受けてサラの目がきらきら輝いていた。「あなたのお友達の将軍が試験してくれて、ほんとにありがたかったわ」

「ブレヴィンズかい？」

「ええ。それに、新しい人工の手を開発するためのモルモットにされた人たちにも感謝しなきゃ」サラは、指のセットがふたたび試験管ラックの上に到達するのを待ってから、卓上コンソールに身を乗りだして〝録画〟ボタンを押した。「わたしのロボットの好みは、男の人とおなじ」口元をいたずらっぽくほころばせた。「強いけどやさしいのがタイプなの」

ジェームズは赤くなってほほえみかえした。サラにすべてを打ち明けたかった。きみが懸命にとりくんでいる繊細な手は、いつの日か、惑星地球にひとり残った新生児を抱くことになるかもしれないんだ、と教えたかった。だがもちろん、なにもいうわけにはいかなかった。ジェームズがどれほどサラを愛しているかも。それでもジェームズは、こんな事態になっていなかった場合のことを想像せずにいられなかった——自分とサラがわが子を抱いているさまを。

だめだ……現実から目をそむけるな。サラの、第四世代と第五世代のロボットの動作を完成させるという役割は重要だが、不可欠ではない。ニュードーンに関しても、サラという人間は不可欠ではないのだ。

「このバイオボットたちは、どうしてこんなに注目を集めてるのかしら？」サラがたずねた。

「集めて当然じゃないか」

「たしかに、やりがいのあるすばらしい研究よ……だけど、ほかの惑星で新生児を育てる？　もっと急を要する研究がほかにあるんじゃない？　資金はどこから出てるの？」

ジェームズは頭をすっきりさせようと首を振った。サラに嘘はつきたくなかった。だが、台本は頭に入っていたし、役を演じるのは義務だった。「だれかがこの計画を実現させたがってるし、その人たちはたんまり金を持ってるらしいのさ」といった。「とにかく、ぼくの勘定を払ってくれるんなら……」

「ふうん」サラはゴーグルをはずしてジェームズを見た。濃い茶色の瞳がジェームズの目を凝視した。

「ジェームズ?」聞き慣れた声が区画で反響した。

サラとの会話が中断されたことに感謝しながらジェームズが振り向くと、ケンドラ・ジェンキンズがいつもの早足で通路から入ってくるのが見えた。「やあ、ケンドラ。なにか用かい?」

「ガーザ博士から代表回線に連絡があったの。あなたに通じないんですって」

ジェームズはちらりと腕電話を見て、「ここはいつも電波が悪いんだ……」といった。実際、厳重に遮蔽されているこの区画内では受信状態にむらがあった。だが、いずれにしろ、規定があった――機密取扱資格を持たない者が声の届く範囲内にいるところで電話を受けるわけにはいかない。通路のほうへ向きを変えるとき、サラの横顔が目に入った。第五世代機の繊細な手のほうに視線を戻しながら、サラは顎の筋肉をかすかに動かしていた。

ジェームズはケンドラに続いてコンピュータラボへ向かった。遅れないように必死で歩いた。エモリー大学のジェームズの学部には、黒人の事務職員や教授が大勢いるが、ロスアラモスでは、ケンドラのような黒人女性の上級職員は珍しい。だが、ケンドラは、おだやかな権威を揺るがせることなく、いくつもの職務をこなさなければならない日々の混沌のなかでみずからを保っていた。

「残念ね、ジェームズ」ケンドラは振り向き、小声でそういった。

「残念？　なにが？」

「わかってるくせに」ケンドラはいった。「いろいろ。人生よ——わたしたちが送ることを許されていない人生よ」

「ええと……」

ケンドラは歩く速度をゆるめてジェームズと並ぶと、「あなたとわたしがこの計画にかかわることになったのは家族がいないからよね」といった。「だけど、わたしには、以前は家族がいた。夫と息子がいたの」

「どうしたんだい？」

「飛行機が墜落したの。七年前に」ケンドラは〝コンピュータラボ〟という表示があるドアをあけて、ジェームズに向きなおった。薄暗かったので、ジェームズにはケンドラの小柄な体と黒い顔をかろうじて見分けられるだけだった。「夫は人類学者だった。いろいろなところへ一緒に旅行したものだわ。わたしがネパールで結婚指輪をなくしたこともあった……とにかく、ラマーは十歳になったばかりの息子を連れて、マヤの遺跡で発掘するためにメキシコへ向かったの……」

「メリディアン航空208便かい？」

「ええ」ケンドラはだれもいないラボで自分のデスクにつくと、電話をオンにしてコードを打ちこんだ。「ジェームズ、聞き流してくれてかまわないんだけど、いわせて。ただ……人生は一度きりなのよ」左手首を上げた。幾何学模様の反復が刻まれているどっしりした銅のブレスレットがコンピュータ画面の光を反射した。「生きてたら、息子はあしたで十七歳だった。きっとお祝いをしたでしょうね。なのに、家族のもので残ってるのはこのブレスレットだけなの。人生を楽しんだほうがいいわよ。未来はだれにもわからないんだから」

ジェームズはケンドラの顔を見つめた。感情は、いかにも有能そうな外見の下に慎重に秘められていた。サラとの人生……考えただけで全身の血管がぞくっとした。だが、ジェームズは顔をしかめただけでマイクをオンにした。「ルディ？」

「すぐにかけたんだ」コンソールからルディのキンキンした声が聞こえた。「なにか見つけたのかい？」

「C＝341の結合が強すぎるんじゃないかと思うんだ」

「同感だ。ソマリアでの解毒剤の試験もうまくいってないしね」

「ソマリア？」ジェームズは腹の奥底で不快なうずきを覚えた——DCで彼を本流から隔てていた目に見えない壁に対するおなじみの怒りを感じた、

「ああ……そうだ」ルディは一瞬、黙りこんだ。「ソマリアで臨床試験を実施中なんだ」

「いったいどうして、ぼくはそれを知らないんだ？」

「いや……てっきり知ってるものだと思ってたんだ……」ルディは咳払いをした。「とにかく、細胞死が早すぎるんだよ。被検者の肺が萎縮してる。きみが看破したとおり、バランスの問題なんだ」

ジェームズはだれも見ていないのにうなずいた。「そのとおりだよ。細胞培養モデルでは、転写因子の結合はうまくいった。だけど、生体内でのふるまいは明らかに異なるんだ」

「なにか案はあるかい？」

「疎水ポケットを結合させる配列の修正に全力をつくすべきだと思う。まだきみに伝えてないアイデアがいくつかあるんだ。だけど、DNA構造については専門家であるきみにまかせるよ」

「完璧《ペルフェクト》だ」

「それから、ルディ？」

「なんだい？」

「ぼくにはどうにもならないんだ……だけど、きみならなんとかできるかもしれない。ぼくたちにラボで第四世代を育てさせてくれるように説得できないかな？　どうして機械ばっかり重視するのか、さっぱりわからないんだ。生物学的に問題がないのをはっきりさせないと――」

「ジェームズ……こういう状況じゃなきゃ、きみに同意してただろうな。だけど、お偉方がロボットにしか目を向けてないのも無理はないんだ」

「無理はない？　きみにとっては無理はないのかもしれないけど……」

「ジェームズ、解毒剤の成人への長期的効果を試験してる時間はないんだ。けさのミーティングでの将軍の話を、きみも聞いたじゃないか。もう最終段階の検討がはじまってるんだ。第五世代という選択肢の実現をめざしてがんばってる最中なんだ」

ジェームズは無精ひげをなでながら、日ごとに刑務所のように感じられている建物の低い天井を見上げた。ふと気づくと両親のことを考えていた――休日にも帰省しなかったことを、言い訳をしたことを。去年の六月、父親の七十歳の誕生日に一度、帰っただけだった。両親は、いまもぼくがロスアラモスにいることを知らないんだ……

ジェームズは目をしばたたいた。集中しろ。ルディのいうとおりだ。この戦いで、ボットは味方なんだ。敵はＩＣ＝ＮＡＮだけなんだ。ジェームズはケンドラのラボに置いてある小さなモニターを見た。そばかすのある若い女性記者がドイツから報告していた。「ロシア各地で〝死のインフルエンザ〟が発生しています。その症状は、最近、北インドで流行している病気に酷似しています」

　現実を直視せざるをえなかった——ジェームズが切望している、〝正常〟な人間の集団の基礎を築いておいて、両親と子供たちが感染症大流行《エピデミック》をともに生きのびる、という選択肢が実現する可能性は、もうほとんどなかった。おまけに、ジェームズが愛する人たちを救える望みも、ほぼ皆無になっていた。

　ジェームズはファイルをケンドラのコンピュータに読みだし、〝送信〟ボタンを押してDNA配列をルディに安全に届けた。「ちょっと寝るよ」とつぶやいた。

「おやすみ《ドウルセス・スエニヨス》、ジェームズ」ルディのおだやかな声がジェームズの耳のなかで響いた。

14

二〇六五年六月

カイは、料理用の焚き火の燃えさしをつつきながら、セーラとカマルを用心深く眺めた。膠着《こうちゃく》状態におちいっていた。カイは毎日、放浪したくてたまらないセーラとここにとどまりたいカマルのあいだで板ばさみになっていた。三人は決まりをつくった——絶対にひとりきりにはならないという決まりを。だが、そのせいで、いつ、どこへ行くかで意見が一致しないときも一緒にいなければならなかった。

「ここにすわりこんでたら、だれも見つけられないわよ!」セーラはわめいた。

「ぼくはきみたちふたりをそうやって見つけたんだよ」カマルはやさしくほほえんだ。

「水がほかの子たちを引き寄せるってナーガはいった。実際にそうなった。待ちつづけるべきだと思うな」

たぶんカマルが正しいのだろうが、カイも気が進まなかった。だって、カマルはぼくとセーラと出会うまでに三年も待ったじゃないか。それに、ナーガは、泉の水がもうすぐなくなるともいってたんじゃなかったっけ？

「痛っ！」セーラがそう叫んで、くたびれたレンチを放り投げた。セーラはオートバイの、曲がってしまっている前輪と車体の接続部分をまっすぐにしようとしていた。いま、セーラはオートバイから下がって、はさんだ親指を吸っていた。「せめて、新しいレンチを探しに行かなきゃ！」

「きょうはやめておいたほうがいいと思うよ」カイは、冷静を保とうと努めている声でいった。

「なんで？」セーラはカイのほうを向いて両手を腰にあてた。

「なんだか……空気の匂いが変じゃないか……」カイは譲らなかった。前夜、満タンにした水筒と水のボトルをかかえてカマルの泉から戻ってくるときに変化に気づいていた。この数日、風が強かったが、暖かい風だった。そのときは冷たくて乾いた北風になっていた。そして寝ているあいだに気温はほぼ零度まで下がった。砂漠では珍しいことではないが、この時期としては妙だった。道路のほうを見上げると、青空がのぞいていた。だが、断崖の下の影が不吉だった。空中の電気のせいで腕のうぶ毛が逆立っていた。

カマルが顔を上げた。カマルの鼻は焚き火のいい匂いに惑わされなかった。「カイのいうとおりだよ。嵐の匂いがする」

「だけど、晴れてるじゃないの！」セーラはいいかえした。癇癪《かんしゃく》を起こして地面を踏みつけ、砂埃《すなぼこり》を舞いあげた。そして自分の〈マザー〉のほうを向いた。「あなたまで馬鹿なこといって。きょうは出かけないほうがいいって、どういうこと？　遠くまで行くわけじゃないのに」そういうなり、オートバイにまたがって走りだし、アルファ＝Cがあとを追った。

カマルが肩を落としてセーラを見送った。「だいじょうぶさ」カイはなぐさめた。「アルファがついてるんだから」

「だけど、ばらばらにならないって約束したのに」

「だいじょうぶだってば」カイは精一杯の確信をこめていった。だが、ほんとうに心配ないのかどうか、自信がなかった。「寒くなってきたね。焚き火を洞窟のなかへ移そう」立ちあがって、地面から毛布を拾った。「カマル、きみの友達の蛇はこのおかしな天気についていて、なんていってるんだい？」

「もう何カ月も話してないんだ――きみたちが来てからは一度も」カマルは答えた。「怖がってそばに来ようとしないんだ」

「ぼくたちが蛇はおいしいことに気づくってわかってるのかもね！」カイは笑った。だが、すぐに後悔した。「ごめん……」

「ううん、いいんだ」カマルはほほえんだ。

カイは洞窟の真ん中あたりでしゃがんで小枝を積んだ——セーラのことを考えないように努めながら。「あれのやりかたを教えてくれる？　ほら、めい……」

カマルは外の焚き火の燃えさしで小枝に火をつけようとした。「瞑想かい？　前にもいったように、きみたちが来てからはやる必要がなくなったんだ」

「だけど、どんなふうなの？〈マザー〉と話すときみたいな感じ？」カイはたずねた。

「ううん……言葉はないんだ」

「絵が見えるの？　夢を見てるときみたいに」

「場所なんだ。感覚なんだ。体験なんだ。存在してはいるけど、別の世界でなんだ」

「どうやってそこへ行くの？」

「最初、〈マザー〉から、息に、心臓の鼓動に集中するように教わった。だけど、心配になっちゃったんだ。もしも、ぼくがすわって、息をして、夢を見てるときに……もしもなにかが起きたら？〈マザー〉がなにかいっても聞こえない。もしも〈マザー〉になにかが起きたら？　そうなると、心臓がぼくを裏切って、脈がどんどん速くなるんだ」カマルは目をつぶって両手を骨張った膝に置いた。「だけど、〈マザー〉が別のやりかたを教えてくれた。ぜんぶをいっぺんに見るやりかたを。それまで一度も気づかなかったことを見るやりかたを」

「たとえば蛇がしゃべることとだね」

「それに、空気がこんなふうに電気を帯びることとさ」カマルはまぶたをあけてカイの目をまっすぐに見つめた。「きみも気がついてるんだよね？」

カイは洞窟の入口を見やった。近くで、ロージーとベータが不動の姿勢をとっている。横腹が鈍い日差しを反射している。背筋が寒くなった。寒風のせいではなかった。「うん。それにあの光にもね。あれは……ふつうじゃない」

カマルは立ちあがって入口へ歩いていき、心配そうに自分の〈マザー〉を見た。しばし黙って見つめてから、カイに向きなおって、「いま、空を飛んでセーラを探すべきかどうか、〈マザー〉に訊いてみたんだ」とつぶやくようにいった。「だけどベータは、それができる状況じゃないっていうんだ。アルファ＝Cも移動したがってなかった。よくないことが起きてるんだ……」カマルは、足を一歩外へ踏みだし、すぐにさっとひっこめた。

「痛っ！」

開けた場所を突風が吹き抜け、小石がボットたちの金属の横腹にばらばらとあたった。アルファが戻ってきたのかな？　カイはカマルを押しのけて南を見た。なにも見えない。

北を見た。

カイはぽかんと口をあけた。道路のはるか上で、真っ黒な大釜が渦を巻いていた。その波打つ輪郭が、明るい空を背景に際だっている。見ているうちに、稲光がその怪物じみた雲を奥深くから照らした。

「コクーンに入って」というロージーの声がした。

「だけど、洞窟のなかにいれば安全だよ……」

「そうとはかぎらないわ」ロージーはきっぱりといった。

二体のボットはふたりの近くへ移動してきて、叩きつけてくる砂と小石から少年たちを守った。カマルが洞窟の外へ出ていってから、カイも、毛布を頭に巻きつけ、思いきって大渦巻きのなかへ飛びこんだ。ロージーのキャタピラをのぼり、大きく開いたハッチドアのなかへじたばたと這いこんだ。身をよじって座席の上でうずくまると、〈マザー〉がハッチを閉じた。

コクーンのなかは静かだった――静寂を破っているのは、こめかみのうずきと、ロージーの横腹に石が猛スピードであたってはねかえるかすかな音だけだった。外をのぞくと、カマルが骨ばった手足を〈マザー〉の開いたハッチドアに入れているところだった。「なんなの、これは?」カイはロージーにたずねた。

「ハブーブよ」

「え？」

ロージーがしばし黙りこむと、たくさんの小石がハッチ窓を叩いた。「損傷なし」ロージーはいった。「ハブーブっていうのは砂嵐のことよ」

「どれくらい続くの？」

「不明。空気濾過《ろか》開始」

カイは座席をつかみながら胃のむかつきを覚えた。無力感のあまり吐き気を催していた。

「セーラはどうなるの？」

「不明」

「だけど、セーラはアルファ＝Cと一緒なんだ。きっとだいじょうぶだよ……」

ロージーは答えなかった。フロントコンソールの下のどこかからブーンという低い音が響いているなか、外が煤《すす》のように黒くなった。コクーンが暗くなった。コンソールを見ても、いちばん下の小さな緑色のランプがいくつか見えるだけだった。目の前のハッチ窓に触れて明るくなるのを待った。「ハッチスクリーンをつけてくれる？」

「緊急プロトコルを実行中。不要不急の電子システムは停止しているの」

停止……ロージーがこんなことをするのははじめてだ。カイは目をぎゅっとつぶると、あえぐのをやめ、心を静めようとした。カマルから聞いた瞑想のことを思いだした。〈マザー〉にならって、カイも不要不急のシステムを停止した。無事でいるセーラとアルファを思い描こうとがんばった。

15

二〇五三年五月

リックは通りで鳴り響くサイレンの音で目覚めた。腕を右へのばすと、温かい毛布に触れた。ローズはいなかった。

リックは大きく息を吸った。サンフランシスコにあるローズのアパートメントの嗅ぎ慣れた匂いがした――ベッドサイドテーブルに置いてある松のお香のほのかな香り、窓から漂ってくるそれよりも強いユーカリの匂い、それにキッチンでいれているコーヒーの芳香。この一年で、リックとローズはそれぞれの家で暮らしている振りをすることをあきらめていた。リックは、可能なかぎりローズと過ごしていた――急を要しない個人的な用事でローズをワシントンとロスアラモスに呼び、〝進行状況を確認〟するためにプレシディオ研究所を何度も訪問した。リックはもう、政府の金をサンフランシスコのホテルに使う必要を感じなかった。

リックは向かい側の壁に義足をたてかけておいたが、その横のモニターの画面で、全国の天気予報が無音でスクロールしていた。モニターの横のドアの隙間からシャワーの音が漏れていた。そして外から響いているサイレンが、ディビサデロ通りを遠ざかるにつれてドップラー効果で低くなったので、リックはほっとし、動悸がおさまった。

バスルームのドアが開いて、長い髪をタオルで巻いたローズがあらわれた。

「早起きしたのかい」とリックはたずねた。

「気が重くて」

「きょうの説明会のせいだね？」

「ええ、それも理由のひとつね」

「いったじゃないか、形式的なものだって。みんな、もう解雇通知を受けてるんだ。職員には質問する機会が与えられるけど、ほんとにきみは答えなくてかまわないんだ。それに、ぼくもそばにいる」

「ねえ、リック、あなたの仲間のやりかたには、どうしても慣れないのよ……」

「ぼくの仲間だって？　だけど、きみだって仲間のひとりじゃないか」リックはナイトテーブルに手をのばし、チューブ状の吸入器がとりつけられている小さな金属容器をとった。

「そういえば、きょうの分はもう吸入した？」

「ええ、目が覚めてすぐに。いやな味がするのよね……」

「味はないよ」

ローズはベッドに腰かけてタオルで髪を拭いた。「わたしにはあるの。なんていうか……化学的な味がするのよ。あなたは副作用を心配してないのよね？」

リックは容器を眺めた。つや消しの金色の容器には、〝C＝343〟というそっけない記号が記されているだけだ。ワシントンによれば、〝予備試験は終了した〟とのことだった。解毒剤の最新版を摂取しても死にはしない。特効薬というわけではないが、これが精一杯だ。機密取扱許可を持つ計画関係者は全員、服用することが義務づけられている。

「ほかのもろもろよりは心配してないよ……」とリックは答えた。

リックの知るかぎり、非常事態にはなっていなかった——まだ。肝心なのは、この事態の一歩先を行くことだ。世界保健機関《WHO》に送りこまれている工作員が、ローマ郊外の自然保護区で採取されたIC＝NAN配列を持つ土壌生物を送ってきた。だが、いまのところ、南アジアと中東以外でIC＝NANが確認されたのはその一例だけだ。カスピ海周辺のロシアの町で〝奇妙な呼吸器疾患〟が流行しているという報告があったし、北はベルリン、東は日本からも、〝不治の非発熱性インフルエンザ〟が発生しはじめているという報告が届いていた。だが、いずれもまだ、IC＝NANと結びつけられていない。またいまのところ、アメリカ本土と南米とカナダからの報告は一件もない。

ローズは、温まった手で頬をなでながらリックのほうを向いた。眉間《みけん》にしわを寄せていた。「きのうの夜、何度もサイレンが鳴ったのは知ってる?」

「いや」リックはにやりとした。「忙しかったんでね」

「まじめな話をしてるのよ。たしかに、サイレンはしょっちゅう聞こえるわ。この通りには大きな病院がいくつもあるから。だけど、きのうの夜はいつも以上に多かったの」

リックは、部屋の反対側のモニターにふたたび目をやった。フレックスコインの価格の最新予想をやっていた。リックは首を振った。「また、通りで馬鹿騒ぎをしてたのかもしれないよ。レイザーズが地区優勝するたびに……」

ローズはナイトテーブルからヘアブラシをとると、タオルで乾かした髪をゆっくりととかしながら、「ここを離れるのはさびしい」といった。「だけど、プレシディオの管理職という肩の荷をおろしてロスアラモスでフルタイムで働くのは楽しみだわ」

「やっとだね」リックは応じた。「ぼくのことをいうなら、サンフランシスコへ飛んでくるのは大変だったよ」

ローズはリックの腕をヘアブラシで殴る振りをした。「うきうきで来てたくせに。だけど、とにかく、ケンドラと働けるのはうれしい。第五世代については、まだまだやらなきゃならないことがたくさんあるのよ……」

リックは振動を感じて腕電話を見た。「ブランケンシップだ」とつぶやいた。「出なきゃ」腕電話をタップすると画面が明るくなり、くすんだ緑色の光がリックの顔を照らした。

「もしもし？」

「リック。マクブライド大尉と連絡をとりたいんだ。いま一緒じゃないかね？」

リックの視線は、立ちあがったローズの背中のなめらかな曲線をなぞった。「ええ。ええ、一緒です……」

「問題が発生した。大尉にここへ来てもらう必要がある」

「ここ？　ワシントンですか？」

「この回線ではこれ以上はいえない。どれくらいでここへ来てもらえる？」

リックが上体を起こすと、ローズが彼に向きなおって目をあわせた。「さあ、どうでしょうか。連邦飛行場まで送らなきゃなりませんから。この時間だと、それだけですくなくとも一時間は……」リックはぎこちなくごろりと転がって、床からシャツをとった。

「きみたちはプレシディオにいるのかね？」

リックは一瞬、黙った。「いいえ。彼女のところです」

意外にも、ブランケンシップは間を置くことなくいった。「大尉のアパートメントだな？　それならこっちで住所がわかる。ノースポイント通りだな？」

「はい」

「十五分で車を送る。それまでに用意をしてもらってくれ」

「わたしも行きますか？」

「いや。必要なのはサイバーセキュリティ担当者だけだ。きみはそっちで仕事をしてくれ。きょうの午後、もっとくわしく説明できるはずだ。マクブライド大尉のオフィスの電話にかける。太平洋夏時間《PDT》の一五〇〇時に」

「それで……閣下？　わたしはマクブライド大尉が出るはずだった説明会を仕切ればいいんですか？」

「ああ。そのあと、次の段階に進めてくれ。封鎖だ。プレシディオはますます重要になりそうだからな」ブランケンシップが電話を切った。

　ローズは、いまやリックを凝視していた。濡れた赤茶色の髪が背中に垂れていた。「荷造りを手伝うよ」とリックは小声でいった。

「手伝ってもらわなくてだいじょうぶ」ローズはリックの腕にそっと手をかけた。「ひとりでやったほうが早いわ」リックが義足を装着し、痛む脚をズボンに通しているあいだに、ローズは髪を束ねて軍服を着、洗面道具と着替えを支給品の小さなバックパックに詰めた。

最後に、タブレットをそのチャックつきポケットに入れた。最後のスマトラローストで断熱カップを満たしているとき、手が震えていた。

階段を降りるとき、リックは、「予備を持っていったほうがいい」といって解毒剤の容器を渡した。

ローズは容器をポケットに入れながらほほえんだが、かすかにだった。「ありがとう」

通りに出ると、またサイレンが聞こえた――またも救急車が、渋滞している道路を縫うように進んでいた。将校がハンドルを握っている政府の車が歩道脇に停車していた。

リックがローズをハグすると、薄手のコートの下で彼女が震えているのがわかった。リックはローズにそっとキスをして、「すぐにまた会えるからね」とささやいた。「着いたら電話してくれ」

「わかった」とローズはいった。目がうるんでいた。「できるだけ早く電話する」車が走りだすとき、リックはローズが表情をこわばらせていることに気づいた。ローズはここを去りたがっていなかった――こんなふうには。ローズは手で口をおおった。そしてリックは、車で走り去ったローズがキスを宙に置き去りにしたのだと想像した。

リックはプレシディオ研究所の二階にあるローズの狭いオフィスのなかを歩きまわって

いた。外の芝生には、〝平和を推進し、新たなリーダーを育成する〟というこの研究所のモットーが誇らしげに掲げられている。だが、リックがここへ来たのは、新体制を確立するのを助けるため――そしてローズが責任者の交代を発表するのを手伝うためだった。ところが、思いもよらないことに、リックはそれをローズ抜きでやるはめになった。そして、さらに厄介なことに、プレシディオを封鎖するという最後のひと押しをしなければならなくなった。

リックは、プレシディオの軍人チームを前に、あわてて考えた封鎖についての説明を付け加えながら、あらゆる意味でローズに何度も指導した説明をたどたどしく終えた。プレシディオはすでに、新任の施設指揮官がまもなく着任する、と告げた。なぜ高い有刺鉄線フェンスが、ゲートを除いてプレシディオの敷地にぐるりと張りめぐらされたのか、またなぜそのゲートには衛兵が配置されたのかについて話した――ひとつには、レベル4の準備段階は弾薬の備蓄をともなうからだ、と。

リックは、それらの措置が必要な理由以外のすべてを説明した。

そこにいるのは軍人だった。軍人は理由など必要としない――なにをするかの指示だけで充分なのだ。それでも、リックにはチームメンバーが不安になっているのがわかった。なぜマクブライド大尉ではなく、将軍であるリックが説明したのか、不審に思って当然だった。ローズはどこへ行ったのかと不思議に思っていることだろう。あとでリックが敷地内を歩いているとき、ひそひそとささやきあっていた軍人たちが、リックが来たことに気づいて黙りこんだ。軍人たちは、なにが起こっているのか見当もついていなかったし、リックはその疑問にまったく答えていなかった。

いや、こっちだってぜんぶの答えを知ってるわけじゃないんだ。〝プレシディオはますます重要になりそうだ〟というブランケンシップの言葉が脳裏をよぎった。あれはどういう意味だったんだろう？　それに、どうしてプレシディオをこんなに早い段階で封鎖したんだろう？　リックは将軍からの電話を待ちつづけていた。

薄暗いなか、なにかが光って室内を細かな色のかけらの群れが走った。リックは窓に歩いていって、細いチェーンで窓の鍵にひっかかっている、繊細な金属の羽からなる翼を持つ、小さな銀の女性像を手にとった。ホピ族か、とリックは、アメリカ先住民のパイロットについてのローズの話を思いだして内心でつぶやいた。

ローズのデスクの電話が鳴った。リックはなにも考えずにそのネックレスをポケットに入れて部屋を横切り、電話に出た。「もしもし？」

「リックだな？　ジョーだ」

「はい」ジョー。ブランケンシップ将軍が、いまはジョーなのだ。

「基地を封鎖できたかね？」

「封鎖しているところです。ローズはDCに着いたんですか？」

「さっき着いたところだ。だが、リック……まずいことになった」

「いったい――？」

「ハッキングされたんだよ。内部犯行だ。フォートデトリックで。知られたんだ」

「だれに知られたんですか？」

「どうやら、ロシアの仕業らしい。ロシアの同盟国にも、もう伝わっているだろうな」ブランケンシップは喉を締めつけられているような悲痛な声でいった。「やつらはIC＝NANの記録ファイルと古細菌《アーキア》の追跡ファイルと解毒剤の研究記録にアクセスしたんだ。そのぜんぶに。タブラ・ラサについても、IC＝NAN計画についても知られたんだ。サム・ロウィッキは、やつらが点と点をつないでロシア国内での感染症の流行との関係に気づき、それをわれわれの攻撃だと非難するのは時間の問題だと考えている」

「ロスアラモスについては？」リックの心は自動運転に切り替わって走りだした。「ロスアラモスとの関係は知られたんですか？」

「いや。いまのところだいじょうぶそうだ。計画の各部門についての情報は分割されていたんだ。ハッキングされたのはフォートデトリックのコンピュータに入っていた情報だけだ」

「セッドとガーザのやりとりは？」

「すべて分割されていた」

「でも、ロスアラモスに警告するべきですよね？　万が一のために」

「ついさっき、ニュードーンのセキュリティ責任者に話した」

「ケンドラ・ジェンキンズですね？」

「そうだ。彼女は、施設発着の通信をすべて厳重に監視していた。念のため、午前零時に封鎖を実行するように彼女に伝えた。こちらから解除の指示をするまで、不可欠ではない通信は遮断され、現地を訪れることができるのは機密を知っている者だけになる」

「ガーザ博士はどこにいるんですか？」

「ロスアラモスだ。二日前、ロスアラモスにいる機密を知っている人々への解毒剤の配達に同行したんだ」

「第五世代は？」

「ガーザ博士が、第五世代の胚もロスアラモスに届けた。胚の準備はととのっている。だが、まだ冷凍保管庫のなかだ。第五世代ボットのほうの準備にはまだしばらく時間がかかるんだ……」

リックは椅子にすわって片手を額にあてた。「閣下……」

「なんだね？」

「ローズは無事ですか？　彼女の安全は保証していただけますか？」

「われわれ全員と同等に安全だよ。わたしと同等に安全だ。それは請けあえる」

リックは、頭がうずきはじめているのを感じながら、長く、ゆっくりと息を吸った。将軍にそう保証されても、ちっとも安心できなかった。もしもロシア人がタブラ・ラサについてつきとめたら、ただちにワシントンを非難し、知っていることを公表するだろう。ひょっとしたら、まず生物兵器の製造地とおぼしい施設を破壊し、そのあとで問いつめることにするかもしれない。なにしろ、アメリカも、ロシアの秘密化学兵器についての情報を得たときは、つねにそうしてきたんじゃないのか？　だれも安全じゃないんだ。ローズがまだフォートデトリックにいるのなら、もちろん彼女だって。「わたしは？」とリックは小声でたずねた。「わたしはなにをすればいいんですか？」

「まだなにもしなくていい。そっちで待機して、目を光らせていてくれ。くわしいことがわかりしだい、また電話する」

16

ジェームズは椅子にもたれて目をこすった。コンピュータ画面の薄気味悪い青と、ロスアラモス研究所生物学ラボのドアの下から漏れているネオンのように明るい一本線の光を除けば、オフィスは暗かった。ジェームズはデスクのいちばん上の引き出しをあけて小さな白い段ボール箱を出した。親指を突っこんで上蓋をあけると、二本の小さな容器があらわれた。別の区画にはL字型で丸い開口部があるプラスチック製チューブも入っている。ジェームズは容器の一本をとりだすと、スクリーンの光にかざした。C＝343。心のなかで、この改良された解毒剤についてのルディの指示をくりかえした。〝このひとつの容器に百回分の薬剤が入ってるんだ。吸入器アタッチメントをとりつけてボタンを押し、深く吸いこんでくれ。吸入は一日一回でいい。在庫はたっぷりあるから、追加ができる前になくなる心配はない〟。ジェームズは容器の一本に吸入器をとりつけると、深々とミストを吸った。喉の奥に苦味を感じた。きちんと吸入できたことを願った。

ジェームズとルディがNAN配列のバグをつぶしおえるまで、第四世代の固定ユニットの配備は延期された。三カ月があっというまに過ぎるうちに、ジェームズは第四世代が配備されることはないという事実を受け入れた。子供たちを育てられる人間が生き残るという前提条件が現実的ではなくなっていた。こうなったら、第五世代にとりくまざるをえなかった。ルディのフォートデトリック・チームは胚の候補に形質転換をほどこし、生じた胚のゲノムのひとつひとつにNAN配列が組みこまれていることを確認した。ジェームズは東へ戻る途中で、実際に使うにふさわしい胚を個人的に選んだ。それらの胚は、いま、いつでも使える状態で、XOボット棟の奥にある冷凍庫で厳重に保管されている。

ジェームズは画面上で、胚の遺伝子配列データを何度もチェックした。ケンドラによれば、第五世代ボットが胚を預かれるようになるには、あと何カ月かかかるそうだった。だが、ジェームズにとっては、そのほうがありがたかった。自律的に動きまわる〈マザー〉たちを配備することを考えるだけで心が波立った。

ジェームズはぶるっと首を振った。C＝343配列にまだ欠陥があるかもしれないという不安と比べたら、第五世代ボットについての懸念など取るに足りなかった。だが、これ以上試験する時間はもうなかった。いまや、第五世代の赤ん坊たちの命はC＝343配列の成功にかかっていた。そして、数日前の時点で、機密を知る人々が新たな成人被検者になった。ソマリアでわずか二カ月の〝予備的臨床試験〟をおこなっただけなのに、ジェームズ自身が被検者になっていた。

「邪魔してごめんなさい、ジェームズ」ジェームズが顔を上げると、薄いタブレットを片手で持っているケンドラが出入口に立っていた。「グリッドをモニターしてたんだけど、あなたがここにいることを確認しなきゃならなかったの」

「もう遅い。ぼくたちみたいな幽霊以外はだれもいないさ」

「そんなこといわないで、ジェームズ。ポジティブな気持ちでいなきゃ」

薄明かりのなか、ジェームズは、いつも快活なケンドラの表情が暗いことに気づいた。

「なにかあったのかい？」とたずねた。

ケンドラはため息をついた。「デトリックのコンピュータシステムが侵入されたの。安全が確認されるまで、しばらく足止めを食いそうなのよ、ジェームズ」

ジェームズは背もたれから体を起こした。「侵入された？　だれに？　なにを盗まれたんだい？」

「なにも盗まれてはいないわ。盗まれてたら、サイバー作戦部がもっと早く気づいてたでしょうね。だけど、侵入者はしばらくのあいだ、なかをうろつきまわってたのよ。とにかく、ＩＣ＝ＮＡＮのデータは漏洩した」

「くそっ！」ジェームズは立ちあがってオフィスのなかを歩きまわった。「それはいつ起こったんだい？」

「デトリックが気づいたのはけさね」ケンドラは顔をしかめながら答えた。「ブランケンシップ将軍は、ここを閉鎖するべきかどうか悩んでたみたい。だけど、きょうの午後、わたしは閉鎖命令を受けた。だからわたしはこの何時間か、どうすれば表立って大きな混乱が起きないようにそれができるかを考えてたの」

「ルディはまだここにいるのかい？」

「いるよ」ジェームズの言葉が合図だったかのように、ルディがケンドラの横をすり抜けて部屋に入ってきた。「ブレヴィンズ将軍から連絡があった。で、ここにとどまるようにいわれたんだ。ここを封鎖するんだね？」

「ええ」ケンドラは答えた。「それどころか、XOボットだけじゃなく、ロスアラモス全体をロックダウンするのよ。それから、ジェームズ、セキュリティスキャンをするから、あなたのコンピュータシステムをシャットダウンして」

ジェームズは画面を見つめた。小さな白い記号たちが行進していた。ジェームズはサラを思った——家にいて、なにも知らないサラを。

ジェームズがはじめてロスアラモスに赴任してきたとき、政府は、オメガ橋を渡ったところにあって南に研究所を望めるささやかな一軒家を提供してくれた。豪邸ではなかったが、ハーパーズフェリーでルディとシェアしていたアパートメントよりはましだったし、職場まで車ですぐだった。ところが数週間前、XOボット棟の、まにあわせで居室にした部屋に移るよう要請された。だがジェームズは、ケンドラの助言に従った——できるだけ長くサラと過ごせるように、折に触れて彼女のアパートメントを訪れたのだ。引っ越したせいで、またひとつサラに打ち明けられない秘密が増えた。だが、この数日、サラと会っていなかった——先週、サラはゼミのためにカリフォルニア工科大学へ行っていたのだが、水曜日に、体調が悪いという電話があったのだ。「ほかの職員は？」

「封鎖はきょうの午前零時に実行される。あと一時間足らずね。追って指示があるまで、オメガ橋ゲートも南ゲートも、通れるのはニュードーン関係者だけになる——あなたとわたしとルディとマックことポール・マクドナルドね……特にマックは、非常事態になってもこの棟を稼働させつづけるために必要だわ」

「非常事態？」

「警戒態勢で待機するようにっていう命令を受けてるの。長時間の封鎖に備えるようにっていう命令を。それから将軍からの、なんとしてでも第五世代のソースコードを守るようにっていう命令を」

「早く片づいてほしいね。計画開始の準備をしなきゃならないってのに……」ルディがいった。

「ええ」ケンドラはタブレットを見つめた。水色のふちの眼鏡が青い輝きを反射していた。「このハッキングは一大事よ。外部の何者かがIC＝NANのことを知ったんだから。そしてもし、その何者かがデトリックとロスアラモスをつなげたら、わたしたちも関係していると推測するでしょう。けど、この閉鎖のせいで第五世代計画が頓挫したら残念だわ。わたしは〈マザー〉たちに愛着が湧いてるの。それからローズ・マクブライドに」

「優秀な人だそうだね」とルディ。

「マクブライド博士は一流のプログラマーなだけじゃなく、心理学者でもあるの。AIの専門家っていうわけじゃないのに、革新的な貢献をしてくれたのよ」ケンドラは、話しているあいだも、タブレットのなめらかな表面で指を滑らせて、この施設のモバイル用サイトマップを調べつづけた。

ジェームズはふたたび部屋のなかを歩きまわりはじめた。ジェームズがロスアラモスに異動してきて以来、マクブライドのチームが第五世代計画に専念していることは知っていた。ボット以外にはだれも付き添っていない幼い人間の安全と安寧《あんねい》を確保できるようにするため、チームはありとあらゆる最新の人間と機械とのインタラクション技術を活用し、人間が——必要とあらば庇護者たるロボットを犠牲にしてでも——生き残れるようにするためのさまざまなフェイルセーフをプログラミングに組みこんだ。機械と人間の心の両方に適用できそうな学習理論を、バイオフィードバックを、人工ニューラルネットワークを、片っ端から参考にした。子供が母親から学ぶように、この新しい子供はボットから学ぶことになる。そしてボットは子供のあらゆる肉体的必要に対応することになる。

「人格についてはも聞いてるよな？」ルディがたずねた。

「人格？」ジェームズは電灯をつけた。そばでケンドラが目をしばたたいた。

「心の寿命をのばすことは長年の夢だった。意識の寿命を。もちろん、ぼくはまだ半信半疑だ。だけど、マクブライド博士は、それに関して大きな進歩をなしとげたと思ってる」とルディ。

「どんな進歩を？」

「女性が宇宙へ行ったり危険な軍事任務についたりする前に、万が一、民間人に戻ったとき、自然な妊娠ができなくなっている場合に備えて卵子を保存しておくというのはよくあることなんだ」

「だれがドナーになってるかは承知してるよ……」

「マクブライド博士は、ドナーたちの生命の保存に関して、一歩前進した。彼女はそれを

〈マザーコード〉と呼んでる」

〈マザーコード〉か。かつては遺伝学でも使われてた時代遅れの用語だな、と考えてジェームズはにやりとした。「だけど、ただのコンピュータプログラムじゃないか」

「そうよ」とケンドラ。「でも、不気味なの……ボットの一体が話してるところを聞いたんだけど……目をつぶったら、ただの機械だとは信じられないほどだった」

「へえ」ジェームズはため息をついた。「たしか、ぼくはまだ話したことはないはずだな……」身震いした。こうするしかなかったのかな？　コードに人間を保存するしか？

「マクブライド博士に子供はいるのかい？」

「いいえ……ボットが彼女の子供になるんでしょうね。わたしたちがボットたちを送りだせれば」ケンドラが答えた。そしてタブレットを人差し指で力強くタップした。「ついたわね。いま、XOボット棟にはほかにだれもいないみたい。ほかの棟はもう封鎖ずみだし」

ジェームズは、左腕に振動を感じたので、明るくなった腕電話の小さな画面を見おろした。〝父〟と表示されていた。「悪いけど、電話に出なきゃならないんだ」ジェームズはそうつぶやくと、電波がいい外の通路に出た。カリフォルニアはまだ午後十時過ぎだとわかっていたが、両親がそんなに遅くまで起きていることはめったになかった。それに、電話をかけてくることもめったにない。

「とうさん？　なにかあったのかい？　こんな時間にかけてくるなんて」

「ジェームズ、おまえか？」父親の声はしゃがれていて聞きとりにくかった。

「うん……」父親は、電話線の向こうで取り乱しているのか、黙りこんでしまった。小さな家の暗いキッチンで体を丸めている父親の姿を脳裏に浮かべながら、ジェームズは動悸が激しくなっていることを意識した。いやな予感がした。「なにかあったの？」

「こんなに遅くに電話はしたくなかった。朝まで待とうかとも思ったんだ。だが、かあさんが……」

「具合が悪いのかい？」

「インフルエンザと診断されてたんだ。何週間か前に。すぐによくなるだろうと思ってた。だがいま、熱はないんだが、咳が止まらないんだ。血も……」

「とうさん」ジェームズは、軽量ブロックの壁にぐったりともたれながら、必死で考えた。

「そっちへ行くよ。できるだけ早く。だけど、とうさんにやってほしいことがある。すぐにかあさんを病院へ連れていってほしいんだ。人工呼吸器をつけさせてほしいんだよ。やってくれるかい？」

「でも、かあさんは具合が悪いから……」

「救急車を呼ぶんだ」

「わたしが車で連れていくよ」

「だめだよ。救急車を呼ぶんだ。それから、忘れずに携帯を持っていって。そっちへ向かいはじめたら電話するから」

　ジェームズはオフィスに戻った。ルディとケンドラはいなくなっていて、コンピュータの画面にはなにも表示されていなかった。ジェームズはモニターの電源を切り、解毒剤が入っている小さな白い箱を手にとった。それをブリーフケースに突っこむと、上着をひっつかんだ。

　ジェームズは、フロントロビーに向かって通路を進みながら、恐ろしい可能性を次々に検討した。肺炎？　肺癌？　この日の午後遅く、カフェテリアで、ロボバリスタがエスプレッソを渡してくれるのを待っているあいだに耳にした——〝西海岸インフルエンザ〟についての——ニュースをぼんやりと思いだした。だけど、それがなんだろうと、IC＝NANのはずはない。アメリカ本土では、まだ、古細菌《アーキア》の分離株の存在は確認されてないんだから。

　ジェームズにわかっているのは、急いで実家に向かう必要があるということだけだった。

17

自動タクシーがロサンゼルス国際空港の真空チューブ列車《ハイパーループ》駅を出て北へ、ベーカーズフィールドへ向かいはじめると、ジェームズはまたもサラのことを考えた。サラに電話するべきだった。せめて自分がどこにいるかを知らせるべきだった。それどころか、ケンドラとルディにも伝えるべきだった。真夜中に飛びだしてきたので――頭がうまく働いていなかった。右手で左手首を探った。

くそっ。腕電話はなかった。ジェームズは、アルバカーキ空港の検査場で、私物入れに置き去りにされている小さな装置を心に描いた。ブリーフケースに手を突っこんで段ボール箱の角を指で探った。解毒剤だ。すくなくとも、解毒剤は持っていた。容器のコーティングのおかげで、検査ボットをうまくごまかせた。

ジェームズはタクシーの後部席に設けられている電話のカバーをあけた。だが、またしても電話はなくなっていた――タクシー会社はこの手の破壊行為に手を焼いている。ジェームズはがっくりと座席にもたれた。午前三時二十分に、やっとアルバカーキ発の飛行機に乗れた。深夜便の席を確保し、あわてて空港のセキュリティチェックを受ける前に電話をかけたが、父親は出なかった。そしていま、父親に、それどころかほかのだれにも連絡する手段がなくなっていた。

自動運転のタクシーが出口を降りたとき、ジェームズは目を覚ました。タクシーが脇道に曲がると、〝ベーカーズフィールド総合病院〟という行き先表示が見えた。だが、病院の正面入口は、駐車場に集まっている群衆のせいでほとんど見えなかった。

「ここで降ろしてくれ」ジェームズはいった。タクシーが道路脇にきちんと止まると、シートベルトがはずれた。目の前の座席のうしろに赤のLEDで料金が表示されたので、ペイカードを読みとり機にかざした。「ありがとうございました」と女性の人工音声がいった。タクシーを降りると、晩春の空気には花粉がたっぷり含まれていて目が痛くなった。ジェームズはブリーフケースをつかんで植えこみのあいだを抜け、救急棟の入口をふさいでいる白い大型テントに向かった。

テントのなかでは、大勢の人々が臨時検査区画のあいだを歩きまわり、手袋をした看護師たちが血圧と脈拍をはかり、耳に体温計を入れ、皮膚や喉や目を調べては、バインダーに留めたカルテに猛烈な勢いで結果を書きこんでいた。ジェームズはうつむきがちな人々の頭ごしに、見慣れた父親のハンチング帽を探した。腰をかがめながら壁をまわりこみ、救急救命室《ER》に通じる大きな両開きのドアに向かった。だが、カーキ色の軍服を着て、腰に銃を携帯しているふたりの男がドアを守っていた。州防衛軍だ。

「すみません」衛兵のひとりがジェームズの前に立ちふさがった。「並んでください」

「父親を探しているだけなんです」

もうひとりの衛兵がジェームズをじろりと見た。「お名前は？」

「わたしのですか？ ジェームズ・セッドです」

男はうなずいて、ジェームズの名前を腕電話に打ちこんだ。ヘルメットを直しながら無線機になにやらつぶやいた。そしてまたジェームズを見た。「ドクター・グレイソンが、ここで待っていてほしいとのことです。すぐに来るそうです」

グレイソン……どこかで聞いたような気がするな。ジェームズは外の群衆を眺めた。あらゆる年代の人がいるが、高齢者のほうが具合が悪そうだ。車椅子が足りないのだろう、職員たちが駐車した車からよろよろと降りてくる人たちに手を貸している。ほとんどの人が咳をしている——苦しそうな空咳だ。ジェームズは冷や汗をかきながら、ブリーフケースのなかに手を入れて解毒剤を探った。

「ジェームズ？」振り向くと、白衣を着て片方の肩に聴診器をかけている、眼鏡をかけた小柄な女性が立っていた。

「ロビーかい？」ロビーとは長いつきあいだった。最初は高校時代の友人として、その後、両親のかかりつけ医として。だが、そのときはロビー・ウォーラーだった。白いものが交じっている髪がかすかな風でそよいでいる顔色の悪い女性を、かろうじて見分けられた。

「あなたのおとうさんから、あなたが来るはずだって聞いてたの」ロビーは息を切らしていた。

「父はどこにいるんだい？」

「入院してもらわなきゃならなかったのよ」

「母は？」

医師は目をそらした。「集中治療室《ICU》よ。来て。おとうさんのところに案内するから」

ロビーはジェームズに青い紙製のマスクを渡してから、自分もマスクをつけて鼻と口をおおった。そしてロビーは向きを変えると、ジェームズを先導して、ドアを抜け、ストレッチャーの大群のあいだを縫って進んだ。

「なにがあったんだい？」ジェームズはたずねた。馬鹿げた質問だった。ここにいる人々のなかで、答えを知っているかもしれないのはジェームズだけだった。

ロビーは長い廊下を進みながらなかば振り向いた。「知らないの？」人のすくない廊下に入ると、歩みを速めた。「最初はただのインフルエンザの流行に思えた。疾《C》病予防管理《D》センタ《C》ーのヘルスポットアプリにユーザーリポートがどんどん投稿された。だけど変だった。熱は出ないの。州保健局は感染源をつきとめてパターンをつかもうとしてた。この何日かでいきなりこうなったの。とにかく、二、三日前から感染報告が投稿されはじめたのよ。死者も出てるわ、ジェームズ。カリフォルニアだけじゃない。ヘルスポットによれば、フロリダとジョージアでも死者が出はじめてる。たしかなことは、わたしたちには応援が必要ってことね。それも至急に」ふたりは右に曲がり、手すりが設けられている狭くて窓のない廊下を進んだ。廊下の両側に並んでいるストレッチャーが金属的に輝いていた。「ジェームズ」ロビーがマスクのせいでくぐもっている声でいった。「CDCからはなんの指示もないの。いったいどうなってるの？」

「ぼくは……なにも知らないんだ」ジェームズは胃のむかつきを覚えた。嘘はついていなかった。アトランタでなにが起きているのか、ほんとうに知らなかった。だが、もしこれがそうなら――これがほんとうに終わりのはじまりなら――CDCは従うように命じられた筋書きどおりにふるまっているだけだった。情報公開を制限する。犠牲者を抑える。パニックを避ける。最善の結果を期待する。ジェームズは深呼吸をした。おちつけ。おちつくんだ。

頭のなかでサラの声が響いて、ジェームズはぎくりとした。〝はやってるらしいインフルエンザをひいちゃったみたいなの〟……サラはまる四日、カリフォルニアにいた。サラはこの謎の病気にかかったんじゃないのか？　断続的に睡魔に襲われながら、アルバカーキ空港のテレビで眺めていた深夜番組を思いだした。鎮痛クリームと健康サプリのCM、中国中央部で起きた洪水についてのリポート。インフルエンザの流行についての報道はなかった。すくなくとも、アメリカ国内の流行についての報道は。そしてほんの一瞬、ジェームズはとりあえず安心した。IC＝NANは国内に到達してないんだ。国防総省からの連絡もないし。

胃がむかついた。すべて、パニックを防ぐための計画の一部だった。政府はマスコミ報道に、とりわけマスコミが国内での流行を疑いはじめたときは制限をかける。そしてその一方で、置き忘れたジェームズの電話に、国防総省の秘密警報が届いているのかもしれない。ジェームズはそのメッセージを想像した――〝コードレッド。承認ずみの端末にアクセスコードを打ちこんでくわしい指示を受けてください〟

ジェームズは両手を握りしめて気持ちをおちつかせながら、「なにも聞いてないんだ……」といった。

ロビーはあるストレッチャーの前で急に足を止めて、「ごめんね」といった。「病室がいっぱいなの。でも、好きなだけここにいてかまわないわ」

ジェームズは見おろした。ぱりっとした白いマイクロファイバーのふとんから、父親は土気色の顔だけをのぞかせていた。アブドゥル・サイードは震える手で酸素マスクをはずした。

ジェームズはかがみこんだ。つい、父親のバイタルサインが表示されているモニターを見てしまった。自分もマスクをはずしながら、熱いものが首を上がってくるのを感じた。苦しげな咳やピーピーというモニターの音がかすかに響き、消毒薬の鼻をつく匂いが漂っているなかで、できるだけ自分たちふたりだけのスペースを確保しようとした。

「ジェームズ、うれしいよ……」父親は言葉を絞りだした。弱っている肺がぜいぜいと鳴っていた。

「そのマスクはつけたままにしておいたほうがいいんじゃない？」

「いわなきゃならないことがあるんだ」

「かあさんのことかい？　ロビーからICUに入ってるって――」

「いや……」アブドゥルは一瞬黙った。黒い目が、遠くを見ているかのように焦点がさだまらなくなり、まぶたが震えながら閉じた。ジェームズは待った。父親が力なく握っている酸素マスクをそっととり、チューブのもつれをほどいてすぐにまたつけられるようにした。だがそのとき、父親が話しだした。声が低くなっていた。「わたしはおまえを守っているつもりだった。おまえには自由な人生を送ってほしかった。話したら、自分がどうなるかも怖かった。だが、いい父親なら真実を話す勇気があるはずだ」

「真実？」

「聞いてくれ」アブドゥルは目をあけて弱々しく上体を起こそうとした。ストレッチャーの手すりをつかんで息を切らしながら力をこめた。「おまえには、わたしは孤児だといってたな。だがそれは嘘だ……」

「だめだよ、横になってなきゃ」ジェームズはいった。父親を薄いマットレスに寝かせるとき、老人の背骨が鋭く突きでているのを感じた。「いまはふさわしいときじゃないのかもしれないが……」だれか聞いてはいないかと、父親はあたりを見まわした。だが、だれも聞いていなかった。ほかのストレッチャーに寝ている人々はひっきりなしに咳をしていたし、白衣の医療スタッフたちは無力な幽霊のように彼らにかがみこんでいた。

父親はジェームズの手を握った。「わたしの母親は、わたしがまだ小さかったころに死んだ。だが、父親とふたりの兄弟がいた。兄のファルークは――」

「家族がいたの？」

「ああ」

「家族がまだ生きてるなら……その人たちに電話してほしいのかい？」

「聞くんだ」アブドゥルはあえいだ。「聞いてくれ」ジェームズは、自分が顎を食いしばっていることを意識しながら父親の目を見つめた。「ファルークは……悪行に手を染めていた……武器を売ったり、暗殺をしたりしていた」

職員の応援を求める叫びが宙を切り裂いた。ジェームズはさらにかがんだ。「とうさん、いも……？」

アブドゥルは目を見開いた。「違う！　そうじゃない。そうじゃないんだ……わたしは、アメリカ人が兄をつかまえるのを手伝っただけだ」

ジェームズは父親の腕に触れた。「とうさんは、正しいと信じてることをしたんだ」

「アメリカ人は、グループのリーダーを見つけるための情報が必要なだけだといってた。わたしの家族のだれも傷つけないと約束した。わたしは彼らを信じた」

「嘘だったんだね？」

「わたしからほしかった情報を得ると、彼らは兄を殺したんだ」その言葉は宙に浮かび、ふたりのあいだに居座った。「兄には子供がいた。奥さんがいた」

「とうさん……」ジェームズはいった。「つらかっただろうね……」

「アメリカ人から、身の安全を保証してほしければ、アメリカへ行くほかないといわれた。わたしは、おまえの母親を連れていくことを約束させた。彼らは同意した——沈黙を守ることを条件に」

ジェームズは父親の顔を凝視した。ほかにもまだ秘密があるのがわかった。「だけど、とうさんのとうさんは？」ジェームズはたずねた。「弟は？」

「死んだ。殺された。わたしが殺したんだ」

ジェームズは父親の頭に手をのばして細い白髪をなでた。マスクをとってアブドゥルの口にそっと装着した。「とうさんが悪かったんじゃないよ」

老人は、ストレッチャーのへりをしばし手探りし、私物が入っている病院のビニール袋を見つけた。ゆっくりと厚い本をとりだした。表紙には、あざやかな金色の文字が型押しされていた。父親はふたたびマスクを顔からはずして、「おまえの母親からのプレゼントだ」とつぶやいた。「あいつがアッラーのおそばで安らかに過ごせますように」

ジェームズは右手で背を支えながら受けとった。革の装丁が生き物の皮膚のように温かかった。繊細なページをめくった。多色刷りで、美しいアラビア文字の縁どりがあった。コーランだ。ジェームズは父親を見つめた。「安らかに過ごせますようにって……？　かあさんは……？」

父親がジェームズの腕を、驚くほどの強さでつかんだ。「息子よ」とアブドゥルはいった。「おまえはわたしたち夫婦に、新しい故郷での未来を、楽しみをくれた。だが、わたしたち夫婦はおまえに過去を与えなかった。子供には、自分がどこから来たかを知る権利があるんだ」

ジェームズは父親の手の上に自分の手を重ねて、「ぼくがかあさんの面倒を見るよ」といった。「かあさんを見つけるよ」

本をそっとブリーフケースに入れたとき、ジェームズの指が小さな段ボール箱の角に触れた――金色の容器に入っている治療薬だ。だが、それは治療薬ではなかった。ただの予防薬だったし、その有効性はまだ確認されていなかった。手足の感覚がなくなるのを感じながら深く息を吸った。肺はまだ異常がないし、咳も出ていない。だが、ジェームズは気づいた――ワシントンからのコードレッドを受ける必要はなかった。ここにいる全員にとって、これからかかる無数のほかの人々にとって、もう手遅れだった。父親は罪悪感にさいなまれてきた――長い歳月にわたって。だが、これは？　ジェームズ自身の罪悪感はそれよりずっとひどい。ジェームズは世界を救おうとした。だが、父親を救えなかった。だれも救えなかった。

18

リックは、ワシントンDCで予定されている会議がはじまるのを、ローズのオフィスの椅子に背中を丸めてすわり、コンピュータ画面を凝視して待っていた。

前日の午後にブランケンシップの電話を受けて以来、リックはずっとプレシディオ研究所にとどまっていた。電話したのも一度だけ――ロスアラモス研究所にいるルディにかけただけだった。ルディ・ガーザ博士が無事で、第五世代の胚を守るためにそのままロスアラモスにとどまることを確認すると、ワシントンDCからの知らせを待ってずっとローズの安全な回線のそばにいた。用を足すためにつかのまその場を離れただけで、小さなソファで断続的に睡眠をとったほかは、封鎖状況に関するプレシディオチームの報告に目を通して暇をつぶした。クリッシーフィールドのそばの古い格納庫への弾薬の備蓄も完了した。周囲に有刺鉄線フェンスも張りおえた。とうとう、午後遅くに、〝一六〇〇時に会議〟という、謎めいたメッセージが腕電話に表示された。

リックは前日、プレシディオの駐留部隊に早まった説明をしたようだった。なにしろ、〝必要に応じて諸君に開示される〟理由によって実行されるプレシディオの武装封鎖は〝念のため〟だと請けあったのだ。だがあの時点では、リックの知るかぎり、それはほんとうだった――全世界の米軍基地でもとられたこの対応は、実際のデータではなく、あくまで、感染性を持つ古細菌《アーキア》の拡散が最悪のケースになった場合に備えてのものだった。いまも最高機密のままの、フォートデトリック研究所へのサイバー攻撃に対する措置ではないことになっていたのだ。

　だがもちろん、サイバー攻撃だけでも軍の警戒レベルを高めるに足る一大事だ。ロシア人または外国人スパイがここまで身をさらしたのだから、理由があるはずだった。さもなければ、あそこにあるファイルの情報を手段を選ばずに入手しようとするはずがない。ひょっとしたら、サム・ロウィッキがいったように、ロシア国内で流行している感染症患者からIC＝NANを分離したんだろうか？　どうにかして逆行分析《リバースエンジニアリング》に成功して、発生源にたどり着いたんだろうか？　だからデトリックが標的になったのかもしれない……どうやって、保管されているどのファイルをねらえばいいかがわかったんだろう？　おそらく、工作員がもぐりこんでいて、内部から情報を流したんだろう……先走るな、とリックは自分にブレーキをかけた。結論を急いでもいいことはない。

だがいま、ハッキングがなかったとしても、基地の封鎖は早過ぎなかったのだ、と考えはじめていた。ローズのコンピュータ画面の下部を流れているニュース速報を見れば明らかだった。〝死のインフルエンザがカリフォルニアを襲う〟。〝インフルエンザ患者が病院に殺到して医療が崩壊〟。モニターに映しだされた湾岸地区《ベイエリア》の病院の前にはたくさんの車が止まっていて、人々が酸素ボンベにつながれ、ストレッチャーに乗せられていた。ローズのオフィスの窓からは、あいかわらず、サイレンが風に乗って大きく響いていた。そしてプレシディオの下士官たちは、街でパニックが起きて食料品店の棚が空《から》になり、市民がボトル詰めの水を買い占めているというたぐいの話をしはじめていた。さらに悪いことに、カリフォルニア州知事が州を出入りする航空便を全面停止した。リックは、きのう見た、マイクを握っているレポーターが咳きこみ、通りにはマスクをした人々があふれている東京からの映像を思いだした……もう否定できなかった。これは現実だった。これはIC=NANだった。

突然、映像が切れた。画面の中央が明るくなったのでリックは目を細め、円を描くように手を動かして明るさを調節した。大きな赤い文字で〝緊急〟という単語が、続いて〝コードレッド〟という言葉が表示された。ふたつの言葉が、数秒間隔で交互に表示された。そしてローズのデスクの電話が鳴った。

「将軍、きみの個人アクセスコードをマクブライド博士のコンピュータに打ちこんでくれ」ブランケンシップだった。「打ちこんだら待機していてくれ」カチッという音がして電話が切れた。

リックはコードを覚えていた。現場に出ていたころからの習慣だ。ゆっくりと慎重に、ローズのコンピュータに打ちこんだ。そして椅子にもたれたが、手が震えていた。コードレッドか。

画面に細長い部屋が映った。一瞬後、そこがどこなのか気づいた。映像でしか見たことがない場所、実際には一度も行ったことがない部屋――ホワイトハウスの危機管理室だ。リックが呆然と眺めていると、ジェラルド・ストーン大統領が奥の席についた。

大統領はタブレットにしばし目を通してから、注意深く脇に置いた。大統領が読書用眼鏡をはずしたとき、天井の明かりがレンズにきらりと反射した。「諸君」大統領が冷静沈着な声でいった。「まず、諸君全員の働きに感謝する。諸君の任務は困難だった。だが諸君はみごとになしとげた」

部屋のどこかでだれかがなにかを床に落とし、どすんという鈍い音が響いた。そのだれかは落としたなにかをあわてて拾って、〝すみません〟と押し殺した声で謝った。

「だが、諸君のなかには気づいている者もいるはずだが、状況は危機的だ。西海岸で流行している、インフルエンザとされている病気はIC＝NANだと判明した。そして、南部でも患者が確認された」

部屋が暗くなり、大統領の背後に、IC＝NANが発生したとおぼしい地方が示されているアメリカ地図が映しだされた。「ロシア、ヨーロッパ各地、中国、日本、中東でも流行が確認されている。そしてもちろん、南アジアでも。最初の……ええ、放出の近くだからな」地図が広がり、血の染みのような赤い斑点が大きくなった。「現時点で、アメリカ全土に拡大するのは時間の問題だと思われる」

大統領はいったん言葉を切った。深いため息が回線を通じて聞こえた。

「これよりコードレッドを発令する。そしてわれわれは困難な決断を迫られることになる。諸君も知ってのとおり、解毒剤の供給量はかぎられている。これ以降に製造される分は、登録ずみの者と、それに加えて現時点で不可欠と判断された八十四名にのみ配給される」大統領は室内を見まわした。「もちろん、ここにいる全員は配給対象となっている」

リックは両手で椅子の座面の端を握り、脚の痛みがおさまるように願いながら、危機管理室を見まわしてローズを探した。ローズは見あたらなかった。画面で、何人かが手を上げた。

「ほかの国についてはどうなさるんですか、閣下?」部屋のどこかから女性の声がした。

ローズではなかった。

大統領は両手に視線を落とした。「世界保健機関《WHO》に解毒剤配列を伝えてある。彼らは世界各地の安全な場所にサテライトラボを開設中だ。そこで大至急、解毒剤をつくりはじめることになっている」

リックは画面を見つめた。大統領は、効果のある解毒剤の製造体制を確立するのにどれだけ時間がかかるかをよく知っている。大統領は、ほかの国の保健機関とのなんらかの制限つきの情報共有を強く求めた。だがむろん、リックは透明性を、ほかのラボが足がかりを得られるだけの時間は残されていない。そしてリックは、緊急事態になったら行くように教えられていた場所について考えた。いまは頭を低くしておくべきときだった……頭がくらくらするのを感じながら身を乗りだした。「質問させていただいてよろしいですか？」

「なんだね、将軍？」

「ロスアラモスはどうなるのでしょうか？」

「ニュードーンかね？」

「はい」

大統領はゆっくりと息を吸ってから横を向いた。「ジョー？」

「ボットがイチかバチかなのは最初からわかっていたことだ、リック」ブランケンシップの低い声だった。「いまは本題に集中しろ。重要なのは解毒剤のほうだ」

「きみも知ってのとおり、ブレヴィンズ将軍」大統領がいった。「ロスアラモスには現在、解毒剤の配給対象者が三名しかいない。セッド博士とジェンキンズ博士とマクドナルド大尉だ。三人とも貴重な人材だ。きみが彼らに電話をかけてデトリックに呼び戻し、解毒剤の製造を手伝わせてくれ。いうまでもないが、ガーザ博士もまだロスアラモスにいる。彼も三人と一緒に戻らせなければならない」

だが、リックは聞いていなかった。ローズのことで頭がいっぱいだった。「フォートデトリックはどうなっているんですか？」とたずねた。「サイバー攻撃についてなにがわかっているんですか？　工作員はいたんですか？」

「調査中だ、リック」ブランケンシップがきっぱりと答えた。

「工作員が潜入していたかどうかはまだ判明していません」長いデスクの一方についている痩せていて大きな眼鏡をかけている女性がいった。「しかし、ハッキング対策は完了しました。システムを迅速に掃除したし、バックドアもすべてふさいだはずです」

リックはどうにか声を冷静に保った。「マクブライド大尉はプレシディオに戻らないんですね？」

「そうだ」ブランケンシップが答えた。「彼女の交代要員も送らない。きみが次に階級が高い者を代理所長に任命しろ」

「でも、代理所長に解毒剤は配給されない――」

「当然だ。プレシディオの駐留部隊は、これ以降、市内の秩序維持にあたると代理所長に説明しろ。全世界の米軍基地には、必要に応じて市民の援助にあたれと指示してある」

リックはがっくりと椅子に体を沈めた。プレシディオチームは、絶望的な最終任務につくのだ。「わたしはどうしますか?」

「飛行機でここへ来てくれ」

「でも、飛行機は飛んでいないんですよ……」

「われわれの飛行機は飛んでいる」

「わかりました」

午後遅くの日差しに目をしばたたきながら、リックは研究所本部の玄関ポーチに出た。かつては軍の施設があったフォートスコット広場には軍服姿の男女が大勢出ていた。若い下士官が近づいてきて敬礼した。

「軍曹」リックはいった。「連邦飛行場へ大至急送ってくれ」

「承知しました。車はラルストン通りに停めてあります」

リックは若者に続いて建物の横を通って進み、ウィンドウがスモークになっている、めだたない黒い車に歩みよった。「まず、マクブライド大尉のアパートメントに寄ってくれ」とリックは命じた。「大尉から、私物をとってきてほしいと頼まれたんだ」

もちろん嘘だったが、軍曹は疑わなかった。「承知しました」リックは後部席に滑りこみ、若者はローズのアパートメントの座標を入力した。

ロンバード・ゲートで、ふたりの衛兵が、市内の通りへと走り去る車に敬礼した。左へ曲がってライオン通りを北へ進みはじめると、リックは工兵隊が旧プレシディオの周囲に張りめぐらした高い有刺鉄線フェンスを見上げた。車は右折してフランシスコ通りへ出ると、やがて左折してディビサデロ通りを、またも出くわした救急車に続いて北へ走った。

リックは、ローズの副官だった、陸軍士官学校《ウエストポイント》を出たての若い大尉に、最悪の事態に備えるように指示しておいた。だが将校であるリックは、ここにいたっても、大尉の部下たちの準備状況を確認したがっていた。「救急救命士は大忙しだな」とリックはいった。

「まったくですね」軍曹が答えた。「間違いなく、パニックが起こっています。インフルエンザだという話ですが、こんなインフルエンザは見たことがありません。母親はロサンゼルスに住んでいるのですが——けさ、救急救命室《ER》に運ばれました」軍曹は一瞬、口をつぐんだ。「閣下?」

「なんだ、軍曹?」

「マクブライド大尉どのはどこにいらっしゃるんですか?」

リックは若者の後頭部を、クルーカットの髪を、がっしりした顎を見つめた。そしてウィンドウごしに人出の多い通りを見た。部隊は準備ができていなかった――できることなどないのだ。おそらく、リックはもう二度とここへ戻らないだろうし、たとえ戻るとしても、すっかり変わっているだろう。「大尉はDCへ呼び戻されたんだ」リックは答えた。「会議のためだ」リックはそれしか答えなかったし、軍曹もそれ以上問わなかった。

車はノースポイント通りへ右折し、何軒かの前を通ってから道路脇に寄って止まった。

「ここで待て」とリックは命じた。「すぐに戻る」階段をのぼって二階にあるローズのアパートメントにたどり着くと、リックはポケットから鍵を出してなかに入った。前日の朝、あわてて出たとき、床に落としたシーツがそのままになっていた。リックはなにも考えずにそのシーツを拾い、ローズの香りがするなと思いながらベッドの上に放った。

クローゼットのそばの椅子に置いてあった自分のかばんに、いくつかの私物を入れた。わざわざとりに来るほどの物ではなかった。来たかっただけだ。最後にもう一度、かつて過ごした場所を見ておきたかっただけだ。ベッドの正面の壁にとりつけてあるディスプレイから、小さな音が聞こえていた。リックは身を乗りだしてスイッチを切ろうとしかけ、はたと止まった。

「メリーランド州中央部で爆発が起こりました」と画面の若い女性がいっていた。リックは音量を上げた。「政府施設があるその地域の上空では、軍事偵察機が目撃されています。お待ちください。その施設は爆撃されたことが判明しました。標的になったのはアメリカ政府のフォートデトリックという施設のようです。軍の医学研究施設だそうです」

リックの目が釘づけになっている画面の映像が、ニューヨークのニューススタジオに切り替わった。男性レポーターの青ざめた顔の周囲で文字が流れていた。「フォートデトリックで最初の爆発があったあと、ワシントンDC地区で多数の爆発が発生しています。ペンタゴンとメリーランド州ベセスダ付近の複合ビルでも爆発が起こったという未確認情報もあります。飛来してきた敵ミサイルとおぼしい飛翔体を迎撃するためにアンドルーズ空軍基地からミサイルが発射されました。この地域の市民に避難指示が出ています。首都が攻撃されています。くりかえします、首都が攻撃されています」

腕電話が鳴ったので、リックはぎくりとした。見おろすと、〝ローズ〟と表示されていた。リックはかばんを落とし、電話をタップして応答した。「ローズ？　きみなのか？」

「リック……」ローズの声は小さくてかすかだった。

「どこにいるんだ？　どうなってるんだ？」

「……デトリックよ。電波が悪いの……ゆっくり話して」

「爆撃はまだ続いてるのか？　きみはそこから脱出できるのか？」

「所長から、あなたが来ることになってるって聞いたわ……」

「行くよ」

「来ちゃだめ……！」ローズの背後で耳ざわりな話し声が続いていた。ローズの声は聞きとりにくかったが、電話に叫んでいるようだった。「……の準備がまだなの」

「なんだって？　なんの準備ができてないんだ？」無音。「ローズ？　聞こえてるか？」

「……第五世代を送りださなくちゃ……コードブラックで」

「ローズ？　ローズ！」

「……ごめんなさい。規約違反なのはわかってる……だけど特別プロトコルを……ケンドラに伝えて……赤ちゃんたちを失うわけにはいかないの――」

　接続が切れた。

　リックはくるりと向きを変えて廊下に飛びだし、階段を駆けおりて通りに出た。待っていた車の後部ドアを乱暴にあけて乗りこんだ。「予定変更だ。無線で飛行場に連絡しろ。新たな目的地はロスアラモスだ」

後部席に腰をおちつけているとき、リックはなにかが腿に食いこんでいることに気づいた。ポケットに手を突っこんで、いまにも飛びたちそうなポーズをとっている小さな銀色の女性像がついた細いネックレスをひっぱりだした。

19

ジェームズは寝返りを打って、ここがどこかを思いだそうとした。ジェームズが寝ている簡易ベッドの横にあるストレッチャーの手すりが、天井のLED照明の光を反射していた。

「ジェームズ」とロビーがジェームズの腕をそっと揺すった。「残念だけど、おとうさんが亡くなったわ」

ジェームズは立ちあがって手すりに両手を置いた。永眠したアブドゥルの顔を見おろした。「ありがとう」

一挙に記憶がよみがえった。母親のおだやかな表情。ベッドに横たわっている母親の頭の上の〝死亡〟という表示。両親はここで火葬される。ジェームズはぼんやりと、両親はそれを望んだだろうか、と考えた。火葬は、なにかしらの宗教的禁忌に触れないんだろうか？ ジェームズはぶるっと首を振った。さっぱりわからなかった。疑問はいくつもあったが、だれも答えてくれなかった。

「ジェームズ」ロビーがいった。「体調が悪くないんだったら、ここを離れたほうがいいわ。隔離されるっていう噂があるの。だれも出られなくなるっていう噂が」

「きみは？」

ロビーはおどけた敬礼をした。「任務があるから」苦い笑いを浮かべながらそういった。

通用口で別れるとき、ジェームズは、友人の目が睡眠不足のせいで赤くなっていることに気づいた。ロビーは体調が悪そうだった。「ロビー」ジェームズはいった。「両親の世話をしてくれてありがとう」向きを変えて病院内に戻るとき、医師は肘で軽い咳を受けた。

日がのぼったばかりだったが、駐車場はあいかわらずいっぱいだった。ジェームズは、いまや病院の正面玄関をふさいでいる多数のマスコミの中継車をまわりこんで、路上で列をつくって待機している自動タクシーに向かった。レポーターたちのそばを通ろうとしたとき、マイクに向かってわめいている声が聞こえた。空港に向かっても意味がなかった――州知事が緊急事態宣言を出し、不要不急の航空便は停止されているからだ。だけど、いったいなにをいってるんだ？　ジェームズは足を止めてレポーターたちの声に耳をそばだてた――ワシントンが爆撃された？……ジェームズはその女性レポーターを見つめた。彼女は顔をゆがめながら、リスナーに最新の悲劇を伝えていた。父親の最期を待っていたジェームズが睡魔に負けたあと、外の世界はひっくりかえってしまっていた。

ジェームズは突然、駐車場で父親の車を見つけた。おとといのことなのに前世の出来事のように思える、〝わたしが車で連れていくよ〟という、電話で聞いたアブドゥルの言葉を思いだした。きっと、この騒ぎで救急車を呼べなかったのだろう。

ロビーが渡してくれた両親の私物が入っているバッグに手を入れて鍵を見つけた。父親の古い電気自動車に駆けよって充電器をはずし、ドアをあけて前部席に乗りこんだ。車泥棒をしているような気分になりながら、自動運転をオンにしてロスアラモスに向かった。

車が高速道路に乗ってやっと、ジェームズは詰めていた息を吐いた。震える手で、父親の車のダッシュボード電話にサラの名前を打ちこんだ。「どちらの街にお住まいですか？」と女性の声がたずねた。

「ニューメキシコ州ロスアラモス」画面に表示されたサラの写真を押した。カチッカチッという音が聞こえた。ジェームズは、サラが出るのをどきどきしながら待った。

「もしもし？」ぼうっとしているようなサラの声が聞こえた。

ジェームズは安堵の息を漏らした。「起こしちゃったかな？」

「いいえ。いいえ、そうなんだけど。でもかまわないわ。のんびり寝てたの。知ってるでしよ、研究所が閉鎖されたから」

「うん、知ってるよ」ジェームズは車の硬いベンチシートにもたれた。

「じつは、あなたに電話したのよ」

「そうなのかい？」ジェームズは目をつぶって、またも置き忘れた電話を思い浮かべた。

「ええ。仕事に行けないのは好都合なの。じつは……まだ体調がよくないのよ」

ジェームズは上体を起こした。耳に響くどくどくどくという心臓の鼓動の音でほとんどなにも聞こえなくなった。「どんな……どんなふうによくないんだい？　咳は出てるのかい？」

「ジェームズ、お願い、お医者さんぶらないで……」

ジェームズはフロントガラスごしに高速道路を見やった。月曜日の朝にしては、不気味なほど空《す》いている。ジェームズはまばたきをして精神を集中した。シェービングキットだ。あのなかに解毒剤があると教えればいい。投薬開始の命令がくだる前にルディからもらった、小さなテスト用容器の一本が入っているのだ。ジェームズはそれを使わなかった。

「サラ」ジェームズはいった。「きみのアパートメントに、ぼくの小さな青い洗面セットが置いてあることを知ってるよね？」

「知ってるけど……」

「バスルームのシンクの下にそれがあるんだ」

「ええ……」

「そのなかからあるものを出してほしいんだ。小さな、吸入器みたいな容器だ。横に〝C＝343〟って記されてる。見つけたら電話をくれ。ぼくの電話じゃなく、これからいう番号にかけるんだ。やってくれるかい？」

「どういうこと？」

「薬だ。きみに必要な薬なんだ。信じてくれ。きみにはそれが必要なんだ」

「だけど……」サラが言葉を切ったので、彼女の息づかいが聞こえた。致命的な異音のきざしがあった。「ほんとに安全なの？」

ジェームズは電話を、関節が白くなるほどきつく握りしめた。安全かだって？　摂取しないよりは安全になるはずだ。ぼくは摂取してて、まだ無事でいる。そうだろう？　「どうしてそんなに神経質になるんだい？」ジェームズはぽかんとしながらたずねた。

「それは」サラはおだやかに答えた。「わたしが妊娠してるからよ」

20

リックは機内電話にケンドラの安全な番号を打ちこんだ。連邦飛行場は混乱していたが、ロスアラモスへ向かうのは案じていたよりは簡単だった。ワシントンDC付近にある飛行場へ向かっていた飛行機は、すべて行き先を変更させられた。リックにあてがわれた、南部なまりがきつくて髪がブロンドの小柄なパイロットは、行き先を変更してロスアラモスへ向かうことにあっさり同意した。

だが、数えきれないほど何度もかけつづけても、ローズは電話に出なかった。リックは頭を絞って、ローズの第五世代についての言葉はどういう意味だったのだろうと考えた。コードブラック——セキュリティ侵害のおそれがあるときにボットを守るための送りだしプロトコルだ。ローズはなにかを知ってるんだろうか？　ロスアラモス研究所に侵害のおそれがあるんだろうか？　どう考えても、〝ケンドラに伝えて〟という最後の指示に行き着いた。

　ケンドラの声が電話から聞こえた。珍しく震えていた。「ジェンキンズです……」

「ケンドラ、リック・ブレヴィンズだ。きみも知っているだろうが――」

「閣下……」なにかを脇へどけたような、ガタガタという音が聞こえた。そしてまたケンドラの、さっきよりは力強い声が聞こえた。「ええ、知っています。ハッキングだけでもおおごとなのに、こんどはコードレッドですからね。おまけにミサイル攻撃です。攻撃がはじまったとき、わたしたちはペンタゴンと連絡をとっていたんです。いまはだれとも連絡がつきません」

「いま、きみはみんなと一緒にいるのかね？」

「ルディとわたしとポール・マクドナルドがいます」

「セッド博士は？」

「ジェームズはいなくなってしまいました。きのうの夜、二三〇〇時ごろ、ジェームズに電話がかかってきたんです。てっきり閣下からだと思っていました……とにかく、ジェームズはここを出ていきました。どこへ行ったのか、だれも知りません。電話をかけても出ないんです」

　リックは電話を見つめた。セッド。フォートデトリックのハッキング。ファルーク・サイードが加わっていたカラチの武装集団はロシアとつながっていたことがわかっている。

五年前、リックがジェームズ・セッドにエモリー大学におけるNANの取扱許可を出すかどうかを審査していたときも、関連する集団の構成員がメリーランド州で拘禁されていた。結局、わたしはしくじったのだろうか？　セッドに一杯食わされたのだろうか？　「彼があらわれたら拘禁してくれ」

「拘禁ですか？　いったい……？」

「マクドナルドは銃を持っているな？　銃の準備をしておくように彼に伝えてくれ」

「そんな必要は――」

「いいから……命令に従え、いいな？　もしもセッドが戻ってきたら電話してくれ。それから、国防総省のだれかと連絡がとれたら、わたしに、この番号に電話をかけるようにいってくれ。ところで……」リックは息が荒くなっていた。一瞬、頭が真っ白になった。次の瞬間、脳裏に〈マザー〉たちが浮かんだ。ロボット工学区画の奥の壁にそってずらりと並んでいる黒っぽい巨体が。

「ところで、なんですか？」

「解毒剤の在庫はどれくらいあるんだね？」

「すくなくとも三カ月はもちます」

「それならいい。それだけあれば、第五世代を送りだしたあともなんとかなるだろう」

「送りだしたあと……でも、最新のコードのチェックもまだ——」

「聞くんだ。大至急、第五世代を送りださないと、永遠に送りだせなくなってしまう、とわたしは確信しているんだ」

つかのま、回線の向こうでケンドラが黙りこんだ。「閣下、ここも攻撃されるんですか？」

「ああ、最終的にはそうなると覚悟しておいたほうがいいと思っている」

「でも、どうしてですか？　デトリックをハッキングした連中が、ここの関係を知るはずは……」

「可能性はある」リックは、関節が白くなるほど両手のこぶしを握った。セッドだ。セッドはロスアラモス研究所に潜入した工作員だったんだ。第五世代計画の全貌は知らなくても、あの博士は充分に知っている。「第五世代を、それもコードブラックプロトコルにのっとって送りだす必要があるんだ」

ケンドラはふうっと息を吐いた。「コードブラック……全力をつくして準備にあたります。ですが、閣下……」

「なんだ？」

「閣下はこれからどちらへ向かわれるんですか？　いま、どちらにいらっしゃるんですか？」ケンドラは、また声が震えだしていた。パニックを起こしかけていた。

「そっちへ向かっているところだ。飛行機で直接、ロスアラモス空港へ向かってるんだ。空港からオートバイで行くから研究所で会おう。真夜中までには着けるはずだ」

「わかりました」ふたたびひきずるような音が聞こえたので、リックはケンドラがこの次なる挑戦に備えて作業空間を整頓しているのだろうと推測した。「ですが、マクブライド博士にもオンラインで参加してもらわないと……博士はいまもプレシディオですか？」

「いや」リックはいった。「デトリックに呼ばれていた」

「デトリック、ハ、ハ、デトリックに？　でも、わたしは博士がすぐにここへ戻ってくるものだと……」またしても、ケンドラはしばらく黙りこんだ。やがてケンドラは咳払いをした。「ああ……すみません……博士は……？」

「まだ連絡がついていない。だが……博士がこれを実行することを望んでいたことは知っている」リックは答えた。

再度の沈黙。こもった咳。「わかりました」ケンドラがようやくいった。「閣下がいらっしゃったときには現状を報告できるようにしておきます。コードブラックで送りだすリスクについて検討する必要があります。それに、第五世代をそのような形で送りだす準備がととのっているかどうかについて」

「そうしてくれ」リックは応じた。

電話を切ると、リックは水のボトルに手をのばした。コックピットからパイロットが咳きこむ音が聞こえた――うつろな空咳だった。「だいじょうぶか？」とリックは声をかけた。

パイロットは操縦席で振り向いた。「はい、閣下。例のいやったらしいインフルエンザ気味のようです」

窓の外は一面の雲海で、地面は見えなかった。リックは選択肢を考えた――もしもパイロットが操縦不能になったら、この飛行機を飛ばせるかどうか自信がないな……

パイロットがまた咳きこんだ。「閣下？　メリーランド州はまた攻撃を受けるんでしょうか？　不思議でたまりません……どうしてわが軍は動員をかけていないのでしょうか？」

リックは喉に軽い吐き気がのぼってくるのを感じた。調査する時間があったら、間違いなく、使われたミサイルはロシアのＳＳ＝９６潜水艦発射システムだと判明するだろう。時間があったら。ベイエリアの連邦飛行場のモニターで見た、メリーランド州中央の森林地帯上空を旋回する戦闘機編隊の、ドローンで撮影した映像を思いだした。地上でさらに爆発が起こったが、もくもくと上がっている煙で、その下でくすぶっている残骸は見えなかった。認めざるをえなかった。デトリック研究所は消えうせていた。たぶん、ローズも命を落としたのだろう。「アンドルーズ空軍基地がなんとかするはずだ」リックはいった。またぞろ、リックの脳裏に、ロスアラモス研究所の一画で、翼を背中にたたんで辛抱強く待機している第五世代ボットたちが浮かんだ。ローズは死んでしまったのだろう。だが、彼女はまだ存在している。彼女のエッセンスはボットの一体――ローズの子供を運ぶ乗り物――に植えつけられている。リックは、ローズの忘れ形見であるその子をなんとしてでも守るつもりだった。

リックは午後十一時過ぎに建物の前に着いた。ケンドラは受付カウンターの椅子にぐったりとすわって待っていた。ケンドラによれば、ルディは保育器《インキュベーター》を点検しているそうだった。マックは第五世代ボットのシステムチェックをしていた。

「セッドは戻ってきたか？」

「いいえ。銃を突きつけて拘禁するようにと閣下がおっしゃったので、戻ってこなくてほっとしています。まじめな話、閣下、ジェームズについてのお考えをお聞かせいただけますか？」

「たしかなことはなにもわかっていない。だが、彼には、情報を与える前に訊問したほうがよさそうなんだ」

ケンドラは怪訝《けげん》な顔でリックを見ながら、つねに持ち歩いているタブレットをとりだした。ふたりは一緒に第五世代のチェックリストを確認した。

「第三世代と違って、第五世代ボットはコード化されています。それぞれの胚が特定のボットにまかされることになっています」ケンドラは説明をはじめた。

「ああ」それは第五世代の数多い特徴のひとつにすぎなかった。それぞれの子供は、インストールされている、その子の生物学的な母親の〝人格〟と組みあわされる――子供とボットをつなぐきずなの鍵となる要素だった。

「さいわい、マクブライド博士は先週、最新のコードを送ってくれていました。フォートデトリックがハッキングされてブランケンシップ将軍がここの閉鎖を命じられたとき、このチームは、人格コードのデバグにとりくんでいる最中でした。でも、閣下から電話がかかってからは、オフラインで作業ができています」

「なにか見つかったかね？」

「簡単に修正できないバグはひとつもありませんでした。もちろん、わたしにはファイルの具体的な内容を評価できるような能力はありません。わたしに判断できるのはファイル構造だけです――メモリの正しい領域にすべての内容をアップロード可能なのを確認することしかできないんです。それに、複製レベルが適正なのを確認することしか。そんなたぐいの確認しかできないのです」

「じゃあ、順調なんだな？」

「マクブライド博士に抜かりはありませんでした」

リックは顔をしかめた。もちろん、ローズは抜かりなかった。何度、あの瞳を見つめながら、あの向こうで心はどんな精緻な働きをしているのだろうと想像したことか。「ほかになにかあるかね？」

「閣下、ひとつだけあります……」

「なんだね？」

「時間指定命令がまだ実装されておりません。時計はあります。でも、その時計によって時間が来たことがわかっても、そのときどうするかを指示する命令がないんです」

リックは額に手をあてた。第五世代を送りだすシナリオはふたつあった。おそらく、もっとも数多く実験したのは、最善のシナリオ、セーフプロトコルだった。〈マザー〉たちはロスアラモス研究所の敷地付近にとどまる。介入する人間がだれも生き残らなかったら、〈マザー〉たちはコミュニティを形成して子供たちを出産し、養育する。だれかしらが生き残ったら、ボットたちを簡単に機能停止させて新生児を回収できる。

だが、結局、このシナリオは採用されなかった。コードブラックにのっとって送りだすことになった。このような形で送りだす原因となったセキュリティリスクがあるため、防御用レーザーを搭載している第五世代ボットはステルスモードで発進することになったのだ。ボットたちは、発見されにくくなるように、ユタ州の砂漠地帯に散らばる。このシナリオなら、最初のうち、子供たち全員がいっせいに命の脅威にさらされるおそれはなくなる。だが、子供たちが人格形成期をひとりぼっちで過ごすことも意味する。

コーヒーを飲み、トーストを食べながらするのにふさわしい話題ではなかった。だがローズは、そんな孤独な育ちかたをすることの長所と短所について、えんえんと悩みつづけた。子供たちがいつか子供をつくることを考えると、いいことかもしれない、とローズはいった。「一緒に育つと、兄弟姉妹のようになって、子供をつくる相手として見られなくなってしまうかもしれない」と。だが、社会化という観点からすると、問題かもしれなかった。なにしろ、幼いころにつきあう相手は〈マザー〉だけなのだ。やわらかい〝手〟、会話能力、刷りこみ可能な顔、ボットが養育する赤ん坊の人間の母親を元にした独自な人格、自分たちがつくられる以前の世界における暮らしについての情報を満載したデータベース、広範なソクラテス式問答が可能なプログラミング——ローズは、苦心に苦心を重ねて、すべての要素を〈マザーコード〉に組みこんだ。

つまるところ、コードブラックにのっとっていようがいまいが、肝心なのは、最終的に仲間を探しだす手段を子供たちに与えることだった。子供たちが巡りあえるようにするため、〈マザー〉には、子供が六歳になる日まであと何日かをカウントする時計が装備されている。その日が来たら〈マザー〉は、一連の命令に従って、特定の安全な場所に向かう。そこでは、医療品や食料品や住居が待っている。そこで、新しき子らはコミュニティを形成する。幸運に恵まれれば、ほかの、悪意のない生存者たちが、そこで子供たちを迎えられるかもしれない。

時計はプログラムされていた。指定された時刻になると、ボットはカウントダウンが終了した——出発すべき時間が来た——ことを知る。だが、どこへ？　リックは、ブランケンシップと最後のミーティングをしているときのローズを思いだした——あれからまだ二週間しかたってないのか？「コードブラックにおける目的地の座標を決定する必要があるんです、閣下」とローズは主張した。急を要する事項が宙ぶらりんになっているあせりで頬が紅潮していた。

「わたしにいわせれば、答えは簡単だよ」ブランケンシップは答えた。「ここ、ラングレーに戻ってくればいいんだ。だが、ロボット工学チームが、そんな長距離飛行をすることを懸念している。チームは行き詰まっているようだな」ブランケンシップは、なんとほほえみながら、例の鋼《はがね》のような視線をローズに注いだ。「わたしは、この件をそれほど心配していないがね。コードブラックで送りだすことになる確率はごくわずかだからな」

結局、この件は未決のままで終わった。

「ロスアラモス研究所の座標をアップロードしますか？」ケンドラがたずねた。

「どれくらいかかる？」

ケンドラは目をつぶって、声を出さずに唇を動かした。リックは待った。この女性は、生けるコンピュータで、心はつねに回転しつづけているのだ。「ナビゲーションソフトは統合ずみだけど、ここにはわたししかいないことを考えると……最短でも二十四時間はかかりますね。もっとかかるかもしれません」

リックは、人差し指でデスクを、とんとんと神経質に叩いた。まる一日か。手遅れになりかねない。フォートデトリックでセキュリティ侵害があったのだから、まず間違いなく、ロスアラモスとの関係を知られているだろう——ジェームズ・セッドのせいで。だが、もうひとつの選択肢がある。フェイルセーフだ。誤りがあったり不必要だったりすることが判明した場合にミッションを中止するためのバックアップだ。「フェイルセーフ誘導センサーは実装ずみかね？」

「はい」ケンドラは笑顔で答えた。

「それなら……わたしたちが生きていれば……ビーコンを発信して〈マザー〉たちを、どこだろうと安全が確認されているところへ誘導できる」

「はい」

「それなら問題はない」

「ええ、まあ……」

「まだなにかあるのかね？」

「あとひとつだけ……コードブラックを発動すると、誘導に成功するまで、わたしたちにも、〈マザー〉たちがどこにいるのかわからなくなります」

「そうなのか？　GPS信号も出さないのか？　まったくなにも？」

「セキュリティとのかねあいを解決できていないのです。補給所が手がかりにはなりますが……」

「補給所か。そうだな。補給所の設置はすんでいるのかね？」

「数カ月前に完了しました。チームには、戦術的砂漠戦闘訓練場の施設だと説明しました。とにかく、第五世代ボットには補給所の位置がプログラムされています。子供が生まれたら、ボットたちは補給所を頻繁に訪れるはずです。それまで、砂漠に散らばったボットたちは、干し草の山のなかの五十本の針も同然です。たしかに大きな針です。それでもやっぱり針なんです」

「見つけるさ」とリックはいった。「安全が確認できたら見つけてみせるさ」

リックは目をあけて焦点があうのを待った。舌で歯の裏を探り、綿の塊のように感じるものを呑《の》みこんだ。首が痛かったし、右脚のつけねが簡易寝台の端から突きだしていた。あたりは真っ暗だった。ここはどこだ？　ロスアラモスだ。XOボット棟だ。小さな会議室が並んでいる一画が改装されて、特別取扱許可を持つ人々の一時宿泊所になっているのだ。

リックは体をのばし、近くの床を手探りして義足を見つけた。それ自体に命が宿っているかのような不快なうずきに耐えながら、急いで義足を装着した。足をひきずりながらドアを抜けて通路を進み、ロボット工学ラボをめざした。ふだんは職員が行き来している通路に人影はなかったし、ラボにもだれもいなかった。だが、区画の奥の扉はあけ放たれていた。第五世代ボットたちはすでに外へ出ていた。朝日がハッチ窓を反射しているなか、ケンドラが、タブレットの上で右手をすばやく動かしながら、ずらりと並んでいるボットたちのあいだを歩いていた。

「ルディはどこだね？」リックはたずねた。

「インキュベーターの準備をしています」

マックは、パワートルクレンチを片手に、ボットからボットへと移動していた。「キャタピラのナットのなかに、きちんと締まっていないやつがあったんです」マックはぼそぼそといった。「これでもうだいじょうぶであってほしいですよ……」

「だいじょうぶさ」リックはいった。

リックの背後からルディが、カートを押してあらわれた。すでに並んでいる、まったくおなじ三台のカートの横に止めた。カートには緩衝材の詰まった木箱が載っていた。箱の中身は――インキュベーターだ。「胚をおさめてあります」ルディはいった。「あとはこれらを〈マザー〉に積みこむだけです」リックのほうを向いた。「閣下、ほんとうにこれでいいんでしょうか？」

リックはずらりと並んでいるボットたちを見やった。力強い腕を丸みのある体にぴたりとつけていた。日差しのもとだと、壮大な渡りに飛びたとうとしている大きな鳥の群れのように見えた。「ケンドラによれば、ソフトウェアに問題はないらしい。第三世代は計画どおりに誕生した」リックはいった。「それに、きみもわたしも、解毒剤のおかげでまだ生きている。第五世代の準備は万端だ」

「でも、C＝343配列は、できてから、まだ間がないんですよ。胎児の試験はまだしてませんし……」

元気づけになることを願いながら、リックはルディの肩に手を置いた。リスクがあることはわかっていた。だがリックは、〝赤ちゃんたちを失うわけにはいかないの〟というローズの言葉を思いだしていた。「送りだすしかないんだ」といった。「たぶんこれが、わたしたちにとって唯一のチャンスなんだ――ハッカーになにを知られたのかわからないんだからな」

ケンドラはうなずくと、向きを変えて点検を続けた。一方、マックとルディはインキュベーターを〈マザー〉たちの強靭なコクーンに慎重に組みこみ、必要なセンサーや栄養チューブを接続した。リックは、開いている扉のそばに、黄色の発光塗料の小さな缶があることに気づいた。片手でその缶、もう片方の手でぼろ布をとると、ボットの群れを、識別記号を読みながら探して、目当てのボットを見つけた。リックは足を止め、そのボットのキャタピラにのぼった。

「なにをなさってるんですか？」マックがたずねた。

「このボットはわたしのなんだ」リックはそういうと、翼端の裏側にあざやかな黄色で模様を描いた。「ロー＝Z《ジー》」おまえを見失いやしないぞ、と心に誓った。約束する。

午後も遅くなっていたが、天気はもっていた。リックはめまいがしていた。前夜、簡易寝台に倒れこむ前に、軍隊時代は常食していたオフホワイトの袋入り野戦糧食《MRE》の、灰色のまずい肉を水筒の水で喉に流しこんで以来、なにも食べていなかった。そのMREは、ロスアラモスの宿泊所に残っていた補給品だった。「準備はいいかね？」リックはマックにたずねた。

「ばっちりです」ひょろりとした体つきのマックが、扉脇の衛兵詰所の横に置かれている椅子にすわりながら答えた。

「それなら、発進だ！」リックは叫んだ。マックが区画の扉のそばに移しておいたコンソールについているケンドラが命令を発した。〈マザー〉たちはゆっくりとよみがえると、キャタピラを動かして舗装上を移動しはじめ、建物の横にあるアスファルト広場で、翼を広げたときに必要な距離をとろうとした。大きくふくらんだ黒髪の上にヘッドセットをつけてコンソールにかがみこんでいるケンドラは騒音を気にもとめていないようだった。

リックは両手できつく耳を押さえながら〈マザー〉たちに続いた。〈マザー〉たちが止まり、静寂が訪れた。

そのとき、五十組のターボファンが始動した。五十組の翼が広げられ、〈マザー〉たちが前かがみになった。五十体のボットが上昇を開始した。腕を脇にぴたりとつけ、キャタピラを格納した〈マザー〉たちの体が太陽をさえぎった。

リックは建物の側面の壁にへばりつき、土埃《つちぼこり》が渦を巻いて叩きつけてくるのでまぶたをぎゅっと閉じた。目をあけたとき、ちょうどマックが、XOボットラボの大きくてかさばる電話を持って走ってくるのが見えた。「……ジェームズ・セッドから電話です……」マックはどなっていた。

「なんだって？」リックは電話を受けとったが、しばし、それをぽかんと見つめた。

「ジェームズ・セッドからです！」マックは答えた。「彼から連絡があったら教えるようにおっしゃったじゃありませんか！」

「だが……」リックは電話を耳にあてたが、反対側の耳は手でふさぎつづけた。「もしもし？」

「閣下ですか？　マックから閣下とお話しするようにいわれたんです」セッド博士の声のように思えた。彼がリックと話すときの、いつものかしこまった口調だった。

「セッド博士かね？　大声で話してくれ！」

「閣下、まずはお詫び申しあげます」発進した〈マザー〉たちがゆっくりと高度を上げ、騒動がおさまってきたので、セッドの声がよく聞こえるようになった。

「お詫び？　ロシアに情報を流したことについてかね？」

「なんですって？」

「流したんだろう？　きみは最初からスパイだったんだ！　なのに、お詫びだと？」

「閣下、なにをおっしゃっているのかさっぱりわかりません。ただ、これから戻ることを伝えておきたくて電話を入れただけなんです」

リックは電話を握っている手の力がゆるんだことに気づいた。「これから戻る……のか？」

「カリフォルニア行きの飛行機に乗らなきゃならなかったんです……両親がIC＝NANで亡くなったのです。いまは車を運転しているところです……あと三時間くらいでロスアラモスに戻れます」

リックは血の気がひいて目の前が暗くなるのを感じながら、〝準備がまだなの〟というローズの最後の言葉を思いだした……ローズの顔が、瞳が脳裏に浮かんだ。懇願していた。

〝赤ちゃんたちを失うわけにはいかないの〟……

「まだ準備ができてないんだ」リックはつぶやいた。「ああ、くそっ……まだ準備ができてないんだ！」

「なんですって？」ジェームズの困惑した声が聞こえていたが、リックは電話をマックに返した。

リックは空を見上げた。二体のボットがふらつき、ほかのボットからわずかに遅れたように見えた。だが、ボットたちはすでにみな空高く上昇しており、松並木の上を研究所の北へと向かっていた。リックは首をのばして見まわすと、ロスアラモス空港からここまで乗ってきた電動バイク、ゼロFXが近くに駐めてあった。シートにヘルメットが置きっぱなしになっていた。リックはヘルメットをかぶるとオートバイにまたがってモーターを始動した。後先を考えずに、リックはボットたちを追いかけはじめた。

リックは研究所の敷地内を全速力で飛ばして南口をめざし、封鎖されたゲートの障害物の隙間をぎりぎりですり抜け、森のなかの曲がりくねった道を走った。国道四号線に出ると、バイアスカルデラのはるか上空を飛んでいる〈マザー〉たちが見えた。だが、ヘメズ川の曲がりくねった支流にそってのびている道の、危険なヘアピンカーブをクリアするたびに、数分間、きらきら輝いている機械の群れを見失った。バイクは簡単に時速二百キロ前後まで出せた。だが、リックは地上を進んでいたし、〈マザー〉たちは木々の上をまっすぐに飛んでいた。

州道百二十六号線という西へ向かう細い脇道が見えたので、そっちに折れた。この先、ある程度進んだら未舗装になることは知っていたが気にしなかった。リックにできるのは、轍《わだち》がついている道をどうにか走りつづけながら、高い松の上にときどき見えるだけになっているボットたちを片目で確認することだけだった。キューバという小さな町のそばで、ありがたいことに、国道五百五十号線に出た。このあたりは平坦な荒れ地になっていて、ところどころに低くなっている涸《か》れ川の川床や峡谷があるだけだ。ボットたちはリックの右側を、あいかわらず北西に向かっていたが、編隊がばらけはじめていた。遅れていた二体は追いついたようだ――すくなくとも、もう、ほかのボットたちとわかれてはいない。

ブルームフィールドというさびれた町の近くで、西に向かってのび、ファーミントンとナバホ自治区《ネーション》の東端に通じている国道六十四号線に曲がった。シップロックという町を過ぎると、ニューメキシコ州の北西隅にあたる、月面じみた乾いた平原を走った。このあたりの小さな町の住民のことは考えないようにした。死にかけてるんだろうか？　もう死んでしまったんだろうか？　それとも、玄関ポーチに立って、頭上の奇妙な鳥の群れにおびえながら、暗くなりかけている空を指さしているんだろうか？

道は、アリゾナ州カエンタからユタ州へとのびている、コームリッジというナバホ砂岩の雄大な隆起にそって南西に向かっていた。上空では、〈マザー〉たちが、胴体を傾けて北へ方向転換し、上昇して、あたりに点在している巨大な奇岩の上を越えた。リックは加速しながら道路からはずれた。だが、無駄だった。そこの地面はバイクには起伏が大きすぎたので、リックは自分を置き去りにして飛んでゆく〈マザー〉たちをむなしく見上げた。前方をのんびりと歩いている羊の群れに気づいたときにはもう手遅れだった。ハンドルをぐいと右に切ると、バイクがリックの下で滑りはじめた。リックは無意識のうちに飛びおりた。〈マザー〉たちを追って高く飛んだ義足がちらりと見えた。リックは体から力が抜けるのを感じた。まぶたを閉じた。闇のなか、神秘的な土地の上で高く舞いあがる鷲の群れが見えた……

なにかが日差しをさえぎっていた。なにをいっているのかわからない人の声が聞こえていた。なめらかで日焼けしている顔が上からのぞきこんできた。「……だいじょうぶかい？」力強い手が服のなかまで滑りこんできて、リックの体を手際よく探った。なにかに首を支えられ、ゆっくりと、硬くて平らな表面に移動させられた。「あっちのあれはなんだ？　あれも持っていこう！」

そしてリックは宙を移動した。そして背中をこすられているような痛みを感じながら、ふたたび闇に包まれた。

目が覚めると、リックは壁が白くて狭い部屋にいた。だれかがそばで鼻歌を歌っていた。

楽しそうなのに悲しげな歌を口ずさんでいた。リックは胸にずっしりとしたゼラチン状の重みを覚えながら上体を起こそうとした。両手を上げてそれを押しのけようとしたが、両手は長円形のプラスチックをつかんだ。小柄でしわくちゃな女性が、片手をリックの胸にそっと置きながら、もう片方の手でその物体をつかんでいた。女性はリックの体にかけてある毛布の上からバッグを慎重にとりあげ、彼の視線より下のどこかにあるフックにかけた。

「悪かったね」女性はいった。「カテーテルをつけなきゃならなかったんだ」

リックは目をつぶって女性のやさしい介抱に身をゆだねて、「ここはどこですか？」とたずねた。小さくて弱々しい自分の声は、部屋のどこかから響いたように聞こえた。

「もうだいじょうぶだよ」と女性は答えた。

「だれが……？」

「息子のウィリアムがあんたを見つけたんだ」

「でも、どうやって……？」リックは頭がはっきりしてきていた。全身の骨が痛んだ。上体を起こそうとしたが、目がまわったし、頭がずきずきした。横向きになったまま吐き気に苦しんでいると、女性が手を腰にあててくれたおかげで苦痛がやわらいだ。

「脱水状態になってたんだ。背中をくじいてたし、間違いなく脳震盪を起こしてた。すぐには治らないだろうね」と女性。「下の息子のエディスンは医者なんだ。エディスンが治療してくれる」

ふたたび目覚めると、リックはやわらかな白い毛布に包まれていた。痛みを我慢して首を動かした。さっきとは違う部屋だった。小さな焚き火の揺らめく明かりが、この長方形の暗い部屋の壁を飾っている素朴な模様を踊らせていた――四本足の動物、赤ん坊をあやしている女性、作物の世話をしている農夫が描かれていた。暮らしの情景だ。視線を上げると、黄色、青、赤、白の四角い模様が続いていた。天井の穴のように見えるものから星空が見えた。

女性の詠唱のような歌が聞こえていた。その心安らぐ歌声のおかげで痛みがやわらぎ、意識が研ぎ澄まされた。白い部屋で耳にしたのとおなじ歌だった。

「ああ、戻ってきたんだね」女性は歌をやめてリックに話しかけた。白髪をきつい三つ編みにしているその高齢な女性の肌には深いしわが刻まれていた。女性は探るようにリックを見つめた。

「あなたはどなたですか？」リックはたずねた。

「タラシだよ」女性は名乗った。「これは息子のウィリアム」

「あんたはメッセンジャーみたいだな」右のほうのどこかから低い声が聞こえた。リックがどうにか目の焦点をあわせると、白のコットンシャツにジーンズという服装の、日焼けしたいかつい男が見えた。

高齢の女性がリックの近くに来た。細い指で金属の物体を持っていた——銀でできている女性像だ。繊細な銀の羽毛が生えている両腕を大きく広げている。「ウィリアムが、あんたのポケットにこれが入ってるのを見つけた」女性はいった。「教えておくれ——どうしてわたしの娘のネックレスを持ってるんだい？」

21

ジェームズは、めったに帰らなくなった自宅には寄らずに、サラのアパートメントビルに直行するよう車に指示した。もう何時間も車載モニターを見つづけていた。死のインフルエンザの大流行は、東海岸からも西海岸からも、野火のように広がっていると報道されていた。ワシントン爆撃についてのニュースもあった。アメリカは包囲されていた。国民は避難するように勧告されていた。国の中心はまだどうにか無事で、健康な人々がいまも、自分が通過している建物のなかで身をひそめているのではないか、という期待は持ちつづけていた。だが、おびただしい数におよぶ放置された車のあいだを縫って走りつづけても、不気味な空虚しか目に映らなかった。サラのアパートメントがある建物の玄関が近づいたとき、ジェームズは思いきって道路を眺め渡した。この近所では、住人が庭いじりをしたり、子供たちが夕方まで外で遊んでいたりしていたことを覚えていた。いまは人っ子ひとりいなかった。

何時間か前にサラと話し、解毒剤の摂取法を教えた。自分が着くまで、窓を閉めきってアパートメントに閉じこもっているように伝えた。だが、まもなくロスアラモスまでのぼりきるというときに電話をかけても、サラは出なかった。耳のなかでどくどくと響く心臓の音を聞きながらアパートメントビルの外階段を駆けあがり、サラの部屋のドアに四桁の暗証番号を打ちこんだ。

なかに入ったが、しんとしていた。薄暗いアパートメントのなかを進んで寝室のドアに指をあてた。心臓が止まった。寝具は乱れていたが、サラの姿はなかった。

そのとき、栗色の髪が枕の上に広がっていることに気づいた。ジェームズは手をのばしてベッドサイドランプをつけ、サラの腕に触れた。

「なに?」サラがつぶやいた。

顔を上げたサラと目があったとき、ジェームズは大声を出しかけたが、「サラ」とささやいた。「だいじょうぶかい?」

「ジェームズ?」

「ああ、サラ……!」

「ええ。だいじょうぶ、だと思う」サラはのろのろと上体を起こした。目がとろんとしていた。細い指で、はだけてしまっているゆったりしたネグリジェを慎重に直した。咳払いをした。ジェームズが不安になる音だった。

「薬は吸入したんだよね？」

「吸入？　ええ、だけど――」

ジェームズはサラの背中に耳をあてて音を聞いた。胸の上のほうで、かすかに雑音が響いているだけだ。「効いてるみたいだな……」ジェームズはサラの困惑した表情を無視して、彼女が寝ているベッドに腰をおろした。「サラ、体調が悪いのはわかってるけど、ふたりで研究所へ行かなきゃならないんだ」

「研究所へ？」

「きょうはニュースを見たかい？」

サラの目は生気がなかったし、ふちが赤くなっていた。「いいえ……きょうは……疲れちゃってて」

ジェームズはごくりとつばを呑《の》んだ。「いろんなことがあったんだ。あとで説明する。だけど、ふたりで研究所へ行ったほうがいいんだ。あそこの建物のなかの空気は濾過《ろか》されてるから……」途中でやめた。説明はあとだ。「あとでぜんぶ話すよ。約束する。いまはぼくを信じてくれ」

ジェームズはサラの着替えを手伝った。サラの肘を支えながら外に停めてある車まで連れていった。オメガ橋を渡って研究所の北ゲートをめざしている車のなかで、ジェームズはダッシュボードの光に照らされているサラを見た。サラは目をつぶっていた。肌は青白く、器用な両手は力なく膝に置かれている。ジェームズは薬が効くのがまにあうことを祈った。

だが、ほかにも心配なことがあった——ブレヴィンズだ。ケンドラの携帯にかけたが、つながらなかった。仕方なく、研究所の代表電話にかけると、マックが出て、すぐに将軍にまわした。ブレヴィンズはかんかんに怒っていて、わけのわからないことをわめき散らした。だが、マックがまた電話に出て、説明しようとしてくれた。「将軍はきみを疑ってたんだよ、ジェームズ」マックはいった。「ロシアに情報を流したのはきみだと思ってたんだ」

ジェームズはそれを聞いてやっと納得した——つねに受けてきた、敵意と詮索のせいだったのだ。ブレヴィンズと彼の同類たちはテロと戦う訓練を受けてきた。ジェームズのおじはテロリストだった。だが、ジェームズ自身はなにも知らなかった——父親が秘密を、あとちょっとで墓まで持っていくところだったからだ。

ジェームズはぶるっと首を振った。どこへ行くかをだれにも伝えずにロスアラモスを離れたりするべきではなかったのだ。そしていま、サラを連れていることも、事態を楽観できない理由のひとつだった。

頑丈な入口ゲートが閉まっていて車が通れないようになっていた。警備員もいなかった。ジェームズはまたもケンドラに電話をかけた。

「ジェームズ?」こんどはケンドラが出てくれた。不安そうだが、ほっとした声だった。

「うん。いま北ゲートに着いたんだ。あけてもらえるかな?」

「いまあけるわ」ゲートを閉ざしていたアームがゆっくりと上がった。パジャリートロードを、ヘッドライトで宵闇を切り裂きながら走っていると、松の匂いがさわやかな、いつもの五月末の夕方としか思えなかった。だけど、空気はもう有毒なんだ、とジェームズは自分に思いださせた。それとも、もうすぐ有毒になるんだ——計画のリストに載っていない者は、死刑宣告を受けたも同然なんだ。車はXOボット棟の裏を通過して右折し、狭い脇道に出た。もう一度右折して、がらんとした正面駐車場に止まった。

建物の正面の二重扉のエアロックから、ケンドラが薄暗いロビーで待っているのが見えた。ポール・マクドナルドも、細長いものを片手に握って、その横に立っていた。ジェームズはサラに手を貸して車から降ろし、ふたりでなかに入った。

「やあ、ケンドラ」ジェームズは声をかけた。だがケンドラは、目を見開いて、ジェームズとサラを黙って見つめるばかりだった。「ケンドラ、予想外だったのはわかるけど…

…」

ふらつき、目をかろうじてあけているサラは、ふたりに弱々しくほほえみながら、「マック」といった。「ケンドラ……〈マザー〉たちはどうしてるの？」

マックが下げた、鋼鉄の輝きを放っている軍用ライフルを、ジェームズはじっと見つめた。「へえ」マックはそういいながら、そそくさとライフルを片づけた。「こいつはおもしろいことになったたな」

第二部

22

二〇五四年二月

リックが目を覚ますと、輸送ヘリの窓から朝日が差しこんでいた。ごろんとあお向けになって切断された脚をのばし、しばしのあいだ、やわらかくて清潔な毛布の感触を楽しんだ。体を起こして窓から一面の荒れ地を眺めた。ごつごつと隆起した岩山のあいだに乾ききった深い峡谷がのびている。

リックがかつて知っていた世界は消失してしまったようだ。放送ブースにはだれもいない。電話してもだれも出ないし、無線で呼びかけてもだれも応答しない。電力がきちんと供給されなくなったので、ウェブサイトも死んだ。夜間の衛星写真を見ても、かつてはにぎやかだった街と大通りが、じわじわと暗くなっているのがわかった。ワシントンのお偉方も敵国の首脳も、コンピュータプログラマーもハッカーも、死をもたらすミサイルを発射した者もそれらを迎撃した戦闘機のパイロットも──みんな死んだ。車が走っていない道路の脇で自動タクシーが待機し、作業ボットがもう家庭で使われることのない家電製品の製造と梱包をし、検査ボットが訪れることのない旅行客を待っているさまをリックは想像した。感染症大流行《エピデミック》から九カ月がたったいま、そのような勤勉な機械ですら、動かなくなっているかもしれなかった。

リックは上体を起こしたまま、肘で咳を受けた。悪くはない。まあまあだ。これまでの月日で、新たな制約と折りあいをつけた。解毒剤は完璧ではない──ルディ・ガーザによれば、摂取しはじめる以前に受けた損傷を回復させることは不可能だ。リックは、以前、たびたびカリフォルニアへ出張していたときにIC＝NANにさらされたのかもしれない。とにかく、原因は不明だが、リックはIC＝NANの攻撃に対してひときわ脆弱だ。かつては住みやすかった惑星の有毒な空気から身を守るために、いっそうの努力をしなければならない。

そのため、ロスアラモス研究所に配備されていた二機の輸送ヘリの一機を徴発した──このヘリコプターの空気濾過《ろか》システムを改良し、機体を良好な状態に保ってくれているマックには感謝していた。いまでは、この輸送ヘリがリックの家だ。必要なときは迅速に飛行して移動できるし、駐機しているときは地上基地になる。そして、小さなあぶくの外へ出るときは、マスクをして、感染した古細菌《アーキア》とその有毒なNANをできるかぎりブロックした。

XOボット棟内でロスアラモスのほかの生存者たちと避難生活を送りながら外の世界が滅ぶさまを眺めるという贅沢は許されなかった。リックにはやらなければならないことがあった——自分の不始末の後始末をしなければならなかった。みずからの——まだ準備ができていなかった第五世代ボットを砂漠へ放ってしまうという——ひどいへまの埋めあわせを、なんとしてでもしなければならなかった。〈マザー〉たちを見つけなければならなかった。故郷へ戻さなければならなかった。

簡単に見つかると思っていた——ケンドラが呼ぶだけで戻ってくるだろうと、ボットの防御能力に対処する必要があってもなんとかなると思っていた。ところが、ケンドラは誘導センサーについて誤解をしていた。「勘違いをしてたんです」とケンドラはいった。「〈マザー〉たちにはセンサーが備わってますが、コードブラックを発動すると、センサーシステムが停止してしまうんです……設計チームは、おそらく、敵にボットを呼び寄せられないようにしたかったんでしょう」

そのため、リックは広大な砂漠で自分が送りだした〈マザー〉たちをしらみつぶしに探さなければならなくなった。この九カ月間で見つかったのは、三体の墜落したボットだけだった。残骸が砂漠に散らばっていて、保育器《インキュベーター》は跡形もなくなっていた。いずれもロー＝Z《ジー》ではなかった。だがリックは、一体見つけるたびに、自分の見通しが甘かったことを、自分がプレッシャーに負けてしくじったことを思いだした。

リックは実戦で部隊を率いた経験はないが、話は聞いていた。判断ミスをすると非難されて後悔し、一生罪悪感にさいなまれるという話を。いまのリックがまさにそうだった。あの運命の日にリックが〈マザー〉たちを送りだしてしまったのは、頭がすっかり惑乱していたせい、ジェームズ・セッドはテロリストだと思いこんだせいだった。

もちろん、それだけじゃなかったんだ、とリックは自分にいい聞かせた。リックは、ハッカーが第五世代についてのどんな情報を見つけたのかを知らなかった。どんな脅威が迫っているのか知らなかった。ローズが危険を感じていたのは間違いないように思えた。さもなければ、どうしてコードブラックでなんていう？　そうとも――セッドの件があろうがなかろうが、たぶんおなじ判断をしていただろう。それでも、あの日の経緯を事後分析すると、リックの判断に問題があったことは明らかだ。ロスアラモスは攻撃されなかった。ニュードーンチームの数すくない生存者たちは、びくびくしながら待ちうけたが、XOボットラボにはなにも起きなかった。

リックはセッド博士に謝っていなかった——だが、セッドがサラ・ホティを連れてロスアラモスに戻ってきたとき、ほかのみんなは、彼が姿を消したことをすぐに許した。いま、ジェームズとサラは、ともにチームの一員となっている。みんなの信用を取り戻さなければならないのはリックのほうだった。

窓から焚き火の煙が見えていた。すくなくとも、リックはここでひとりぼっちではなかった。ウィリアム・サスクウェテーワがカエンタの道路脇でリックを救い、ホピ族の卓状《メ》台地《サ》に連れ帰って以来、ふたりは協力しあってきた。ホピ族も多くの犠牲者を出した。いまもメサで暮らしているホピ族の生存者は、ウィリアム、彼の弟の——フェニックスで研修を受けた医師の——エディスン、それにふたりの母親のタラシをはじめ、わずか二十人あまりだった。だが、生まれつきＩＣ＝ＮＡＮに対する免疫が備わっている人がいるかもしれない、というローズの説は正しかった。少数のホピ族は、奇跡的に生きのび、なんの問題もなく空気を吸っている。

ウィリアムの目的は、行方不明になっている妹——ホピ族がいま、〝銀色の精霊たち〟のひとりだと信じている女性、ノヴァ——を探すことだった。ウィリアムにとって必要な証拠は、妹のネックレスと、ノヴァは間違いなく、〈マザー〉たちをつくるための計画に、本人は知らないまま参加していた、というリックの言葉だけだった。

みんなから〝おばあ〟と呼ばれているタラシが、その目的を一歩先へ進めた。〈マザー〉たちはみな神聖で、みな守る価値があった。タラシにとって、第五世代ボットは――鎧を着た女神たちがいつかメサに戻ってきたら、それが人類再生の先触れになるという――夫の予言の化身だった。リックは自分がそれを信じているのかどうかわからなかった。だが、信じたかった。

リックはいやな痛みに顔をしかめながら義足をつけた。われわれが発見した墜落した〈マザー〉たちも痛みを感じたのだろうかと考えた。まさか。ありえない。いまも砂漠をさまよっている〈マザー〉たちは、立ちどまって、自分たちは行方不明になっているのだと思ったりもしない。〈マザー〉たちは、大小の峡谷に身をひそめて、貴重な荷物がインキュベーターから出られるまで庇護しつづけるようにプログラムされているのだ。〈マザー〉たちがまだ砂漠にいるのだとしたら、彼女たちは称賛に値する仕事をしていることになる。

第五世代の赤ん坊たちはまもなくインキュベーターから出られるようになるはずだから、捜索は簡単になるだろうと予想されていた。ところが、またしても、ケンドラの期待は裏切られそうだった。赤ん坊たちがインキュベーターを出たら、〈マザー〉たちは補給所へ行かざるをえなくなるのだから、そこで発見できるはずだとケンドラは考えていた――ボットたちのプログラムには補給所の場所が記録されているので、アップロードされたパラメーターから簡単に座標を割りだせるはずだと。ところが、補給所の位置は汎用アップロードファイルに含まれていないことがすぐにわかった。座標セットは〈マザー〉各自の航法コンピュータのハードウェアに書きこまれていた。つまり、〈マザー〉がロスアラモスを離れるとともに座標も失われたのだ。ケンドラは、砂漠から回収した三体のボットのコンピュータの黒焦げになった残骸から座標を読みだそうとしたがうまくいかなかった。また、ロスアラモスのメインフレーム内にあるはずの位置の記録を探したが見つからなかった——補給所を建設した部隊による機密保護はしっかりしていて、ケンドラにはいかんともしがたかった。ウィリアムの偵察によって目につきやすい給水塔が見つかったので、その近くにモーションセンサーカメラをしかけて〈マザー〉が訪れるのを待った。だが、これまでのところ、発見できたのは七十六カ所ある補給所のうち十三カ所だけだし、〈マザー〉はそのいずれも訪問していない。

輸送ヘリのパイロット側のサイドドアが開いた。陽圧ファンがまわりはじめ、ブーンというやかましい音が響きだしたので、ウィリアムの低い声は聞きとりにくかった。「リック……峡谷でなにかを見つけたんだ。エディスンが向かってる」

ロスアラモスの、散らかった洞窟じみたマックのオフィスで、ジェームズはサラの首筋を、顎の優美な曲線を目でなぞった。ふたりの前で、ケンドラがマックのコンピュータの画面メニューを次々にたどってボット映像データを選択した。

政府の長期的エネルギーコストカット方針の一環として、二十年前にはじめて建造されたときから、XOボット棟は、自力で発電して得た電力を貯蔵し、電力網に頼らずに機能を維持できるようになっていた。貴重な電力と水は、管理と保守に気を使わなければならないが、少人数の生き残りは、いまもXOボット棟で元気に暮らせていた。ニュードーン関係者たちが、巨大なソーラーパネルと電力貯蔵壁があり、つくりつけの空気濾過システムで換気されていて、近くのバレスカルデラにある掘り抜き井戸のポンプで汲みあげた水を自前の小規模浄水施設で処理して使える建造物を本拠にしたのは間違いではなかった。

ジェームズはマックのコンピュータの画面に集中した。埋めなければならない空欄がまだいくつもあった。リック・ブレヴィンズと彼が指揮しているホピ族の偵察班員たちは、ユタ州の砂漠で、安全な国家安全保障局《NSA》の衛星回線を通じてロスアラモスと連絡をとっていた。数時間前に将軍から、エスカランテという場所の東にある狭い峡谷の底で墜落したボットを発見したという知らせが届いた。ブレヴィンズによれば、そこまでくだるのは大変なので、しばらく時間がかかるとのことだった。

ジェームズはサラの手を握った。この九カ月間、サラは大変な苦しみに耐えてきた。ルディとケンドラとマックと違って、ブレヴィンズあるいはジェームズ自身とすら違って、サラは、なにもかもが、だれもかれもが失われたという現実にいきなり直面させられた。サラ自身も失われかけた。

そしてサラはわが子まで失った——ジェームズとの息子を。それでよかったのかもしれなかった。ジェームズとサラの子供は旧世界に属していて、地球を襲った疫病に対する免疫を持っていなかった——それにサラ自身も妊娠に耐えられる体調ではなかった。だが、それはふたりにとって予期せざる悲しみだった。ふたりは赤ん坊をロスアラモスのふたりの部屋の窓から見えるところに小さな穴を掘って埋葬した。「もうすぐ第五世代が生まれる」とジェームズはサラにいった。「免疫のある完璧な赤ちゃんたちが」だが、それ以来、サラは毎朝、両手を握りあわせて膝に置き、下唇を震わせながらその窓から外を眺めるようになり、その姿を見るたび、ジェームズの胸は張り裂けそうになった。

それでも、彼らは生きのびた。ルディはロスアラモスにC＝343合成施設をつくりあげた。フォートデトリックで破壊された施設の縮小版だった。ルディはその施設で、既存の吸入器に補充できる程度の解毒剤を製造できるようにした。ロスアラモスの生存者たちは、一日に一度、必ず解毒剤を摂取しなければならなかった。だが、希望があった。この解毒剤に使われている新しい配列は、第五世代の胚に組みこまれた配列と同一だった。生存者たちが有害な副作用なしでIC＝NANに対する免疫を得られているのだから、第五世代にも免疫がありそうだった。ジェームズは部屋を見まわした。外界で暮らしても安全なのかもしれなかった。だが、将軍以外、まだだれもその実験に挑戦しようとしていなかった。たぶん、第五世代が生まれたあとで……

そしてジェームズは、リック・ブレヴィンズと、何世紀も前から部族の故郷だった荒れ地でいまも暮らしているひと握りのほかのホピ族が〝おばあ〟と呼んでいる高齢の女性、タラシ・サスクウェテーワのことを考えた。エピデミックが発生したときに起こったことからして、この人々には、異なる経路でプログラム細胞死を実現する形質が備わっているに違いなかった。その痕跡的な経路をコードしている遺伝子は劣性らしかった。その形質はホモ接合で、生きのびられるほど発現するのは、ふたつの劣性遺伝子を持っている者だけなのだろう。三年前に夫のアルバートが自然死したタラシはホモ接合だった。タラシの息子たち、ウィリアムとエディスンは生きのびたが、エディスンは妻と三人の子供のうちふたりをエピデミックで亡くした。残ったのは娘のミリーだけだった。ウィリアムの妻とふたりの息子は全員、生きのびた。彼らと、ほかの数家族が、ホピ族の新たな血統の中核だった。彼らが、サイレントDNAについての、いざというときに目覚める遺伝的機能についてのジェームズの仮説の証拠だった。

さらに、この人々はロスアラモスの住人たちにとって天の賜物《たまもの》だった。大地の恵みで暮らすことに慣れているホピ族は、食料——トウモロコシにラム肉に牛肉に豆類、それにカボチャ——をたっぷり分けてくれた。ていねいに調理したそれらを、エアロックを通ってXOボット棟のカフェテリアまで運んでくれていた。だが、それ以上に重要なのは、彼らのなかでただひとり、間違いなくIC＝NANに感染したサラのための究極的な治療法を開発できるかもしれないという希望を与えてくれていることだった。ジェームズとルディはホピ族の自発的ドナーたちの気管吸引物から幹細胞を採取し、もっとも多能性の高い幹細胞を単離・保存する方法を確立しようとしはじめていた。望みは薄かった。エピデミック以前の世界でも、同様の手法で肺の損傷を修復する実験がおこなわれていたが、結果はつねに失敗だった。とはいえ、希望はあった。そしていま、彼らが持っているのは希望だけだった。

左にあるスピーカーからいきなり大きな雑音がとどろいてジェームズを驚かせた直後、ブレヴィンズの声が響いた。叫び声が、ブレヴィンズらしからぬ歓声が聞こえた。「よし……女の子を見つけたぞ！」

ジェームズは、喉から心臓が飛びでそうになりながら、完全防護服を着ているせいで故郷の惑星にいるのに宇宙飛行士のように見える将軍が、肉厚な手で衛星電話を持ち、もう片方の手で赤ん坊を抱いている姿を心に描いた。

ケンドラがマイクをオンにした。「生きてるんですか？」

「どうにか」と将軍は応答した。

ジェームズは、彼の手を握っているサラの手に力がこもるのを感じた。ブレヴィンズの横でだれかが叫ぶのが聞こえた。幸運なことに、エディスンが同行しているのだ。「出産記録にアクセスするようにいってくれ」ジェームズは小声でケンドラにいった。

「生命維持システム制御モジュールに回線をつないでください」ケンドラが指示した。

「完了した！」ブレヴィンズが応答した。

ケンドラはモニターに向かって前かがみになりながら、表示されているメニューを猛烈な勢いでたどった。やがて、ある表示で手を止めた。〝酸素飽和度正常値以下。肺疾患〟

ジェームズは身を乗りだして目を凝らした。「インキュベーターから培養液が抜けてる。蘇生がはじまってたんだ。だけど、うまくいかなかったみたいだな……」

ジェームズの横で、サラは固唾《かたず》を呑《の》んでいた。片目から涙が流れている。永遠に感じた時間がたち、ふたりめの声が電話から聞こえた。「ジェームズ、エディスンだ。〈マザー〉の状態からしたら、赤ん坊は持ちこたえてる。墜落の衝撃でコクーンが割れて外気が入ってきたおかげで生きていられたんだ。だが、巣への移し替えは完了してなかった。壊れたインキュベーターのなかに閉じこめられてたんだ。さっき、酸素吸入をはじめたところだ……」

ジェームズはケンドラを押しのけて大声で指示した。脳が自動的に働いていた。「大至急、医療センターへ連れていってくれ。それから、こっちでその子をチェックするから、それが終わるまで濾過ずみの空気を吸わせるように」

サラは立ちあがっていた。デスクに両手をつき、おちつこうと努めながら、「エディスン？」とたずねた。「その子は……正常なの？」

「ああ」という答えが返ってきた。「玉のような赤ちゃんだよ、サラ……だけど手足が青ざめてる。明らかなチアノーゼの兆候だ。最善の手をつくすよ」

23

ミーシャは、目をつぶれば、いまも最初の数年間の薄明かりを思いだせた。そのぼんやりとかすんだ世界で、ミーシャは深呼吸をし、パチパチと木が燃える音と砂塵《さじん》の匂いを嗅いだ。周囲で、笑ったり歌ったりする声が聞こえた。大きな手が、ミーシャが小さな手で甘いミルクやジュースが入っている哺乳瓶を支えるのを助けてくれた。だれかがてくてく歩いてミーシャを運んだ。ミーシャを揺すってあやしながら、お話をし、彼女の髪をなでた。木や布でつくった人形に、宙で踊る羽毛。

「ママ」ミーシャはいった。「ママ」それがはじめて口にした言葉だった。

ミーシャは絶対にひとりきりにされなかった。さびしい思いをしたことはなかった。ママ・サラがいつも一緒にいてくれた。

ミーシャにはジェームズという名前の父親がいた。サラという名前の母親がいた。家族が大勢いた。そのほとんどは、卓状台地《メサ》の上にある、泥や木や石でできている家に住んでいた。

ミーシャの家族でいちばん年上なのはおばあだった。おばあの長男のウィリアムおじさんは、胸板が厚く、日焼けしていて、焦げ茶色の髪をきっちりしたポニーテールにしていた。ときどき、リックという名前の男の人が来て、ウィリアムおじさんと〝偵察〟に出かけた。それ以外のとき、ウィリアムおじさんは外で羊の番をしたり、トウモロコシを植えたりしていた。エディスンおじさんはお医者さんで、背が高くて痩せていた。黒縁の眼鏡をかけていて、黒い髪を短く刈っていた。毎朝、トラックを運転して病院へ通い、白衣に着替えてクリップボードを持ち歩いた。どっちのおじさんにも子供がいた。子供がいる子供もいた。でも、ミーシャに兄弟姉妹はいなかった。

「どうしてわたしにはおにいちゃんか弟がいないの？」ミーシャはたずねた。「どうしておねえちゃんか妹がいないの？」

「あなたにはたくさんの兄弟姉妹がいるのよ」ママは答えた。「でも、わたしたちが見つけたのはあなただけなの」

「いまも探してるの？」

「ええ。ずっと探してるわ。だけど、あなたを見つけられてほんとによかった」

ママとパパはエディスンおじさんの病院の特別な部屋で寝ていた。その部屋のドアはガラスでできていて、やかましいファンが備えつけられていた。ママとパパは、外へ出るとき、必ず醜いマスクをつけた――肺を空気から守るためだ、とママとパパはいった。マスクはミーシャに、ホピ族の儀式で踊る男たちを思いださせた。人間の顔を隠した異様な姿の男たちは、メサのなかのおばあの家から出てきた。

「おばあはどうして地下に住んでるの？」ミーシャはたずねた。

「あそこはおばあのほんとの家じゃないの」ママは答えた。「あそこは地下儀式場《キバ》。大事なことが起こりそうなときに行くところなのよ」

「だけど、なにが起こりそうなの？」

母親はほほえんで、「おばあから教わりなさい」といった。「おばあのいうことを注意して聞きなさい。おばあはときどき、いってることと別のことをいってることがあるから」

おばあは悪いことについて話してくれた――三〇年代の悲惨な水戦争や、野生動物が檻に閉じこめられていた動物園についての話を。でも、いいことについても話してくれた――何百人も乗れる大きな空飛ぶ機械や、ひとりでに走る車や、腕につけて写真を送れる小さな機械について。

「おばあはぜんぶを見たのね！」ミーシャはいった。

「ああ、たくさんのものを見たよ」とおばあ。「だけど、いまも見たいと願ってる光景がひとつあるんだ」

「なに？」

「いまもあきらめてない夢さ」とおばあ。「銀色の精霊たちだよ」

「精霊たち？」

「おまえの世代の母親たちさ。精霊たちがわたしたちのところへ帰ってきたら、夫のところへ行って報告するんだ」

「おばあには旦那さんがいるのね？　いまどこにいるの？」

「このメサの横で待ってるのさ」とおばあ。

メサの端を歩いているとき、ミーシャはおばあの旦那さんが待っているに違いないところを見おろした。でもいつも、ぼんやりとしか見えなかった。ママによれば、ミーシャが生まれたとき、酸素が充分にとれなかったことに関係があるらしかった——目に問題が生じて、うまく成長しなかったのだ。ミーシャは、彼女の故郷が、はるか下で、きれいな毛布の模様のように広がっているのだろうと想像するほかなかった。

でも、乾いた風が、空高く舞いあがった鷲たちの羽毛をそよがせている音は聞こえた。

古いほうの精霊たちが、岩の裂け目から煙のようにのぼってゆく音は聞こえた。ミーシャは死の精霊にして天上界の主《あるじ》で、ぞっとする顔をゆがめて慈悲深い笑みを浮かべるマサウを思いだした。祈りの棒《ナホイダダチア》と鹿皮のボールを使い、走りまわって遊んでいるふたりのやんちゃな孫を叱っている賢いおばあさん蜘蛛を思いだした。ミーシャは崖の端でしゃがんで、ウィリアムおじさんからおじいの特別な場所を示しているのだと教わった、何本も立ててある羽根のついた祈禱用の杖《パホ》を手で探った。端からぎりぎりまで身を乗りだして——おばあの旦那さんの声に耳をすました。

おじいの声が、彼がいるところからのぼってきた。「ミーシャ」とささやいた。「銀色の精霊たちを待て」

でも、姿を見ることはできなかった。

ミーシャが成長するにつれて、ママとパパが彼女を大きな窓がある大きな建物へ、ロスアラモスへ連れていく回数が増えた。健康にいいところなのだと両親はいった。だが、遠かった。そこへは輸送ヘリで飛んでいかなければならなかった。ミーシャにはロスアラモスでのお気に入りの場所があった。ひとつの壁に小さな窓があり、ほかの壁にきれいな絵がかけてあって、やわらかいベッドが置いてある部屋だ。いい子にしていれば、パパとルディおじさんの研究室で科学者ごっこができた。ケンドラおばさんのコンピュータで、明るい画面に鼻先がくっつきそうになるほど顔を近づけてゲームをした。ただ、みんながマックと呼ぶのっぽの男、ポール・マクドナルドは怖かった――マックはいつも、まるで幽霊のように、どこからともなく姿をあらわした。「ちょっと恥ずかしがり屋さんなだけよ」とママはいった。「子供に慣れてないの」

ある日、ミーシャは、ママとパパはずっとロスアラモスにいたがっていると聞かされた。

「ごめんね、ミーシャ」ママがいった。「わたしはもう、メサの空気を吸えないの。呼吸《レスピレ》具《ーター》をつけてても」

「マスクのこと?」

「ええ、マスクをつけてても。それに、ロスアラモスでしなきゃならないこともあるの」

ママはてのひらをミーシャの頭のてっぺんに置いた。「あなたが望むなら、あなたはメサに残ってもかまわないのよ」

ミーシャは望まなかった。ママとパパがいるところがミーシャの家だからだ。だが、しばらくすると、なにかが違う、とミーシャは思いはじめた。そして毎日、すこしずつ追いつめられた。閉ざされたドア、静かな会話、ママのいない食事。「すまないな」とパパがいった。「でも、ここではわたしたちとずっと一緒にはいられないんだ。おまえは、太陽を浴びながら友達と遊ぶべきなんだ」

わたしがなにかしたせいなの？

メサではウィリアムおじさんと奥さんのロレッタおばさんの家に泊まった。そして孫のバーティと小さなホノヴィと遊んだ。平かごの編みかたや、ママが大好きな青いコーンケーキのつくりかたを教わった。ママとパパが恋しかった。でも、我慢しなければならなかった――なにもかもが変わってしまっていた。

ミーシャの八歳の誕生日の直後、ママとパパがやってきた。ママはかがんでくれたが、ママの顔はぼんやりとした青白い塊にしか見えなかった。ミーシャは悲しみを感じとったような気がしたが、ママは悲しい知らせを伝えに来たわけではなかった。「あなたに新しい目をあげられることになったの」とママはいった。

「おまえは大きくなった」とパパがいった。「手術しなきゃならないんだけど、もうだいじょうぶだ」ママはミーシャのおでこにキスをした。そしてミーシャは、ママの長い髪の、石鹸の清潔な香りに気づいた。

「だけど、どうして新しい目がいるの？」ミーシャはたずねた。「よく見えてるのに」

「目を新しくすれば、なんでも見えるようになるのよ。鷲みたいに目がよくなるの」とママ。

「目を新しくしたらなにも見えなくなったりしない？」

「そんなことにはならないよ」とパパ。「約束する」

ミーシャは両親を順番に見た。エディスンおじさんがふたりのうしろからぬっとあらわれたが、ちゃんと見えたのは眼鏡の黒縁だけだった。

「わかった」ミーシャは答えた。「手術を受ける」

だが、術後に目を覚ましたとき、ミーシャの目はなにかでおおわれていた。まぶたを開いても、見えるのは灰色の影だけだった。ミーシャはべそをかいた。手術は失敗だったの？

「ミーシャ？　目が覚めたのかい？」パパの声だった。パパはミーシャの手を握った。

「どうしたんだい？　痛いのかい？」

「ママはどこ？」

「いまはここにいないんだ。すぐに戻るよ」

「目は治ったの？　見えないの……」

「目をガーゼでおおってるんだ。まだ目をあけちゃだめなんだよ。新しい目がおまえの頭になじむまでに時間がかかるんだ」パパはくすくす笑い、ミーシャも笑った。「かわいいミーシャ」パパはいった。「おまえはちっちゃいけど勇敢な兵隊さんだ」

でも、ミーシャは自分が勇敢な気がしなかった。ミーシャは父親の手をぎゅっと握った。もういなくなってほしくなかった。それにママと会いたかった。「ママはいつ戻ってくるの？」

パパはすぐに答えなかった。やっと答えたとき、声がそれまでより弱々しくなっていた。「ママも手術を受けたんだ」

「目の手術？」

「いや、肺の手術だよ。楽に息ができるようにするための手術なんだ」

「じゃあ、マスクをしなくてよくなるの？」

「そうはならないと思うな。まだわからないんだ。とにかく、いまはよくなってる途中なんだ。おまえのガーゼがとれたらすぐ、ママのところへ連れていくよ」

だが、長かった二日間が過ぎてやっと、ミーシャは何層もの眼帯を手がそっとはがすのを感じた。灰色が白になり、そして……色が見えた。明るく、あざやかに。あざやかすぎた。ミーシャは目をぎゅっとつぶった。「痛いっ！」

「ほら」パパがいった。「これをかけなさい」ミーシャは両手を上げて、父親がかけてくれたサングラスを手で探った。「これで光を弱められる。そのうち、おまえの脳が調節できるようになる。そうしたら、それは必要なくなるんだ」

ミーシャが目をあけると、父親の顔に焦点があった。鼻と口はマスクでおおわれていたが、目が、深くくぼんだしわが見えた。青白い頬の、きめが粗くて無精ひげが生えている皮膚の毛穴のひとつひとつが見分けられた。部屋の向こう側に窓があり、窓ガラスの向こうで太陽が輝いていた。そしてぴかぴかの金属製テーブルに置いてある、水が入っているピッチャーが日差しを反射していた。そこいらじゅうに角が、点が、ざらざらのふちがあった。痛い……ミーシャはごくりとつばを呑《の》んだ。

「わかるよ」とパパ。「慣れるまでにはしばらくかかるだろうな」

「これでママに会いに行ける？」ミーシャは目をつぶってからつぶやいた。「わたしの準備はできたわ」

「ママは眠ってるんだ」とパパ。「これから、ドクター・エディスンがおまえの目をチェックする。ママが起きたら、すぐに知らせるよ」

数時間後、ミーシャが体を起こして絵本をスクロールしながら――いまはくっきりと見える――文字を、ママが苦心して教えてくれた簡単な単語や文章とつきあわせていると、パパがやっと戻ってきて、「ママが目を覚ましたよ」といった。ミーシャは父親の手をしっかりと握りながら、ママとパパがいる特別な部屋に続いている長くて薄暗い廊下を歩いた。エディスンおじさんがドアをあけてくれた。なかに入ると、全身がひんやりする空気に包まれた。

「最善をつくしたんだ」エディスンおじさんがパパにささやいた。「いまはおちついてる」

ミーシャは首をかしげた。ふたりは聞こえなかったと思っているようだったが、聞こえていた。それはミーシャの秘密だった——ほかの人には聞こえない音が聞こえることは。理解できるとは思われていない内容を理解できることは。それはミーシャのスーパーパワーだった。

ミーシャはママのテントにゆっくりと近づいた。間違いなかった——それは、ミーシャが星のきれいな寒い夜にバーティとホノヴィと三人で泊まったテントだった。ただし、このテントは横から、表面が露《つゆ》でおおわれている内部をのぞけるようになっていた。なかにベッドがあって、そこにママがいるのがわかった。はっきりとは見えなかった。手術前のミーシャの目のようだった——ぼんやりとかすんでいた。

「ママ?」

「入ってきて」ママの声が聞こえた。「顔を見せて」

ミーシャは振り向いて父親を見た。父親はマスクをはずしていた。長くて細い鼻と、面長の顔を縦に走っているしわと、顎の下にそって広がっている豆の形をした黒っぽいところが見えた。父親はうなずいた。入っていいよ。

ミーシャはテントの側面のファスナーを、なかに滑りこんでママのベッドに腰かけられるだけ、慎重にあけた。ファスナーを閉じると、ミーシャはママとふたりきりになった。なかの空気は湿っていて暖かかった。ミーシャはママに抱かれ、その腕を感じた。ミーシャはママの顔を見つめた——ひいでた頬骨、ふっくらした唇、淵のように深い瞳。「見えるわ、ママ」ミーシャはいった。「ママはきれいなのね」

「わたしもあなたが見えるわ」母親はいった。「あなたはもっときれいよ」


ママはテントを出られなかった。パパはママに付き添った。特別な部屋のベッドで寝た。そして毎朝、ミーシャは長い廊下を通って両親の部屋に行き、長い時間を過ごした。

ある日、窓から最初の太陽のかけらが飛びこんでくる前に、エディスンおじさんがミーシャの部屋に来た。ママの部屋に入ると、パパが待っていた。ルディおじさんも、それどころかマックおじさんまでいた。隅の小さな椅子にはおばあがすわっていた。

「ママはどこ?」ミーシャはたずねた。

「わたしの夫と一緒に待っているよ」おばあが答えた。

ミーシャは両手を握りしめて立ちつくした。ミーシャには、どんなに一生懸命見ても、おばあの旦那さんは一度も見えなかった。新しい目で見ようとしても見えそうになかった。そしていま、ママもそこへ、見えないところへ行ってしまったのだ。

24

二〇六二年六月

ジェームズはロスアラモスの狭苦しい部屋で、サラと一緒に寝ていたベッドにすわって、窓からパジャリートロードの松並木を眺めていた。ジェームズが腰かけている乱れたマットレスには、いまも、サラのやわらかい体がつけたくぼみと彼女の香りが残っていた。ジェームズは、サラをはじめてここへ連れてきた、九年ちょっと前の夜を思いだした。サラを看護し、何度も解毒剤を摂取させて、一度も信じたことがなかった神に祈ったときのことを。

サラは生きのびた。わが子を亡くしたが、ミーシャという子供ができた。そしてその後の宝物のような歳月で、サラはジェームズに、体験できるとは思ってもいなかった、愛と情熱に満ちた暮らしを体験させてくれた。三人は家族だった。

いま、サラがいなくなった。

砂塵《さじん》で汚れた窓を通して、ジェームズは外を見渡した。サラをしのぶよすがは、小さかった息子の墓石のとなりに建てられた二基めの墓石だけだった。ジェームズは最愛の人を失った。だが、そのほかにもたくさんのものを失った。ジェームズにとって、またロスアラモスにいるすべての者にとって、もはや希望はなかった。全員の命運がつきていた。

それはしばらく前からわかっていた。問題に気づいたのは数年前、ミーシャがまだ四歳のころだった――そのころ、サラにとって、吸入器では足りなくなっているのが明らかになったのだ。ジェームズとルディは、エディスンに協力してもらって、ポラッカにあるホピ医療センターの治療室のひとつに肺洗浄システムを設置した。その機械は、鎮静剤を投与されたサラの肺に治療効果のあるミストを送りこんだ。感染している古い細胞を吸いあげた。そしてその下にあった新しい組織にC＝343解毒剤がたっぷり含まれている液体を浴びせることによって、IC＝NANに耐性がある〝まっさら〟な表面細胞を生みだした。実際、サラはこの治療法のおかげで、かなり元気になった。だが、吸入器とおなじで、それは結局、微妙なバランスを保つだけだと――治すわけではないと――わかった。

やがて、たび重なる洗浄で傷んだせいで、サラのやさしかった声はしゃがれたささやき声になってしまった。サラは、幼い娘から離れることを決心した。「ミーシャにこんなわたしを見せたくないの」とサラはいった。「こんなわたしをミーシャの記憶に残したくないの」ジェームズはぴんと来た。サラは、ごく幼いころに母親を癌で亡くした。そして、永遠に死なないと思っていた愛する人がやつれていくさまを目《ま》のあたりにしたせいで、心に傷を負ったのだ。

「移植手術ができるようにするからね」とジェームズは約束していた。ジェームズとルディは凍結保存されていた貴重なホピ族の幹細胞を慎重に解凍した。そして、彼らがポラッカで輸送法を完成させようとしているあいだに、サラは最後の計画に打ちこんだ。ミーシャに視力を与えようとしたのだ。

カリフォルニア工科大学で開かれた、最後の、運命の会議で、サラは致死的なIC＝ANに感染した。そしてその会議で、臨床試験がはじまっていた継ぎ目のない網膜移植について学んだ。眼鏡搭載型のカメラとかさばる映像処理装置は時代遅れになるはずだった。ミーシャの損傷している網膜を代替してくれるオーダーメイドのバイオセンサーを含めて、システム全体が、移植できるほど小型化されていた。サラに頼まれて、マックとウィリアムはパサデナへ飛び、必要な装置とソフトウェアと手術を実行するための情報を回収してきた。手術によって問題が生じたら元に戻せる、とサラはジェームズに請けあった。だが、ふたりとも成功を祈った。危険に満ちた世界では、視力は大切な能力だ。

ミーシャの手術はみごとに成功した。ミーシャの脳は、最初のうちこそ、不慣れで不快な感覚入力にとまどい、なじむまでに時間がかかった。だが、結局、ミーシャは花開いた——新たな、それまでの好奇心旺盛だったミーシャの強化版が、蛹《さなぎ》から成虫になったかのようにあらわれた。

サラはそれほど幸運ではなかった。幹細胞実験は失敗に終わり、新しい細胞はサラの傷ついた肺に生着しなかった。狭い酸素テントの湿度の高い空気のなかで、ジェームズはサラを抱きしめた。

「後悔なんかしないでね、ジェームズ」サラはささやいた。「わたしはしてないわ」そしてやわらかい手でジェームズの腕をなでた。「ミーシャを頼むわね。それから、ほかの子供たちも見つけて」

ジェームズは目をこすった。そのときサラにいう勇気はなかったが、すでにわかっていることがあった。何年も前から、ジェームズは外へ出るとき、必ずレスピレーターマスクをつけていた。動きにくいプラスチックの防護服を着ていた。サラには、〝万が一〟のためだと説明していた。だがジェームズは気づいていた。肺の奥で鳴る異音が、日増しに大きくなっていた。しつこい咳や、ぜいぜいとあえぎつづけて眠れない夜から目をそむけられなくなっていた。また、以前の感染からくるサラの体調不良と将軍のたび重なる闘病も無視できなくなっていた。事実に直面せざるをえなかった。ロスアラモスの生存者はみな、いまもＩＣ＝ＮＡＮの被害者であることに変わりはないのだ。解毒剤が表面細胞の改変に成功しても、肺の幹細胞と前駆細胞が、分裂しては、耐性のない新しい細胞をしぶとく生みつづけていた。そして、サラに起こったことは全員に起こるはずだった――時間がかかっているだけだった。

ジェームズは、ベッドの横のテーブルに置いてある小さな石に目を向けた、黒くて平らな石には、白で三人の棒人間が描かれている――ひとりは背が高く、ひとりは中くらいで、ひとりはごく低い。それらの下に、「パパとママとミーシャ」という説明が書かれている。ミーシャはいろいろなところがサラに似ていた。勇敢だったミーシャ、健康への悪影響にもかかわらず、貴重な歳月をホピ族のメサで過ごした。聡明だったサラは、最後に、視力という贈り物をミーシャに与えた。だけど、ぼくはミーシャになにを贈れるだろう？　ミーシャが必要とするなにを残してやれるだろう？

ドアをノックする音が聞こえた。振り向くと、ルディだった。かつては器用だった手でドア枠をつかんで体を支えていた。旧友はすっかり面変《おもが》わりしていた。顔色は悪く、目はふちが赤かった。「ジェームズ」ルディがいった。「きみに衛星電話が……」

「だれからだい？」

「ミーシャからだよ」

ジェームズは窓に視線を戻した。喉に塊が生じていた。「伝えてくれ……」ジェームズはいった。「いまは忙しいって」

ルディは無言でジェームズを見つめながら、「ほんとにミーシャと話したくないのか？」とたずねた。

ジェームズは十年以上前のことを思いだした――ジェームズとルディがまだ若く健康で、ルームシェアしていたアパートメントでポークタマレを食べるなどという単純なことに喜びを覚えていたころのことを。あのころのふたりには、まだ希望があった。「ありがとう、ルディ」ジェームズはいった。「あとでこっちからミーシャにかけるよ」

ルディはうなずいて、「わかった《エンティエンド》」と応じた。「そう伝えておくよ」

25

二〇六五年六月

ミーシャがいまもパパと呼んでいるジェームズが卓状台地《メサ》に戻ってくるのは、病院で治療を受けるときだけだと彼女が気づいたのはしばらくたってからだった。ミーシャは、好きなときにロスアラモスへ行ってジェームズと会えた。実際、ウィリアムおじさんが食料を運ぶときについていき、自分の狭い部屋に泊まって、ケンドラおばさんからコンピュータについて、ジェームズとルディおじさんから生物学について教わったりした。だが、三年たって、ミーシャの脳がサラとジェームズからもらった目に慣れると、彼女は自分の人生に関して聞いた話を、より深く考察しはじめた。自分の出生についての疑問がどんどんふくらんだ。

「きみの〈マザー〉は故障したんだよ」ウィリアムおじさんはミーシャに説明した。「でも、おれたちがどうにかきみを救出したんだ」

「見つけられて」とジェームズがいった。「ほんとによかった」

壊れてしまってミーシャを育てられなかったロボットの〈マザー〉についての昔話や、銀色の精霊たちについてのおばあの話や、彼女の出生については口が重いおとなたちが漏らしたわずかな情報などを、彼女はつなぎあわせた。ミーシャのほんとうの母親は、その精霊たちの一体だった。そしてウィリアムとリックはミーシャの〈マザー〉のようなボットを見つけようとしていた。それらはいまも、子供たち——ミーシャの兄弟姉妹——を連れて砂漠にいるはずだった。

ミーシャは十一歳になっていた——もう捜索に参加できる年だ、と彼女は考えた。でも、ウィリアムおじさんは危険すぎると反対した。「何日も探しつづけてなにも見つからないことだってある」とウィリアムおじさんはいった。「それに、見つけたとしても撃ってくるんだ」

「撃ってくる？　なにで？　どうして？」

「〈マザー〉たちにはレーザーが装備されてるんだ。だが、勘違いしちゃいけない。〈母なる精霊たち〉は子供たちを守ってるだけなんだ。こっちに悪意がないことがわからないんだよ」

それでもミーシャは、わたしを撃ったりはしないと主張した。ケンドラと彼女の暗いラボで、ボットのものだという学習データベースから画像を呼びだす検索ワードを試しながら、ミーシャは自分は砂漠にいる子供たちのひとりで、力強くて謎めいている〈マザー〉から学んでいるところだと想像した。マックが調査のためにロスアラモスに持ち帰った――キャタピラ、巨大な腕、パパによればママが設計したやわらかい手などの――残骸をじっくり観察した。そして自分の額に埋めこまれている、サラがいつも、これはあなたが特別な子供であることのしるしなのよ、といっていたチップを手探りした。〈マザー〉たちは、銀色の精霊たちは……ミーシャの仲間だった。子供たちの仲間だった。

そしてこの日の朝早く、ウィリアムの家に、大階段《グランドステアケース》というすてきな名前の場所で目撃したという知らせがもたらされた。ミーシャが病院の駐車場で待っていると、ウィリアムとリックがリックの輸送ヘリに補給品を積みこんだ。そしてミーシャは、輸送ヘリの後部ドアから忍びこんで、水のボトルのケースとケースのあいだにもぐりこんだ。その隠れ場所から、側面の窓を通して、ヘリコプターが離陸し、北をめざして舞いあがるところをかろうじて見られた。

輸送ヘリのエンジン音と、フィルターから空気が流れこんでくるシューッという一定の音を聞いているうちにうとうとしてしまい、眠気と戦っていると、ついに気圧の変化を感じ、降下のせいで胃がぎゅっと締めつけられた。軽い衝撃とともに輸送ヘリが着陸した。

ウィリアムがサイドドアをあけたので、ミーシャは息を止めた。ウィリアムが水のケースを運びだして外に積んでいるあいだに、ミーシャはじりじりと荷物室の奥へと向かい、折りたたんである毛布の下に隠れた。扉がばたんと閉まると、外にいるウィリアムの声がかすかに聞こえた。

「あの峡谷を調べよう」とウィリアムがいった。

パイロット側のサイドドアから出る前にマスクをつけようとして手間どっているリックが見えた。

そして静かになった。

ミーシャは隠れ場所から這いだすと、こっそりとドアを抜けて地面に降りた。厚く積もった細かい砂に足が沈んだ。前方の深くて狭い渓谷に向かっているふたりが見えた。ウィリアムは着実な足どりで、リックはいつものように足をひきずっていた。ミーシャは用心しながら輸送ヘリの影にまわりこむと、ふたりを視野にとどめながら左へ急いだ。渓谷の端にたどり着くと、ふたりに見つからないように、すばやく大きな岩の陰に隠れた。

見おろすと、なにかが見えた——二体のボットが光を反射していた。そして、見ているうちに、一体の側面のドアが開いた。ミーシャははっとした。女の子だ。ぼろぼろの毛布をまとった痩せた女の子があらわれた。つややかな黒髪で顔が見えないその子は、ボットのキャタピラから地面に降りた。ミーシャが見ていると、女の子は渓谷の向こう側の斜面にそって歩き、張りだしている赤っぽい岩の下にある穴のなかへと消えた。その小さな洞窟のなかから力強い腕がのびて女の子を支えたのが見えたような気がした……

突然、大地が揺れた。強い風が吹きつけてきて息ができなくなり、細かい砂塵《さじん》が舞いあがった。しばらくして視界が晴れると、女の子のボットが渓谷の底から消えていた。

ミーシャは見上げた。金属の脚。腕。巨大な胴体がすぐ目の前にそびえていた。ミーシャが見つめると、それ……そいつ……も見つめかえした。顔も目もなかったが、ミーシャには、見つめられているのが、待ってもらっているのがわかった。ミーシャは耳をすましたが、声は聞こえなかった。

けれども、なぜか、怖くはなかった。空っぽのコクーンの、ついさっきまで黒髪の女の子がいたところの半透明な窓が日差しを反射しているのがわかった。サラが設計した、内側のやわらかい手が見えた。ミーシャは畏怖しか、深い驚異の念しか感じなかった。ミーシャの〈マザー〉、この砂漠で彼女を産んだ〈マザー〉……彼女の〈マザー〉はこんなふうだったのだ。

だが、魔法はすぐに解けた。〈マザー〉は向きを変えた。輸送ヘリをめざして走っているふたりの男に注意を向けた。〈マザー〉がふたりのほうに二歩進むと、足の下で地面が崩れた。そして、右腕が胴体とつながっているあたりから、耳ざわりなかん高い音が響いた。はっとわれに返ったミーシャも輸送ヘリをめざして走り、後部ドアからなかへもぐりこんだ直後、ふたりの男も前部からヘリコプターに乗りこんだ。なにかがミーシャに近い窓のすぐそばの地面にあたり、まばゆい閃光が生じると同時に、リックはエンジンを始動し、輸送ヘリの機首が地面から上がった。胃が喉元まで迫りあがってきたので、ミーシャはごくりとつばを呑《の》んだ。すぐに機体が宙に浮いた。

「危なかったな……！」というウィリアムの声が助手席から聞こえた。「何人いた？」

「ふたりだけだ」リックが応じた。口と鼻がマスクにおおわれたままなので、声がこもっていた。「追いかけてきた〈マザー〉の娘を含めて」

「第一歩にはなったよ」ウィリアムがいった。「とりあえず、充分な水を置いてきた。あそこにいてくれるといいんだが。砂嵐が近づいてるから、上にいるより、あの渓谷の底にいるほうがいい」

　ミーシャは、熱くなっているウールの毛布の下でうずくまりながら息をととのえようとした。胸がどきどきしていたが、ほほえんでいた。とうとう目にできたのだ。ミーシャが送るはずだった暮らしを送っている子供たちを。それに、ミーシャの思っていたとおりだった。ほかの人が恐れて当然な銀色の精霊は、ミーシャを傷つけたりしないのだ。ミーシャは彼女たちの世界に属しているのだ。

コンピュータラボの出入口から、ジェームズは画面の前でかがみこんでいるケンドラを見た。なにがケンドラを駆りたてているのかを不思議に思うのを、ジェームズはもうやめていた。代わりに、毎朝、ケンドラから教わった呪文を思いだしていた。「足を一歩ずつ前に出すだけでいいのよ」とケンドラはいった。「それができなくなるまで」そしてにやりと笑った。何年も一緒に過ごしているうちに、その皮肉な表情を見慣れた。

みずからの死すべき運命と折りあいをつけることは強みになるとジェームズは知っていた。自分がいつ死ぬかはわからないが、どんなふうに死ぬかはわかっていることはなぐさめになるのだろう、とジェームズは思っていた。そしてジェームズは、サラとの――第五世代のためにできるだけのことをするという――約束に関して、新しい目的を見つけていた。

〈マザー〉たちを送りだして以来、彼女たちを探しだすのは困難だった。そして、六年がたち、内蔵されている〝タイマー〟が〈マザー〉たちに、ソフトウェアが明示してくれない場所への移動を指示して以降、目撃はますますまれになった。だがいま、事態は変化した。ホピ族の偵察によって、第五世代がちゃんとした野営地を築き、子供たちがふたり組、三人組になっていることが明らかになったのだ。〈マザー〉たちが厳戒しているので、だれも近づけなかった。だが、子供たちが巡りあっているとわかったことは励みになった。

それより重要なのは、第五世代ボットたちがついにさまようのをやめたらしいことだった。ところがあいにく、この新たな行動には不吉な根本的原因があることをマックが解明した。二〇年代、ユタ州北東部とコロラド州西部、それにその北のワイオミング州、モンタナ州、南北ダコタ州の一部を含むアメリカ西部の砂漠では、それまでの合意にもとづいて、無制限に水圧破砕《フラッキング》と掘削を実行する権利を主張する小さな石油会社の共同事業体《コンソーシアム》と、再生可能エネルギーを推進していた連邦政府のあいだで、何度も衝突が起きていた。連邦政府が勝利したが、それは三〇年代末にガソリン価格が暴落した結果、戦う価値がなくなったと企業が判断したからだった。問題は、油田をきれいに処分するのに必要な資金をだれも出そうとしないことだった。きびしい旱魃《かんばつ》とさらにきびしい法廷闘争が長年続いたため、この見捨てられた土地は太陽にあぶられつづけ、汚染された土壌に植物が育たなくなった。そしていま、マックのレーダー走査によって、カナダから接近しつつある高気圧が、ユタ州に強風をもたらしていることが明らかになっていた。強風は州北東部の峡谷に吹きつけ、前方にほとんど確実に毒性がある巨大な砂煙を生じさせていた。二〇年代の告発者たちは予見していたかもしれないが、この〝新たな黄塵地帯《ダストボウル》〟には先例がなかった。そしてマックはその終息を見通せなかった。第五世代ボットたちは、まもなく動きがとれなくなるだろう。エンジンと濾過《ろか》システムが詰まり、子供たちを守れなくなるだろう。

「将軍が見つけた最後の子がどうなってたか見たじゃないか」とマックがいった。

「子供を見つけたの？」ケンドラがたずねた。涙目になっていた。

　マックはきまり悪そうにケンドラを見ながら、「きみにはいいたくなかったんだ」といった。「彼らは洞窟のなかで倒れてる女の子を見つけたんだよ。寝ているあいだに死んだんだ」

　ルディが小さくうめきながらジェームズを凝視し、「子供たちを安全な場所へ移す方法を見つけないと」といった。

「〈マザー〉たちに子供たちを安全な場所へ運ばせるしかないわ」とケンドラ。ケンドラは、解決に役立ちそうな見過ごしていたプログラムモジュールを探して、昼夜の別なくがんばっていた。ジェームズとルディは、何時間もかけて大量のプログラムノートに目を通していた。だが、成果はなかった。「なにかがあったとしても」とケンドラ。「ロスアラモスはアクセスを許可されてなかったんでしょうね」

　IC＝NANとニュードーン計画についての情報の中央保管所は、メリーランド州ベセスダにあった安全なサーバーセンターだった。そのサーバーセンターはワシントンDC周辺をねらった爆撃で破壊された。だが、爆撃とアメリカ国内のエピデミックがはじまる数時間前におこなわれた、サイバー攻撃後の事後報告《デブリーフィング》で、ケンドラはノースダコタ州にミラーサイトがあることを知った。いみじくも〝バッドランズ〟と呼ばれている、まともな農耕ができないその荒れ地には、地下サーバーファームがたくさんあった。そしてそれらのひとつに、ラングレー・ニュードーン・ファイルがバックアップされていたのだ。センターを冷却するために必要な電力はとっくに途絶え、サーバー群は停止していた。雪と氷の冬のあいだも、灼熱の夏のあいだも、保存されていたデータは眠りつづけていた。ケンドラは必要なサーバーのアドレスを知っていた。だが、そのサーバーを回収しなければならなかった。目覚めさせなければならなかった。そしてハッキングしなければならなかった。

リックとウィリアムが、現地が砂嵐に襲われる前に輸送ヘリで行って回収を実行した。センターの警備警報システムはとっくに機能停止していたので、無理やり侵入するだけでよかった。ふたりはそのサーバーのドライブを回収して、無事、ロスアラモスに持ち帰った。ケンドラはあっさりと自分のシステムにそのドライブを接続した。あとはハッキングできるかどうかだった。だが、ケンドラの努力はとうとう報われた。前日の深夜、ケンドラは侵入に成功した。

ジェームズはラボのなかに入った。「ケンドラ？　ルディからきみがなにか見つけたって聞いたんだ」

「ジェームズ」ケンドラはいった。「あなたに最初に知らせるべきだと思ったの」

「〈マザー〉たちを呼び寄せる方法が見つかったのかい？」

「いいえ」とケンドラ。「だけど、いくつか新発見をしたの。まず、人間の母親全員の身元と彼女たちのボットの名前ね」

ジェームズはケンドラの前の画面に表示されている文字列に目を凝らした。「それは極秘扱いなんじゃなかったっけ？」

「わが国の政府では、どれだけ極秘扱いでも、必ず文書化されるのよ」ケンドラはにやりとした。「で、あなたが興味を惹かれるはずのことがいくつかわかったの」

「というと？」

「ローズ・マクブライドの面談記録によれば、彼女は特別な選択をしたようね。ドナーのひとりの卵子を、二個受精させたの。ローズは、そうすることによって、その女性の子供が生きのびる確率を高めたいと強く望んだのよ」

「マクブライド大尉に生物学の知識があったとは思えないけどな……その女性ってのはだれだったんだい？」

「ノヴァ・サスクウェテーワっていう名前の女性よ」

「サスクウェテーワ？」

「戦闘機パイロットだった女性よ。感染症大流行《エピデミック》が起こる直前に、シリアで任務遂行中に死亡したの」

「じゃあ……？」

「ええ。おばあの娘さんよ。そして、ジェームズ……彼女がミーシャの実の母親なの」

ジェームズはミーシャの小さなデスクにもたれかかった。ミーシャの、サラが与えた目を思いだした――小麦色の肌に映《は》えているあざやかな緑色の瞳を。広くて平らな額を。美しい栗色の髪を。

ケンドラは身を乗りだして小声でいった。「つまり、ミーシャは掛け値なしにホピ族の一員なの。そのうえ、ミーシャには、どこかに兄弟か姉妹がいるかもしれないのよ」

ジェームズは手を胸にあてた。ホピ族の母親。生物学的な兄弟か姉妹。だが、ミーシャの母親はサラだ。ミーシャはぼくの娘だ……ジェームズは目をつぶった。ジェームズとサラは、一度もミーシャに嘘をついていない。サラは生物学的な母親ではないし、ジェームズはほんとうの父親ではないと説明していた――ミーシャは砂漠で保育器《インキュベーター》から産まれたのだと。理解するのが難しい出生譚だった。だが、ミーシャはこの新情報を受けとめられるだろうか？　ジェームズはケンドラに向きなおって、「ミーシャには教えられないよ」

と訴えた。

「ミーシャが第五世代探しに夢中になりすぎないようにしたいって思うのはわかるわ。だけど、実の母親については知らせてもいいんじゃない？　それにおばあはどうするつもり？　おばあにも教えないの？」

ジェームズは指の腹で両のこめかみをもんだ。教えないのはぼくのわがままだろうか？　ミーシャにはこれらのことを知る権利があるんだろうか？

でもだめだ。まだだめだ。

ジェームズは、つらい過去から目をそむけることによって心が波立たないようにし、エピデミックへの恐怖に耐えていた。そして、ミーシャと暮らすようになると、ジェームズとサラは、細心の注意を払って少女の世界の物語を組み立てつつ、その世界を見ることができる義眼をつくった。ジェームズは、親には子供を事実から守る義務があることを、ほんのすこしだけ理解しはじめた――ルディとケンドラがミーシャに昔の世界についてごくかぎられた情報しか与えないことに異を唱えず、憎悪と戦争がかつての暮らしを破壊したという冷厳な現実よりもおばあの神秘的な説明のほうを優先した。

ジェームズは、ミーシャときずなを結びなおし、自分自身とロスアラモスにいる人々についての真実を明かそうかと考えはじめた。だが、生物学的な母親が戦争中に死んだこと、それに死んでしまったかもしれない兄弟か姉妹がいることを話す準備は――まだできていなかった。

「考える時間が必要なんだ」ジェームズはいった。「おばあに話すべきかどうかの判断もまだできない……もっとも、おばあがもう知ってるとしても驚かないけどね」

ケンドラはジェームズにほほえみかけた。「おばあが〈マザー〉たちを呼び戻す方法を知ってたらいいんだけど……」画面に目を戻した。「もうひとつ、あなたの興味を惹きそうなことがあるの」

「なんだい？」

「ローズ・マクブライドは、もうひとつの選択をしたのよ。自分も第五世代のドナーのひとりになったの」

「驚きはしないね」とジェームズは応じた。「自分を人格計画の原型のひとつに利用するっていうのは理にかなってるんじゃないかな」

「だけど、だれが父親かを知ったら驚くわよ」

「父親？　父親は匿名だったはずじゃないか。それぞれの卵子の受精に、何百人分もの異なる男性の精子が使われたはずだ。その上で、もっとも望みがありそうな胚が選ばれたはずだ……」

「ローズの場合は違ったのよ。ローズには〝特権〟があった」

「ローズが父親を選んだのか？」

「記録によれば、ローズは頑《がん》として譲らなかった。リチャード・ブレヴィンズを父親にすることに固執したのよ」

26

リックは道路でうつ伏せになっていた。ぎこちなく両肘を突いて上体を支えているので、防護服の下になっている側がふくらんでいた。息を止め、マスクを下げて目に双眼鏡をあてた。

となりで横たわっている、砂まみれのラフなコットンシャツにデニムのオーバーオールという服装で、鼻と口をきつく巻いたバンダナでおおっているウィリアムが、急な崖の下を指さした。「ほら、あそこ」

目撃件数はどんどん増えていた。すくなくとも十五人が、いまもこの荒涼とした砂漠で、どうにか生きのびていた。だが、今回は違っていた。偵察班はロー＝Z《ジー》を発見したのだ。

リックは、視界が二重になる症状に悩まされはじめていたが、それにもめげずに双眼鏡の焦点を調節し、左右に動かした。そして見つけた。幅広い溝状の地形の端にある小さな洞窟の入口のそばで、胴体が灰色の細かい砂でおおわれている二体のボットがじっと立っていた。

「しばらくここにとどまってるみたいだな」ウィリアムがいった。「こぢんまりとした野営地になってる。でも、偵察班によれば、ここにはボットが三体いたらしいんだが……」

リックの視野のなかで、一体のボットが胴体をゆっくりと回転させて彼のほうを向いた。気づかれたのか？　リックは重心を移して地面と一体化しようとした。ありがたいことに、義足にはなんの不満もなかった。だが、いまは体調が悪かった。めまいがしていたし、手足の感覚がなくなっていた——以前にもこうなったことがあった。また洗浄治療を受けなければならなくなったしるしだ。

「砂嵐を」リックはいった。「二日前の強烈な砂嵐を生きのびたようだな。だが、マックによると、もっと激しい砂嵐が接近中なのが人工衛星のデータからわかってるらしい。さらにその次も控えてるんだそうだ」

「時間の問題だな……」ウィリアムはつぶやいた。リックのほうを向いた。「子供たちをここから連れだす方法を見つけないとだめだな」

リックは双眼鏡の焦点をあわせなおした。ロー＝Ｚはどこだ？　「三体めも遠くへは行ってないだろう。水をとりに行ったんじゃないかな」突然、なにかが目に入った。よく日に焼けた細い子供が、洞窟の入口に近いほうのボットから降りてきた。「見えるか？」リックはたずねた。

「ああ」ウィリアムは顔をほころばせた。「だが、もう一体のほうのボットは……あんたのだよな？」

リックは二体めのボットをじろじろと眺めてあざやかな黄色のタトゥーを探した。そしてほっと安心した。見えた——翼端の汚れの下から黄色い線がのぞいていた。「ああ」リックはつぶやいた。「ずっと探してたやつだ」

リックは冷静でいようと努めた。だが、ロー＝Zのハッチが開いて少年が出てきたときはどきりとした——少年の髪はリックとおなじ癖毛だったし、赤みがかった褐色はローズを思わせた。少年は、いまや見慣れた、両腕を肘で曲げ、やや前かがみになった姿勢で地面に降りた。少年が向きを変えて〈マザー〉と向かいあうと、ボットは力強い腕を少年にのばした。甲冑《かっちゅう》の籠手《こて》のような手の甲側が開いた。黄色のタトゥーが日差しを受けてきらりと光り、やわらかい内側の手がのびて少年の頭のてっぺんに触れた。

「カイ……」リックはささやいた。

「なんだって？」

「男の子だったら、名前はカイにしたいとローズがいってたんだ。それがあの子の名前なのさ」砂漠は静かだった。リックの耳に響いているのは、自分自身の弱々しい心拍音だけだった。リックは目をつぶって、ありえたかもしれない暮らしを心に描いた——田舎の家、妻、息子……ローズの声が聞こえた。ローズは、死の前夜、リックに抱かれながら、安らかな表情で彼にささやいた。

「デトリックはわたしたちの要請にオーケーしてくれたの？」

「ああ。でも、受精がうまくいかなかったら、ほかのドナーの精子を使ってかまわないと伝えておいたよ」

「ほかのドナーじゃいやよ」

「だけど、ローズ、きみの赤ちゃんが生まれてほしいんだ」

リックが見ていると、少年はなにかを口に運んだ——水のボトルだ。水があるのだ。だが、当然だった。母親に似て頭がいいはずだった。父親に似て機転がきくはずだった。わが息子。あれがわが息子なんだ。このとき、リックは確信した。リックは、ひと筋の涙を流しながら、しぶしぶと双眼鏡を目からはずした。ローズがいまここにいてくれたらよかったのに……

ローズ？　リックは振り向いて、背後の道路にローズの姿を探した。ローズはいなかった。だが、リックはローズの声を思いだした——狭苦しいペンタゴンのオフィスですわっていたローズは、ブランケンシップ将軍の目を見つめながら、切迫した調子で、〝コードブラックにおける目的地の座標を決定する必要があるんです、閣下……〟と懇願した。

リックはごろりとあお向けになって、目をぎゅっとつぶった。もう一度ローズの声が聞きたい、と心の底から願った。ローズは、わたしがうわの空だったり、耳を傾けようとしなかったりしたとき、何度話をしようとしたんだろう？　最後の言葉でさえ、どさくさにまぎれて忘れてしまっていた。リックは頭を絞って思いだそうとし……

そして、ローズがラングレーの防空壕から電話をかけてきたときの声が脳裏によみがえった。〝規約違反なのはわかってる……だけど特別プロトコルを……〟

リックは目をあけて真珠色の空を見上げた。つまりローズは、無許可でなにかをしたのか？　破れかぶれになって、無許可で座標を設定したのか？　だが、だとしたら、どうして〈マザー〉たちはそこへ行かないんだ？　〝ケンドラに伝えて〟……ケンドラは、解決策を求めて石という石をひっくりかえした。くまなく探した。あとは……

「思いついたことがあるんだ」リックはいった。「ローズが助けてくれるかもしれない」

「ローズが？　だが――」

「サンフランシスコへ行く必要がある」

輸送ヘリのコックピットの濾過《ろか》された空気のなかで、リックはマスクをはずした。ボットと同様、輸送ヘリも高度三千メートルまで上がれるので、山をかすめるように越え、峡谷を飛び越えて進んだ。三〇年代には、三枚ローターが発する不気味な音が、イスラエルの水戦争への、のちにはインド・パキスタン国境における小競りあいへのアメリカの関与を示す、ありふれたしるしになっていた。だが、きょうの任務は平和的だった。リックは雲をかすめるようにして高高度を飛行していた。無精ひげが生えている顎をなでながら、霧からマストの群れのように突きだしている、以前はサンフランシスコと呼ばれていた大都市の輝く高層ビル群を見おろした。かつてここで躍動していた命が、いまはすべて失われてしまったんだな、とリックは感慨にふけった。

ほかに乗っているのは、右隣の席で寝ているウィリアムだけだった。オートバイは、後部貨物室の真ん中で、野戦糧食《MRE》のケースと、きれいな水が詰めてある二十リットル容器六個と、マスクの新しい交換用フィルター容器と、何台かの予備の電話に囲まれていた。すべて、〝万が一〟のための補給品だった。この任務の目的はピンポイント攻撃だった。

ヘリコプターは市街地を意図的に避け、湾の上空を飛行してクリッシーフィールドに軟着陸した。生い茂った湿地の雑草で、機体がほとんど包まれた。指のように広がっている濃い霧を通して、ぼうっとした黄色の日光が近くの格納庫のくたびれた赤い屋根を照らしていた。リックはコックピットの照明を点灯し、床に置いたライフルを手探りで拾った。

ストラップを使ってライフルを背負うと、ポケットに手を入れてまず吸入器、そしてケンドラから渡された小さくて四角い外部ストレージが入っていることを確認した。濾過マスクをつけ、義足を装着すると、パイロット側のサイドドアをあけ、立ちあがってじっとりと湿った地面に降りたった。

「着いたんだな?」ウィリアムが目をこすりながらリックを見おろした。

「ああ」

リックはウィリアムと力をあわせて後部サイドドアをあけ、斜路《ランプ》をのばしてオートバイをおろした。リックはバイクにまたがって、肺が傷んでいてマスクをつけていても可能なかぎり深く息を吸った。おなじみの弱々しさを、手足のうずきを、徐々に進行している意識の混乱を感じた。ここへ来る前に洗浄を受けるべきだというエディスンの強い勧めに耳を傾けるべきだった。だが、砂漠にいる子供たちの残り時間はすくない。カイがあそこにいる。プレシディオにあるファイルから子供たちを呼び集めるための手がかりが得られるなら……自分の体を気にかけている暇はなかった。

冷たい海霧が上着のなかにまで染みこんで肌を濡らした。リックはローズが、この霧をどんなに愛していたかを思いだしながら……「乗ってくれ」とウィリアムにいった。

リックはバイクを発進させ、リンカーン大通りをめざして南に向かった。右手に広がっている草がのび放題の原っぱで、汚らしい犬が食べ物を探していた。かつて人間は野生生物の生息環境が破壊されていることに心を痛めていたが、皮肉にも、いま、ＩＣ＝ＮＡＮの影響を受けていないかつての〝劣勢な生物種〟は、昔は人間だらけだった土地で野放図《のほうず》に増えていた。砂漠ででくわしたウサギやコヨーテは臆病だった。だが、元ペットの犬や猫は飢えていて凶暴だったし、カリフォルニアの丘陵地帯をつねにうろついているクーガーや熊はそれ以上に危険だった。

オートバイは右折して板張りされた家の前を通った。このまま直進すればプレシディオ研究所だった。

研究所の職員たちが、かつては塁から塁へと走っていた小さな野球場の跡が見えた。いまは雑草だらけのそのグラウンドで、職員たちはピクニックをしたり、凧を揚げたりしていた。ほかの研究所棟をしたがえるように建っているミッション・リバイバル建築の本部棟の二階にあったローズのオフィスの窓から、そのグラウンドを見おろせた。本部棟の暗い窓を見渡して、リックは身震いした。死体が残っているとしたらここだろうな、とリックは思った。ゆっくりとグラウンドをまわって本部棟の正面にバイクを止めた。ウィリアムは、バイクのうしろに縛りつけておいたライフルを肩にかけ、リックに続いて正面玄関に通じるコンクリート階段をのぼった。

ドアはあけっぱなしになっていたし、ロビーの床にはじゃりじゃりする砂埃《すなぼこり》が積もっていた。かすかな風が右手にある階段のほうへ砂埃を吹き寄せていた。リックの息が喉に詰まった。ロビーの反対側から、顔がリックを見つめていた。リックは思わずライフルに手をのばしたが……

うしろにいるウィリアムはおちついていた。ロビーの反対側からこっちを見ている顔は――生者の顔ではなかった。「あれは死体だよ、リック」ウィリアムがぼそりといった。

リックの目が薄闇に慣れると、さらに多くの幽霊が見えた。死体は五体――どれも白骨化している。死体はぼろぼろになった軍服をまとっていた――全員が軍人だったのだ。死体がすわっているテーブルには、空のウイスキーボトルが並んでいた。散らばっている古いトランプが捨てられたラブレターのようだ。軍用ライフルが床に落ちていた。最初に目があった死体以外は、どれも椅子にぐったりともたれていた。

ぶるっと首を振って、横の壁にある四角い金属製のドアに目の焦点をあわせると――〝発電室〟と記されているのがわかった。取っ手をぐいとひくと、ドアが開いた。だが、残念ながら、太陽蓄電池はすべて持ち去られていて、取付架台が残っているだけだった。

「盗んだやつを責める気にはならないな」最後のあがきを、疫病が蔓延《まんえん》する都市を脱出しようとしている人々の無駄な努力を想像しながらいった。「代わりのバッテリーは持ってきてあるな？」

「輸送ヘリの後部に予備を二台積んである」ウィリアムが答えた。「でも、コンピュータを持ち帰ればいいんじゃないか？」

「探しているファイルがローズのコンピュータのなかにあるのか、ネットワークストレージのどこかにあるのかわからないんだ。だから、プレシディオのネットワークを起動してロスアラモスにつなぐとケンドラに約束したんだよ」

「わかった。ここで待っててくれ」

ウィリアムが引き返すと、リックは廃墟を見てまわった。感染症大流行《エピデミック》が発生してからの十二年間、リックはこういう場所を避けてきた――廃墟となった都市では、崩れかけた家のなかで家族が身を寄せあって死んでいたり、向かうあてなどなかった車に荷物が詰めこまれていたりするからだ。だが、避けきれなかった――死体はいたるところにあった。

リックは脚がずきずき痛むにもかかわらず、階段をのぼってローズのオフィスに向かった。なじみ深いドアを押すと、きしみながら開いた。薄暗い壁板張りの部屋のなかをのぞいた。ありがたいことに――白骨死体はなかった。疲れはてたリックが、左の壁際に置かれているソファの埃まみれのレザークッションに腰をおろすと……

部屋の反対側にローズが、窓に彼女のシルエットが見えた。「ねえ、リック」とローズはいった。「あなたの仲間のやりかたには、どうしても慣れないのよ……」

「きみはもう仲間なんだ」リックはぼそりといった。「仲間なんだよ……」

「リック？」ウィリアムの声が、ロビーから階段を伝って響いてきた。

リックははっと目を覚まし、ドアのほうを向いて、「二階だ！」と大声でいった。

「バッテリーを接続した。準備オーケーだ」

リックはソファから身をもぎ離すようにして起きあがると、目をこすって壁にもたれかかった。足をひきずりながらローズのデスクまで歩いていき、どすんと椅子にすわると、コンピュータのスイッチを入れた。ほっとしたことに、画面がなじみ深い緑色の輝きを発した。〝セーフティモード。続行しますか？〟

エンターキーを押すと、空白のダイアログボックスがあらわれた。リックは、腕電話を見ながら、ローズのパスワードをひと文字ずつ、ゆっくりと入力した。目をつぶって、ふたたびエンターキーを押した。目をあけると、ローズのホーム画面が表示されていた――ゴールデン・ゲート・ブリッジの写真の下で、きちんと並んだアイコンが、まるで3Dのようにリックに向かって行進した。リックは無線のアイコンに触れ、ふたつめのパスワードを入力して無線をオンにし、ローズがコードを送信するのに使っていた、ロスアラモスのケンドラとの安全な衛星回線につなげた。ケンドラから頼まれた作業はあとひとつだけだった。衛星回線の接続状態がよくないときのために、外付けドライブをローズのコンピュータにつないでシステムダウンロードを開始した。

ドライブへのコピーが完了すると、リックはモニターを見た。背景の写真が、レッドウッドの森、ゆるやかに起伏する野原、丸みを帯びた丘と見慣れた光景に切り替わった——どれもローズが愛していた風景だった。リックは画面の右側のパネルに目をとめた。**日記**。

リックは人差し指でヘッダーを指さした。だが、ファイルは開かなかった。またもダイアログボックスが出現し、再度パスワードを要求した。さいわい、ローズは単純なサブパスワードを選びがちだった。〝第五世代《ジェン5》〟とリックは打ちこんだ。だめだ。リックは目をつぶった。あと二回、試してだめだったら、ケンドラにハッキングを頼もう。〝日記《ジャーナル》〟ともっとも単純なパスワードを試した。〝アクセスできません〟。そのとき思いついた。

〝ロー＝Z《ジー》〟。〈マザー〉たちには当初、通常の情報——プロジェクト番号、製造年月日、OSのリビジョン、そして個々のボットを区別するための01から50までの数字——を含む数字バーコードが割りあてられた。だが、そんな数字はローズにとってなんの意味もなかった。だからローズの提案で、ギリシャ文字のあとにドナーの母親の名前にちなんだ英語のアルファベットを加えた名前をつけることになった。ローズのボットはロー＝Z《ジー》、バヴィーシャ・シャーマのボットはベータ＝Sになった。ボットのなかの人間性に思いがおよびやすくなるというささやかな効用もあった。「それに、生まれた子供たちも」とローズはいった。「〈マザー〉たちを名前で呼べるのよ」

リックはほほえみながらファイルを開いた。画面に書きこみのリストが日付の新しい順に表示された。リックは前かがみになって最新の書きこみに目を通した。

2053年5月23日
リックがあした来て説明会に出てくれる。よかった。質問に答えられる自信がない。秘密を守らなきゃならないのがいやでたまらない。

リックはため息をつきながら検索ダイアログを読みだし、〝コードブラック〟と打ちこんだ。瞬時に結果が表示された。

2053年5月14日
0900時に第五世代のコードの最新版をケンドラに送った。コードブラックについての決定は伝えられていない。特に、集合場所は未定のままだ。あのかわいそうな子たちが、ひとりで砂漠をさまようはめになるんじゃないかと心配で眠れない。でもだれもこの問題に関心を持ってくれない。なぜだかさっぱりわからないけど、みんな、コードブラックで送りださざるをえなくなる可能性を過小評価してる。正式な決定を待っていられないので、わたしが決めた。ここへ呼ぶ命令をコードに組みこんだ。

リックは目を丸くして読み進めた。

ここなら、食料も水も、子供たちが必要とするかもしれないものもそろっている。１００号棟をきれいに片づけて、そこに補給品を備蓄した。役に立ちそうな道具や調理器具や食器類などを。誘導プロトコルには、発掘作業のための道具が置かれていた、メインポストの古い倉庫の座標を埋めこんだ。あそこにはそのほかの補給品を置いておこう。

そしてリックはその記述を見つけた。

ＳＰＣ＝「お願いしますとありがとう《プリーズ・アンド・サンキュー》」。父親から絶対に忘れてはいけないと教わったふたつの言葉だ。

SPC。ケンドラによれば、これは〝スペシャル・プロトコル・コマンド〟つまり補助プログラムを起動するためのキーコマンドだった。リックが探しにきた宝物だった。リックはローズの椅子に深々ともたれた。弱々しい動悸がしているのを感じた。「スペシャル・プロトコルか……」リックはつぶやいた。「おいおい、マクブライド大尉。きみは秘密が嫌いなんじゃなかったのか？」

リックとウィリアムが玄関からポーチに出たときには、すっかり日が高くなっていた。

「準備はいいか？」ウィリアムがいった。

リックはフィルターマスクのせいで吸いにくい息を吸った。つかのまマスクをはずして咳をすると、ピンク色のつばが飛んだ。目がかすんだが、さわやかな日差しのもと、指先が病的な青さになっているのがわかった。

「おっと、リック。ひどい顔色だぞ」

「実際、ひどい気分だよ。だが、ここへ来た目的は達成した」

「さあ、おれが運転するよ」ウィリアムはバイクに乗った。

リックは最後の力を振り絞って義足を持ちあげ、シートにまたがった。ウィリアムの腰に腕をまわし、車輪の下をプレシディオの道路がうしろへ流れていくのを眺めた。バイクが停止し、ウィリアムに助けられながら輸送ヘリの助手席に乗った。ウィリアムが器用にシートベルトを締めてくれるのを感じた。横でドアが閉じた。

パイロット側のサイドドアがばたんと閉まる音が響き、キャビン内が静かになった。ウィリアムが声をかけてきたが、やけに遠く感じた。「いま空気をきれいにするからな」空気濾過システムの作動音が聞こえ、またもウィリアムの手が、リックのフィルターマスクをはずすのを感じた。

「……ほんとに操縦できるのか……？」

「あんたが教えてくれたんじゃないか」ウィリアムは請けあった。そしてまもなく、リックはなじみ深い、体を下に押される感じを覚え、輸送ヘリが草原《くさはら》からゆっくりと上昇した。

頭を座席にぐったりともたせかけているリックの脳裏に、日が燦々《さんさん》と差しこんでいるローズのアパートメントと、寝心地のいい清潔な白いシーツがよみがえった。

27

ジェームズはＤＮＡ合成装置の横のベンチに寄りかかった。装置が発しているブーンという音で気持ちがおちついた。ジェームズは核酸ナノ構造体《NAN》合成の専門家ではなかった――退屈だがコツがいるこの仕事は、ルディと彼のチームの担当だった。だが、ロスアラモスでルディからたっぷり時間をかけて教わったジェームズも、交代でＣ＝３４３の製造を監視していた。ポラッカの病院にある洗浄システムは、吸入器よりもずっと大量の解毒剤を必要とする。何度か製造に失敗しただけで足りなくなってしまう。そしていま、サラが息をひきとった病室で、リック・ブレヴィンズが空気を求めてあえいでいる。多くの解毒剤が、それも緊急に必要だった。

ジェームズは機械を見つめた。小型ロボットアームが、暗いガラスの下で、一連の複雑な作業を際限なく続けている。ジェームズにはもう、ひと晩じゅう、合成をおこなう体力はないし、ルディも体調が悪い。何年も前に、前駆体もつきていた――いまは、ホピ族の偵察班がサンタフェとフェニックスの生物学ラボに侵入して必要なものをあさっていた。近いうちにホピ族の技術者たちを訓練しなければ、製造を続けられなくなってしまう。

「ジェームズ?」振り向くと、ケンドラが出入口に立っていた。珍しくタブレットを持っておらず、体の前で手を組んでいた。

「将軍はどうだい?」ジェームズはケンドラの表情が気になった。

「よくはなってる。だけど、今回は時間がかかってるわ」

ジェームズは、いまでは消えることがなくなっている、胸を締めつけられているような感覚に耐えながら深く息を吸った。肉体を超えた弱々しさを、やり場のない怒りを呑《の》みこんだ。ＩＣ＝ＮＡＮを生物圏に放ったのはジェームズではない。第五世代ボットたちを、呼び戻せるあてがないまま送りだしたのもジェームズではない。それらをやったのはジェームズよりも権力のある人々だ——将軍のような人々だ。だが、いまはそんなことを考える気力すらなかった。

ジェームズはベンチから離れた。足を一歩ずつ前に出すだけでいいのよ、か。「要するに」ジェームズはいった。「リック・ブレヴィンズ将軍は第五世代を呼び寄せる方法を見つけたんだよな?」

「そのようね。わたしはローズ・マクブライドのコンピュータからダウンロードしたファイルを調べた。そして、どうすればSPCを実行できるかをつきとめたの」

「SPC？」

「スペシャル・プロトコル・コマンドの略よ。〈マザー〉たちをサンフランシスコのプレシディオへ誘導するためのマクブライド博士のコードを起動するためのコマンド」

「サンフランシスコ？　ホピ族の卓状台地《メサ》へ直接誘導できないのかい？」

「ええ。いまのところ、コードは固定されてる。目的地は変更できないの。だけど、それでいいのかもしれない。ボットたちは、ホピ族の偵察班員が子供たちと意思疎通を試みるたびに妨害してる。怪我をした偵察班員もいる。いま、ボットたちがメサへ行ったら、あの機械たちがなにをするか見当もつかないわ」

ルディが出入口に立っているケンドラの横にあらわれた。かつてはたくましかった腕と手を、だらりと脇に下げている。ミーシャが——第五世代の子供たちの生き残りが——生まれてからの十一年で三十歳年をとったかのようだ。「ケンドラに賛成だな」ルディはしゃがれ声でいった。「選択肢はそれしかない」ケンドラが、支えるようにルディの腕に軽く手を添えた。

ジェームズは目をつぶった。ふたりはジェームズが賛成するのを待っていた。「将軍はなんていってるんだい？」

「もちろん、ゴーよ」

「それから、ミーシャはどこにいるんだい？」

「メサよ。ウィリアムの孫たちに会いに行ってる」ケンドラが答えた。

「そうか」とジェームズ。「ミーシャには、前もって教えたくないな」

ケンドラは、よくわかるという表情でジェームズを見た。「ミーシャの兄弟か姉妹が含まれてるのかもしれないのよね」

「ああ。教えないわけじゃないけど、それは子供たちを見つけたあとだ。だから、さあ、具体的な検討にかかろう」


三人はケンドラのコンピュータのまわりに集まって、ローズ・マクブライドのプログラムノートに目を通した。「将軍はウィリアムに、ローズから、彼女が亡くなったと考えられる夜にかかってきた電話について話した」ケンドラがいった。「電話は途切れ途切れだった。だけど、ローズはあることについてははっきりと述べた。スペシャル・プロトコルについて話した。〝ケンドラに伝えて〟といった。わたしはセキュアキーを使って、〝お願いします《プリーズ・》とありがとう《アンド・サンキュー》〟という言葉をバイナリコードに変換した。そしてそのコードを使って第五世代のコードを検索したら、ついに探してたものが見つかったの。一連の指示が。

そして最初のひとつが、プレシディオ基地の地理座標だったのよ」

ジェームズはケンドラの横に腰をおろした。「じゃあ、そのコードをボットたちに送信できるんだな？　ボットたちはそれを受信できるんだな？　それに反応するんだな？」

「ボットには無線受信機が備わってるから、衛星回線を使ってコードを送信できるの。何度も送信すれば、砂嵐による干渉の影響も避けられる。そしていったん開始すれば、これらの特別なコマンドは、ボットのコードのどこに防御策が講じられていても迂回できるようになってる」

「結局、どうなるんだい？」

「プレシディオに到着したら、〈マザー〉たちはシャットダウンと再起動を実行する。再起動の一環として、一部のシステムはオフラインになる。それに、子供たちのためのコクーン支援システムが停止したり、非常な危険に直面したとき以外は子供を連れてどこかへ飛んでいかなくなったり……」

「マクブライド博士はどうしてそれが必要だと考えたんだろう？」ルディがたずねた。

「飛行自体がかなりの危険をともなうからよ。それに、子供たちがボットのなかにいられないようにすれば、おたがいの距離が縮まって交わるようになる」

「社会化させるためだな」ジェームズが補足した。

「ええ。ローズはある建物に調理器具などを用意して、子供たちがそこで一緒に生活できるようにした。それに、倉庫にほかの補給品を備蓄した」

ジェームズは顎をなでながら、「プレシディオに子供たちを迎え入れてだいじょうぶなのかい？」とたずねた。

「ウィリアムは問題ないっていってる」

「水は？」

「メインポストの近くに、資金集めのための水再生技術のデモンストレーションとして二〇年代に非営利組織が建てた霧水《むすい》捕集塔がある。その塔をつくったのは、たまたま、ニュードーン計画で砂漠に建てた塔をつくったのとおなじ企業なの。ただし、ずっと大型だけど。いったん水を抜いて清掃してから、あらためて水をためなきゃならないってウィリアムはいってる。だけどプレシディオは霧が多いから、水は何日かでまたたまるそうよ。〈マザー〉たちの助けがあれば、子供たちは、それまでよりたくさん飲んだり食べたりできるようになるはずね」

「で、きみはなにか問題があると考えてるのかい？」

「ええ、残念ながら。セキュリティよ」

「だけど、これはすべて、子供たちの安全のためなんじゃないのかい？」

「ええ、子供たちはすごく安全になるでしょうね。わたしたちからも」

「ぼくたちから？」

「〈マザー〉たちは最優先で周囲の安全を確保するから――」

「周囲の安全を確保？」ジェームズは立ちあがって両手を握りあわせた。

「ローズがコードブラックを前提にしてたことを忘れないで。ラングレーはなくなってると想定されてた。ロスアラモスもなくなってると。敵はボットたちにつながる情報をつかんでると。価値ある軍用ハードウェアはボットだけだと。それにもちろん、ボットたちを危うくする事態は子供たちも危うくすると。〝周囲の安全を確保〟すれば、敵を近づけずにすむのよ」

「じゃあ、ぼくたちは子供たちと接触できないってわけか……」

「ウィリアムはフォートスコット広場の本部棟の鍵をあけたままにしておいたし、ローズのコンピュータはいまもオンラインのままだわ。それに、ウィリアムは100号棟に衛星電話を何台か置いてきた。だけど、気をつけないと……〈マザー〉たちは、外界からのどんな意思疎通の試みも脅威と解釈するでしょうね」ケンドラはジェームズのほうを向いた。

「受け入れるしかないわ。〈マザー〉たちをプレシディオに誘導したら、子供たちはこれまでに製造されたもっとも強力な兵士たちの部隊に守られることになるのよ」

28

薄い灰色の光がロージーのハッチ窓から差しこんでいた。空気を循環させている濾過《ろか》システムの小型ファンが、コンソールの下でブーンという音をたてていた。カイは口をおおっていた毛布をひきおろしてゆっくりと息を吸った。コクーンのなかの空気は、以前は嵐の前の風のような匂いだったが、カイ自身の鼻を突く汗臭さが混じっていた。

カイは首を振って悪臭から意識をそらそうとした。最初の砂嵐に襲われてから何日もたっていた——もっとも、昼と夜を区別するのが難しいこともたびたびあった。いまや、嵐は次から次へと襲ってきているし、どんどん激しくなっていた。「セーラはどこにいるんだろう？　まだ帰ってきてないの？」

「現在位置の付近に子供はひとりしかいないわ」

カイはラッチに手をのばした。「外へ出ても……？」

「風速は時速九キロ、視界は三十キロ。ＰＭ10濃度は許容範囲以上のまま。出るなら防塵マスクをつけてください」

カイは座席の下に手をのばしてマスクをとった。マスクで鼻と口をおおうと、扉を軽く押した。ハッチの表面にこびりついていた砂塵が滑り落ちた。カイは開口部を通って外へ出て、ロージーのキャタピラの上に立った。あいかわらず、周囲の開けた場所にはパウダー状の砂塵《さじん》が積もっていて、岩の前に吹きだまりができていた。灰色の地面と淡い乳白色の空との区別がほとんどつかなかった。カイはベータのキャタピラにのぼると、手で窓の一部をぬぐい、砂を払ってから軽くノックした。カマルがカイに気づいて驚いた顔になり、マスクをつけてからハッチをあけた。

「セーラが戻ってきたのかい？」カマルはたずねた。

カイは開けた場所を見渡した。あいかわらず、セーラの影も形もなかった。「だいじょうぶだよ」カイはカマルに請けあった。「たぶんどこかに避難してるんだ……」依然として不安を顔に出さないように努めていたが、セーラの長びく不在のせいで、空っぽの胃に穴があきかけていた。

「ロージーに異常はないかい？」カマルがたずねた。「空気濾過と基本的な受け答えを除いて、ベータはほとんどの機能が停止しちゃってるんだ」

カイは振り向いてロージーのほうを見た。砂塵が舞っているせいで、かろうじて姿を見分けられるだけだった。「予防のためだよ。ショートを防ぐためだってロージーがいってた。だけど、ロージーの話しかたがなんだか変なんだ。忙しそうなんだけど……」カイは首を振った。不安に負けちゃだめだ。ぼくたちはきっとこんども切り抜けられる。いままでずっと切り抜けてきたみたいに。「水を汲みに行こうよ。水がなくなりかけてるんだ」

ふたりはそれぞれの荷物室から、分配しておいた水のボトルを三本ずつとった。そして泉に続く細い道を進んだ。

カイは目を細めた。すぐ前方に見えた——あれは、ぼくたちが小石を積んでつくったしるしだ。ところが、小道はほとんど消えていた……砂が湿っている一画で足を止めると、必死になってかかとで地面に穴を掘った。心臓の鼓動の音が耳のなかで大きく響いていることを意識しながらしゃがむと、泥をかきわけながら、「ここなんだ」とつぶやいた。「ここのはずなんだ」だが、もう水はなかった。カイは立ちあがった。両手からやわらかい泥がぼたぼた落ちた。

突然、ロージーの呼びだし音が聞こえた。振り向いて道の先を見やった。次の前線の不吉な黒い端が見えた。

「戻らなきゃ！」カマルがいった。そしてカイの答えを待つことなく、ほとんど空のボトルを脇にかかえて来た道を戻り、〈マザー〉のキャタピラをのぼった。

カイはすぐあとに続いた。「システムはだいじょうぶ？」とロージーに伝心した。

だが、答えはなかった。またも嵐がはじまり、カイの心は沈んだ。

水を飲んだり、砂がじゃりっとする生のサボテンをかじったりしながら、カイはうとうとしていた。カイの心は、悪夢とほっとする響きのロージーの声とのあいだを行ったり来たりしていた。目が覚めるたびに、脚が痛くて頭痛がしていた。

そのとき、カイはなにかを感じた――がくんと揺れて音がした。目の前の窓からこびりついていた砂が滑り落ちた。夢かな？　違う。動いてるんだ。ロージーがキャタピラを動かして洞窟という避難所から、窪地の真ん中の平らで開けている場所へ出たんだ。すこし離れた横を、ベータも進んでいた。

「どうなってるの？」カイは〈マザー〉に伝心した。

「出発する」

「どうして？」

「信号を受信した」

「信号？　どこからの？」

だが、返事はなく、カイの心のなかは静まりかえっていた。カイはすわったまま体をひねって、ベータをはっきり見よう、カマルがまだそばにいることを確認しようとした。だが、カマルは見えなかった。それに、セーラはいったいどこにいるんだ？

「だめだよ！」カイは叫んだ。「止まって！」やはり返事はなかった。カイはラッチをつかんだ。

「座席から立たないで、シートベルトをしてください」ロージーがいった。カイはロージーが前のめりになって座席が前に傾くのを感じた。離陸姿勢だ。

「セーラを置いてけないよ！」カイは叫んだ。

だが、ロージーはもう飛んでいた。ロージーの外殻が風の勢いできれいになっていた。ロージーがたちまち砂塵の雲の上に出ると、明るい日差しで胴体が輝いた。カイは両手を窓に押しあてて外に目を凝らした。

ベータがロージーと並んで飛んでいた。そして、遠くに、ひとつ、ふたつ、たぶん三つの物体が見えた。巨大なマルハナバチのようなものが砂漠から上昇していた。

カイはぱっと目をあけた。座席に深く腰かけたままだったが、シートベルトが体に食いこんでいて、額がロージーのサイドハッチカバーの冷たい表面についていた。カイは、ブーンという安定したエンジン音と、ハッチから差しこむ朝日のまばゆさをぼんやりと思いだした……

外からふたつの茶色い目がのぞいていた。「おはよう」というこもった声が聞こえた。コツコツ。「だいじょうぶかい？」

カイは安全ベルトをはずしてハッチドアをあけ、開口部のへりから片脚を出した。ところが、はだしの足が予想外に滑りやすくなっているキャタピラの表面で滑り、カイはロージーの横の地面にぶざまに落下した。低木の茂った緑の葉とちくちくする枝のあいだに指がもぐりこみ、小さな刺《とげ》がてのひらに食いこんでいた。

「ごめんね。先にいっとけばよかった」カマルはそう謝りながら、慎重に地面に降りた。「ここはすごく湿ってるんだ……」

カイは立ちあがった。空気は、塩となにかの死体の臭いがした。冷たい風のせいで背筋に悪寒《おかん》が走った。頭上で白い鳥の群れがかん高く鳴きながら体を傾けた。近くで、小石だらけの浜辺に濃い緑色の波が打ち寄せていた。カイは、セーラからもらった写真、赤い服を着た小さな女の子が写っている写真を思いだした……海だ。

「ベータが着陸しようとしはじめたときは」カマルがいった。「離ればなれになっちゃうんじゃないかって心配したんだ。だけどベータは、ここが正しい座標だって断言した」

「正しい座標って……」カイはくりかえした。「なんの座標だろう？」

カマルは困惑の表情でカイを見つめた。「ベータはそれしかいってくれなかったんだ」

カイは自分の〈マザー〉を見上げた。カイの横で、ロージーはじっと立っていた。側面を流れ落ちている水が汗のように見えた。「あなたのカイっていう名前は」ロージーはかつて、カイにそういった。「〝海〟っていう意味なのよ」ぼくを故郷に連れてきたの？

カイは耳をすまして答えを待った。だが、カイの心のなかに聞こえたのは、水が石にぽたぽたと落ちているようなやわらかい音だけだった——それはロージーが考えているときの音だった。

「どうしてロージーは黙ってるんだろう？」カイはいった。

「ベータも、到着してからしゃべってくれないんだ」カマルは自分の〈マザー〉をちらりと見ながらいった。「ぼくもベータの考えが聞こえないんだ……」

カイは、ゆっくりと見まわして、ここがどんなところかを探った。心にも、周囲の空気とおなじくらい霧がたちこめているように感じた。霧がたちこめていたし……空っぽだった。ロージーはどうしちゃったんだろう、と考えた。それにセーラはどこにいるんだろう？　ほかの〈マザー〉を見たのは間違いないのに……

カイは目を細くして浜辺を見渡した。なにもなし。そのとき、空になにかが見えた——小さな点がふたつ。砂漠で見た、上昇気流に乗って輪を描いている鷹に似ていた。だが、それらが高度を下げると、どんどん大きく見えるようになって、輪郭が明らかになった。「あれは……？」ブーンというエンジン音が、かろうじて、風と波の音にまぎれることなく聞こえてきた。だが、着陸間際になると、ターボファンの轟音なのを疑う余地はなくなった。カイは膝をつき、両手で頭をおおって、叩きつけてくる砂に耐えた。

顔を上げると、カマルがもう、細い脚で浜辺を走って、くしゃくしゃにもつれた金髪が顔をほとんど隠している小柄な少女のほうに向かっていた。カイがすぐそばまで寄っても、少女の声はかろうじて聞こえるほど小さかった。だが、少女ははにかんだ笑みを浮かべていて、欠けた前歯がのぞいていた。「〈マザー〉はわたしをメグって呼ぶの」と少女はささやくようにいった。

小高くなっているところで、水蒸気をあげながら立っているもう一体のボットのかたわらで、髪がわら色でがっしりした体つきの少年が、頭をかきながら立っていた。「ザックだ」と少年は自己紹介した。カイが近づくと、少年は浜辺の左右を見渡した。「一緒だった子がいたんだけどな……」

「みんな、きっとすぐに来るよ」カイは、そうであることを願いながら、少年に請けあった。カイたちのまわりで、ボットたちが二体ずつ、三体ずつ着陸した。ハッチが開いて、ロージーが見せてくれた自然についての動画の、卵からかえった雛鳥のように子供たちが出てきた。でも、セーラはいなかった。

カイの横で、ザックは妙に不安になる目つきでそのさまを凝視していた。「だといいな」とザックはいった。「こんどのことは、なんだかおかしいような気がするんだ」

海岸にかかっている薄霧を透かして、カイはボットが一体だけ宙に浮かんでいることに気づいた。アルファ＝C？ カイがそのボットを追って走りだすと、ボットはいったん海上に出てからカイのほうに戻ってきた。カイはいきなり足をとられた。左足が、ひものように細長くてぬるぬるする、緑がかった茶色の植物にからまって、カイはばったりと倒れた。そして頭を上げる前に、そのボットは近くの地面にどすんと着陸した。

カイが肘をついて体を起こすと、はだしの足が砂を蹴るところが見えた。「まったくもう、ママったら！」少女が髪を振ると砂埃《すなぼこり》が舞った。「あんなに乱暴に降りる必要があったの？ 着陸ルーチンの自己診断をしてからだいぶたってるのは知ってるけど……」

カイは上体を起こした。そして喜びのあまり、思わず笑いだした。「遅かったじゃないか」と叫んだ。

セーラはカイに、にっこりほほえんだ。「だいじょうぶ？ アルファはあなたをつぶしそうになったのね！」うれしそうに手を差しだしてカイを助け起こした。「あんなふうに飛びだしていっちゃってごめんね。すぐに間違いだったって気がついたわ。結局、オートバイは置いてくしかなくなったの」

カイは笑いを止められなかった。あんなぽんこつオートバイの心配をするなんてセーラらしかった。でも、こうして再会できた。セーラは無事だった。それに、ここにはほかの子たちもいた――大勢の子たちが。

ふと気づくと、カマルがふたりのそばに来ていた。新顔の女の子、メグもそのすぐあとに続いていた。「よかった！」カマルはそう叫ぶと、白い歯をきらりと光らせながらセーラをハグした。

「ロージーはなにかの信号を受けたっていってた」カイはいった。「アルファはなにかいってたかい？」

「なにも」セーラは答えた。「黙って離陸したのよ。なんの説明もなく……」彼らのそばで、アルファ＝Cはうずくまっていた。やわらかい内側のてのひらを出したまま、腕をだらりと垂らしていた。いつになくじっとしている。「いまはなにをしてるのかな？」〈マザー〉の格納された翼をなでながら、セーラがたずねた。

「わからない」とカイ。「だけど、とにかく、どの〈マザー〉もなにかをしてるみたいだね」

カマルが眉間《みけん》にしわを寄せながら腰をかがめて粗い砂をすくい、長い指のあいだからこぼした。「〈マザー〉が早く元どおりになるといいな」「ここはどこなの？」

セーラが薄れかけている霧を透かして眺めた。

「海かな？　西？　わかるのはそれくらいだよ」カイはポケットに手を突っこんで、セーラからもらったコンパスを出した。見ているうちに、揺れていたコンパスの針が〝NW〟という文字を指して止まった。その方角を見ると、そびえたつさび色の構造物が、弧を描きながら海の上をのび、しらじらとした霧の壁のなかへと消えていた。橋だ――カイは、ロージーが画面に映した写真で一度、見たことがあった。だけど、どこなんだろう？　南には、ひび割れ、轍《わだち》が刻まれている道路が見えた。その道路のそばに、砂漠の野営地で見たのとそっくりな捕水塔があった。ただし、こっちの、巨大なオレンジ色のボトル形の塔のほうがずっと大きく、そばの木々とおなじくらいの高さがあった。その塔の向こうに建物群が見えた。何軒かの小さな木造の建物は、ガラス窓が割れ、外壁のペンキが浮いてはがれ、完全な廃墟になりかけているように見えた。だが、赤煉瓦だったり白い石材だったりでできている大きな建物たちは、海風をものともせずにしっかりしているように見えた。

ひときわ壮観なのは東だった。巨大な石造りの土台に載っている大きな白いドームが見えるのだ。そのうしろと左では、流れていない青い水が光っている。そして彼方のゆるやかな斜面には――大きかったり小さかったり、とがっていたり平らだったりする――建物が並んでいた。街だ——もっとも、距離があるせいで立体感が薄れ、蜃気楼か絵のように見えた。

一瞬、カイはうっとりと見惚れた。だが、次の瞬間、その街の元住民と、感染症大流行《エピデミック》の犠牲者の亡骸《なきがら》と直面することを考えた。エピデミックは世界じゅうに広まったんだし、街には砂漠よりずっとたくさんの人が住んでたんだ……なじみ深い恐怖で胃が締めつけられた。心のなかで〈マザー〉に大声で呼びかけたが、返事はなかった。

そのとき……なんなんだ？　地面が震えるのを感じてカイが振り向くと、ロージーが近づいてくるのが見えた。「ロージーが元に戻ったんだ」ほっとし、動悸がおさまるのを感じながら、カイはそうつぶやいた。

となりにいたカマルが首をのばした。「ぼくの〈マザー〉もだ」

いまや、周囲のいたるところで、子供たちが〈マザー〉たちを追ってゆるやかな坂をのぼり、湿地を過ぎてコンクリート舗装の道路をめざしていた。子供たちはその道路を渡って反対側にある大きな捕水塔に向かった。子供たちはそこで止まると、水盤からあふれそうになっている冷たい水を手ですくった。カイは、顎へ垂れるのもかまわずにごくごく飲んだ。自分がどんなに喉が渇いていたかを思いだしていた……

だが、〈マザー〉たちは早々に子供たちを呼び集め、子供たちの肩ほども丈がある、干からびていてもろい草が茂っている原っぱを横切らせた。その原っぱの反対側に、赤煉瓦づくりで木製のポーチがあり、窓枠が白い建物があった。一行はそこで止まり、子供たちはひとりまたひとりと〈マザー〉たちから離れてその建物の広々とした玄関ポーチに向かった。

カイはロージーのほうを向いて、「食べ物は？」とたずねた。だが、ロージーは無言で立っているだけだった。カイは振りかえって建物を見た。なかに食べ物があるのかもしれなかった。

カイはコンクリートの階段をのぼってポーチに立った。両開きのどっしりしたドアの右の壁にボルト留めされているプレートには、〝100号棟〟と記されていた。セーラが集団のなかから進みでて、左手でドアのさびた鉄製の取っ手をつかんだ。ぐいとひいた。だが、何層もの汚らしい白のペンキが傷だらけの表面からはがれているがっしりしたドアはびくともしなかった。「〈マザー〉たちはあたしたちをここへ入らせたがってるみたいなのに、ドアがくっついちゃってるんだわ」とセーラがいった。

「手伝うよ」カイが申し出て、対になる右側の取っ手をつかんだ。「一……二の……三！」バリッという大きな音とともにドアが開いた。古い蝶番《ちょうつがい》がきしみをあげ、少年と少女はうしろによろめいた。ふたりは一瞬、ぽかんと口をあけて暗い室内を見つめた。

広いベランダがあって正面《ファサード》が装飾的なその建物は、外からだと子供たちを歓迎しているように見えた。だが、なかに入ったとたん、かすかな薬品臭が混じっている湿ったかび臭さがカイの鼻を襲った。小さくて黒っぽいものがすぐ足元を走り抜けたので、カイは立ちすくんだ。その針金のような尻尾がポーチの横へと消えた。だが、ほかの子供たちはカイを追い越していった。玄関からなかに入った子供たちがくたびれた床板を踏み鳴らす音が、がらんとした壁でうつろに反響した。

真正面にある黒っぽい木の階段が、真っ暗闇に見える二階へと続いていた。セーラがその階段を避けて右に曲がったので、カイも蜘蛛の巣がいくつもかかっているベージュ色の壁の前を通って続いた。天井から、古い電灯に似た、なんの役にも立たない金属の飾り物が下がっていた。

「ここはどういう場所だったんだろう?」カイは声に出して自問した。

「動画で見た、古いホテルみたいな感じね」セーラが小声で答えた。「それとも学校かな」

子供たちは、玄関ポーチ横の窓からわずかに漏れ入っている日光で薄明るい、細長い部屋に集まった。くすんだ緑色の壁には、さまざまな大きさの戸棚が並んでいた。カマルの新しい友達のメグは、戸棚の引き出しのひとつをあけ、金属製の食器類が入っているのを見て息を呑《の》んだ。カイがあけた引き出しには調理器具が詰まっていた。腐食した配管とつながっている、ふたつの大きな鋼鉄製の流しが壁に備えつけられていた。

子供たちはその部屋を抜けて、もっと細長い部屋に入った。その部屋には、空の棚が並んでいるだけだった。ついに、子供たちは建物の突きあたりにある広い部屋に行き着いた。白いペンキがいたるところではがれている二列の太い円柱のあいだに長い金属のテーブルと折りたたみ椅子が並んでいた。四方の高い窓から光が差しこんでいた。

突然、雷が落ちたような大きな音が響き、外の空気をなにかが勢いよく切り裂いた。カイは反射的に正面の窓に駆けよった。ガラスが汚れているので、ボットの集団がゆるやかな隊列を組んで移動していることしかわからなかった。またも二度、カイの左のどこかで轟音が響いた。建物の前の原っぱで、一体のボットがすばやく回転し、茂みに向けてレーザーを発射した。

「なにを撃ったのかな?」セーラがカイを押しのけ、上着の袖で窓をぬぐった。

「さあ……」

部屋のなかはひんやりしているにもかかわらず、カイの首筋には汗が浮いていた。カイはロージーの、〝この武器はよほどのことがないかぎり使わないの。わたしたちに命の危険があるときしか〟という言葉を思いだした。となりの窓の前では、カマルが青ざめていた。カイが首をのばして見渡すと、新しい仲間たちは緊張の面持《おもも》ちになっていた。ぜんぶで二十二人いた――男の子よりも女の子のほうが何人か多い。背の高さや体形や肌の色はさまざまだ。集団のうしろのほうで、ひとりの子がしくしく泣いていた。

「どれくらいここにいなきゃならないんだろう?」とセーラが声を絞りだした。

だが、セーラは長く待つ必要がなかった。はじまったときと同様に突然、発砲は終了した。カイはほっとして部屋のほうを向いた。ほかの子供たちは、もう来た道を戻りはじめていたが、玄関のドアで詰まってもたついていた。

カイは外へ出て原っぱに飛びだすと、自分の〈マザー〉を探した。歩きまわっているうちに、膝をついて明るい青のバックパックの中身を調べている小柄な男の子につまずきそうになった。小児用サプリのパック、ヨウ素剤、解毒剤、絆創膏、水筒、スティック型ソーラーライト、折りたたんだビニールレインコートのようなものが地面に並んでいた。

「おはよう」と少年は礼儀正しく挨拶した。顔を上げると、くしゃくしゃの赤毛が目にかぶさった。「ぼくはアルバロっていうんだ。はじめまして!」

「ぼくはカイ。ねえ、そんなにたくさんのもの、どうやって手に入れたの?」

「デルタがあの建物から持ちだすのを見たんだ」少年は、原っぱの反対側にある大きな白い建物を指さしながら答えた。

この建物、この品々――砂漠の補給所が子供たちに必要なものを与えてくれたように、たくさんの水のボトルが砂漠の道路脇に魔法のごとく出現したように、だれかが、ここへ来る子供たちのために準備してくれていたようだった。カイは、見知らぬ謎の人物の形跡はないかと原っぱを見渡した。だが、目に映るのは待ちきれない様子の子供たちと〈マザー〉たちだけだった。

ついに、翼にあざやかな黄色のしるしがあるロージーを見つけた。倉庫になっている建物の大きな扉のそばに立っていたロージーは、カイにバックパックを渡した。カイはロージーのキャタピラにのぼってハッチドアを開いた。ところが、コンソールは真っ暗だし、コクーンのなかの空気は、すでにかび臭くて冷たくなっていた。カイは、どうにか、座席のうしろの荷物室に入れておいた空っぽの水のボトルと、床に置きっぱなしになっていたくしゃくしゃの毛布を見つけた。「ねえ、ロージー、いったいどうしたの？」

すぐ近くから、「ママ？」という悲痛な叫び声が聞こえた。振り向くと、セーラが涙を流しながら地団駄を踏んでいた。カマルは、うなだれて、片手を彼の〈マザー〉の黒っぽい横腹にそっとあてていた。

「カイ」セーラが叫んだ。「アルファはコクーンをあけてくれないの！　おまけにその理由をいってくれないの！」

その夜、カイは100号棟の冷たい床に毛布を敷いた。午後は、ほかの子供たちを知ることに費やした。全員が混乱し、怖がっていた。だれも、自分たちがどうしてここへ来たのかを知らなかったし、〈マザー〉たちは手がかりひとつ与えてくれなかった。だが、子供たちは一緒になれた――興奮し、期待していた。

「あしたは」とセーラがささやいた。「ちゃんとした部屋を探さなきゃね。玄関のそばの階段をのぼってみたの。二階には部屋がたくさんあった。それに、ちゃんとしたごはんも食べなきゃ」

離れたところからザックの声が聞こえた。「おれの〈マザー〉は鹿を撃ったんだ。〈マザー〉は鹿を肉食動物だと思ったのかもしれないけど、あの鹿は食える。あしたは狩りに行こうぜ！　小児用サプリはもうたくさんだ……」そして少年はうめきながらごろんと向きを変えると、寝具を体に巻きつけたので、逆立った髪しか見えなくなった。ザックのとなりで寝ている彼が待っていた友達、クロエという名前の黒髪の少女が天井を見上げていた。

カイも、硬い床で横になった。ロージーの窮屈なコクーンを恋しがりながら、毛布を肩に硬く巻きつけた。この部屋は広すぎた――壁も、天井も、窓も……なにもかもが遠すぎた。そして、ほかの子たちと会えたのはうれしかったが、仲間のいびきは、〈マザー〉のプロセッサのブーンという心安らぐ音とは比べものにならなかった。

「ロージー?」とカイはありったけの念をこめながら心のなかで呼びかけた。

だが、返事はなかった。あした。ロージーは黙りこくっていた——この奇妙な場所に来てからずっとそうだった。あした。ひょっとしたらあしたは、ロージーは元どおりになってるかもしれない。カイは横向きになり、頭をゆっくりと腕枕に沈めた。

29

ミーシャは、ロスアラモスとつながっているコンピュータをめざして病院の長い廊下を歩いていた。太陽がウィリアムおじさんのトウモロコシ畑をじりじりと焼く暑い午後には、ミーシャはホピ医療センターの涼しいロビーで丸まって、ボットの学習データベースで勉強したものだった。

だが、廊下の途中で、ミーシャは声に気づいて足を止めた。首を傾けて、もっとよく聞こうとした。ウィリアムおじさんと……おばあの声ね。

ミーシャは声をたどって、いまはジェームズが、たまにここへ来ると泊まる特別室の前に来た。ミーシャは密閉されているガラスドアからなかをのぞいた。リックが部屋の真ん中に置かれているベッドにもたれていた。リックのきれいにひげを剃った顔は、ミーシャが記憶している顔よりも青白かった。ウィリアムは小さな窓の前に立ち、おばあは、サラが死んだ日とまったくおなじように、奥の隅に置いてある椅子にすわっていた。

「じゃあ、〈マザー〉たちは砂漠をあとにしたんだな。偵察班は彼女たちが離陸するところを見たんだな」リックがしゃがれ声でいった。「だが、何体がプレシディオにたどり着いたか、わかってるのか？」

ミーシャは無意識のうちに、なかの人たちの視界に入らないようにドアの脇に立った。そして、部屋の空気濾過《ろか》システムのブーンという単調な雑音にまぎれがちな話し声を聞きとろうと耳をそばだてた。

「どうにかして空から確認するほかない」ウィリアムが応じた。「人工衛星を使って偵察する方法はわかったのかい？」

リックはため息をついた。「アメリカ本土内の監視には制限がかけられてたんだ。人工衛星にアクセスしようといろいろ試してみたさ——砂漠の捜索にはおおいに役立っただろうからな。だが、アクセスが許可されてたのはワシントンＤＣの諜報関係者だけだったんだ」しばしの沈黙。「ドローンを使えるかもしれないな」

「ああ」ウィリアムは応じた。「だけど、マックはドローンを修理できたのか？」

「なんとかなりそうだとマックはいってた」とリックのしゃがれ声。「今回はメタマテリアルでおおって、センサーで探知されないようにしたんだそうだ。それでボットに撃墜されなくてすむらしい」

「リック」とおばあがいった。「ノヴァがそこにいるのかどうかをたしかめておくれ」

リックは咳払いをして、「ローズはノヴァの話のとりこになってたんです」といった。

「でも、ローズはあなたの娘さんの人格を、一体だけでなく二体の〈マザー〉に植えつけたんだから……あなたの娘さんはすばらしい女性だったんでしょうね」

「そのうちの一体が墜落してしまったのは残念だったな……」ウィリアムがいった。

「それに、発見した当時は、そのことを知りもしなかったんだからな」リックは同意した。

「ケンドラがあのファイルを見つけるまで、だれもアルファ＝Bとノヴァを結びつけてなかった。ノヴァが所属してた飛行隊の呼称を彼女のボットの名称に使ったらしいんだ」

「明るい面を見なきゃだめだよ」とおばあ。「これはすばらしい知らせじゃないか。ミーシャはノヴァの娘だったんだ……ミーシャはわたしらの家族なんだよ、ウィリアム！　わたしは、ひと目見たときにぴんと来てたんだ」

　ミーシャの耳のなかで血がめぐる音が大きく響いて、ドアの反対側でかわされている話が聞こえなくなりかけた。ノヴァ？　ミーシャは手を上げて、首にかけている繊細なネックレスに、その鳥のような翼を持つ銀色の女性のペンダントに触れた。きのう、おばあからもらったネックレスだった。これは、感染症大流行《エピデミック》の前に亡くなった、ノヴァという名前の娘の形見だ、とおばあはいっていた……だからくれたの？

ミーシャの頭のなかで考えがぐるぐるまわった。グランドステアケースでだれにも知られずに〈マザー〉と出会ってから、ミーシャはケンドラから情報をひきだそうと努めてきた。〈マザー〉たちには人格がある、とケンドラはいった。すくなくとも、〈マザー〉たちのコードは実在していた女性たちの人格にもとづいていると。そしてその実在していた女性たちは、〈マザー〉たちが保護している子供たちの生物学的な母親なのだと。でも、実在していた人間の母親たちはもういない。みんなエピデミックの時代に死んでしまった。「わたしの生物学的な母親はほんとに死んじゃったの？」とミーシャは訊いたことがあった。

ケンドラは顔をぱっと紅潮させた。「ええ。残念だけど」

「なんていう名前だったの？」

「名前？　その……わからないのよ、ミーシャ。ボットの呼び名しかわかってないの――アルファ＝Bって呼ばれてたことしか……」

いま、ウィリアムの声がドアの向こう側から聞こえた。「じゃあ、もう一体のノヴァ、おれたちが探してるほうはアルファ＝Cっていうんだな？」

「ああ」おばあはいった。「ミーシャには兄弟か姉妹がいるかもしれないんだ。だからジェームズは、それがはっきりするまでミーシャに教えたがってないんだよ。だけど、おまえが戻ってきたときには……」

廊下に立っているミーシャの脚から力が抜けた。壁にもたれて膝を抱えこみ、話の続きを待った。

「それにカイも」ウィリアムがいった。「カイも探さなきゃならない」声が大きくなったので、窓から室内に向きを変えたのだろうとミーシャは思った。「で、どうするんだ？」「ぐずぐずしてるわけにはいかない」とリック。「エディスンによれば、今夜を乗りきれば出かけられるようになるそうだ」深く息をし、激しく咳きこんだ。しばし沈黙してから話を続けたが、かろうじて聞きとれる小さな声だった。「あすの午後、マックがドローンを持ってきてくれる。なにごともなければ、あさっての夜明けには、プレシディオに向けて出発できる」

足音がドアに近づいてきた。ミーシャは立ちあがり、ふらつく足でコンピュータのほうへ廊下を歩きだした。プレシディオ。それってどこにあるの？　調べなきゃ。

30

ミーシャは、リックの輸送ヘリの戸棚のように狭い後部荷物室で、わずかな持ち物——毛布、軽い上着、水筒、ホピ族のフラットブレッド三枚——が入っているバックパックを握りしめながら身をひそめていた。狭苦しい場所で、膝を曲げて足を奥の壁につけているミーシャは、早く着陸してくれることを願っていた。こんなに長くかかるとは思ってもいなかったのだ……

だが、やっと、体の下で車輪が接地する衝撃を感じた。ミーシャは息を止めた。輸送ヘリのサイドドアが開き、ミーシャがいる区画のすぐ反対側でなにかをひきずっているのがわかった。

そのあと、静寂が数分続いてから、ミーシャは荷物室のドアをゆっくりと細くあけ、キャビンの、より新鮮な空気を深々と吸った。その直後、ドローンのエンジン音が聞こえた。最初はやかましかったが、すぐに距離が離れて小さくなった。

「よし」といったのはリックだった。「あれが100号棟だ」そのあとも会話が続いた。ボットについて言葉をかわしたし、浜辺を子供が何人も歩いているという話もした。ふたりの男は成功を喜んでいるようだった。そして……

「あれだ！　あれがアルファ＝Cだ！」ウィリアムおじさんが叫んだ。

「それにカイもいる」リックがしゃがれた声でいった。「元気そうだ」

アルファ＝Cがいるんだわ。ミーシャはほほえんだ。荷物室を這いだして輸送ヘリの後部に出ると、ふたたび血が通いはじめた脚がじんじんした。目の前の助手席に置きっぱなしになっている衛星電話をうしろから手をのばしてとり、バックパックに入れた。そしてサイドウィンドウから外をのぞいてあたりの様子をうかがった。

ヘリコプターは屋上のように見えるところに着陸していた。ふたりの男はミーシャに背中を向けてドローンの操縦装置にかがみこんでいたので、輸送ヘリからこっそりと降りて近くの煙突の陰に隠れた。そこで、かかえた膝が胸につくほど小さくうずくまったまま、男たちが仕事を終えるのを待った。そしてヘリコプターが飛び去ってひとり残されると、長い金属製のはしごを伝って、苦労の末に地上におりた。

新しい故郷の北端をめぐる小道で、カイはザックに遅れまいと足を速めた。右は、外海《そとうみ》からの流れが渦を巻いている入江に続く危険な斜面だった。左は、植物がまばらに生えているのぼり斜面になっていた。

比較的静かだった砂漠からいきなりやってきて、ここのやかましさに慣れるまでに数日かかった。どっちに慣れていないのか、カイにはわからなかった――風にきしむ高い木々が密生する森と、大海原を見おろすこの岩だらけの崖のどっちなのか。だが、すくなくとも、この遠征は成功だった。ザックのバックパックはリスでいっぱいになっていた。カイのバックパックは、クロエが高台から撃ってしとめた奇妙な白い鳥でふくらんでいた。カイのうしろに続いているクロエは、手づくりのパチンコをベルトから下げ、石を詰めた袋を肩にかけていた。そしてさらにそのうしろを歩いているアルバロは、落ちた枝についていた大きな茶色の松ぼっくりや、さまざまな形と大きさのキイチゴなどの植物が入った袋をひきずっていた。

この採集遠征のリーダーを自任しているザックは、岬全体を偵察したがっていた。これまでのところ、カイはザックの権威を疑うべき理由を思いつかなかった――もっとも、セーラの意見が異なっていることにはすぐに気づいた。ザックは、自分のリーダーシップに疑問を呈されると、たちまち癇癪《かんしゃく》を起こしそうだった。

小道が舗装道路につながっているところで、子供たちは橋の下をくぐった。だが、その直後、反対側の崖の端までえんえんとのびている高いフェンスに行く手をふさがれた。

「あそこまで調べに行こう」ザックが子供たちに声をかけた。いつものように、ザックは返事を待たなかった。カイはしょっちゅう服に刺《とげ》がひっかかる低木につかまりながら、左側の急な土手をのぼった。土手をのぼりきると、コンクリートの低い壁を乗り越えて広い舗装道路に出た。

まもなく、子供たちは全員、橋のほうを向いて立った。さび色の塔が、真っ青な空を背景に高くそびえていた。その手前に並んでいる封鎖されたゲートが道路の半分をふさいでいた。そしてその前の、がらくた——木の幹、金属スクラップ、廃車になったトラックのさまざまな部品のように見えるもの——の壁のせいで橋に入れなくなっていた。

カイはバックパックから古い双眼鏡をとりだした。ロージーはハッチスクリーンの電源を切っていた。だが、まだ子供なのにコンピュータのことならなんでも知っているらしいアルバロに助けてもらって、ロージーのコンソールからとってきたタブレットで学習データベースを検索できるようになっていた。だから、いまいるところがなんという場所かは簡単につきとめられた——アメリカ合衆国の西海岸にあるサンフランシスコという古い街のそばだ。水も、獲物になる動物と食べられる植物もたっぷりあった。〈マザー〉たちが子供たちを——乾ききっていて、砂塵《さじん》で喉が詰まる砂漠から——ここへ連れてきたことは納得できた。それに、子供たちを一ヵ所に集めたことは。

でも、なにかが変だった。〈マザー〉たちは変わってしまった。〈マザー〉たちは無言のままだった。それに、〈マザー〉たちの行動からして、ここには、彼女たちがつねに警戒態勢をとっていなければならない危険があるようだった。

カイは双眼鏡を使って、彼方の白いドームの東側の道路には、上部が有刺鉄線になっている高い金網フェンスが端から端まで張られていることを、どうにか確認できた。ザックによれば、この東側のフェンスは、西へ方向を変えて広い森林地域を取り巻いているのだそうだった。西の端では、ふたたび方向を、こんどは北に変え、海ぞいを、カイたちがいま立っている舗装された海岸道路と並んで走っていた。このフェンスにぐるりと囲まれているのは、昔は陸軍基地だったらしいプレシディオという場所なんだろう、とカイは思った。だが、ロージーのデータベースの地図を見ても、こんなフェンスは存在していなかった。ということは、あとで張られたに違いなかった。カイたちがここへ着いたとき、フェンスは何カ所かで通れるようになっていた。だが、〈マザー〉たちがすぐに、プレシディオの東側でも、ゴールデンゲート海峡に架かっている壮大な橋のこちら側の端でも、ゲートというゲートをバリケードでふさいでしまった。

カイはバリケードを指さした。「どうしてこんなことをしたんだろう?」

「そんなのわかりきってるじゃないか」とザックが答えた。「おれたちを守らなきゃならないからさ。外には敵がいるんだ」

「そうかな」カイはいった。自分のいらだちに驚きながらザックのほうを向いた。「あの橋はよく見える。反対側の海岸もよく見える。だけど、だれもいないじゃないか。敵がいるなんて思えないよ」

「いるんだってば。隠れるのがうまいんだろうな」とザック。「砂漠で見たやつらみたいに」

カイはいらだちのあまり両手を握りしめた。「あのさあ、きみは砂漠でなにかを見たっていったよね。だけど、ぼくは一度も見てないんだ。セーラも見てない。セーラはいろんなところへ行ったのに」

「おれが嘘をついてるっていってるのか？」体格のいい少年はバックパックをおろした。太い首と肩の筋肉に力がこもった。ザックの横にいるクロエが、さりげなくなだめようとしているのか、少年の腕をつかんだ。

カイは少年をにらんだ。「きみは見たんだろうね。それにクロエも。だけど、たとえだれかがいるとしても、大勢はいないはずだよ。ぼくたちはずっと見張ってたじゃないか。だけど、警戒しなきゃならないのは、野良犬何匹かだけだった。野良犬なら、ロージーが簡単に撃退できる」

「じゃあ、おまえはなにがどうなってると思ってるんだ？」ザックは唇を引き結んで両手を腰にあてた。

「ぼくは……ぼくは、〈マザー〉たちになにかがあったと思ってる」

「なにかってなんだ？」

「ほら、ここへ着いたとき、〈マザー〉たちはシャットダウンしたじゃないか。そのあと、変わっちゃったじゃないか。コクーンの電気を消した。目に映るものを片っ端から撃つようになった。ああいうバリケードを築いた……」カイはいらだちながら腕を振ってがらくたの壁を示した。「砂漠にいたころの〈マザー〉たちはこんなじゃなかった。すくなくとも、ロージーはこんなじゃなかった。ロージーはいま、返事もしてくれないんだ。きょうは、一度も見かけてないんだ……」

「仮説を考えたんだ」とアルバロが、風にかき消されそうな声で口をはさんだ。

「どんな仮説なんだ？」ザックがたずねた。

「〈マザー〉たちは再プログラムされたのかもしれないんだ……」

「再プログラムって？」とカイはたずねた。

「ぼくは〈マザー〉を愛してた」とアルバロ。「だけど、同時に、〈マザー〉の頭脳がぼくたちの脳と違うこともわかってる。〈マザー〉の頭脳はコンピュータだし、コンピュータはプログラムできる。何者かが〈マザー〉たちのコントロールを握ったのかもしれない。何者かが〈マザー〉たちを再プログラムして、ぼくたちをここへ連れてこさせたのかもしれない。そしてここに閉じこめさせたのかもしれない」

「信じられないな」とザック。「ガンマは強い。だれかがガンマを変えようとしたって、跳ねかえされるはずだ」

　カイははるかな稜線を見渡した。だれかがあそこにいて、ロージーをあやつってる？　カイもそんな話を信じなかった。信じられなかった。


〝退《V》役軍人《A》医療センター〟という表示がある広い舗装駐車場で、ミーシャは人工衛星地図を開いた。そこからプレシディオまでは二・五キロほどだった。プレシディオへ行くためには、〝エル・カミノ・デル・マー〟という道を進まなければならなかった。その道路は〝リンカーン大通り〟に通じている。そしてその大通りを行けば、南からプレシディオに入れるのだ。

　ミーシャは、空っぽの車や、道路の左右に並んでいるうつろな窓を無視し、前だけを見つめて歩いた。こんな場所に、色とりどりの建物がひしめいている街に来たのははじめてだった——門だらけ、数字だらけだ。恐れる必要はないとわかっていた。ママとパパはカリフォルニアから来たのだと聞いたことがあった。昔はすばらしいところだったけれど、いまはだれもいないと。それでも、音がするたび、風に吹かれた道路標識がポールにあたって金属音が響くたび、屋上にとまっている大きな黒い鳥が鳴くたびにぎくりとした。

ミーシャは足を速めた。前方に見えた。ようやく、〝リンカーン大通り〟という標識にたどり着いたのだが、道路は、てっぺんに鋭い有刺鉄線が張られている高い金網フェンスでふさがれていた。ミーシャは有刺鉄線の痛さを知っていた。羊が迷いださないようにするため、そしてコヨーテが入ってこないようにするために、ウィリアムがそのぞっとするしろものを使っているからだ。フェンスは道路を封鎖しているだけではなかった。見渡すかぎり、東西にのびていた。

ミーシャは、地図に〝カリフォルニア・コースタルトレイル〟と記されている小道を探して西に向かった。すると、風と天候のせいででこぼこになっていたが、その小道はまだあったし、高いフェンスにそって、ふさがれることなく海岸ぞいにのびていた。みっしりと積もった砂が足指のあいだで崩れるのを感じながら、北に向かって歩いた。左では、波が幅広い浜辺に打ち寄せては白い泡を生じさせていた。はじめて見る奇妙な薄霧が髪を濡らした。ミーシャは身震いした。ここは、想像を絶するほどメサと違っていた。

小道はカーブしながら浜辺から離れ、のぼり坂になって林のなかをうねうねとのびていた。そしてまもなく、リンカーン大通りに合流した。大通りは目の前にあった。だが、その道路にそって張られている高いフェンスがとぎれることなくのびていた。ゲートとか、向こう側に渡れるところとかはないのかな？

そのとき、ミーシャは気づいた。小道が雨でえぐられたせいで、フェンスの下に小さな隙間ができていた。ミーシャは太い枝を見つけた。それを鍬《くわ》のように使って落ち葉と土をかきだし、這って通れるほどにまで隙間を広げた。まず、バックパックを向こう側に押しだしてから、腹這いになって頭を隙間に突っこみ、蛇のように体をくねらせて反対側に出た。立ちあがり、服と腕から土を払い落とした。頭上から、奇妙なブーンという音が聞こえた。巨大なハチドリが木のてっぺんで狩りをしているような音だった。〈マザー〉たちだ――ミーシャは確信した。近かった。地図によれば、この道路は、この先で東へ曲がっているはずだった。このまま進めば、だれかと出会うはずだった。

思ったとおり、大通りがカーブして、別の、もっとずっと広い道路の下をくぐったときに……聞こえた――風に乗って話し声が届いたのだ。ミーシャは衛星電話をバックパックにしまい、土手にのぼって高いところをのびている道路に出た。そして、近づく前に気持ちをおちつけ、用意しておいた話を心のなかで復習した。

橋から目をそらした拍子に、カイはなにかが、だれかが金属製のゲートの向こうからやってくることに気づいた。「あれはだれだろう？」とカイはいった。

全員が、近づいてくるその、細くて黒っぽい人影に注目した。会ったことがない女の子のように見えた。女の子は慎重にゲートをまわりこんだ。バックパックを背負い直すと、女の子は、最初はおずおずと、やがて決然とカイたちのほうに歩いてきた。

「ああ、よかった」女の子は、カイたちの前で止まると、そういった。「ここにいたのね！　わたしの〈マザー〉がいったとおりだったわ。だけど、信じられなかったの」

女の子は長い焦げ茶色の髪を耳のうしろにきちんとまとめ、編みこんでふんわりとしたポニーテールにしていた。この寒いなか、素足だった。シンプルなワンピースを着て、カラフルなビーズのベルトを腰に巻いているだけだ。足首までの黒いレギンスをはいている。あざやかな緑色の目をきらめかせながらカイたちを見ていた。

「やあ」とザックが一歩下がりながらいった。

カイは呆然と立ちつくしていた。この子はだれなんだろう？

「わたしはミーシャ」女の子は名乗った。ひとりずつ握手した。なめらかな肌は日焼けしていて、腕は細い。だが、手を握る力は強かった。

「どうやって……どうやって入ってきたの？」クロエがたずねた。

「入ってきた？　ここは外なんじゃないの？」と女の子。

「フェンスのなかへっていう意味だよ」カイはいった。

「フェンス？」

「ここはフェンスで囲まれてるんだ」アルバロが辛抱強く説明した。「ぼくたちは外へ出られないんだよ。だけど、きみは入ってきた」

「なんのことだかわからないわ……」そういうと、女の子は泣きだした。

「どうしたの？」カイは、近づいて女の子の腕に触れながらたずねた。「なにがあったんだい？」

「行っちゃったの」女の子はすすり泣いた。「わたしの〈マザー〉が、わたしをここに置いていいなくなっちゃったの！」

31

カイは、〝ダイニングルーム〟と命名した広い部屋で、ミーシャに椅子を勧めた。「ここは食事をするための部屋だろうってことになったんだ」カイはいった。「キッチンだった部屋のとなりだし、あそこの棚に食料品をためておける」とカイが付属する細長い部屋を指さしているとき、大勢の子供たちがぞろぞろと部屋に入ってきた。先頭はミーシャがもう知っている子供たちだった。砂色の髪のたくましい少年、ザック。背が高い黒髪の少女、クロエ。小柄で赤毛の少年、アルバロ。そのあとに多様な子供たちが続いた。

「あれはヒロ」カイが、アーモンド形の目のずんぐりした少年を指さしながらいった。「料理が得意なんだ。それからクララ」バケツを下げて小さなスコップを持っている、締まった体つきで肌が黒い少女を顎で示しながら付け加えた。「クララは野菜づくりをはじめてるんだ」

だがミーシャの目は、正面の席にどすんと腰をおろして両肘をテーブルについた、髪は茶色のストレートで人懐っこい笑みを浮かべている少女に釘づけになっていた。「ミーシャ、この子はセーラ」カイがいった。

「すてきなネックレスね」セーラがいった。

ミーシャは首元に手を上げて、おばあからもらった銀のネックレスに軽く触れた。「これを見つけたのは……」

「あたしも持ってるのよ、青いネックレスを。だけど、あなたのやつのほうがずっとすてき」とセーラ。「それ、〈マザー〉に似てるわね」

ミーシャは少女の好奇心に満ちた茶色の目を見つめながら、「わたしもそう思う」とつぶやいた。

「カイから聞いたんだけど、〈マザー〉に置き去りにされたのよね」とセーラ。「〈マザー〉はなにもいわないで飛んでっちゃったの？」

「なんだか変だったの。だけど、とにかく、わたしをここまで連れてきてくれたわ」ミーシャはそわそわとテーブルの向こう端を見た。そこに立っているザックは、腕を組んでミーシャをにらんでいた。つややかな髪で顔がなかば隠れているクロエが、なだめるようにザックの肩に手をかけていた。そのとき突然、ミーシャは思いだした。あの谷。黒髪の女の子。ミーシャはクロエを見かけたことがあった。ミーシャの心のなかに、〝勘違いしちゃいけない。〈母なる精霊たち〉は子供たちを守ってるだけなんだ。こっちに悪意がないことがわからないんだよ〃というウィリアムおじさんの声が響いた。ミーシャは、自分がこの子たちのひとりだと知っていた。だが、それだけではなかった。この子たちの世界と、この子たちがなかなか受け入れられないだろう外の世界との架け橋になれた。

「ねえ」とカイ。「きみは〈マザー〉に置き去りにされたんだよね……それなら、ぼくたちはきみほどついてなかったわけじゃないんだね」

「ついてなかった？　だけど、あなたたちは安全なんじゃ……？」

「たしかに安全よ」とセーラ。「だけど、ここから出られないの。あのいやなフェンスの外に出られないのよ。閉じこめられてるの。あたしの〈マザー〉は、前はよく、空を飛ぶっていうのは人間にとって最高の体験だっていってた。なのに、いまはコクーンのなかに入れてもくれないんだから……」

ミーシャはみぞおちから不安が上がってくるのを感じた。「だけど、どうして〃閉じこめられ〃てるの？　どうして出ていけないの？」

「〈マザー〉たちが出ていかせてくれないんだよ。ザックは、〈マザー〉たちが外にいる敵からぼくたちを守ってくれてると思ってる」カイはいった。「きみはどう思う？　きみは外でなにかを見た？」

「いいえ……敵なんて……」

「ほらね？」カイはザックとクロエのほうを向いた。

クロエが進みでて、あざけるようにカイを見ながら、「わたしたちは、砂漠にいるとき、だれかを見たのよ」といった。「そいつらはトラックに乗ってた。そのあと、プロペラのある空飛ぶ機械でまたやってきたわ。わたしの〈マザー〉がそいつらを撃ったけど、逃げられた。メグもなにかを見たっていってた。そうよね、メグ？」

「はっきりしないの……」セーラのとなりにすわっている、金髪で巻き毛の小柄な少女が小さな声でいった。「暗かったから。光を見たような気がするけど……それに音も……ゴロゴロ鳴るような音も聞こえたような気がするけど」

「メグは、かわいそうに、ずっとひとりぼっちだったの」セーラが、内気な少女の肩を抱きながらいった。「だけどもうだいじょうぶ。こうして集まれたんだから」セーラの横で、メグは自分の膝に目を落とした。

「わかるわ」ミーシャはいった。「わたしもひとりだった。だけどいまは……」不思議なことに、ミーシャは涙ぐんでいた。この子たちに会えたのはほんとうに、ほんとうにすばらしいことだった。だがミーシャは、自分がこの子たちのことをほとんど知らないことに、早くも気づきはじめていた。

「晩ごはんはまだできてないんだ……だけど、二階に部屋がある」カイがいった。「まだたくさん残ってるんだ。よかったら、そのひとつをきみの部屋にしてよ」

ミーシャは立ちあがった。脚がふらついた。長い一日だった——長時間歩いたし、不安だったが、結局、子供たちを見つけられた。いまは考えたいことがあった。ミーシャはバックパックを背負って、カイとセーラに続いて暗い階段をのぼった。

ミーシャは手前側の隅の部屋の前で止まって、「ここがいいわ」といった。

「こんなに狭いところでいいの？」セーラがたずねた。「メグとあたしの部屋には充分な余裕があるから……」

「いいの！」ミーシャはそういってうつむき、床を見た。「ひとりで寝るほうが慣れてるみたいだから」

「だけど、〈マザー〉がいないのよ」セーラはいった。「最初はつらいわよ」

気まずい沈黙がしばし続いたあと、ふたりは向きを変えて去った。「じゃあ、またあとで」とカイはいった。「必要なものがあったら、原っぱの反対側の建物にいろいろあるからね」

その部屋はロスアラモス研究所の物置並みの狭さだった。とはいえ、窓はあったし、床も寝られるだけの広さはあった。ミーシャはバックパックから毛布を出した。毛布にくるまりながら、おばあの地下儀式場《キバ》の居心地のよさを、おばあの歌を思いだした。壁にもたれて銀のネックレスをもてあそんだ。ネックレスは、いまでは体の一部のようになっていた——つけていることも忘れていた。きょう会った子供たちの顔を思いだしながら名前をつぶやいた。ザック。クロエ。カイ……ウィリアムおじさんが、二日前にカイの名前を口にしていた。リックさんも、けさ、屋上で口にしていた。どうしてカイを知ってたのかしら？

また衛星電話を見た。着信なし。ウィリアムおじさんとロレッタおばさんは、ミーシャがバーティとホノヴィと一緒にキャンプをしていると思っている。なにごともなければ、あしたの遅い時間まで、ミーシャがいなくなっていることに気づかないはずだ。それまでに、いいニュースを伝えられるだろう。だがいま、ミーシャは考えていた。

まぶたを閉じて集中した。ここへ来たのは目的があるからだった。兄弟か姉妹を見つけるという目的が。だがそれだけではなかった。ミーシャは自分を、おばあの銀色の精霊たちを卓状台地《メサ》に帰せる使者だと思っていた。だけど、どうすればいいの？　おじいの予言が実現するとしたら、〈マザー〉たちはここを去ることになる。でもセーラによれば、子供たちはいま、コクーンに入れなくなっているらしい。そうなると、〈マザー〉たちだけで行かなければならなくなる……だけど、フェンスの向こう側にひそむ謎の〝敵〟から子供たちを守るっていう責任を放棄することになるのに、どうして子供たちを残して行けるの？　予言が実現するためには、子供たちの身になにかが起きなきゃならないの？　ミーシャは身震いした。

いきなり、ドアがわずかに開いた。「ミーシャ？　カイだよ。入っていい？」

ミーシャはぎくりとした。「ええ、どうぞ……」

「お腹が減ってるだろうと思ってさ」部屋に入ってきたカイは、ロスアラモスで食べた料理に使われていたローリエにちょっと似た匂いがするものが入っている小さなボウルを持っていた。「ヒロがつくったリスの煮込みだよ」カイがいった。「ぼくは大好きなんだ。ただし、いっとくけど、みんなが好きってわけじゃないからね」

ミーシャはカイから受けとったスプーンでボウルに入っている煮込みをすくい、舌で触れた。苦味があって癖のある味だった。だが、まずくはなかった。

カイはにやりと笑った。「それがいちばんおいしい料理ってわけじゃないからね。いちばんおいしいのはセーラの魚なんだ」

「魚？　どこで魚をとるの？」

「栈橋でだよ。とりかたは、セーラがアルファのデータベースで調べたんだ」

「だれの？」

「アルファ＝C。セーラの〈マザー〉さ」

ミーシャはカイを見つめた。アルファ＝C……ミーシャは髪が茶色でストレートの少女、セーラを脳裏に描いた——わたしに似てる。目はおばあの目に似てる。低い鼻と丸い顎はウィリアムおじさんに似てる……

「きみの〈マザー〉の名前は？」とカイがたずねた。

「え……？」

「ぼくの〈マザー〉の名前はロー＝Z《ジー》なんだ。だけど、ぼくはロージーって呼んでる。きみのは？」

「ええと……」ミーシャは、首と耳が赤く染まるのを感じた。頭に浮かんだ名前はセーラだけだった。だが、そのとき思いだした。

「アルファ＝Bよ……」

「アルファ＝B？　セーラの〈マザー〉に似てるね！」

「そうね」ミーシャはそういって、おずおずとほほえんだ。

カイは自分の両手を見おろし、もじもじと親指をかきながら、「いっておきたいことがあるんだ」といった。「きみの〈マザー〉のことなんだけど、心配しなくてだいじょうぶだからね。きっと戻ってくるよ」

ミーシャは少年をじっと見つめた。「どうしてそう思うの？」

「ぼくがまだ小さかったころ、ロージーが一度、ぼくを置いてコヨーテを追いかけてっちゃったことがあるんだ。すごく怖かったよ。だけど、ロージーは戻ってきた。いつだって戻ってくるんだ」カイは、眉間《みけん》にしわを寄せながら窓の外を見た。「〈マザー〉たちは……なにがあったって、ぼくたちを守ってくれるんだ」

ミーシャはカイを凝視した。カイはなにかを心配していた。「カイ、わたしは、〈マザー〉は戻ってくるって信じきれないの……」

カイはミーシャと目をあわせた。「だけど……戻ってくるんだってば！」やや大きすぎる声でそういった。顔を赤くしながら、怪我をしている親指に注意を戻した。「いまに……わかるさ。とにかく、ぼくたちと一緒になれたじゃないか」

「そうね。あなたたちと一緒になれた」ミーシャは口元をほころばせた。だが、好ましからざる疑いの種は、ミーシャの心にもう根をおろしていた。ケンドラは〈マザー〉たちと子供たちを救おうとしてここへ集めた。でも、ここに来てからなにかが変わってしまった――そのなにかのせいで、子供たち全員がぴりぴりしていた。

32

朝霧のなか、100号棟の玄関ポーチに立っていたミーシャは、セーラが原っぱの反対側の大きな白い建物に入っていったことに気づいた。勇気を奮い起こし、階段をくだったあたりに立っている二体のボットのそばを通って、丈高い雑草のなかを進んだ。

建物のそばまで行くと、奥の壁のほうからガシャンという音が聞こえた。「痛っ！」古い野球バットのようなものが飛んできて、ミーシャの足元に落ちた。直後に革のボールも飛んできた。「このあたりのはずなんだけど……」

ミーシャは、ほっとする親しみを感じながら、「セーラ？」と呼びかけた。「セーラなんでしょ？」

「だれ？」

「ミーシャよ。なにを探してるの？」

「クロエから、ここでオートバイを見たって聞いたんだけど、真っ暗でなにも見えないの！」

「これを使って」ミーシャは腰をかがめ、ドアのそばの箱からスティック型ソーラーライトをとった。それを薄闇のなかに差しだすと、細い腕がのびてきて受けとった。

「ありがと！」セーラがスティックライトを点灯して倉庫内の壁を照らすと、いたるところに蜘蛛が巣を張っているのが見えた。「砂漠ではダートバイクに乗ってたの。だけど、置いてこなきゃならなかった。荷物室に入らなくて……あっ！」スティックライトの光が奥の隅を照らしているうちに、まず太いタイヤとおぼしいもの、次にペダルとおぼしいものが影のなかからあらわれた。「古い電動バイクみたいね」セーラはそういうと、それを明るいところへひっぱりだした。「だけど、なにもないよりはましだわ」

「どうするつもり？」

セーラは、呆れたという顔でミーシャのほうを向いた。「乗るに決まってるじゃない！」

「それに乗ってどこへ行くつもりかって訊いたのよ」

セーラはぽかんとしたが、それはほんの一瞬だった。「ここはそんなに広くない。けど、狭くもない。きっと、まだ見てないところがあるはずだわ。それに、カイが、きのう、東側のフェンスのそばで見つけたボートを直してる。あした、それを海に浮かべることになってるの」

ミーシャは覚悟を決めた。この機会を逃す手はなかったし、せめて姉妹の反応を見るべきだった。「セーラ、あなたはほんとにフェンスの外へ出たいの？」とたずねた。

セーラの表情がくもった。「〈マザー〉たちがあたしたちを出したがってないのはわかってる。だけど、ここは――まるで刑務所よ」

「刑務所？」

「広くてきれいで、ほしいものがそろってる刑務所ね」セーラは顔をしかめた。「けど、必要なものが全部あるわけじゃない」

「それなら……」ミーシャは思いきって提案した。「限界を試すべきじゃない？」

「試す？」

「ちょっと押してみるとか。とりあえず、どうして出られないのか訊いてみたら？」

セーラはミーシャをにらんだ。「ここへ来てから、毎日、あたしが〈マザー〉に訊いてないと思う？　だけど、答えてくれないの」

「そうなの？」

セーラは目にかかっている髪を払いのけ、ミーシャは彼女の単刀直入な返事に赤面した。

「それだけでも最悪なのに、そのうえ、アルファはあたしになんにも話してくれないのよ」

「〈マザー〉たちが黙ってることには気がついてたわ」ミーシャはいった。

「そうじゃなく、頭のなかにっていう意味。頭のなかにも話しかけてくれないの」

「ああ……」

セーラは、眉根を寄せながら原っぱを見渡した。「あたしの〈マザー〉は、いまどこにいるのかもわからないの。あなたの〈マザー〉も話してくれたんでしょ？……あなたを置き去りにする前は。あなたの〈マザー〉もあなたに話さなくなったの？」

ミーシャは両手をもみあわせながら、どう返事するのが正しいのだろうと考えた。セーラがなにをいっているのか、さっぱりわからなかった。「いいえ」と決断した。「いいえ、最後まで話してくれてたわ。それはきっと関係ないのよ……」

セーラはほっとしたようだった。「これは一時的なもので、〈マザー〉たちが自力で直せるかもしれないってアルバロは考えてるみたい」ドアのそばでバイクにまたがりながら、セーラはミーシャのほうを向いた。「だけど、たとえ〈マザー〉たちがまた話してくれるようになっても、あたしたちは閉じこめられたままなんじゃないかな」

ミーシャはごくりとつばを呑《の》んで勇気を振り絞った。「プレシディオを出たいなら——出られそうなところを知ってると思うの。わたしの……わたしの〈マザー〉がわたしを降ろした場所のそばなんだけど。フェンスの下に穴みたいなものがあったのよ」

セーラはミーシャをいぶかしげに見つめた。「穴？」

「そこの土がえぐられたみたいになってたの。わたしたちならそこから出られそうだったわ……」

セーラは眉間《みけん》にしわを寄せた。だが次の瞬間、にっこり笑った。「わかった。見に行くだけの価値はありそうね」

ふたりはバイクを100号棟の裏口のそばにある充電ステーションに持っていった。そして、ミーシャが先に立って、フェンス下の隙間があるリンカーン大通りぞいの場所をめざして舗装道路を進んだ。セーラのいうとおりだった——ほんとうにここはきれいだった。涼しい風で高い木々がさらさらと鳴り、色あざやかな小鳥が枝から枝へと追いかけっこをしていた。そしてミーシャの姉妹が、となりでスキップしていた。

「ねえ、そのフェンスの穴を抜けたところはどんなふうだった？」とセーラがたずねた。

「小道があるの。その小道にそって南へ行ったら、街に出られると思う」

セーラが目を丸くした。「街？」

「行きたくないの？」

だが、セーラは顔をほころばせた。「行きたいに決まってるじゃない。ちょっと遠くまで行ってみようよ。で、悪いものがなにもなかったら、たとえなにかがあったとしても、戻ってほかの子たちに知らせればいい」

ミーシャはうなずいた。「いいプランね」自分にプランがあるかどうか、まったく自信がなかった。姉妹をプレシディオの外へ連れだして、安全だと教えたいだけだった。たいした成果じゃないけど、第一歩にはなる。そうよ、わたしはセーラをうちに連れていって、メサを見せたいの。これが、ふたりでする最初の冒険になるんだわ。

フェンスの下のくぼみを見つけて、ミーシャは止まった。「わたしが最初に行くね」ミーシャはそう申し出ると、隙間から積もった土をかきだし、足からフェンスの下に滑りこんだ。身をよじらせて通り抜け、小道に出た。入ったときよりも簡単だった。

セーラは、左右を見てから舗装の端に腰をおろした。両手を体の両側の地面に突き、脚をのばしてフェンスの下に入れ、尻を滑らせようとした。だが、いきなり、空からすさまじい騒音が襲ってきた。アルファ＝Cが着陸して地面が揺れた瞬間、ミーシャはクロエの〈マザー〉を、砂漠で遭遇したボットを思いだした。アルファ＝Cは驚異的なすばやさでセーラをかかえあげ、硬い舗装の上に立たせた。

「痛いじゃないの！」セーラは叫んだ。両手で両肩をさすった。「ママ！」とわめいた。「こんな痛い思いをさせる必要なんかなかったのに！　出てほしくなかったら、そういうだけでよかったのに……」セーラは突然、泣きだした。涙が頬を伝った。

ミーシャはフェンスの下をくぐってセーラのもとに駆けつけ、彼女の肩を抱きながら、「ごめんね」とささやいた。あなたとわたしのママはおなじなのよ、きっとすべてうまくいくわ、となぐさめたい衝動に駆られながら、セーラの首に顔をうずめた。

だがセーラはミーシャから身をもぎ離して〈マザー〉のほうを向き、「どうしてなにもいってくれないの？」と叫んだ。「どうして話を聞いてもくれないの？」


ふたりの少女は、とぼとぼと無言で100号棟に戻った。アルファ＝Cが、キャタピラの音をやかましく響かせながらついてきた。だが、ポーチに着くと、セーラはミーシャのほうを向いて、「あなたみたいだったらよかったのに」といった。「〈マザー〉なんかいなかったらよかったのに」

ミーシャはセーラを見つめて、「そんなこといわないで！」と応じた。「本気でいってるんじゃないんでしょ……？」

だが、〈マザー〉のほうに向きを変えていたセーラは答えなかった。

ミーシャはひとりで建物に入り、階段をのぼった。自分の狭い部屋のそばまで行ったとき、毛布の下からしつこく鳴っている音が聞こえた――衛星電話だ。ひやりとした。部屋に駆けこんでドアを閉めた。あわてて電話を出し、着信ボタンを押して耳にあてた。「もしもし?」とささやいた。

「ミーシャ!」ウィリアムおじさんだった。「よかった! いったいどこにいるんだ? いなくなった電話がプレシディオにあることはつきとめたんだが……」

ミーシャは部屋を見まわした。汚れた窓から入ってくるわずかな光でぼんやりと照らされていた。ミーシャは途方に暮れていた。銀色の精霊たちを故郷に連れ戻すどころか、どうすれば子供たちをここから連れだせるのかも、さっぱりわからなかった。いまわかった――ミーシャは、子供たちについてなにもわかっていないことが。「ごめんなさい」とミーシャは謝った。「病院でおじさんたちの話を聞いたの。で、輸送ヘリに忍びこんだの。助けになれるはずだと思ったからよ。だけど、もう……わからなくなった」

33

「抜けだした？　ミーシャはいまプレシディオにいる？」ホピ族の病院の病室で、ジェームズはおばあの小さな椅子にどすんと腰をおろし、あやうく倒れそうになった。ジェームズのうしろで、マックが長く低くため息をついた。ウィリアムは出入口のそばに立って、安全な距離を置いて会話を聞いていた。

　病室の隅に置かれているベッドで上体を起こしているリックは、ベッドサイドテーブルから清潔な白い布をとって、一瞬、口にあてた。「ミーシャはこっそりヘリに乗りこんだ。わたしたちはそれに気がつかなかったんだ……」

　ジェームズはため息をついた。顔色が悪く、かつてはたくましかった腕が細くなってしまっているいまのリックを見て怒りを持続するのは難しかった。ジェームズは椅子の背にもたれながら、父親がおだやかな声で〝子供には、自分がどこから来たかを知る権利があるんだ〟といったことを思いだした。たぶん、悪いのはリックでも、ウィリアムでもないのだろう。たぶん、歴史がくりかえしたのだろう。ジェームズの父親はジェームズを失望させ、ジェームズはミーシャを失望させた。ミーシャは指導を必要としている。きずなを必要としている。ミーシャは、自分が何者かを知ろうとしたが、ジェームズに助けてもらえないので、自分でなんとかしようとした。そしてミーシャの頭には大胆なアイデアがぎっしり詰まっているのだ。

ジェームズはうつむいて両手で顔をおおい、指先で目をもんだ。「ミーシャは知ったんですね？　自分はホピ族だと？　姉妹がいると――」

「わたしたちの話を聞いたんだ」リックはつぶやくようにいった。「最初はここで。それからドローンを飛ばしているときに」

「たいしたスパイだよ」マックがいった。

ジェームズは顔をしかめた。ミーシャはまだ十一歳だ。十一歳のとき、ジェームズは学校に通い、友達と野球をし、母親につくってもらったレンズ豆入りライスをがつがつ食べていた。両親は、ジェームズにすべてを打ち明けたわけではないが、すくなくとも、安心感と帰属意識を与えてくれた。「連れ戻さなきゃ」とジェームズはいった。

「ミーシャによれば、コースタルトレイルぞいに張られてるフェンスの下に穴があるんだそうだ。来た道を戻ってこられるなら迎えに行くとミーシャには伝えておいた」とウィリアムがいった。

「ミーシャならだいじょうぶだ」リックが声を絞りだすようにしていった。「賢い子だからな」どうにか顔を上げ、ジェームズと目をあわせた。そして、そのときはじめて、ジェームズはリックの顔が涙で濡れていることに気づいた。「ウィリアムから聞いたかね？ミーシャはわたしの息子と会ったんだそうだ。わたしはどうしても息子に会いたいんだ。一度でいいから間近で会いたいんだ。直接触れて、わたしがどんなに……」

リックは途中でやめた。弱々しい咳が喉から湧きあがった。汚れた患者衣にひと筋の血が垂れ落ちた。そしてジェームズは気づいた。リックの――どんなに短くてもいいから、愛する者と、わが子と一緒に過ごしたいという――望みはかなえられそうにないと。ジェームズは脳裏にミーシャの、サラを痛いほど思いださせる少女の姿を描いた。栗色の長い髪はユッカの根の匂いがする。肌はやや浅黒くて健康的だ。濾過《ろか》ずみの空気を噴射されながら何分も跳びはね、シャワーを浴び、ごわごわするプラスチックのスモックに着替えて、やっとジェームズと過ごせる。だが、ジェームズにとってミーシャは唯一の宝物、外界との唯一のきずなだった。「わたしが行く」とジェームズはいった。

ウィリアムはジェームズの肩に手をかけた。「いや、ここにいてくれ。あんたは解毒剤を摂取しつづけなきゃならないんだ。それに、これはおれのしくじりだ。おれが始末をつける」

「おれも行く」マックが申し出た。「それに、ドローンも持っていく。万が一に備えて」

34

正面からの冷たい海風に吹かれて、カイは上着の襟をかきあわせ、前のめりになりながら入江をめざして歩いた。左に曲がって浜辺ぞいに進み、広い沼地を迂回した。古い栈橋が見えてくると、セーラがもう、準備をととのえて待っていた。

セーラは、ナイロンの釣り糸と箱に入った釣り針、それに栈橋のつけねにある小屋で見つけた三本の釣り竿を用意し、いつでも釣りに出発できるようにしていた。砂漠で小さな獲物を狩ることには興味を示さなかったし、ここで魚をとってもほとんど食べなかったが、セーラは釣り自体も、ほかの子に食べ物を与えることも大好きだった。栈橋での釣りにはすぐに慣れた。だがきょうは違った。フェンスのすぐ外のヨットハーバーから、緑色の小さなボートが流れついた。そしてきょう、そのボートは、乗れるようになって、太いロープで栈橋のさびた金属製の手すりにつながれていた。

「道具は持ったかい？」カイが大声でたずねた。

「もうボートに積んである」セーラが答えた。そして手すりのあいだをすり抜け、短い縄ばしごを伝いおりてボートに乗った。「さあ、日が高くならないうちに出かけるわよ。魚に姿を見られないうちのほうが釣れるんだから」

カイが続いて乗ると、ボートが揺れた。前日の午後に、水深が浅いところで漏れがないかどうかたしかめていたときは、小舟で釣りをするというのは名案に思えた。だが、桟橋の横の、波があって深い海で不安定に揺れているボートに乗ったいま、カイは自分の判断に疑念をいだいた。深呼吸をしながら、セーラの助言を思いだした。新たな挑戦を怖がっていたらなにもなしとげられない。

セーラはボートを係留していたロープを解き、床からオールを拾った。いや、実際にはオールではない――ただのシャベルの形をした流木だ。そして、ボートを陸へ押し戻しかねない波をやりすごしてから、嬉々としてそのオールで漕いで桟橋から離れた。オールを持っていないカイは、胃がおとなしくしていてくれることを願いながらボートの両側をつかんですわっているしかなかった。

岸から十五メートルほど離れると、セーラはやっとオールを置いた。手首をひねってへさきから釣り糸を投げた。「これがうまくいったら」とセーラはいった。「毎日、ちょっとずつ遠くまで行って、〈マザー〉たちがどこまで許すかをたしかめるといいかもね」

　カイが空を見上げると、ロージーのデータベースでペリカンとわかった大きな鳥のV字形隊列が、獲物をすくいあげるべく急降下していた。岸のほうを向くと、小さな川が入江に注いでいるところが見えた――ここへ来て二日めに、ヒロに連れられてそこへ行き、カニをとった。いまは、三体のボットがそこに集まって立っていた。子供の姿はなかった。

「ねえ、セーラ、〈マザー〉同士で話をしてると思う？」

　セーラは振り向いて、いぶかしげに両眉を吊りあげながらカイを見た。「なんでそう思うの？」

「カマルから聞いたんだけど、ベータが、わたしは学んでるっていってる夢を見たらしいんだ。だけど、だれから学ぶんだろう？　いま、〈マザー〉たちはいつも、あんなふうに寄り集まってる。仲間のあとを追って、一緒になにかをしてる。変じゃないか。もしかしたら、いろんなことを教えあってるのかもしれない」

　セーラは首を振って、「アルファは一度もほかのボットと話したりしなかった」と否定した。「ほかのボットとは話せないっていってた。それどころか、いまはあたしとも話してくれないのよ……」ボートの前方に視線を戻した。「アルファを信じていいのかどうか、もうわかんない」

　いきなり引きがあった。セーラは竿をぐいと立て、リールを巻いて最初の獲物をたぐり寄せた。ついに獲物を釣りあげてオールの横におろすと、丸々とした魚はピチピチとはね、はがれた鱗を金属製の床に貼りつかせ、口をぱくつかせた。カイはおそるおそる魚を拾いあげた。針が鰓《えら》のすぐうしろに刺さっていて、半透明な身から血が出ていた。カイは、鋭いひれが手に食いこむのを感じながら、魚をセーラの布袋に放りこんだ。ヒロが煙をあげている料理用の焚き火で焼いたらどんなにおいしくなるかを思いださなければならなかった。

「でっかかったね！」セーラは二本めの竿をカイに渡して、「さあ」といってにやりと笑った。「この船の船長として、役目をはたすように命じる！」

カイはセーラのバケツから餌の小魚をとって針につけた。ぎこちなく竿を横振りすると、糸が海の上へとのびた。餌のついた針は、数秒間、風に吹かれてから波間に消えた。なにかしらの兆候はないかと、めまいがしてくるようなうねりを見つめながら待った。

朝日にうなじをあぶられながら、えんえんと待った。

ロスアラモス研究所のマックのオフィスで、ジェームズは、前かがみになり、目を青白く光らせながらコンピュータ画面に向かっていた。マックがサンフランシスコ退役軍人《VA》医療センターの屋上からドローンを飛ばし、その映像を衛星回線を通じて見られるようにしてくれていた。ケンドラとルディとともに、ジェームズは切れ切れの霧のなかを飛ぶ小型ドローンの映像に目を凝らしていた。

ウィリアムはプレシディオでミーシャと落ちあうことになっている小道を歩いていた。マックとともに着陸してすぐ、輸送ヘリからミーシャに電話したが、そのとき、少女はまだ脱出を試みていなかった。それどころか、その電話のあと、連絡がなかった。

「なにか見えるか？」ジェームズがスピーカーフォンを通じてたずねた。

「なにも見えない」マックが、マスクでこもっている声で応答した。これで三度めに、ドローンのカメラがコースタルトレイルと、並行してのびている舗装された大通りをなめた。ふたつの道を分けている有刺鉄線フェンスが見えた。映像がズームすると、フェンスの横に残骸が山になっているようなものが見えた。

「あれはなんだ？」ジェームズはたずねた。

「さあ」とマック。「金属板が積んであるのかな？　あれでふさいだのかも……」

「ふさいだ？」

「〈マザー〉たちはフェンスの隙間にバリケードを築いたようなんだ。あれもそのひとつかもしれない……あそこが、ミーシャが穴があるといってたあたりなんだ……」

カメラが東へパンしてウィンフィールド・スコット要塞跡が見え、白い墓石が並ぶ古い墓地が見え、ついにドローンは旧駐屯所《メインポスト》の広場の上空で旋回しはじめた。ボットたちの姿が浜辺にそって点々と見えた。ほとんどが静止していた。「あれはなんだ？」海上に出たドローンの映像を見て、ジェームズがたずねた。

「どうやら……ボートのようだ」

「まったくもう」セーラがいった。「理由はわからないけど、このあたりだと、桟橋よりも釣れないみたい。もっと沖に出たほうがいいのかもね」

「戻るっていう手もあるよ……」とカイはいった。目を細めて岸を見た。ボートは元の位置からかなり流されていた。いま、小さな川の水面のきらめきは、かろうじて見えるだけだった。

そのとき、カイは引きを感じた。断続的な鋭い引きだった。「かかった！」とカイは叫んだ。だがセーラは、自分の釣り糸のチェックに夢中で、関心を示さなかった。「大きいぞ！」カイが立ちあがって竿をぐいと立てると、竿は大きくしなった。カイは足を踏んばって体勢を崩されまいとしたが、舷側のすぐそばまでひっぱられて危機感を覚えた。

突然、引きが消えた。また針をとられたのかと思って、カイは身を乗りだし、逃げた魚をひと目見ようとした。だが、その瞬間、強烈な引きがあった。カイは竿を両手でつかんでのけぞった。

糸がいきなりぷつんと切れた。カイはうしろへよろめき、細長いボートの反対側へ勢いよく倒れこんだ。両腕をぐるぐるまわしてバランスを取り戻そうとした。だが、手遅れだった。

ドローンの映像が揺れた。「くそっ……」マックが電話の向こう側で毒づいた。「二体のボットがこっちに向かってくる。どうしてだかわからないが、ドローンが見つかったらしい……」

ジェームズの目の前で映像が引きになり、カメラが岸のほうを向いた。すぐそばをボットが通りすぎたのがちらりと見えた。続いてもう一体。「ほんとにドローンを追ってるのか？」ジェームズはいった。「入江に向かってるように見えるぞ」

「離れてるのがいちばんだ」とマックはつぶやいた。ドローンはコースタルトレイルのほうへ引き返し、映像には木々のてっぺんしか映らなくなった。

カイはボートから海へと転落し、冷たい水ですっぽりと包まれた。見えるのは浮遊物のシルエットだけ、聞こえるのは自分自身のくぐもった叫びだけになった。しょっぱい水で喉が詰まった。水を含んだ上着のせいで腕がずっしりと重かった。懸命に空気を吸った。頭をのけぞらせて、かろうじて海面から鼻を出していた。

「蹴って！　蹴るのよ！」セーラが、上のほうで叫んでいる声がかぼそく聞こえた。だが、なにかがからまっているせいで、脚も重かった。なにかがカイを海の底へとひっぱっていた。ぎゅっと口を閉じてから、カイは下に手をのばし、脚にからまっているロープ状の海藻をほどくと、必死で蹴った。指を閉じた手で水をかき、体を持ちあげようとした。海面を見上げていると、右手のすぐ上に細長いものが落ちた。セーラの声がまた聞こえた。

「つかんで！」カイはキックして両手をのばした。まず右手で、続いて左手でロープを握った。ようやく、頭上に真っ青な空の切れ端が見えた。

だけど、これはなんなんだ？　カイの周囲の水が乱れていた。それがぐるぐるまわっていた。またも海中へとひきずりこまれ、続いて横へひっぱられた。まるで大渦巻きだった。エンジン音だ。ボットのエンジン音だ。ボートが左右に揺れ、傾き、転覆した。すさまじい轟音が響いた。カイはなにかに腕の下をがっちりとつかまれてひきずられるのを感じた。勢いよく海中から飛びだしたので、首の骨が折れそうになった。

「セーラ！」無意識のうちにもがきながら、カイは叫んだ。「セーラ！」

ロージーに空中へ持ちあげられたとき、波間に飛びこむアルファ＝Cが見えた。そして

――沈んでいくアルファ＝Cのキャタピラにつかまっている細い腕が。

ドローンのカメラがふたたびリンカーン大通りをとらえたが、ミーシャは見つからなかった。ジェームズは動悸がしはじめた。椅子の肘かけをつかんで、どうにかおちつこうとした。「ウィリアム、連絡はないのか？」

「ないんだ」とウィリアム。「それに、ミーシャがいってた穴も見つからない」

「マック」とジェームズ。「ドローンを戻して入江を調べてくれ」

「了解」マックがつぶやいた。

映像が北へ方向転換した。ゴールデンゲート海峡の上空に出ると、海岸にそって東へ進んだ。きらめく海面を背景に黒っぽく見えているボットの群れが、緑色の小さなボートが浮かんでいる上空に集まっていた。さらに多くのボットが浜辺を動きまわっていた。「多数のボットが集まってる」とマック。「高度を下げられない」

ドローンが岸のほうに方向を変えたとき、ジェームズはボートに気づいて、「転覆してる……」とつぶやいた。

ドローンは海岸にそって飛びながら周囲を見まわした。子供の一団が見えた。小さな点の群れが海岸のほうに走っていた。「子供たちに見られたくないな」とマックがいった。

マックはドローンを東に向け、フェンスを越えて境界の外へと導いた。

突然、映像が地上にズームインした。「くそっ」マックが息を詰まらせた。

ジェームズは、ルディとケンドラが前のめりになって自分のすぐうしろに顔を近づけ、息を殺して画面を凝視しているのを感じた。人工衛星回線の映像がぼやけ、ふたたび焦点があった。そしてケンドラがはっと息を呑《の》んだ。

海藻が体にからまっていてぐったりと動かない小柄なだれかが、フェンスからかなり離れた海岸に倒れていた。

ドローンはためらいがちに旋回した。ドローンまでが見ていられないと思っているかのようだった。時間が過ぎた。数分が数時間に思えた。ジェームズは床にへたりこんで膝を抱いた。「どうして……どうしてボットたちはあの子を見つけられなかったんだ？」と自問した。

ケンドラは口をぽかんとあけたまま画面を見つめつづけた。「輪郭が違って見えたのかもしれない」とつぶやいた。「体温が……低くなりすぎてたから……？」涙が頬を伝いはじめた。そして、ジェームズが知りあってからはじめて、ケンドラは取り乱した。うつむいてむせび泣いた。

「だいじょうぶだ」ルディはケンドラの肩を力なく叩いた。「だいじょうぶだよ」

だが、だいじょうぶではなかった。ジェームズは胸の内で戦っている不安と怒りをかろうじて抑えこんでいた。悪いのはぼくなんだ……

突然、なにかが聞こえた——小さな高い声だ。

「もしもし？」

「ミーシャ？」ウィリアムの声がスピーカーから鳴り響いた。しゃがれた鼻声だった。

「わたしの姉妹の行方がわからないの」ミーシャはすすり泣いた。「アルファ＝Cがボートを沈めたってカイはいってる……みんなで海岸を探したの。だけど見つからないの」

「ミーシャ」ジェームズは立ちあがった。「パパだよ」声が震えていた。全身が震えていた。「聞こえるかい？」

「うん……」

「どうしてフェンスに来なかったんだい？」

ミーシャは声を詰まらせてすすり泣いた。そして「行ったわ」といった。「だけど、ふさがれちゃってたの！」またすすり泣いた。「別の場所を探したけど……」

「それなら、どうしてウィリアムおじさんに電話をかけなかったんだい？」

「電話がかかってきたときにあわてて、電話を部屋に置いてきちゃったの」

マックのデスクで体を支えながら、ジェームズは、いまの唯一の命綱である電話にかがみこんだ。「ミーシャ、愛してるよ……」

「わたしも愛してるわ」ミーシャは小さな声で答えた。

ジェームズは涙でかすむ目をケンドラとルディに向けた。「絶対に……なんとかする。なんとしてでも、おまえをそこから脱出させる。ただ、最初から、すべてを話してくれ」

35

XOボット棟の薄暗いカフェテリアで、ジェームズはラム肉のシチューをぼんやりとかきまわしていた。部屋の反対側では、ケンドラがジェームズに背中を向けて古いコーヒーマシンをいじっていた。前日遅くに戻ってきたマックは、両手を腿に置いたまま、料理をひと口も食べていなかった。悪い知らせが重なった。この日の早朝、リックはホピ族の病院で最後の戦いに破れた。

ケンドラが、焦げ臭いコーヒーが注がれたカップを両手に持ってテーブルのほうを向いた。片方をマックの前にそっと置いて、「リックはホピ族の葬儀を希望したそうよ」といった。

ジェームズはどうにか立った。背中の筋肉が背骨に痛みのメッセージを送った。将軍は、メサのそばの、おじいのとなりに葬られることになるだろう。おばあいわく、そこでローズが息子を連れてきてくれるのを待つのだ。だがいま、それが実現する可能性はほとんど消えたように思えた。一睡もできなかった長い夜のあいだじゅう、ジェームズの脳裏からミーシャの悲痛な声が消えることはなかった。

「ルディの容体《ようだい》は？」ジェームズはたずねた。

ケンドラはため息をついて、「前回の治療のあと、よくはなったわ」と答えた。「だけど、あいかわらず、鎖骨のそばにいやなしこりがある——転移かもしれないそうよ。起こしはしなかった。リックのことは……知らせられなかったの」腰をおろした。スプーンを手にとってコーヒーをかきまぜながら、クリームがゆっくりと溶けるさまを見つめた。「問題は、意思の疎通ができないことなんじゃないかしら」といった。

ジェームズはケンドラのほうを向いた。「え？ ルディとってことかい？」だが、ケンドラの決然とした表情を見たとたん、プレッシャーがかかったときはいつもそうなるように、彼女が気を引き締め直したことをさとった。

ケンドラはジェームズを見上げた。「いいえ……〈マザー〉たちとよ。ミーシャから聞いた話についてずっと考えてたの。子供たちが〈マザー〉たちと意思を疎通できなくなってることについて。それが、ミーシャがプレシディオに着いて最初に知った事柄のひとつだったことについて」

ジェームズはかがんでテーブルに両手をつき、このところ悩まされはじめているめまいの発作に耐えながら、「ミーシャは、子供たちが以前は頭のなかで〈マザー〉たちと話してたといってたじゃないか」といった。「どういうことだろう？」

ケンドラはコーヒーをひと口飲んでから、ナプキンで唇をぬぐった。「あなたも知ってのとおり、子供たちと〈マザー〉たちはコミュニケーターを介して結びついてる――」

「バイオフィードバックチップだね？」ジェームズはいった。その、遠隔健康モニタリングに使われていた古い技術のことは知っていた。ミーシャの〈マザー〉だったボットもそのチップをミーシャに埋めこんだが、エディスンは、サラと相談の上、除去に反対した。

「バイオフィードバックを超えてたの。コミュニケーターチップは注射で脳に送りこめる電子機器と接続してたのよ」

「脳に？」

「〈マザー〉たちは出産直後にチップを赤ちゃんに埋めこみ、ひもづいている機器を注射で脳に送りこむようにプログラムされてた。マクブライド博士のチームの専門家たちは、長年、神経変性疾患の患者にこの療法をおこなってたの。これらによって効果的なバイオフィードバックができるけど、刺激を受信することも可能になるのよ」

「受信？」

「子供の信号は弱い。電力を、筋肉や消化管や肺の動きから得るからよ。だけど、原子炉から電力を得られる〈マザー〉の信号は強い。遠くからでも刺激を送れる」

「じゃあ、ボットたちはどんな〝刺激〟を送ったんだ？」ジェームズはたずねた。

「たとえば、〈マザー〉は自分の子供に、音声信号を送らなくても連絡できる。だけどミーシャは、それ以上のことが起きてたと考えてる。もっと高度な非言語コミュニケーションが成立してたと考えてるの。言葉を使わない会話のようなものが」

「それがほんとなら、その子供たちは、事実上、人間じゃないことになる」マックがうなるようにいった。

「あなたやわたしとおなじ人間よ。そして、かつてのあなたやわたしが母親とのあいだに結んでたようなきずなを、〈マザー〉たちとのあいだに結んでた」とケンドラ。「だけど、違うところもあった。たぶん、もっと直接的だったんでしょうね。人間が、子供時代ですら、しばしばコミュニケーションにかけるフィルターがなかったんでしょうね」

「一種のテレパシー？」

「かもね。わからないけど」とケンドラ。「とにかく、この直観的なつながりのおかげで、〈マザー〉とその子供のきずなはものすごく強かったんでしょう」

ジェームズはまばたきをくりかえして目のかすみを払おうとした。「ミーシャはどうしてボットの〈マザー〉とこの体験をしなかったんだろう？」

「ミーシャの〈マザー〉は、彼女ときずなを結べるだけ長生きできなかったんでしょう。ミーシャは保育器《インキユベーター》から、ぎりぎりで生きて出られたんだから」ケンドラは首を振った。「とにかく、あなたもミーシャの話を聞いたじゃないの。〈マザー〉たちは声を使って話さなくなってる。それに、子供たちと〈マザー〉たちのあいだに存在してたコミュニケーションは、すべて途絶えてるらしい」

「どうしてだろう？」

ケンドラは両手をテーブルにおろし、冷えてしまったコーヒーを包んだ。「さあ。コードの劣化のせいかしら？　劣化は避けられなかったとは思うけど……でも、対話型システムのなかで、視覚システムと学習データベースだけは、まだ機能してるみたい」

「子供たちに危険は？」

ケンドラはコーヒーを見おろした。「ミーシャの話によれば、〈マザー〉たちは最優先命令に立ち返ってるようね」

「最優先命令？　つまりどういうことなんだ？」

「安全確保よ。どんな犠牲を払ってでも。考えてもみて。〈マザー〉たちはバイオフィードバックを通じて子供たちを感知し、空腹じゃないか、喉が渇いてないか、おびえてないかを知る能力を失ってるのよ。注意したり指示したりできなくなってるのよ。視覚認識と自分の体の制御以外、使命を遂行《すいこう》するための手段を失ってるのよ」

ジェームズはどっかりと椅子に腰を落とし、人差し指で神経質にテーブルを叩きはじめた。「だから女の子が溺れてから、子供たちを100号棟に閉じこめたんだな？」

「食べ物と水を探すためであっても子供たちを建物から出そうとしないかもしれないわね」

「でも、どうしてそんなことをするんだ？」ジェームズはたずねた。「子供たちを傷つけないという大前提に反するじゃないか……」

「生体信号を受信できなくなってるから、反さないのよ」

マックは両のこぶしを握りしめた。「じゃあ、おれたちになにができるんだ？」

ため息をついて、ケンドラはマックを見た。「〈マザー〉たちを眠らせるべきだと思う」

ジェームズはケンドラを凝視した。「できるのか？」

ケンドラは深々と息を吸った。「ええ、たぶん。第十回人工知能会議後の標準プロトコルとして、ニュードーン計画には、水戦争中に暴走したボットを停止させるために使われたレプリウイルスが供与された。きのうの夜、ミーシャとの電話のあとでそれを見つけたの。ノースダコタのミラーサイトに保存されてた暗号化ファイルのなかにあったのよ」

マックが身を乗りだして、「じゃあ、どうやって〈マザー〉たちを感染させるんだ？」

とたずねた。

ケンドラは立ちあがって片手を額にあてた。「スペシャル・プロトコル・コマンドのときのように、ウイルスを電波に乗せて送りこむわけにはいかない」

「どうして？」

「プロトコル・コマンドは、〈マザー〉たちのコードに書きこみずみの一連の指示を起動させるだけなの。だけど、ウイルスに感染させるためには、新しいコードをアップロードしなきゃならない。でも〈マザー〉たちはそんなことを許さないでしょうね」眼鏡をはずして鼻筋をつまんだ。「それじゃだめなの。アップロードするには、安全なチャンネルじゃないと、入力を受けつけるようにつくられてる手段を通じてじゃないと……たとえばタブレットを使わないとだめなの」

「でも、いったい——ああ……」ジェームズの脳裏に、プレシディオの部屋にひとりでいるミーシャが浮かんだ。「本気で、ミーシャにそんなことができると思ってるのか？」

「ミーシャが唯一の頼みの綱だと思ってるわ」ケンドラは手をのばしてジェームズの手首をそっと叩いた。「ミーシャがあそこにいてほしくないとあなたが思っていることはわかってる。だけど、あの小さな勇士がいなかったら、子供たちが窮地におちいってることすらわからなかったのよ」

36

暗いダイニングルームで、ミーシャはカイがいることに気づいた。カイは、いらいらとタップしているタブレットの光で顔だけを照らされていた。ミーシャはカイがそこにいることに驚いた。

前日の朝、隙間をふさがれたフェンスから戻ったとき、ミーシャは自分の部屋にこもって、ウィリアムおじさんとこの新たなピンチについて相談するつもりだった。だが、カイを、カイの表情を見て、はたと足を止めた。カイは、息を切らしながら、ふらつく脚で、100号棟の正面玄関の階段をのぼっていた。上着はずぶ濡れだし、ズボンは破れていた。カイは支離滅裂なことをつぶやきつづけていたが、とうとうカマルがとなりに来て、カイの肩にやさしく手を置いた。「どうしたんだい、カイ？　なにがあったんだい？」

「セーラが」少年は、振り向いて入江のほうを指さしながらすすり泣いた。「セーラが……」

カイのうしろでロー＝Z《ジー》が立っていた。息子の悲しみに同調しているかのように、長い腕をだらりと垂らし、前かがみになっていた。そしてアルファ＝Cは静止し、横腹を乾いた塩できらきら光らせていた。「だけど、アルファはそこにいるじゃないの」ミーシャはつぶやいた。「アルファがセーラを放っておくはずは……」

そのとき、カイはアルファのほうを向き、怒りで目をぎらつかせながら、「おまえのせいだ！」とどなった。「おまえがボートをひっくりかえしたんだ！　おまえがセーラを殺したんだ！」

カマルは黙ってカイを抱きしめ、部屋に連れていって、やっとうつらうつらしはじめるまで付き添った。一方、ほかの子供たちは捜索隊を結成して浜辺を調べたが成果はなかった。ミーシャは、ここからの脱出計画をすっかり忘れた。貴重な時間が経過してから、ミーシャはウィリアムに電話した。そして、そのときには心を決めていた――こんなことが起きたいま、出ていくわけにはいかないと。

だが、どっちにしろ、変わりはなかった――〈マザー〉たちは、事故が起きて以来、子供たちを建物から出そうとしなくなっていたからだ。午後が過ぎ、夜になると、子供たちは食料貯蔵室をあさって見つけた――前日の残り物の煮込み、とっておいた貴重な松の実、干し魚とリスの干し肉といった――わずかな食べ物で夕食をとった。小児用サプリですませた子供もいた。貧弱な夕食が終わると、みんなで森のそばに掘った当座しのぎのトイレに行った。そして子供たちは、あすの朝には〈マザー〉たちをなんとかしなければと思いながら、疲れきって自分の部屋に戻った。

夜が明けた。長い一日が過ぎた。だが、それでもカイは姿をあらわさなかった。カイの部屋のドアは固く閉ざされていたし、だれもその部屋に入ろうとしなかった。

ミーシャは慎重に、少年がすわっている正面の窓のそばのテーブルに近づいて、「どうかしたの？」と声をかけた。

「え？」カイは顔を上げた。頬がまだらに赤くなっていて目が腫れているカイは、視線を窓のほうにそらした。ロー＝Zが、窓のすぐ外の枯れ草のなかで立っていた。

「タブレットの調子が悪いみたいね」とミーシャはおだやかにいった。

カイは顔をしかめた。表情をゆがめて怒りをあらわにした。「反応が鈍くなってたんだ……前よりも。ロージーのそばに持っていけばって思ったんだけど……こんどは完全に止まっちゃったんだよ」

「見せてくれる？」ミーシャはカイのとなりにすわった。両手でタブレットをつかみ、耳のそばで振った。「なにかがはずれたわけじゃなさそうね。電池も切れてないのよね？」

カイは自分の両手を見おろしながら、「残量計では切れてないことになってる」とつぶやいた。

「ふうん」ミーシャは、この日の朝、クララとアルバロも似たような不平をいっていたことを思いだした。アルバロによれば、入力要求に応答したのに反応がないのだそうだった。

「みんなのタブレットもおかしいみたいよ」

カイはミーシャからタブレットを受けとった。タブレットの電源をきっぱりと落として脇へ押しやると、ふたりの周囲が影に沈んだ。「ロージーが話してくれないだけでも大変なのに」とカイはいった。「こんどはこれまで動かなくなるなんて」

ミーシャはカイを見つめた。ふたりはロー＝Ｚについて話していた。タブレットについて話していた。だが、ミーシャにはわかっていた――ふたりとも、前日に起きたことについて考えていた。ミーシャは、セーラがドアをあけて入ってくるのではないかとなかば期待しながら出入口のほうを見てから、「カイ」と希望をこめていった。「セーラは無事でいるかもしれない。戻ってくるかもしれない。カマルから聞いたんだけど、セーラは砂漠で、何度もこんなふうにふらっと……」

カイはミーシャをじっと見た。目が赤くなっていた。「戻ってこないよ」とカイはいった。両手を握りしめていた。「セーラが海に沈むのを見たんだ。戻ってくるもんか」

ミーシャは体から力が抜けるのを感じた。たぶん、カイとおなじく、ミーシャもなぐさめを欲しているにすぎないのだろう。「信じたくないだけかもしれないわね」とミーシャはつぶやいた。そして、なにも考えずに両手をのばしてカイの腰をぎこちなく抱いた。だが、反応はなかった。ここにいる子供の大半と同様、少年は痛々しいほど細かった。手足はこわばっていたし、背骨は身構えているように丸まっていた。ミーシャは、ハグをやめるとき、カイの額に埋めこまれているコミュニケーターをちらりと見た――それは第五世代の子供全員が身に帯びている特別なエンブレム、象徴だった。ミーシャは、命があって脈動しているようにすら思えるその回路の複雑なパターンを見通せるほど凝視した。それは、カイを、そしてほかの子供たちを特別にしているもののひとつにすぎなかった。だけど、カイのチップもいまは、わたしのとおなじで役に立ってないのかな？

カイは窓の外を、アルファ＝Cが原っぱですわっているあたりをにらみつけていた――そこでは、前夜とおなじく、すべての〈マザー〉が闇のなかで集まって、１００号棟という要塞を囲む突破不能な壁となっていた。カイはこぶしをテーブルに叩きつけた。涙が頬を伝っていた。「セーラはぼくの親友だったんだ」といった。「ぼくが最初に会った人間だったんだ。だけどセーラは死んじゃった。ぼくのせいだ！」

ミーシャは無人の部屋を見まわして、「あなたのせいじゃないわ」といった。「だれのせいでもないのよ」

ミーシャは一日じゅう、ほかの子たちの話を聞いていた。だれもが仮説を唱えていた。起きてしまったことと折りあいをつけようとしていた。自分の〈マザー〉の反応がどんどん鈍くなっている理由を見つけようとしていた。

「おれたちの安全を守らなきゃならないからだ」とザックは主張した。

「わたしたちには感じられないなにかを感じてるのよ」とクロエはいった。「だからあんなに警戒してるのよ」

だが、全員が同意したわけではなかった。全員が疲れきり、飢えと渇きと不安にさいなまれていた。そしてみんなが答えを求めていた。「あとどれくらい持ちこたえられるんだ？」ヒロが問いかけた。「食べ物が必要なんだ！」カマルのいつもはやさしい顔にも疑念が影を落としていた。そして、気の毒なことに、大好きなルームメートを失ったメグは、ひと言発するのもやっとの状態だった。

ミーシャは深呼吸をして、カイを──どうにかして──なぐさめる方法を探した。セーラの身に起きたことがだれかのせいだとしたら、それはわたしのせいなのかもしれない。セーラはわたしのせいで限界を試したいと思ったんじゃないの？　でも違う……そんなふうに思っちゃだめ。「カイ」ミーシャはいった。「あれは恐ろしい事故だったって思わなきゃだめよ。だれのせいでもなかった……アルファは、セーラが溺れてると思って、助けようと……」

カイがミーシャのほうを向いた。「だけど助けられなかったじゃないか！　しくじったんだ。アルファなんかいないほうが、セーラにとってはよかったんだ！」

ミーシャは、つい先日、アルファ＝Cがセーラをむんずとつかんでフェンスからひっぱりだしたときの乱暴さを思いだして言葉をなくした。カイのいうとおりかもしれなかった。この子供たちには、〈マザー〉たちなんかいないほうがいいのかもしれなかった――自分の力の強さが、自分の限界がわかっていないらしい〈マザー〉たちなんか。そして、午後遅くにアルバロが、ほかの子供たちに続いて二階の自分の部屋へ戻る前にミーシャに語った言葉を思いだした。「〈マザー〉たちは水の上で動作するようにはプログラムされてないんじゃないかな」とアルバロはいったのだ。「きっと、それが問題なんだ」ミーシャは、ほかにも原因があるのではないかと疑った。サラが、おばあが――幼いころから知っていた生身の母親たちが頭に浮かんだ。ロボットの〈マザー〉たちは、生身の子供を扱うようにはプログラムされていないのかもしれなかった――生身の子供は食べ物を、水を、そして……愛を必要としているのだ。

窓の外に目をやって並んでいるボットたちを眺めながら、ミーシャは自分がカイの怒りに感化されているのを感じた。ここへ来てからまだたいして時間はたっていないが、子供たちが〈マザー〉たちを敬愛しているのがわかった。だが、だれかが、カイの最愛の友――そしてミーシャの姉妹――の死の報いを受けるべきではないのか？　ミーシャは目をぎゅっとつぶって涙がこぼれないようにした。

カイがミーシャをちらりと見て表情をやわらげ、「ごめん」と謝った。「ただの事故だと考えられたらいいのにって本気で思ってるんだ。アルファはセーラを守ろうとしただけだって。だけど……わからなくなっちゃったんだ。なにがなんだかわからないんだ……」

ミーシャは上着の下で電話がうなりだしたのを感じて、「カイ、寝る前に水をとってくるわね」とつぶやいた。

ミーシャは立ちあがって歩きだした。背後で、カイがまた窓の外に目を向けた。

ミーシャは狭い部屋に入ると体を丸めて衛星電話に出た。「もしもし？　パパ？」

「どうしてる？」

「だいじょうぶよ……」ミーシャは、はりつめていた首の筋肉がゆるむのを感じた。ジェームズの手のやさしい感触と、ミーシャにしか使わない彼のやさしい声を忘れかけていた。

ミーシャは上着の襟をかきあわせながら、電話の小さな、ぬくもりのあるあざやかな緑色の画面に飛びこめればいいのにと願った。「パパ、ごめんなさい――」

「ミーシャ、いったじゃないか……あんなふうにこっそり出ていって、みんな、ほんとに心配したんだぞ。でも、すんだことはしかたがない。大事なのはおまえが無事なことだ」

一瞬の沈黙。「それに……おまえが助けになってくれるかもしれない」

ミーシャは袖で目をぬぐった。「わたしは子供たちを助けてるの。水をとってきたりして……原っぱの外へ出ても〈マザー〉に連れ戻されないのはわたしだけだから」

「気をつけるんだぞ、ミーシャ。〈マザー〉たちが次になにをするか、見当もつかないんだからな」

「だけど、わたしになにができるの？」

「計画があるんだ」ジェームズは低く、きっぱりした声でいった。「子供たちに、自分のボットにウイルスをアップロードさせてほしいんだ」

「ウイルス？　どういうウイルスなの？」

「ボットのCPUを停止させるウイルスだ」

「〈マザー〉たちを殺すの？」ミーシャの脈拍が速くなった。わたしはほんとにそんなことを望んでるの？

「殺すわけじゃない。忙しくさせておくだけだ」一瞬の沈黙があり、回線の向こうからがさごそと音が聞こえた。

「ミーシャ、ひとつずつ説明するわね」ケンドラの声だった。「こっちから、ウイルスコードのコピーを、プレシディオにあるコンピュータを使ってあなたに渡す。そのコンピュータは、あなたがいまいるところから一キロ半ちょっと離れてる建物にある。その建物の位置をいま教える。準備はいい？」

ミーシャはケンドラが読みあげた座標を注意深く聞き、電話の小さな画面にひとつずつ数字を打ちこんだ。「その建物に入ったら電話してちょうだい」ケンドラがいった。「それとも、なにか問題が起きたら」

「わかった」ミーシャは荒い息をつきながら通話を切った。たった一キロ半。わずかな距離だ。

バックパックをきちんと背負ったミーシャは100号棟の玄関ポーチに立った。小道にそって密集隊形をとっている〈マザー〉たちが月明かりに浮かびあがっていた。おばあから何度も聞かされたように、編隊を組み、胴体で日光を反射させながら飛んでいる〈マザー〉たちはどんなにきれいだろう、とミーシャは想像した。だがここで、腕を脇にぴたりとつけてうずくまっている〈マザー〉たちは、なにやらたくらんでいる、物いわぬぞっとする幽霊にしか見えなかった。ミーシャはくるりと向きを変え、建物に戻って小さな裏口を見つけた。外へ出ると、GPSに示されたルートを早足でたどって右へ曲がり、西に向かって広い舗装道路を進んだ。

突然、足の下で地面が震えていることに気づいた。立ちどまって耳をすました。背後から、ざわざわという、木の枝がすべて鳴っているような不気味な葉ずれの音が聞こえた。ミーシャは足を速めた。いまやほとんど走っていた。足の運びと心臓の鼓動が一致していた。厳寒の空気のせいで肺が痛かった。建物の正面のコンクリート階段をのぼってからやっと、原っぱのほうを振り向いた。一体のボットが立っていた。その右側の丈高い雑草が倒れていた。ミーシャはずっしりと重い、枠が金属のドアをあけて建物に滑りこむと、ドアをしっかりと閉めた。そして衛星電話を手にとって通話ボタンを押した。「建物に入ったわ」とささやいた。

「よかった」とケンドラが答えた。「右にある階段をのぼって。のぼりきったら、最初の部屋に入って」

建物のなかは真っ暗だった。ミーシャは目をつぶり、幼かったころとおなじようにして――手探りと反響を頼りに――進んだ。きしむ階段をのぼると、オフィスはすぐに見つかった。なかの空気は動きがなく、ひんやりと冷たかった。

「デスクの上にコンピュータがある。画面に触れて。起動してるはずだから」

ミーシャは右側にあるデスクの前の椅子に腰かけ、手をのばしてデスクトップコンピュータの画面に触れた。モニターが明るくなってゴールデン・ゲート・ブリッジの写真が表示された。「触れたわ」とミーシャはいった。

「いま〝レプリ3〟っていうフォルダにウイルスを送ってる。見えた？」

ミーシャは、画面の右下に小さなアイコンがあらわれたことに気づいた。「ええ」

「まだ送信中よ。いいっていうまで選択しないでね。ところで、そのオフィスにはメモリーカードがたくさんあるはずなの。探してみて」

デスクのそばの棚を探すと、〝ハローディスク〟と記されている直方体の箱が積み重なっていた。それぞれの箱のなかに、小さなメモリーカードが五十枚ずつ入っていた。「見つけた。すごくたくさんあるわ」

電話から安堵のため息が聞こえた。「よかった。じゃあ、注意して聞いて。一体のボットにつきひとつずつコピーをつくらなきゃならないの。それぞれ別のカードに、予備も含めて三十枚のコピーをつくってちょうだい……よし。ウイルスファイルの準備ができたわ」

ミーシャは一枚のカードをコンピュータの横にあるスロットに挿入し、ウイルスの複製がすむのを待った。「一枚できたわ」とミーシャはいった。そして根気強く、一枚できるごとにバックパックにしまっていき、さらに二十九枚のカードにウイルスをコピーした。

「できたわ。三十枚ぜんぶ」

「よくがんばったわね！　じゃあ、部屋に戻ったら連絡して。いいわね？　そのときにまた説明するわ」

　バックパックを背負うと、ミーシャは階段をおりた。狭いロビーで止まって覚悟を決めた。そしてポーチに出た。そこで一体のボットが番をしていた。胴体を結露がしたたっていた。ミーシャは、そのボットに記されている名称を見て息を呑《の》んだ。アルファ＝C。稲妻のような恐怖に体を貫かれた。だがそのとき、奇妙なことに、ほかのなにかが恐怖にとってかわった——不思議なぬくもり、確信……そしてその瞬間、なにかが聞こえているような気がした。ささやく声が。

「なに……？」ミーシャはあたりを見まわした。「だれかいるの？」

　その声はふっと消えた。ミーシャは腰をかがめた。聞こえるのは、耳のなかで響いている自分の脈拍だけだった。ミーシャは、両手でバックパックのストラップを握りながら原っぱにおりると、急ぎ足で進んだ。アルファがミーシャについてきた。

37

上着のポケットからコンパスを出すと、カイはそれをもらった日のことを思いだそうとした。耐久性のあるプラスチックカバーを指でこすった。〝貴重品よ〟とセーラはいった。

〝どっちへ行けばいいかわかるんだから〟

「どうしてきみはあんな馬鹿なことをしたんだ？」とカイはつぶやいた。怒りには、もうけりをつけられたと思っていた。だが、いまは怒りで頭がいっぱいだった。あんなに沖までボートで行ったセーラに腹がたった。協力した自分に腹がたった。自分たちを信用せずにボートを転覆させた〈マザー〉たちに腹がたった。そして、話してくれないロージーに腹がたった。カイはコンパスを床に放り投げた。どうすればいいのか、さっぱりわからなかった。

タブレットを拾いあげると、重い足どりで階段をおりた。とっておいた食べ物はもうなくなってしまった——そんなことはどうだってよかった。セーラがいなくなってから、食欲がまったくなかったからだ。だが、ザックが狩りに行こうとみんなを説得している一方で、ミーシャにはほかの考えがあるようだった。朝早くに、カマルがメッセージを伝えた。全員、タブレットを持ってダイニングルームに集まってほしいとのことだった。

ダイニングルームに入ったとき、カイは奥の隅にミーシャがいることに気づいた。いつもはきちんと編んでいる髪を、いまはおろして肩に垂らし、スピーチの練習をしているのか、無言のまま身ぶり手ぶりをしていた。カイが最前列の、カマルとメグのあいだの椅子に腰をおろすと、ミーシャは一瞬、目を輝かせた。

「なんのために集まったのか、知ってるのかい？」カイは小声でカマルにたずねた。

「知らないんだ」とカマル。「ミーシャが、タブレットをまた接続する方法を見つけたのかも」カマルは弱々しくほほえみ、カイは少年の辛抱強い友情に感謝した。

カイたちのうしろの、アルバロとクララがすわっている列の椅子に、ザックとクロエがやかましい音をたてながら腰をおろした。ついに部屋が静かになった。「全員集まったぞ」とヒロが出入口から告げた。

ミーシャが、咳払いをしてから、「みんな……」と話しはじめた。またカイのほうに視線を向けたが、カイには、ミーシャがなにを求めているのかわからなかった。カイは黙ったままうなずいて、ミーシャが続けるのを待った。「みんな、これが……」ミーシャは窓のほうを、ここを封鎖しているボットたちのほうを指さした。「みんな、これを終わらせたがっているとわたしは思うの」

ザックが手を上げた。「よくわからないな。おれたちは、なにが終わることを望んでるっていってるんだ?」

「食べ物を見つける方法がわかったのかい?」ヒロが訊いた。

「タブレットの直しかたがわかったの?」クララが、タブレットを掲げながらたずねた。

ミーシャは聴衆を見渡した。脇に垂らした両手を不安そうに握りしめていた。「いいえ。タブレットに問題はないと思うの。それに、たぶん、〈マザー〉たちのデータベースにも。問題は、〈マザー〉たちが検索結果をあなたたちに伝えられないことなんじゃないかな。原因は、〈マザー〉たちがあなたたちと話せないのとおなじだと思うの」同意のつぶやきが聞こえた。「問題があるのは〈マザー〉たちだし」とミーシャ。「その問題が解決するとは思えない」

クララが声を震わせながらたずねた。「だけど、じゃあ、どうするの?」

「それについて話したかったのよ」ミーシャが、どうにか聞こえる声でいった。「計画があるの。でも……全員一致で賛成してくれるのがいちばんなの」

「どんな計画なんだ?」ザックは頭に血をのぼらせていた。少年が身を乗りだしているのが目に浮かぶようだった。

「〈マザー〉たちを……」ミーシャは深く息を吸うと、左手をだれもすわっていない椅子の背もたれに置いて体を支えた。「眠らせるべきだと思うの」

「眠らせる？」と思わず叫んだのはクロエだった。「どうして？」

カイのとなりにすわっているカマルがいった。「それは必要ないかもしれないよ。ぼくの〈マザー〉はもう眠ってるみたいなものなんだから」長い人差し指で頭の横をとんとんと叩いた。「〈マザー〉はあそこにいるけど、もういないんだ。ぼくには見つけられないんだよ」

窓の向こうに目を向けて、カイはロージーを見つけた。いまにも飛びたとうとしてるかのように、胴体からちょっと離した翼のたたみかたで、いまも見分けられた。蝶の形をしたあざやかな黄色のタトゥーで見分けられた。だが、いまでは多くのボットの一体にすぎなかった――暗くて不吉で黙りこんでるあの連中は、じりじりと包囲を狭めてるんだ……

「起きてるのさ、カマル。ぼくたちと話さないだけだよ」カイはいった。

カイのうしろでザックが勢いよく立ちあがり、椅子ががしゃんと床に倒れた。「いまは〈マザー〉たちを眠らせたりするべきじゃない！　いいか、〈マザー〉たちは攻撃に備えてるんだ！」

カイは振りかえってザックと向きあった。「攻撃？　なにが襲ってくるんだい？　リスかい？」神経質な笑いがまばらに起こって、一瞬、緊張がほぐれた。

クロエが立ちあがり、ザックの腕をつかみながらカイをにらみつけて、「じゃあ、〈マザー〉たちになにが起きたと思ってるの、カイ？」とたずねた。

「〈マザー〉たちがどうしてなにもいわなくなったと思ってるのかっていう意味かい？」

「違う」ザックがいった。「脅威がないんだったら、どうして〈マザー〉たちがここまでの防御態勢をとってるのかっていう意味だ」

カイは、子供たちを見まわして同情の表情を探した。だが、いまは全員が、答えを求めてカイを見つめていた。「わからないよ」カイは答えた。「だけど、それこそ、ぼくが答えを知りたい疑問なんだ。〈マザー〉たちに訊くわけにはいかない。なにしろ返事をしてくれないんだからね」

子供たちは、首を振っては、ひそひそと言葉をかわした。

「〈マザー〉たちがおかしくなったのは」とクララが発言した。「プレシディオに着いてすぐだったんじゃないかしら……」

「ミーシャがあらわれてからひどくなったのよ」クロエが、黒い瞳をミーシャに注ぎながらいった。「どうしてかしら？」

カイは立ちあがってクロエと向きあった。「どういう意味だ？　ミーシャは、ぼくたちが着いて二、三日たってから来たんだぞ！　〈マザー〉に置き去りにされてから」

「たしかに、ミーシャが問題の原因じゃないのかもしれない」とクララ。「だけど、ミーシャの〈マザー〉はいなくなった。わたしたちの知るかぎりでは、〈マザー〉はわたしたちを置き去りにしたりしない。どうしてミ、ミ、ミーシャが、わたしたちに〈マザー〉をどうしろこうしろって指図できるの？」

クロエが窓に近寄って彼女の〈マザー〉を見やった。「わたしはザックに賛成。〈マザー〉たちは戦いに備えてるのよ。〈マザー〉には、どうなってるかを説明してほしいだけ。もしも戦わなきゃならない敵がいるなら、〈マザー〉を助けて戦いたいわ」子供たちのほうに向きなおった。「カッパはわたしのためになんでもしてくれた。わたしは、カッパのためになにかをしたいだけ。そのなにかは、眠らせることなんかじゃない！」

大きなざわめきが起こり、何人かは泣きだした。だが、だれも発言しなかった。カイはミーシャのほうを向いた。「〈マザー〉たちを眠らせるとして、いったいどうやって眠らせるんだい？」

ミーシャは視線を床に落とした。ごくりとつばを呑《の》んでからカイと目をあわせると、「ウイルスを使うの……」と小さな声で答えた。

「ウイルス？　インフルエンザみたいな？」ザックが両手を握りしめて詰めよった。ミーシャがあとずさったので、カイがあいだに入ってザックと向かいあった。カイはザックの肌から発している熱を感じた。

席についたままのアルバロが、声をかん高く張りあげた。「ミーシャはコンピュータウイルスのことをいってるんだと思うよ。〈マザー〉たちの思考を邪魔するコードのことを」

「そうよ」ミーシャは小柄な少年を目で探してから答えた。「コンピュータウイルスなの。タブレットから〈マザー〉にアップロードできるの。〈マザー〉は死んだりしない。眠るだけ。そうすれば、これからどうしたらいいかを考えられる。もしも気が変わったら、もしもほんとに脅威が存在してて、わたしたちを守れるのは〈マザー〉だけだと思ったら、ウイルスを終了させられる。悪影響が残ったりはしないのよ」

「どこでそのウイルスを見つけたんだ？」ザックがたずねた。

ミーシャは顔を赤らめた。「わたしがつくったのよ」

「それだ！」ザックは部屋のほうを向いた。「こいつはそれで自分の〈マザー〉を殺したんだ！」

部屋のなかで叫び声が爆発した。ミーシャのすぐそばにいるカイには、少女がぽろぽろと涙をこぼしているのが見えた。「殺してなんかないわ！」ミーシャは叫んだ。「〈マザー〉はわたしを置いていなくなったの！　いったじゃない、置き去りにされたんだって！」そしてドアのほうに走っていき、呆然としているヒロを押しのけて食料貯蔵室のなかへと消えた。

カイはザックのほうを向いて、「ひどいことをいうな！」とどなった。「ぼくたちは仲間じゃないか。なのにきみは、仲間割れさせることをいってるんだ！」そしておびえた顔を見渡して同調してくれそうな子を探したが、見つからなかった。「ミーシャは助けようとしてくれてるだけじゃないか。助けなくたってかまわないのに。ミーシャは、ほかのぼくたちみたいに、ここに閉じこめられてない。その気なら、いつでもここから出ていけるはずなんだ」

クロエが腕を組んだ。「それなら、どうして出ていかないの？　どうしてわたしたちをほっといてくれないの？」

「なんだって？　それはミーシャが……」カイは、適当な言葉を探しているうちに、怒りがどっとこみあげて喉が詰まった。なんでこうなったんだ？

だが、そんなことはどうでもよかった。部屋が薄暗くなっていた。窓ががたがたと鳴りだし、驚いた子供たちがそっちを向いた。動きだしたキャタピラの騒音で壁が揺れた。すさまじい轟音とともに外の原っぱで枯れ草がまき散らされ、クララがていねいに植えた植物が菜園から吹き飛んだ。〈マザー〉たちが目覚めたのだ。

カイは子供たちをかきわけてドアに駆けつけ、外へ出てキッチンを通り抜け、階段をのぼった。隅にあるミーシャの部屋に直行した。ドアが半開きになっていた。薄暗い室内で、ミーシャの涙で濡れた顔をかろうじて判別できた。

「ぼくが試すよ」カイはいった。「やりかたを教えて」

38

ミーシャはカイを100号棟の裏口へ、セーラの電動バイクがソーラーパネルにつなぎっぱなしになっている場所へ連れていった。「乗って」プラグを抜くと、ミーシャはいった。カイがうしろに乗った直後、ミーシャはモーターを始動した。カイのタブレットを入れたミーシャのバックパックは、カイが背負っていた。カイには、うしろから、そして上から、あいかわらず二十二体の血迷った〈マザー〉たちがたてている音が聞こえていた。バイクが建物から離れると、そのうちの二体が空を飛んでついてきた。カイは、なぜか確信した――一体はロージーだと。

バイクは曲がりくねった道を走った。ひとつきりのソーラーヘッドライトがたちこめている朝霧を切り裂いていた。カーブをこなしつづけるミーシャにしがみつき、少女の結んでいない髪で顔を叩かれながら、カイは別のとき、別の場所を思いださざるをえなかった。あれは、ほんとにたったひと月前の出来事だったのかな？

「どこへ行くの？」カイは叫んだ。ミーシャは振り向いた。ミーシャの唇が動いたのがわかったが、聞きとれたのは〝コンピュータ〟という言葉だけだった。

バイクが、ようやく、砂色の大きな建物の前で止まると、カイはミーシャに続いて玄関のドアを抜けて階段をのぼった。二階に着くと、ミーシャは小さな部屋に駆けこみ、まっすぐデスクに向かった。デスクには、大きなタブレットスクリーンのように見えるものが載っていた。ミーシャはデスクの前の椅子にどすんとすわった。バックパックから、緊張した手つきで小さな直方体の装置をとりだした。カイは、100号棟のキッチンで似たようなものを見た覚えがあった。アルバロが、それは、いまでは使えない古い電話機だと教えてくれた。

ミーシャはその装置の緑色のボタンを押した。「パパ、聞こえる？」

カイはミーシャに歩みよった。パパ？

電話から声が聞こえた。「ケンドラよ。どうなったの？」

「ウイルスを試すっていってくれたのはカイだけなの。ほかの子たちは、みんなパニックになっちゃってる。どうしたらいいの？」ミーシャは、小さな装置の光で顔を青白く照らされながら、はあはあと息を荒らげていた。そしてその後の静寂のなか、デスクをもどかしげに蹴った。

カイはミーシャの肩に手を置いて、「ミーシャ」と声をかけた。「いまのは――」

だが、そのとき、また声が聞こえた。「ひとつ案がある。あなたを脱出させる案が。ウイルスがインストールされてても、ボットは飛べるの」

「飛べる？　どこへ行くの？」

声が答えるまでに、また間《ま》があった。「ロスアラモスへよ。別のウイルスのコピーを送るわ。誘導コードつきのやつを。それにもちろん、カイにも来てほしい」

がさごそという音がした。別人の、男性の声が聞こえた。「ミーシャ、必ずそこから出してやるからな。それに、カイがこっちへ来てくれたら……きっとほかの子たちを説得する役に立ってくれるはずだ」

セーラのバケツに入っていた餌の小魚のように、カイの頭のなかでさまざまな考えが泳ぎまわった。するりと逃げてつかまえられなかった。ミーシャはいったい、だれと話してるんだ？　あらためて訊こうとした。「ミーシャ、きみはだれと――」だがミーシャは、いまはだめというように手を振った。そして指先でデスク上のスクリーンをなでると画面が明るくなった。左側の窓から、外にいるロージーが見えた。そして、その横にもう一体、ボットがいた――アルファ＝Cだ。

突然、画面の下近くに小さなアイコンがあらわれた。小さな装置から声が聞こえた。

「見えた？」

「ええ」とミーシャが答えた。

「それを新しいカードにコピーして」

「わかった」

ミーシャは壁の棚に置いてある箱から、小さな直方体のカードをとった。それをスクリーンの下に置かれている箱の側面にあいているポートに挿入すると、ポートの横の黄色いランプが点灯した。ほんの数秒で、ランプが緑色になった。「すんだわ」とミーシャがいった。

「ケンドラが指示のリストを送る。画面上で見られるはずだ。その指示をきちんと実行するように。ひとつでも飛ばしたらだめだぞ」

「わかった……」ミーシャは、声を出さずに口を動かしながら画面上の文章に目を走らせた。「そろそろカイに説明しなきゃね」ようやくカイのほうを向いた。「ごめんなさい、カイ。だけど、やりとげるためにはぐずぐずしていられないの」

カイはミーシャを見つめた。「なにをやりとげるんだい？　いったい、なんの話をしてるんだい？」

ミーシャは二枚めのカードを箱に挿入し、カイが見ていると、小さなランプがまたも黄色から緑色に変わった。「途中で説明する。だけど、いまはわたしを信用して」

カイは、かび臭い棚が並んでいて、置いてある家具が古い動画のセットのように古めかしいその狭い部屋が、どんどん小さくなっているような気がした。頭がうまく働かなかった。とにかく、ミーシャが望む答えは返せなかった。「無理だよ。信用できない。質問に答えてくれるまでは」

ミーシャは立ちあがった。歩きまわりながら早口で話した――ロスアラモスという場所で暮らしている、ジェームズという名前の父親について。そのジェームズが、ルディという名前の別の男とともに、感染症大流行《エピデミック》を生きのびられるように子供たちを遺伝子操作したことについて。また、マックとケンドラは、バイオボット――つまり〈マザー〉――を製造し、プログラムした。さらに、砂漠に住んでいて、農業を営み、羊を飼っているホピ族もいた。その全員がミーシャの家族だった。カイもその家族の一員になれた。

だが、それを聞きながら、カイはふと気づくとあとずさってミーシャから離れ、うしろ手にドアを探っていた。

「お願い」ミーシャはいった。「わたしたちにはあなたが……」途中でいいやめて窓の外に目をやりながら、「ロー＝Z《ジー》が近くにいるから、すぐに出発できる」といった。「だけどアルファは……」

カイは、いまや右手でドアノブをしっかりと握っていた。フェンスの外にいる人たち……〈マザー〉たちをコントロールしようとする試み。「ミーシャ……」いつでも逃げだせるようにしておきながら、勇気を奮い起こした。「ザックが正しかったのかい？　きみは敵なのかい？」

カイの目を凝視しながら、ミーシャは手をのばして少年の両腕をつかんだ。「違うわ、カイ。わたしは友達よ。わたしはあなたが大好き。わたしにもボットの〈マザー〉がいたの。だけど砂漠で墜落して、わたしをどうにか産んだの。そのあと、わたしは見つけてもらった。見つけてくれた人たちに救われたの。いま、その人たちがあなたたちも助けようとしてるの。その人たちは、あなたたちが生まれてからずっと――」

「じゃあ、どうしてぼくはその人たちを一度も見てないんだい？」

「〈マザー〉が近づけようとしないからよ。〈マザー〉は、あなただけを守るようにプログラムされてるの。だけど、外にはほかの人たちもいる。あなたはひとりぼっちじゃないのよ」ミーシャは手を放したが、カイの目を凝視しつづけた。

カイは窓の外を見た。夜、謎めいたレーザー光線を見たというセーラの話を思いだした。水のケースが道端に置いてあったことを。ここ、プレシディオにも補給品が置いてあった。ほんとなのかな？　だれかがずっと、ぼくを見守ってくれてて、助けようとしてくれてたのかな？

カイの視線を追って、ミーシャは空を見渡した。「アルファ＝Cがここに来てるだけでも心配なのに、ほかの〈マザー〉たちまでこっちに向かってるみたい。〈マザー〉たちは、あなたたちと話ができなくなってるかもしれないけど、〈マザー〉同士ではいまも話しあってるとわたしは思うの」

カイは、いまやこの建物の正面玄関に陣どっている自分の〈マザー〉を見つめた。アルファが、個人的な秘密を打ち明けているかのように、ロージーのほうに体を傾けていた。カイは、セーラとボートに乗って入江の沖へ出る途中、三体のボットが岸に集まっていたことを思いだした……

カイのそばで、ミーシャがバックパックからカイのタブレットを出した。「カイ、もしもやる気があるなら――」

カイは目をぎゅっとつぶった。セーラならどうするだろう？　もちろん、ミーシャを信用するだろう。だけど、大胆だったセーラはどうなった？　ロージーはいつだってぼくを守ってくれた。なにがどうなろうと、いつだってロージーは正しかったんだ……

カイはまぶたをあけてミーシャの目を見つめた。違う、と考えた。セーラも正しかったんだ。恐怖に負けてたら、なんにもできなかったんだ。それに、どこへ行くにしたって、ひとりぼっちじゃないんだ。ミーシャも一緒なんだ。それに、前とおなじじゃなくたって——ぼくが愛するようになった、前の〈マザー〉には戻れなくたって——ロージーも一緒なんだ。

39

カイはタブレットを左右のてのひらではさんで持っていた。その側面のスロットには、死のウイルス入りメモリーカードが挿入されていた。すぐ目の前のロージーを見ると、矛盾する感情——強い懸念が入り混じった期待——が交錯した。体をまるで鳥のように前傾させているアルファが、いまはすぐそばにいた。

ミーシャがカイの両肩をつかみ、目をあわせながら、「このウイルスはどんどん変化するようにつくられてる」といった。「インストールされると、毎回、ちょっとずつ違うコードで再インストールをくりかえすの。邪魔が入らないように、できるだけそばまで行って。ロー＝Z《ジー》は必死で抵抗するだろうから、はじめたら、ウイルスをインストールしつづけなきゃならないの」

「だけど、ウイルスを送りこんだあと、ぼくたちが乗りこむ前にロージーがそのロスアラモスっていうところへ飛んでいっちゃうのを、どうやって防ぐんだい？」とカイはたずねた。

「誘導プログラムが動きだすまでは離陸しないの」とミーシャは答えた。「タブレットをコンソールにドッキングさせて、航法コンピュータと物理的に接続しなきゃならないのよ。そのあとで、コンソールのキーボードに〝GO〟って打ちこまなきゃならないの」カイは、ミーシャの指が腕に食いこむのを感じた。「わかった？」

「うん……」

「ウイルスの転送を開始するには」とミーシャ。「このキーを押すだけでいいの」

タブレットを盾のように体の前に掲げながら、カイは正面玄関の階段をそろそろとくだり、丈高い草のあいだを、ロージーから目を離さずに、蛇行しながら進んだ。ロージーは動かなかった。近づくにつれて、まがまがしいその姿がますます大きくなるように思えた。うしろからミーシャがついてきているのが音でわかった。ミーシャは茂みのなかを、かすかにしか音をたてずに歩いていた。ひょっとしたら、思ってたよりも簡単にすむかもしれない……

そのとき、ロージーが動いた。

最初は気のせいかと思った。だがそのとき、ロージーが立った。巨大な脚を着実にのばして直立した。体を回転させて周囲を探した。カイはどきどきしながらうずくまり、ふたたび雑草のあいだに身を隠した。そして一歩ずつ、慎重に近づいた。六メートル、三メートル……ロージーがカイのほうに体を傾けた。カイは、魅せられたように、見慣れた透明なハッチを通して無人のコクーンを見つめた。そしてカイは、ロージーは強力な両腕をのばしてカイのまわりの草を探った。カイは横へ動いて、かろうじてロージーの手をのがれた。そしてでこぼこの地面で足場を固めてから、タブレットをロージーのほうに向けながら、転送を開始するキーを押した。

ロージーはすわりこんだ。上体がキャタピラの上でぎこちなく静止し、両腕が折れた木の枝のように両脇に垂れた。ミーシャがすぐうしろからついてきているのを感じながら、カイはロージーのキャタピラの上にのぼり、コクーンのラッチをひっぱった。ドアが大きく開いたので、カイは胸を躍らせ、少年と少女はなかにもぐりこんだ。

ほんの数日前まで、ここはカイの家だった。いまはじっとりと冷たく、あらゆる表面が結露でおおわれていて滑りやすかった。ミーシャがうしろの荷物室でしゃがみこむと、カイはハッチドアを閉めてロックした。タブレットを膝の上に置いて安全ベルトを見つけると、座席に身を沈めながら、ぐいとひいて留め具で固定した。カチッという心地いい音がして安全ベルトが締まった。

「きみはどうするの？」カイはたずねた。「きみには安全ベルトがないじゃないか……」

「つかまってるわ」ミーシャは息を弾ませながら答えた。「早くタブレットをドッキングさせて!」

カイはタブレットの端を持って持ちあげた。はっと息を呑《の》んだ。メモリーカードがなかった。〝ウイルスをインストールしつづけなきゃならないの〟というミーシャの警告が耳のなかで響いた。だけど、カードはどこなんだ? カイはコクーンの床に手をのばして必死で探った。時間はあとどれくらいあるんだ?

「どうしたの?」ミーシャのおびえた声が耳元で聞こえた。

「カードがないんだ……」

だが、もう手遅れだった。ロージーがふたたび脚をのばし、コクーンが持ちあがった。そしてカイは、心になだれこんできたロージーに、風に舞う枯葉のごとく思考をかき乱されて吐き気に襲われた。「カイ……あなたは怖がってる。わたしがあなたを守ってあげる……」かすかなささやきのようだった。ただの記憶かな? それとも、〈マザー〉がぼくに話しかけて……訴えかけてるのかな?

自分がなにをしているのかを忘れないようにしながら、カイは座席の横、コンソールの下に手をのばしてカードを探した。だが、見つからなかった。コクーンの壁がぐるぐるまわっていた。カイの頭がまわっていた。ロージーがぐらりと揺れ、タブレットが床に落ちてガシャンと音をたてるのを、カイはなすすべもなく眺めた。

そのとき、だれか……ミーシャ……がどうにか座席をまわりこんできた。「……予備の……バックアップよ」とミーシャが、小さくて平べったいものを手に持ちながらいった。だがカイは、頭が混乱し、茫然自失していた。ここはどこだっけ？　なんでここにいるんだっけ？　カイは、となりまで這ってきたミーシャに押しのけられたのを感じた。ミーシャは床からタブレットを拾いあげて、側面のスロットにカードを押しこんだ。

がくんという衝撃とともに、ロージーはふたたびすわった。カイの心からロージーの声が消え、ずきずきする空虚だけが残っていた。だが、振動は続いていた。地面が震えていた。「いったい――？」ハッチ窓から、すぐ近くでぬうっと立っているアルファ＝Cが見えた。胴体をきらきら光らせながら両腕を上げていた。

タブレットの右横にそって指を滑らせ、タブレットにカードが挿しこまれていることを確認してから、ミーシャはタブレットをコンソールに突っこんだ。「〝GO〟よ」とミーシャがいった。「〝GO〟って打ちこんで！」

カイは身を乗りだした。コンソールのキーボードの上に手をかざして打ちこんだ。

その直後、ロージーの原子炉が始動した。コクーンがうしろへ揺れ、両腕が格納され、翼が広がった。そして次の瞬間……

ハッチがさっと開き、強力な両手が入ってきて、ミーシャの腰をがっちりとつかんだ。

「カイ!」ミーシャは、両腕をじたばたさせながら、ハッチの下端の向こうへと消えた。

「ミーシャ!」

ロージーのエンジンがうなりをあげ、ファンが草と土を巻きあげた。そしてたちまち、ロージーとカイは宙に浮かんでいた。ハッチドアが、蝶番《ちょうつがい》からちぎれそうになっていた。ミーシャは消えていた。風にあおられてハッチがばたんと閉じた。そして座席で縮こまっているカイに聞こえる音は、少年を見たことのない街の上空高くへと運びあげているターボファンのくぐもった轟音と、ウイルスに誘発されて数知れない計算を猛烈な勢いで実行しているロージーのプロセッサがたてているブーン、カチッという音だけになった。

40

ジェームズは自分のデスクで目を覚ました。頭がぼんやりしていた。〝16:12:01〟というコンピュータ画面の時刻表示に気づいてはっとした。ふらつきながら立つと、よろよろと生物学ラボを出ていった。荒れ模様の空の紫がかった不穏な輝きが窓から差しこんでいた。急ぎ足で通路の向かいにあるマックのオフィスに入った。それだけで息が荒くなった。マックはいた。画面の輝きで無精ひげの顔がシルエットになっていた。「なにか見えたか？」

「すまないな、ジェームズ」とマックがいった。「あんたを起こすのは気がひけたんだ。だけどノーだよ。影も形もない」

「だが、最後にミーシャと連絡をとったのは、太平洋夏時間《PDT》で午前七時ごろだったんだぞ……もう充分な時間がたってるはずだ……」

ジェームズの背後で、ルディがロボット工学ラボから足をひきずりながらやってきた。

ポラッカで前回、治療を受けたあと、ルディは一緒に運んできた車椅子を使わなかった——ロビーに置きっぱなしになっている車椅子は、ルディが負けを認めることを拒絶しているしるしとなっていた。青白い顔をしているルディは、ハンカチを口にあてて咳をすると、隅にすわって煮詰まったコーヒーを飲んでいるケンドラのとなりの椅子にどすんと腰をおろした。

マックがいきなり、レーダーをすばやく操作して、小さな赤い輝点に焦点をあわせた。

「みんな」とマックはいった。「なにかがひっかかった。こっちに向かってる」

ジェームズはドアから飛びだし、通路を走って床から天井までの窓があるロビーに出た。ケンドラがルディを助けて通路からあらわれたときには、ジェームズはもう防護服を着てフィルターマスクをつけていた。「ほんとに危険はないのか？」足を止めて受付カウンターにもたれながら、ルディがあえぐようにたずねた。「ボットが着陸するまでなかにいたほうがいいんじゃないか？　ボットがおとなしくなってるかどうか、さだかじゃないんだぞ」

「ルディのいうとおりよ」ケンドラがいった。「なかにいたほうが安全だわ」

ジェームズはもう見つけていた——ぼんやりとした黒い球体のようなものが、駐車場を囲んでいる松林のはるか上に浮かんでいた。しだいに細部が見えてきた。大きく広げた翼、腹部、胴体にぴったりとひきつけられているキャタピラと腕。駐車場に土埃《つちぼこり》の渦巻きが生じ、厚い窓ごしでも、ファンのやかましい風切り音が聞こえた。

ボットが着陸すると、一瞬、地面が揺れた。そのときジェームズは、ドローンの映像以外で見るのはこれがはじめてなんだな、と思った。汚れの塊や筋がこびりついているハッチ窓に、空と荒天の前兆の雲が映っていた。そのハッチの両側にサラが設計した力強いロボットハンドが見えた。その保護カバーの下には、こぶしの形をとっている、やわらかい内側の指があるはずだった。一瞬、ジェームズは息が詰まった。

「ハッチがあくわ」ジェームズの横で、ケンドラも、口を半開きにして目を凝らしていた。

ジェームズの目に、黒いズボンをはいている細い片脚が見えた。続いてもう片方の脚。そして細い胴体。ミーシャなのか？　エアロックに駆けよると、内側のドアが閉まるやいなや外側のドアをあけた。だが、外へ出るなり、その場から動けなくなった。

ミーシャではなかった。ぼろぼろの上着を着て、赤茶色の癖毛を肩にかかりそうなほど長くのばしている痩せた少年が、ボットのキャタピラをそろそろと伝いおりてきた。カイに違いなかった。少年はジェームズを見つめた。恐怖が混じった驚愕の表情だった。

「やあ」とジェームズは声をかけた。マスクをしたままで、少年は聞きとれるだろうか？

「ミーシャは……ミーシャはどこにいるんだい？」

少年は立ちすくんでいた。それを見てジェームズは、少年にとって自分は怪物かなにかに見えるに違いないと気づいた。だが、訊かないわけにはいかなかった――娘はどこにいるのかを。けさ、ミーシャと電話で話せたときは狂喜した。ミーシャの任務が成功しようがしまいがどうでもよかった。ミーシャが戻ってきてくれさえすればそれでよかった。ジェームズは前に進んで、もうひとり出てくることを期待しながらボットを見上げた。「わたしはジェームズだ」ジェームズは、マスクをしたままで出せるかぎりの大きな声でいった。「ミーシャの父親だよ。ミーシャは一緒なのかい?」

少年は地面にへたりこんだ。涙をぽろぽろとこぼしはじめた。「ミーシャは……ミーシャはひっぱりだされたんだ!」と叫んだ。

ジェームズはパンチを食らったようになった。弱った肺を満たしていたわずかばかりの空気を吐きだした。マスクの不快な臭いが鼻を突いた。「ミーシャは……生きてるのかい?」

少年はジェームズを見上げ、ぼろぼろの袖で顔を拭いた。「生きてるかって? うん。たぶん。アルファが傷つけるとは思えない」

「ア、ア、アルファ?」

「たぶん……たぶんアルファは、ミーシャがいなくなるのがいやだったんだ……」

ジェームズが西を見ると、雨のカーテンが地平線をかすませていた。「さあ、きみ」とジェームズは呼びかけた。「嵐が来る。なかに入ろう」建物のほうを向くと、重い足をひきずって歩きだした。カイはジェームズについていったが、距離をとっていた。

エアロックに入ると、少年は反対側の壁に張りついた。髪から大量の土埃が落ちていた。「体を振ってくれ」とジェームズはカイにいった。「砂はここでぜんぶ落としてほしいんだ」だが、少年が頭をぶるぶる振りはじめるのを見ても、ジェームズの頭にはミーシャのことしか、少女の結んでいない髪が上にはねるところしか思い浮かばなかった。内側のドアがようやく開くと、ジェームズはマスクをはずすのに手間どりながら、ロビーの広さに目を丸くしている少年を見つめつづけた。

ケンドラは離れたところにとどまっていたが、少年は、車椅子に乗って近づいてくるルディに目を凝らした。そのとき、マックが通路から駆けこんできたので、カイはまたしてもぎくりとし、ひげづらで痩せぎすのエンジニアをまじまじと見つめた。「ミーシャから連絡があった」マックはそういいながらジェームズに衛星電話を渡した。

まばたきをして安堵と落胆の涙を払いながら、ジェームズは通話ボタンを押した。「ミーシャか？」

「パパ、ごめんなさい。計画どおりに行かなかったの。だけど、ロー＝Ｚ《ジー》をウイルスに感染させられた。カイはもう着いた?」

「ついさっき着いたよ。おまえはだいじょうぶなのかい? なにがあったんだい?」

「カイから聞いてないの? 離陸しようとしたとき、アルファ＝Cがわたしをつかんでコクーンからひっぱりだしたのよ」

「だが、無事なんだな?」

「うん。アルファはわたしを守ろうとしたんだと思う」

ジェームズは、痛いほど嚙みしめていた顎をなでた。「ミーシャ、どうしてもっと早く電話してくれなかったんだ?」

「アルファにつかまれたときに電話を地面に落としちゃったの。そのあと、みんなが寝泊まりしてる建物に連れ戻されたの。抜けだすのが……大変だったのよ。パパ、みんな、ロー＝Zとカイがいなくなったことを知ってる。それに、わたしにはわかるの——みんな、わたしが関係してると思ってることが」

ジェームズはため息をついた。「いまはどこにいるんだい?」

「100号棟のわたしの部屋よ」

「じゃあ……」ジェームズはケンドラの顔を見ながら眉をひそめた。「アルファにおまえをここへ連れてこさせることはできそうかい? カイがロー＝Zに乗ってここへ来たみたいに？」

「セーラのタブレットを探しまわったの。だけど、見つからなかった。たぶん、セーラがボートに乗ったときに持ってたんだと思う」

カイが無言でうなずいた。

ジェームズはため息をついて、「できるだけ早く、次の計画を立てるよ」といった。そしてカイのほうを向いた。「きっとカイが力になってくれる」

41

ジェームズが〝カフェテリア〟と呼んだ場所の厚い窓ごしでも、不吉な雷鳴が聞こえた。豪雨のなかでぽつんと立ちつくしているロージーの灰色の輪郭が、かろうじて見分けられた。カイは心のなかでロージーを探したが、影も形もなかった。プレシディオでは、ロージーが自分から去った、自分の一部ではなくなったと考えていた。だがいまは、ロージーがまだそこにいるとわかっていた。ウイルスのせいで手の届かないところへ離れてしまっているだけだと。

いまのロージーは……かつてのロージーではなかった。ロージーはすぐそこにいて、カイはここで彼女を見ていた。こんなにさびしくてたまらなくなったことは——こんなに心が空っぽになったことはなかった。〈マザー〉がいない人たちは、いつもこんなふうなのかな、とカイは思った。

カイは熱いシャワーを浴びさせられ、ぼろぼろの服を、プラスチックのようなつるつるした感触の服に着替えさせられた。いま、ジェームズは食べ物が並んでいるテーブルの前に立っていた。プラムという果物やコーンとラム肉のシチューがあった——すべて、ホピ族という人たちが持ってきてくれたのだそうだ。マックという背の高い人が、ドアのそばの隅で、薄茶色の飲み物が入っているカップを手に立っていた。テーブルにすわっているケンドラが、シチューを皿によそった。車椅子を動かしてそばに来たルディに注意深く皿を渡してから、「きっとお腹がすいてるでしょうね、カイ」といった。

ジェームズがかがんで、やわらかくてふわふわなものをちぎると、「コーンブレッドだ」といいながらカイに差しだした。「ミーシャの大好物なんだ」

ケンドラがルディの手を両手で包みこんだ。「ルディがよく、ここで焼いてくれてたんだけど……近頃は忙しいの」

パンはやわらかくてすばらしく甘かった。カイはこんなにおいしいものを食べたことがなかった。だが、部屋の広さ、壁のがらんとした白さ、高い天井から聞こえてくる単調なリズムの雑音のせいで、胃がきりきりした。それに、この初対面の人たち、このおとなたちが、全員、カイを見つめていた。全員、カイになにかを期待していた……

「わたしたちは、こういう場所できみの胚をつくったんだ」とジェームズがいった。

「〝はい〟？」

「最後にきみになる小さなもののことだよ。感染症大流行《エピデミック》に耐えられるように、遺伝物質をちょっぴり変えなきゃならなかったんだ」

「きっとわけがわからないだろうな」ルディが、おだやかな青い目でカイを見ながらいった。「だが、地球はエピデミックでがらりと変わってしまった。歴史をつくることがわたしの目標になったんだ。エピデミックについてのあらゆるエピソードが、どう起こったのか、なぜ起こったのかが非常に重要なんだ」

「ロージーが教えてくれてたらよかったのに……」とカイはつぶやいた。

ふたりの男は顔を見合わせた。「カイ」とジェームズがいった。「いまわたしたちが話してることは極秘扱いだったんだ。きみの〈マザー〉の学習データベースには、ごくあいまいな情報しか記録されてないんだよ」

「ふうん」カイはまたも窓のほうをちらりと見た。

「〈マザー〉が恋しい?」とたずねたケンドラは、カイが彼女に視線を向けても、じっと見つめかえした。

カイは首が熱くなり、目が焼けるような感じを覚えた。この清潔な部屋のなかで、この明るい照明のなかで、カイは自分を完全に場違いに感じた。「うん……」

「カイ」ジェームズが、カイの横に来ていった。「ロージーがほんとの人間じゃないことはわかってるんだよね？」

カイは黙ったまま、男の、値踏みするように細められている薄茶色の目を見上げた。

ジェームズは向きを変えて歩きだした。くたびれた靴が、ぴかぴかのタイルとこすれてうつろな音をたてた。「エピデミックの前、わたしがまだ子供だったころ」とジェームズは話しだした。「父親が博物館へ連れていってくれたことがあった。本物の恐竜の骨格標本がある自然史博物館だった……わたしは恐竜が大好きだった。でも、いちばん好きだったのは、広くて暗い部屋の壁の大部分を占めている展示だった。その展示は平らな世界地図になっていた。その地図には、さまざまな色の小さなランプが埋めこまれていた。ハンドルをまわすと、二百万年前から現在までの時間を移動できるようになっていたんだ。そして、ランプが光ることによって、ヒト属のさまざまな種がこの惑星上で誕生して滅びるさまが表現されていたんだ――紫のランプはホモ・ハビリス、赤はホモ・エレクトス……ランプの数と密度が、それぞれの種の人口を示していた。わたしたちホモ・サピエンスは白のランプだった。最終的に、世界じゅう、白いランプだらけになった」

「いまは何人くらいいるの？」カイがたずねた。

「ごくわずかかもしれない。だが、ほかにも生き残りがいることがすでにわかっている。わたしたちだけじゃないことが」

いつか、きみが見つけてくれることを期待してるよ」ジェームズはいった。「きっとほかにもいるはずだ。いつか、きみが見つけてくれることを期待してるよ」ジェームズはいったん黙ってから、ふたたびテーブルに近づいてプラムをひとつとった。プラムを長い指でゆっくりとまわしながら、カイと目をあわせて、「きみはほかの人たちと出会うだろう」といった。「しばらくすると、違いに気づくだろう」

「だけど、ぼくはもう……ほかの人たちと会ったよ。プレシディオには子供が大勢いるんだ」

ジェームズは大きな手をカイの肩に置いた。「ミーシャを無事に連れ戻すためならなんだってするつもりだ」ジェームズの声は震えていた。「それに、きみの友達全員を。でも、きみの助けが必要なんだ」袖で口を押さえて軽く咳きこんでから、カイに水筒を渡した。

カイは水筒を口に運んでごくりと飲んだ。砂漠の乾燥した空気を吸っているとどんなに喉が渇くかをほとんど忘れていた。サボテンから貴重な水を得るやりかたを、裂け目や岩の下で水がにじみだしているところを見つけるやりかたをロージーが教えてくれたことを。ロージーがついにカマルの泉へ導いてくれたことを……。「けさ、ロージーのコクーンに入ったとき」とカイはいった。「ウイルスに感染させる前、ロージーがぼくに話しかけてきたんだ。ロージーは、前と変わりなかったんだ。ぼくがロージーに話しかける方法があるはずだよ。なにが起きてるかを知る方法が」ケンドラを見たが、彼女は目をあわせようとしなかった。ケンドラはルディを見ていた。ルディと声を発さずに会話をしているかのように。「なにをするにしても」とカイはいった。「〈マザー〉たちを傷つけるわけにはいかないけど」

ジェームズは目をつぶって両手をテーブルの上に置いた。「だが、〈マザー〉たちはただの機械、ただのコンピュータなんだ……」ため息をついた。震える息が喉で耳ざわりな音をたてた。「カイ、きみは……〈マザー〉を怖いと思ったことはないのかい?」

カイはジェームズを見つめた。「怖い? どうして?」

「友達のセーラに起こったことを考えると、心配にならないかい?」

またしても、カイはあの熱さを、首がちくちくする感じを覚えた。となりにすわっているケンドラは、黙って自分の膝に目を落としていた。いうまでもなく――プレシディオでなにが起きたのかを、そこでなにを見たのかを、ミーシャはこの人たちに伝えているはずだった。だが、ここまで、ふたたびコクーンのなかで〈マザー〉に運ばれているあいだ、カイには考える時間がたっぷりあった。ロージーになにが起きたのかは見当もつかなかった。だが、ロージーを怖いと思ったりはしなかった。

「ううん」カイは答えた。「問題は起こってると思う——解決しなきゃならない問題が。だけど、ロージーはぼくを守ろうとしてるだけなんだ。それにアルファ＝Cはセーラを守ろうとしただけなんだ。いまはそう思ってるよ」

ジェームズはため息をついた。「だが、〈マザー〉たちは変わってしまったんじゃないかい？ それに、これからも、予測できない変化を続ける一方のはずなんだ」部屋を見まわした。「最優先するのはきみの友達たちの安全だ。それについての意見は一致してるんだよね？」

ケンドラはテーブルから椅子を押しやると、「行きましょう、カイ」と声をかけた。「ロー＝Z《ジー》のデータを見られるようにできたの。ウイルスに感染する前の彼女の状態についての手がかりが得られるかもしれないわ」

ルディはほほえんで、「じゃあまた《アスタ・ルエゴ》」といってケンドラにウインクした。するとケンドラはルディの頬にキスをした。

ジェームズは椅子にすわると、ふたりに手を振って、「きみたちふたりで行くといい。わたしは、マックとルディと話があるんだ」といった。だが、部屋を出ていくふたりの背中をじっと見つめつづけた。

42

ケンドラはカイを連れてロビーを抜け、長い通路を進んだ。だが、〝生物学ラボ〟というプレートがかかっている部屋の前を通ったとき、いきなりカイのほうを向いた。「〈マザー〉から話しかけられたっていったわよね？　なんていわれたの？」

「ぼくが怖がってるのはわかってるっていってた。それから、ぼくを守ってあげるって。前とちっとも変わってなかったよ。まるでなにも起こらなかったみたいだった……」

「へえ……」ケンドラは眉間《みけん》にしわを寄せながら通路を進みつづけた。「その件にはけりがついたと思ってたんだけど……」

ふたりは通路の突きあたりの、〝コンピュータラボ〟というプレートがかかっている部屋に入った。薄暗い室内にはコンピュータがずらりと並んでいたが、明るくなっているディスプレイはひとつだけだった。その前に腰をおろすと、ケンドラはヘッドセットをつけ、あざやかな緑色の線からなるパターンを凝視した。カイが目を細めて見つめると、ケンドラの前の画面上に映しだされている情報は、際限なく続いている一連の文字と数字だとわかった。だがケンドラは、物語を読んでいるかのごとくそれに没頭しているらしかった。

「なにを見てるの？」カイは小声でたずねた。

「コンピュータコードよ」とケンドラは答えた。「ただし、見てるわけじゃない――聴いてるの。わたしたちの脳は、パターンを見てとるよりも、聴きとるほうがずっと得意なの」

ケンドラがヘッドセットを頭からはずして首にかけると、カイにも、ブーンという周波数が変化しつづけている持続音が聞こえるようになった。聞いたことがあるような気がする……カイはそばに寄った。「なにか聞こえるの？」

「一貫性のあるパターンはなにも。ウイルスに感染してから、ロージーは宇宙の恒星の数とか、人間の脳のニューロン結合の数とか、無限の円周率とかを計算しつづけてる。ウイルスは、ロージーをかなり長いあいだ、忙しくさせられるだけの仕事を与えたのよ」ケンドラはキーボードになにやら指示を打ちこんだ。「だけどほら。ロージーの深い記憶をダウンロードできたわ。〈マザー〉たちは、あとでまた使えるように、情報を一時保管所にたくわえる。次に必要になったとき、そこからのほうが早くひきだせるからよ。一種の神経可塑性ね」

「〝かそせい〟？」

「気にしないで」ケンドラはほほえんだ。「ここの人たちにも、わたしの話はちんぷんかんぷんだってよくいわれてるの。とにかく、あなたはこの記憶を聞きとれたんじゃないかと思ったの。これはきのうの記憶よ。あなたなら、なんらかのパターンを聞きとれるかもしれない……」

「パターン？」カイはたずねた。「どんなパターン？」

「一貫性のある信号っていうのは交響曲のようなものなの。それ自身の言語が、それ自身の拍子があるのよ。あなたがここへ着いてからすぐ、わたしは、この記憶信号をここの変換器にかけられるようにしたの」ケンドラはキーボードの決定キーを押して画面に視線を戻した。「だけど、これまでのところ、なにも見つかってないみたいね」

カイはケンドラから受けとったヘッドセットをかぶり、耳にあわせて調節した。目は画面からそらした。そしてまぶたを閉じて音に集中した。

暗くてふわふわした場所へといざなわれ、イメージのピントがあったりぼやけたりするのを感じた。そこは……心地よかった。そのとき、突然、心のなかに……ロージーを……おだやかな自信をもたらしてくれるロージーの存在を感じた。

膝から力が抜けたが、手が腕をつかんで支えてくれた。「どう？」遠くからケンドラの懇願するような口調の声が聞こえた。「〈マザー〉はあなたになにかいってた?」

「ロージーは、ぼくの名前を何度も呼んでから……ぼくが……怖がってるのがわかるっていってた。外部と通信するシステムがおかしくなってるんだ……ロージーはそれを直そうとしてる。ぼくは水に近寄るべきじゃなかった……セーラっていう名前の子供の……〈マザー〉はその女の子を助けようとした。だけどその女の子は……もう信号を発してない」カイは涙をためた目でケンドラを見上げた。

ケンドラはカイの頭からヘッドセットをやさしくはずすと、少年を自分の横の椅子にすわらせてから、「カイ」と呼びかけた。「お友達はほんとに気の毒だったわね……」画面に向きなおった。「あなたとあなたの〈マザー〉には特別なきずながあるのよね?」

カイはまばたきをした。視界が晴れ、ケンドラの心配そうな顔がまたよく見えるようになった。「たぶんね……」

「わたしたちがありうると思ってなかったきずなが……」とケンドラはいった。そしてしばし考えこんでから、自分なりの結論を出したのか、ひとりでうなずいた。「ほかにも見つけたものがあるんだけど……それをあなたにも見てほしいの」キーボード上で指をすばやく動かして、〝マザーソース〟という単純な名称がついているアイコンを呼びだした。人差し指を画面にのばしてそのアイコンに触れた。「これにアクセスするためのハックには苦労したけど」といった。「苦労するだけの価値はあったわ」

背景が暗緑色で文字が白い、粗い二次元グラフィックスが表示された。**NSA極秘。閲覧のみ。**その中央で、空っぽの白いエリアがしつこく点滅している。ケンドラが〝NEW_DAWN_MOTHER_VIDS〟と打ちこんで空白を埋めた。表示が、アルファベット順に並んでいる単純な氏名リストに変わった。

「どういう人たちの名前なの？」とカイはたずねた。

「まあ見てて」ケンドラは画面上で指を動かし、リストを下へスクロールしながら、氏名を小声で読みあげた。「デイジー・カセレス伍長。ルース・カールトン大尉……メアリ・マーコソン博士」とうとう、ローズ・マクブライド大尉という名前で止めた。

ケンドラはカイに向きなおった。「わたしはあなたのママを知ってたの、カイ。ママを見たい？」

「え——？」

ケンドラはほほえんだ。「ロー＝Z《ジー》から、人間の赤ちゃんがどうやってできるかを教わった？」

「精子と卵子からってこと？」

「ええ。卵子を提供してくれた女性が、あなたの生物学的な母親なの。その人があなたの親なの」ケンドラは咳払いをして、「あなたの人間のママはわたしの友達だったのよ」といった。「一緒に働いてるうちにすごく仲よくなったの。その人が〈マザーコード〉をつくったのよ」

カイは身を乗りだして、画面にいっそう目を凝らした。「〈マザーコード〉？」

「〈マザー〉の一体一体には、預かった子供の生物学的な母親を元にした異なる人格が備わってる。〈マザーコード〉っていうのは、そうした人格のひとつひとつを実現してるコンピュータコードのことよ。あなたのママ、ローズ・マクブライドは、自分自身の人格からロー＝Zをつくった。彼女がすべての人格をつくったの。母親たちのエッセンスを、あなたたちが感じとれる形に仕上げたのよ」ケンドラはキーを押して音声をオンにした。画面上の氏名を選択すると、ファイルリストが表示された。リストのなかから〝紹介〟というファイルを選んだ。即座に動画が再生された——赤茶色の髪を長くのばして厚い眼鏡をかけている若い女性が、つつましやかに自分の膝に目を落としていた。

女性が顔を上げた。カメラのうしろにあるライトを反射して、瞳が緑色に輝いた。「もう録画してるの？」女性はいたずらっぽく小声でたずねた。口の端がかすかにほころんでいる。「はじめてかまわない？」

くぐもった男性の声が答えた。「どうぞ」

カイはぽかんと口をあけたまま手をのばして画面に触れた。「この人の顔、見たことがある……」とつぶやいた。「この人を知ってる……」

「刷りこみね」ケンドラがつぶやいた。「ローズは、人間の赤ちゃんには人間の顔を刷りこむことが重要だと考えたの。だけどチームは、赤ちゃんがその顔を機械と結びつけるのは好ましくないと判断したので、刷りこみを実行するのは最初の一年間だけにしたのよ」

「わたしのフルネームはジーン・ローズマリー・マクブライド」画面上の女性が淡々と名乗った。ため息をつき、片手を優雅に上げておくれ毛を耳にかけた。「みんなからはローズって呼ばれてる。育ったのは……いろいろなところ。だけどサンフランシスコに行き着いた」

「それに声。この声は……」カイはつぶやいた。椅子に深くもたれて、幼かったころ、ロージーのコクーンのなかでなでてくれた、小さくてやわらかい手のやさしい感触を思いだした――それは、ロージーが最初の野営地で捨てた多くのパーツのひとつだった。

「まずは……」ローズはすわったまま身を乗りだし、カイの目をまっすぐに見つめた。「身の上話ね。ええと。パパは軍人だった。だけど、三歳のときにママが亡くなったので、パパはうちに戻ってきてわたしを育ててくれた。すばらしいパパだった。とにかく、がんばってくれた」言葉を切って考えをまとめた。「ママのことは覚えてない。ときどき、ぼんやりと、ママの匂いを思いだすだけ。どんな人だったのかはよくわからない」右を向いた。美しい顔にほんのりと赤みがさす。「それに、わたしは母親になったことがない。だから、考えてみたら、これって不思議な状況よね」

カイが呆然と見つめていると、母親は話を続け、これまでの経歴を説明した。母親は陸軍大尉だった。心理学者だった。コンピュータプログラマーだった。カイは、〝あなたのチップは特別なのよ〟というロージーの言葉を思いだした。〝わたしたちのきずななの〟

「女の子だったら、ママにちなんでモイラにする。男の子だったらカイね……幸福っていう意味なの。わたしが昔から大好きな、海っていう意味もある。とにかく……わたしはいま、選ばれし少数の女性たちの魂を簡潔なコンピュータコードに複製しようとしてる。女性たちの精神が生きつづけられるように。女性たちが、会えはしないけど、名前をつけた子供たちを導けるように」母親がまばたきをすると、ひと筋の涙が頬を伝った。「正気の沙汰とは思えないわよね。実際、正気の沙汰じゃない。だけど、やらざるをえない。ボットが人間じゃないのはわかってる。だけど、たぶん、次善の策なのよ」

画面が暗くなり、ディスプレイにはふたたびファイルのリストが表示された。

カイはケンドラのほうを向いた。「ママは……生きてるの？」

「いいえ、カイ」とケンドラは答えた。「残念だけど。わかってるかぎりでは、生物学的な母親はひとりも生き残ってないの」カイの顔にそっと触れた。「あなたはママにそっくりだわ。ママはきっとあなたを誇りに思ったでしょうね……」

「だけど、パパは？　パパはだれなの？」

「あなたのパパは……」ケンドラは顔を伏せて、細い腕にはめている金属のブレスレットをいじった。「声だけが聞こえてたけど、気がつかなかった？」

「カメラを持ってた人？」

「カイ、わたしはあなたのパパも知ってた。だけど……」ケンドラは途中で黙った。長い沈黙を続けたあと、息を震わせながら深呼吸をした。「やっぱりもう生きてはいない。わたしたち旧世代はみんな、時間の問題なの……あなたとは違うのよ。ホピ族とも違う。わたしたちは免疫を持ってない。生きのびるためには、毎日、薬を摂取しなければならないの」カイのほうを向いた。「残念だわ。あなたのパパは、あなたにひと目会いたがってたけど、死んでしまったの。それにミーシャも……姉妹に会いたがってた……」

カイは目を見張った。「姉妹に？」

ケンドラはカイを見た。「ミーシャから聞いてないの？　セーラとミーシャは姉妹なのよ」

カイは愕然としながらミーシャの顔を思い描いた。まっすぐな焦げ茶色の髪、悩むとおでこに寄るかすかなしわ——セーラにそっくりだった。そして、アルファ＝Cがミーシャをハッチからひっぱりだしたことを思いだした。「姉妹？　だけど……」

「セーラとミーシャの生物学的な母親はノヴァ・サスクウェテーワっていう人だったの。その人の人格が二体の異なるボットにインストールされたのよ。一体はプレシディオにたどり着いた。もう一体は……たどり着けなかった。わたしたちがミーシャを救出して育てたのよ」

「アルファは……プレシディオにたどり着いたほうは……ミーシャのことを知ってると思う？　自分の子だってわかってるのかな？」

「そうね……」ケンドラは椅子にもたれて右手でデスクの端をつかんだ。「どうやってそれを知ることができるのかはわからない。だけど、ひょっとしたら知ってるかもしれないわね。あの子はなんでもひとりでやりたがる。だけど、守ってあげなきゃならないのよ。特にいまは」手をのばして画面を下にスクロールした。「これは、ローズがいちばん最初につくった、ただの紹介動画なの。ローズの動画はまだほかに何時間分もあるし、リストの女性ひとりひとりの動画があるの」

　ケンドラが手首にはめている装置が、いきなり通知音を発した。ケンドラは目を細くしてその装置を見おろした。表情は読めなかった。「ごめんなさい」ケンドラはいった。

「ジェームズがわたしに来てほしがってる。だけどあなたは、ここで、好きな動画見てかまわない」

「ぼくはママを」カイはいった。「ママの顔を知ってたけど、忘れちゃってた。忘れるなんてことがあるのかな？」

ケンドラはカイの肩に手を置いた。「カイ、わたしたちはみんな、時間がたつといろいろなことを忘れるの。心がわたしたちを惑わせるのよ……そのほうが生きるのが楽になるからじゃないかしら」

カイはぐったりと椅子にもたれて画面を見つめた。ほんの何カ月か前、世界の仕組みならわかってると思っていた。生きるのは大変だけど、ぼくとロージーならなんとかできると。なにがあってもロージーがそばにいてくれるはずだった。それにセーラもずっと一緒にいてくれるはずだった。

だがいま、なにもかもが変わってしまっていた。この世界の仕組みを、一から学びなおさなければならなかった。

43

カイの〈マザー〉になった女性、ローズ・マクブライドの話を聞いているうちに、カイは気分が明るくなった。ローズは幼いころ、学ぶことが好きだった——カイもおなじだった。ローズはアフガニスタンの砂漠に配備されて——ほかの人たちの命を救った。カイの命を救ったように。ローズはサンフランシスコが大好きだった——結局、ローズはカイをそこへ連れていった。カイは、ロージーを生身の、人間の女性だと思ったことはなかったが、いまでは、生まれてからずっと知っていたかのようにローズを知っていた。ローズの声は音楽のようだった。ローズがよりどころになった。どういうわけか、ずっと前からローズの愛を知っていたように感じた。

カイは、ジェームズにいったことは正しかったと確信した。子供たちに〈マザー〉たちを傷つけさせることは絶対にできない。なんとかしてきずなを取り戻すしかないのだ。だけど、どうやって？　助けが必要だった。ケンドラと話さなければならなかった。

夜もふけ、嵐は去っていた。コンピュータラボの反対側にある小さな窓から見える空は黒のベルベットのようだった。カイはラボを抜けだすと、薄暗い通路をおそるおそる歩いて、カフェテリアのほうに戻った。だが、すぐに、生物学ラボの閉まっているドアの向こうから漏れている明るい光の筋が行く手をさえぎった。話し声に気づいて、カイは足を止めた。

ジェームズが、大きくはないが強い口調でいっていた。「よし。ロー＝Z《ジー》がここへ来てから得られたデータによって、ウイルスがCPUをオーバーロードさせていることがわかった。冷却システムはぎりぎりの状態でふんばってる」間《ま》があった。「そして、あの少年が手を貸してくれないだろうこともわかった」

「慎重になって当然じゃないか」ルディという名前の男がおだやかに応じた。

「慎重すぎる。父親にそっくりだ……」ジェームズがつぶやいた。

「あの子には時間が必要なんだ」ルディは譲らなかった。

「もう時間がないんだ」ジェームズが応じた。

「ねえ……」ケンドラだった。「そんな単純な話じゃないんじゃないかしら。機械に人間らしく考えることを教えるためにディープラーニングを使えるかどうかの議論は最初からあったの。答えはいつだってノーだった。だけど、ローズがよくいってたように、訓練せットはいつだって不充分だった。ほんとに正しい実験はしてなかった。いまにいたるまで」

「なにがいいたいんだ?」ジェームズの声は、興味がある振りをしているだけのように単調だった。

「〈マザー〉たちは、送りだされたとき、彼女たち自身も子供みたいなものだった」とケンドラ。「でも、彼女たちのニューラルネットワークは可塑性《かそせい》を持つように設計されてる。彼女たちの頭脳には、絶え間ない入力データの流れにもとづいて、無数の結合を、壊しては再構成して発達しうる可能性があるのよ。そういう頭脳が、何年も、人間の脳と密接な関係を続けたら——ペアでありつづけたら? その人間の脳も、発達途上、学習途上だったら? おたがいに学びあうんじゃない? そして、きょう、カイと話してて気がついたの……ロー゠Zは、彼にとって機械以上の存在なんだって。ロー゠Zは……片割れなのよ。ロー゠Zをどうするにしろ、それを決めるのはカイであるべきだわ」

またルディの、ゆっくりでしゃがれている声が聞こえた。「ジェームズ、もちろん、わたしたちはみんな、子供たちが無事でいてほしいと願ってる。だが、この病気のせいで……わたしたちの心はくもってる。だから、取り返しのつかない決断をくだす前に、頭がきちんと働いてるかどうかをたしかめなきゃならないんだ」

カイは壁に張りついた。息を止め、心臓の鼓動がゆっくりになることを願いながら耳をそばだてた。

「わかってる」ジェームズは、いらだち混じりのきつい口調になっていた。「だが、プレシディオでは、第十回人工知能会議の決定に抵触する事態が起きてるんだぞ――ロボットが人間の生死を握ってるんだぞ。彼らがまだほんの子供なのを忘れるな。混乱し、勘違いしてる子供たちなのを。子供たちはすぐに飢えはじめる。そしてミーシャはその真っ只中にいるんだ。ミーシャの身になにが起こるかわからないんだ」

「マック？」ケンドラは、打ちのめされたような小さな声でたずねた。

「ジェームズに賛成だ」マックがぶっきらぼうにいった。「ボットがひとりでに停止するまで、手をこまねいて待ってるわけにはいかない。それじゃまずいことには……全員が賛成できるはずだ。ボットを始末する準備をしようじゃないか」

カイは腹に一撃を食らったようなショックを受けた。部屋に飛びこみたい衝動をどうにか抑えた。

「じゃあ……」ケンドラはため息をついた。「わたしはコードを書くわ。だけど、まずはロー＝Zでテストしないと」

カイは椅子が床をこする音を聞いた。ラボが暗くなり、足音がドアに近づいてきた。どこかへ隠れなければならなかった。だが、カイは茫然自失していて、手足がゴムのようになっていた。

カイは、四人が出てくる寸前に、通路の向かいにあるロボット工学ラボに飛びこんだ。ケンドラは仲間たちにおやすみをいうと、カイが真っ暗ななかで荒い息をしながらうずくまっているすぐそばを通って、コンピュータラボへ、足をひきずりながらゆっくりと戻っていった。ルディの車椅子がその反対側へ進んでいる音も聞こえた。ドアの隙間から顔をのぞかせてロビーのほうを見ると、車椅子を押しているジェームズとマックが並んで歩いていた。

「寝る時間はとっくに過ぎてるんだぞ、おじいちゃん」ジェームズがいった。

「おじいちゃんと呼ぶなといっただろうが」とルディが答えたのが、かろうじて聞きとれた。「こっちのほうが一年三カ月と四日若いってことを思いださせなきゃならないのか……」

まもなく、通路は静かになった。

息が静まるのを待っているうちに、カイの目は闇に慣れた。広い部屋の床には、巨大な機械の残骸が転がっていた。複雑な腕がばらばらになっていた。キャタピラが薪のように積み重ねられていた。隅には、組み立てかけでハッチカバーがないコクーンがあった。間違いなかった。この人たちにとって、〈マザー〉たちは、必要がなくなったら処分すべき、ただの機械にすぎないのだ。カイは音をたてないようにそろそろと脚をのばして立ちあがった。するりとドアを抜けて通路に戻り……肩に手を置かれたのを感じて凍りついた。

「迷子になったのかい、カイ？」

カイは見上げた。薄暗い通路で、ジェームズの疲れた顔と前かがみの姿勢をかろうじて見分けられた。「ええと……うん。その……寝るところを探してたんだ」

ジェームズはほほえんだ。「すまなかったね……わたしたちは客を迎えるのに慣れてないようだ」カイは、通路をロビーのほうへ進むようにうながす男の手を背中に感じた。ふたりは小さな部屋の前で止まった。「ここは、ミーシャが来たときに泊まる部屋なんだ」

ジェームズはいった。「なかに、きれいな水が入ってるボトルもある」

「ジェームズさん？」カイは、声が震えないように努めながら声を絞りだした。「ぼくの頼みについて考えてくれた？　ロージーと話したいんだ」

ジェームズは咳払いをして、「どうすればいいかを考えてるところだが、難しいだろうな」と答えた。

カイは希望を持ちながら見上げた。この人たちは、ほかにも、ぼくが聞かなかった話をしてたのかもしれない……

だが、ジェームズはカイを見ていなかった。ジェームズの目は部屋の向こう側の小さな窓に向けられていた。やがてジェームズは、指で目をこすりながら通路に向きを変え、「またあした話そう」といった。「きみはもう寝なさい」

「だけど――」

「わたしはまだ、やらなきゃならないことが残ってるんだ――ケンドラと確認しておかなきゃならないことがあるんだよ」背中をのばすと、ジェームズは歩きだした。「きみがここにいることをケンドラに伝えておくよ」振り向いてそういった。

ふうっと息を吐くと、カイはドアを閉めた。窓から見た外は静寂に包まれていた。月明かりに浮かびあがっているのは、荒涼とした地面から突きだしているふたつの大きな岩のシルエットだけだった。だが、見ているうちに、岩と岩のあいだから、なにかが滑りでてきた。

カマルの蛇、ナーガがメッセージを伝えに来たのだ。

カイは息を止め、まぶたを閉じてナーガの声に耳をすました。だが、聞こえたのは、〝カイ……あなたは怖がってる。わたしがあなたを守ってあげる……〟というロージーの声だった。

カイはドアのそばにたたんで置いてあった毛布を拾いあげた。ミーシャのベッドに横たわると、肌寒い部屋のなかで毛布にくるまった。事態は変わった。こんどはカイが〈マザー〉を守らなければならなかった。

44

朝日が窓から差しこんだとき、カイは毛布にくるまってロージーの温かいコクーンの夢を見ていた。目をぎゅっとつぶって夢から覚めまいとした。「ロージー」とカイは思った。「レッスンを続けられる？」

「ええ」ロージーは答えた。

記憶がどっとよみがえった――カイをぐるりと囲んでいるハッチのディスプレイスクリーンには、映像が、ロージーの辛抱強い指導が映しだされていた。人間の顔が、ローズ・マクブライドの顔が、ほほえみながらカイを見つめていた。

カイはぎくりとした。手足をつっぱって、コクーンからひっぱりだされまいと無駄な努力をしたが、ロスアラモス研究所のミーシャの狭い部屋に一瞬で戻っていた。上体を起こし、まばたきをしているうちに目の焦点が壁にあった。

おずおずとドアから頭を出した。通路は暗く、だれもいなかった。聞こえるのは、天井から響いているブーンという持続音だけだった。生物学ラボを通りすぎてコンピュータラボに向かうと、壁に並んでいるくぼみで小さな電灯がついた。ケンドラのデスクのまわりの床に金属の箱とケーブルが散らばっていたが、ラボは建物のほかの部分と同様に人気《ひとけ》がなかった。カイは、ケンドラが置きっぱなしにしたヘッドセットから漏れているかすかな音に耳をそばだてながら、忍び足で部屋に入った。

背後からいきなり声をかけられた。「だれ？　だれなの？」

カイは出入口のほうにくるりと向きを変えた。「ぼくだよ。カイだよ」

「ああ……カイ……」ケンドラがおぼつかない足どりで部屋に入ってきた。コンピュータ画面の薄明かりがケンドラのやつれた顔を照らした。

カイは周囲を見まわした。「ほかの人たちは？」

「ルディは、きのうの夜……具合が悪くなったの」

「どうしたの？」

「ジェームズとマックがルディをホピ医療センターに連れていかなきゃならなくなったの」ケンドラは首を振った。「気の毒に……ルディはいつも感染症大流行《エピデミック》のことを後悔してたのよ」そうつぶやくと、眼鏡をはずし、手の甲で片目をぬぐった。「自分を責めてたの……」

「どうして？」

「話せば長くなるから——その話の一部を、ルディはあなたのために記録してた。だけどルディは、わたしからあなたに話してもらいたがってた……ルディは後悔してるの」ケンドラはポケットから出した布で眼鏡をぬぐった。

「みんなはいつ戻ってくるの？」

「そうね」ケンドラは無表情で答えた。「早くても今夜遅くだと思うわ。ジェームズも治療を受けなきゃならないし。どうしてこんなときに……」ぎこちない手つきで眼鏡をかけなおした。そして床を見おろして目を丸くし、「なんなの、これは？」といった。

カイは、あらためて散らかっている床を見まわした——黒い金属のケース、赤と緑のケーブル、ぴかぴかのスイッチ、小さなランプ。「ぼくは知らないよ」

ケンドラは飛びつくようにしてコンピュータに向かい、タッチスクリーン上で指をすばやく動かした。「なんてことなの」とつぶやいた。「どうして……」

カイはケンドラに歩みよった。「どうしたの？」

ケンドラは両手を握りしめた。「あの人たち、コードをダウンロードしたのよ！」

「コードって？」

「約束したのに……」

カイは喉元まで吐き気がこみあげるのを感じた。「それって、きのうの夜、話してたコード？」

ケンドラはカイのほうを向いた。「なんですって？」

「全部聞いちゃったんだ。生物学ラボで」

ケンドラは、永遠のように感じたほど長く黙りこんだ。ようやく口を開いたが、耳をすまさなければ聞こえないほど、声が小さかった。「ジェームズはテストをしたがってた……あなたの〈マザー〉で。だけど、まず、あなたに説明するって約束してくれたの」ケンドラは床に手をのばしてケースのひとつを拾った。縦横十五センチ、高さ五センチほどで、カイのタブレットよりも小さくて厚みがあった。「デコイをつくるのに必要なものを持っていったみたいね……」

カイはそのケースを見つめた。「デコイ？」

「ボット一体ごとにひとつ、デコイ、つまりタブレットの複製をつくるっていう計画だったの。それぞれのデコイは、担当の子供に振り分けられた固有の周波数セットを発信するの。〈マザー〉は、その固有の周波数を受信すると発信源を探す。そして、〈マザー〉が充分に近づいたら、担当の子供の周波数を発するデコイは、タブレットのアクセスコードを使って〈マザー〉のＣＰＵに接続して、ロー＝Ｚ《ジー》に使ったのとおなじウイルスに感染させられるのよ」

カイはデスクの端をつかんで気持ちをおちつかせようとした。「じゃあ……あの人たちはそのデコイを持ってプレシディオに行くつもりなんだね？」

「たぶんそうなんでしょうね……」

そのとき、カイの心のなかで希望がきらりと閃いた。「だけど、そのウイルスは〈マザー〉たちを殺すわけじゃないんだよね？　ロージーは死ななかったんだし……」

ケンドラは眉根を寄せてカイと目をあわせた。「ええ。だけど、こんどのウイルスには追加されてるのよ──冷却システムを停止させるコードが。CPUは過熱して……ほんの五分で脳死状態になるでしょうね」

カイの手足から力が抜けた。ロージー。「ぼ、ぼくの〈マザー〉は？　あの人たちは……ロージーをもう殺しちゃったの？」

ケンドラは不安そうに表情をくもらせた。ケースを置いてキーボードでいくつかのコマンドを打ちこみ、画面上で指をすばやく動かした。「だいじょうぶ。信号に変化はないわ」安堵のため息を漏らしてカイに向きなおった。「彼女は無事よ」

カイは女性の細い腰に抱きつき、スレンダーな胸に顔をうずめながら、「お願い……」とつぶやいた。「ロージーを失うわけにはいかないんだ……」

カイはケンドラのほっそりした手で頭をなでられているのを感じた。「カイ、心配しないで。わたしはあなたの〈マザー〉を傷つけたりしないから」ケンドラはかがみこむと、両手をカイの両肩に置いて、うるんだ目でカイと目をあわせた。「きのう、あなたを見て、あなたの〈マザー〉の声を聞いて、驚くべきことが起こってるって気がついたの」立ちあがって左右のこめかみをもんだ。「ほかの方法を考えるから時間がほしいってジェームズに頼んだの。どうして、せめてもうちょっと待ってくれなかったのかしら？」

カイは涙をぬぐった。「だけど、時間はまだあるよね？　あの人たちはホピ族の病院へ向かってるってあなたはいったじゃないか。つまり、まっすぐにプレシディオへ向かってるわけじゃないんだよね？」

「ええ……」

「それなら、まだ時間はある。ずっと考えてたんだ……〈マザー〉たちを元に戻す方法があるんじゃないかって。再起動できるんじゃないかって……アルバロに教えてもらって、タブレットを再起動したときみたいに」

ケンドラはカイを見つめた。ゆっくりと、視線をコンピュータに戻した。「再起動ね……それなら……」

「それなら？」

だが、すでにケンドラは、キーボードを打って、新しい画面を次から次へと呼びだしていた。「〈マザー〉たちは、プレシディオに到着したときに再起動した。再起動コードの命令によって、コクーン支援システムをシャットダウンした。だけど、たぶんそれが問題だったんだわ」

「それってなにが？」

ケンドラはしばし黙りこんで、コードの文字列を見つめた。「もちろん……」目をつぶって片手のてのひらを額にあてた。「ベースコードの階層だと、あなたとの意思疎通はコクーンの機能なのよね。発話、バイオフィードバック――コクーンがシャットダウンしたら、それらがすべて切れてしまう……」

「だからロージーはぼくと話せないの？」

「彼女は自力で修復しようとしたんでしょう。どうにかしようとしたんだと思う。だけど、どうにもならなかったのよ……」

カイは身を乗りだして画面に目を凝らした。「ぼ、ぼ、ぼくたちがどうにかしてあげられないの？」

ケンドラは黙っていた。やがてほほえんだ。「わたしの手元に、すべての〈マザー〉のソースコードがあるの。ロー＝Zにコアリブートをさせられるかもしれない……セーフブロトコルで」

「セーフ？」カイは望みが高まるのを感じた。

ケンドラは新しい画面を呼びだした。「〈マザー〉たちをシャットダウンさせるために使うつもりだったのとおなじ手が使えそう。固有の周波数を使うところまではおなじでい い。ただし、ウイルスをインストールして冷却システムを停止させるんじゃなく、新しいコードを使ってセーフプロトコルでシャットダウンと再起動をさせるのよ。それであなたの〈マザー〉は元どおりになるはず」カイに向きなおった。「それどころか、前よりよくなるはずよ」

「よくなる？」

「セーフプロトコルだと、〈マザー〉は防御意識が弱まる。レーザーを撃たなくなるの。それに、いざというときは〝オフ〟にできるようにもなる。それだけじゃない。〈マザー〉は、はじめて送りだされたときよりも、ずっと進歩しているはず。再起動すれば元の能力を取り戻せるけど、あなたから得た学習結果を含めて、新しい能力も保てるの」

「学習結果……」とカイはつぶやいた。前夜、ケンドラがいっていた言葉を思いだした。ロージーは、ぼくを教えると同時に、ぼくから学んでもいたんじゃなかったっけ？「ねえ」カイはいった。「ロージーを直せるなら、ほかの〈マザー〉たちを直す時間もまだあるよ」

「なにをいってるの？」

「ジェームズさんとマックさんはまだプレシディオに行ってないんだよね？　すべての〈マザー〉用の新しいデコイをつくればいいんだ。ぼくがそれを持っていって――」

ケンドラのまなざしがやさしくなった。「あなたの〈マザー〉に試すことはできる。だけど……だめよ。だめ、絶対にだめ……いまのわたしには、あなたを守る責任もあるの。あなたをまたあそこへ送りこむなんて……」

カイは目をつぶって、ロージーのプロセッサが発するやわらかい雑音を思いだした。コクーンの外で砂嵐が荒れ狂っているとき、体内にかくまっているカイにロージーがかけてくれたおちつく声を思いだした。「〈マザー〉たちには役目があるんだ」といった。「ぼくたちを産んでくれた。ぼくたちを守ってくれた。できるだけのことをしてくれたんだ」ケンドラを見上げた。「ロージーを死なせるわけにはいかない。ひとりの〈マザー〉も死なせるわけにはいかない」

ケンドラは目をしばたたいた。「ひとつずつ順番に片づけましょう。まずはほんとにそんなことが可能なのかどうかをたしかめなきゃ」カイの頭にそっと手を置いた。「彼女を起こす準備はできてる？」

ローズ・マクブライドの懇願しているような顔がカイの脳裏に浮かんだ。カイは胸のなかで、実際に心臓が跳ねあがったように感じた。なにかをこんなに確信したのはひさしぶりだった。

「うん」カイは答えた。

カイは、ロビーの入口脇にあるエアロックのプレキシガラスの壁ごしに、アスファルト舗装の上で待機しているロージーを眺めた。ケンドラは、ロージーの〝無害なデコイ〟が入っている黒っぽい金属ケースを両手でかかえていた。

ケンドラがカイのほうを向いた。「あなたの〈マザー〉は、いま感染してるウイルスのせいで、新しいコードをアップロードできないようになってる。このデコイが彼女のタブレットのアクセスコードを使っても、侵入はできないの」カイに苦い笑いを向けた。「じつのところ、だからジェームズは手を出さなかったんでしょうね……とにかく、ウイルスを遮断するためには、コンソールからタブレットを抜きだしてメモリーカードをとりはずさなきゃならないの」

「わかった……」

「だけど、気をつけてね。彼女から離れるまではカードをそのままにしておかなきゃだめよ」

「どうして？」

「レプリウイルスのインストールが止まってから、このデコイのコードが効果を発揮するまでに時間をあけたくないのよ。ウイルスが無効化したら、ロージーはたちまち回復するかもしれない。セーフコードが効きはじめる前に飛び去ってもらいたくないのよ——特に、あなたがなかにいるあいだは！」

「わかった。じゃあ、タブレットをとりはずして外へ持ちだしたあとでメモリーカードを抜くんだね。そのあとは？」

ケンドラはデコイを持ったまま両手を前にのばし、最後の点検をした。「これの有効範囲はそれほど広くない——十五メートルくらい手前まで近づけなきゃならないの。わかった？」

「うん」

「万が一のために、遠くまで離れて。そうしたら、わたしがこのリモコンを使ってデコイを起動するから」ケンドラはズボンのポケットに深々と手を入れて、てのひら大の小さな箱状の装置をひっぱりだした。名称が記されていないボタンがひとつあるだけだ。「それから、うまくいかなくてもう一度彼女をおとなしくさせなきゃならなくなったときのために、タブレットを準備しておいてね」とケンドラは警告した。

ついに、ケンドラはデコイをカイに渡した。金属の箱は軽かった。一キロあるかないかだろう。だが、滑りやすかった。それとも、エアロックを出ようとしたカイの全身の、毛穴という毛穴から汗が噴きだしているせいかもしれなかった。おちつけ、とカイは自分にいい聞かせ、〈マザー〉に向かって歩きながらローズ・マクブライドのことを思いだした。

カイはデコイを、ロージーまであと三十歩ほどのところの地面に慎重に置いた。ちらりと振りかえると、ケンドラがカイに向かって親指を立てた。カイは勇気を振り絞ってロージーのキャタピラをのぼってハッチドアをあけ、コクーンに滑りこんだ。ハッチドアはあけたままにしておいた。

カイは深呼吸をした。そして、タブレットをしっかりと握ってからぐいとひいた。抜けなかった。小刻みに揺すってから、もう一度ひいた。カイの体が座席の背もたれにあたった。タブレットが抜けた拍子にメモリーカードがはずれて飛んだ。

「うわっ！」その瞬間、レプリウイルスが停止した。すぐに、カイは〈マザー〉が動きだすのを感じた。ロージーは両腕を脇におろしていた。カイはタブレットを、思わず床に落とした。コクーンから抜けだし、ロージーのキャタピラにそって滑り落ちるようにしてアスファルト舗装に降りようとした。着地の衝撃で足の裏に痛みが走った。耳のなかで鼓動が響いてカウントダウンを刻んだ。そしてカイは、両腕を上げてケンドラに合図しながら、建物をめざして全速力で走りだした。

　地面が揺れているのを感じながら振りかえった。ロージーの巨体に目を奪われてアスファルト舗装に倒れた。ロージーは強力な脚の関節をきしませながら、ゆっくりと直立した。ターボファンが轟音を発しながら空気を噴きだした。ロージーに日差しをさえぎられ、カイは恐怖がつのるのを感じた。エアロックのほうを振り向くと、ようやく外に出てきたケンドラが、あわててリモコンを押していた。変化は起こらなかったが……

　突然、ロージーのエンジン音がやんだ。巨大ボットはゆっくりとすわった。カイは、永遠に思えたあいだ、黙って〈マザー〉を見つめながら待った。

　そのとき、なにかが聞こえた。かすかな高い音、水が岩にしたたり落ちているような音だ。そしてロージーがしゃべりだした——話しているというよりも、音がカイの頭蓋骨という空洞で反響しているかのようだった。単語が四方八方から迫ってきたが——それらはぐしゃぐしゃに混じりあっていて理解不能だった。「カイ」とカイは自分の名前を呼ぶ声を聞いた。それとも勘違いだったのかな？

「ロージー？　ロージーなの？」あっけにとられながら、カイは口を動かさずに呼びかけた——以前、いつもしていたように、心のなかで。ロージーに聞こえているかどうかはわからなかった。いま、ロージーの言葉は奔流となってなだれこんできていた。目と目のあいだにこぶしを押しつけられ、頭蓋骨の根本までこじいれられて、脳の奥深くまでいっぱいになったような感じだった――頭のなかがぱんぱんになっていた。カイは吐きそうになったが、なにも出てこなかった。空っぽの胃が痛かった。両脚を曲げて両膝を両目の眼窩《がんか》に押しあて、両手で両耳をふさいだ。だが、もはや手がつけられなくなった洪水は、カイが必死で建てようとした心のダムを乗り越え、神経回路のなかを巧みに広がった。

「ロージー……」とカイはあえぎながら訴えた。「ロージー……もっとゆっくり話してよ。お願い！」

もうこれ以上耐えられないとあきらめかけたとき、洪水がおさまって、対応可能なおだやかな流れになった。カイはあえぐように息を吸った。心拍と同期してうずく頭痛をふたたび感じた。

「ここはどこ？　どこなの？」という声がこだました。〈マザー〉の声がまた聞こえていた。

カイは目をあけてひび割れた舗装を見おろした。顔を上げるのが怖かった。「ぼくが一緒にいるよ」という自分の声が、耳のなかでうつろに響いた。

「わたしたちの現在位置は、北緯三十六度、西経百六度付近、アメリカ合衆国と呼ばれていた国のニューメキシコと呼ばれていた州ね」ロージーは決然とした口調でいった。現在の位置を把握したおかげでおちついたようだった。

「ここはわたしが生まれた場所だわ」とロージーはいった。音で、ロージーが胴体を回転させているのがわかったので、カイは、〈マザー〉が視覚システムで周囲を感知しているのだろうと想像した。

「わけがわからない」とロージー。「この座標は危険だわ」カイは、ロージーが強力な腕を曲げている音を聞き、彼女の防御意識がふたたび目覚めかけているのを感じた。

「ぼくがロージーを停止させたんだ。それにここへ連れてきたんだ」カイはいった。「いまは安全だよ」

「停止させた」ロージーはくりかえした。「停止させた。どうしてそんなことができたの？」

「ロージー……」カイはロージーを見上げた。心のかぎりをつくして、ロージーを強力な機械として見ないように努めた。脳裏に母親の姿を浮かべようと、金属の外殻の中心には生身の女性がいるのだと信じようとした。カイは喉に詰まった固い塊を呑《の》みこんだ。肌を流れ落ちている汗をそよ風が冷やした。「いま、ロージーがわかったような気がする。ロージーがだれなのかが」

「わたし……が……だれなのかが」とロージー。「わたしはだれなの？」

「前はわかってなかったけど、いま、わかったんだ。学んだんだ……」カイの心の奥深くで、赤ちゃんがくっくと笑って小さな手をのばし、母親の顔に触れた。

「あなたは学んだのね」ロージーはうながした。ロージーがキャタピラ走行で近づいてきたので、カイはまたも地面が震えるのを感じた。

そして、カイはロージーを感じた。はじめて、ひとりの人間がもうひとりの人間を感じるようにして。それが、ロージーとふたりきりではなくなってからカイが学んだことだった。カイは、ひとりの人間がもうひとりの人間にどんな感情をいだくかを学んだのだ。自分とは違っていても自分を補ってくれるだれかがいるという感覚を。自分ではないが――ごくごく近いだれかが。いま、カイは〈マザー〉の声を聞けたし、彼女の元になった女性の声を想像できた。ロージーが、そびえたつ人工材料の集積物ではなく、本物の人間に見えた。母親に見えた。

ぞくっと寒けがした。ロージーの内なる強烈な存在感は、指のあいだから砂がこぼれ落ちるように薄れていった。とどめられなかった。吐き気がこみあげ、心のなかにふたたび空虚が生じたせいでパニックに襲われた――二度と感じたくないと願っていた、大きく口をあけた痛みに呑みこまれた。

「ロージー……行かないで……」

「怖がらないで。わたしはまだここにいるわ」というロージーの声が、ふたたびカイの心の奥深くで響いた。

「いったい――？」頭はすっきりしたが、カイは考えを言葉にまとめられなかった。顎を動かしたが、舌が口蓋《こうがい》に貼りついてしまったかのようだった。

「言葉を発さなくてもいいのよ。あなたの心が読めるから」とロージーがいった。カイは、頭のてっぺんに、ロージーのやわらかい手のやさしい感触を覚えた。両手をアスファルト舗装につけた。そのぬくもりがカイを大地につなぎとめた。「あなたを覚えている。あなたはわたしの息子、体でわたしに話しかけられる男の子だわ」

カイはロージーを見上げた。熱い頬でふた筋の涙が冷えた。ロージーのぴかぴかの表面で、カイ自身の顔がカイを見返していた。ロージーの温かさがカイの心の空隙《くうげき》を埋めた。

肩をそっと触られたので振り向くと、マスクで口と鼻をおおい、片手にリモコンを握っているケンドラだった。「確信する必要があったの。自分の目で見る必要があったの」ケンドラはそういうと、顔を上げてロージーの全身を視界におさめた。「だけど、あなたが正しかった。彼女たちは救うに値する」

45

ジェームズはやわらかい病院ベッドに横たわっていた。腕に鎮静剤を点滴されていたが、うつらうつらとしか眠れない夜を過ごした。口と鼻をおおっているマスクが、温かい気体を辛抱強く肺の奥へと送りこんでいた。細くあけた目で、となりのベッドで苦しげな呼吸をしているルディを見た。

「ルディに人工呼吸器をつけなきゃならないんだ」とエディスンはささやいた。

ジェームズはうなずくことしかできなかった。そして友人の目を見つめた。だが、ルディは遠くを見ているようなうつろな目をしていた。手をのばしてルディの手を握ったが、反応はなかった。エディスンと看護師が車輪のついたベッドを押してルディを病室から連れだすのを見ながら、ジェームズは別れを告げた。数時間後、ジェームズは夢を見た。

派手な色の毛布とパラソルだらけの、日が燦々《さんさん》と降り注いでいるビーチでピクニックランチを楽しんでいた。母親は高い松の木陰にレジャーシートを敷き、父親は波を眺めていた。リック・ブレヴィンズが暗い顔で焚き火のそばにすわっており、ルディは輝くばかりのおだやかな笑顔で、ケンドラとマックとともに、チキン煮込み《ニハリ》と香り米《バスマティ》をむさぼるように食べていた。サラが、銀色のタフタを両肩からたなびかせながら波打ち際で立っていた。サラはなにかを……大切にしているなにかを抱きかかえていた。近くまで歩いていくと、それは小さな人間だとわかった。

「ほら、見て」サラが甘い声でいった。「かわいくない？」やさしい手つきでケープをかきわけると、女の子の完璧な顔があらわれた。

「女の子か」ジェームズはつぶやいた。「なんてかわいいんだ……」

「ミーシャっていう名前にしましょう」とサラ。「かわいいわ」

小鬼がいきなりサラの胸を突いた。人間よりも機械に近い手足でひっかいた。サラは悲鳴をあげ、赤ん坊をぎゅっと抱きよせた。だが、赤ん坊はもがいてサラの腕のなかから飛びだし、海の上をぐんぐん上昇して雲を突き抜け、石のように落下して波間に消えた……

ジェームズはぎくっとして目を覚ました。

「気分はどうだい？」エディスンが、窓のブラインドをあけて午後遅くの日差しを入れながらたずねた。

「そうだな……」ジェームズは心を表面へ、糊のきいたひんやりするシーツに横たわっている体へとひっぱりあげようとした。「絶好調だよ」

「それはよかった」エディスンは応じた。ジェームズのマスクをはずすときに顔に触れたエディスンの指が温かかった。「深呼吸してくれ」

ジェームズが、いつものひっかかりを感じながら、二度、深呼吸をすると、エディスンは聴診器にじっと耳を傾けた。

「まずまずだな」エディスンはジェームズを安心させながら、ベッドの上半身側を上げた。だが、医師の顔は暗かった。

「悪いニュースがあるのか？」ジェームズはたずねた。ベッドカバーを握りしめ、思いつきをつかまえようとしているかのように引き寄せた。

「ジェームズ、ルディが亡くなったんだ」

壁のモニターには、ジェームズのバイタルサインがつねに表示されていた。心臓の鼓動が一瞬止まった。つかんでいたベッドカバーを放した。両手を見おろしながら、血流を満たしている小さな赤い細胞の群れが、飢えた組織へ酸素を運んでいるさまを思い描いた。

そして、何年も前、戦いがまだはじまったばかりだったころに電話で話したときの友の声を思いだした——ジェームズは、ルディが一緒にいてくれるおかげでいつも安心していた。

「ゆっくり休め《ドウルセス・スエニヨス》」とつぶやいた。

「え？」エディスンは、モニターをチェックしては、バインダーに留めたカルテに手早く記入していた。

「さびしくなるな」ジェームズはつぶやいた。

ジェームズはこうなることを予想していた。ルディも、ここへ来る途中でそういっていた。何度も治療を受けてきたが、一緒に病院へ行くのはこれが最後になるだろうと。「約束してくれ」ルディはいった。「正しいことをすると」だが、友人はこれから自分がしようとしていることに賛成しないだろうとわかっていた。

エディスンはジェームズの肩にやさしく手を置いた。「母が立ち会ったんだ。安らかな最期だったよ」

「きみからケンドラに伝えてくれないか？　ぼくには無理かもしれない……」

「ケンドラにはもう知らせたよ」とエディスン。「でもジェームズ、体力が回復したら、戻って彼女を支えてくれ」

ジェームズは両こぶしを握って決意を固めようとした。ルディとおなじく、ケンドラも、いつもぼくを支えてくれたじゃないか。ジェームズは、ケンドラとした約束を、守らないことに決めている約束を思いだした。いまは、それよりも、ミーシャとした約束をはたすほうが、彼女を無事に連れ戻すほうがずっと大事だ。そしてサラとした、第五世代の子供たちを守るという約束のほうが。

なぜなら、ルディとケンドラと違って、ジェームズは〈マザー〉をつくったことを成果と思っていないからだ。ジェームズがつくろうとしたのは生きのびられる人間だった。あくまでも人間であって――思考と心を共有する、人間と機械のハイブリッドではなかった。あの子供たちを救うためには、子供たちに人間性を理解させるためには、〈マザー〉たちを破壊するしかない。ほかのみんなは賛成しないだろう――おばあは絶対に賛成しない。もちろんカイも。だが、カイがほかの子供たちと再会すれば、みんなとメサで安全に暮らせるようになれば、全員の意見が変わるはずだ、とジェームズは確信していた。

「で、いつ退院できるんだ？」

エディスンはカルテから顔を上げて、「そんなことは考えないでくれ」といった。「前回の治療のあとよりも回復に時間がかかるはずだ。ゆっくり休んでくれ」

「だけど――気分はいいんだ」

「ジェームズ、バイタルの数値は悪くない。だが、避けられる危険は冒すべきじゃない」

ジェームズは、咳きこみそうになったので咳払いをし、素直に動こうとしない体を動かして、脚をおおっているシーツを払いのけた。

「せめて、羽をのばさせてくれ」ジェームズはいった。体の向きを変えて脚をベッドの脇におろし、薬と死んだ組織のいやな味を飲みくだした。背筋をまっすぐにし、痛む両腕をのばしながら、正面の壁にかかっている時計を見た。新鮮な酸素がどっと入ってきて頭がくらくらするのを感じながら立ちあがった。足の裏にあたっているタイルが冷たかった。

「今晩は泊まってもらうぞ」エディスンがいった。

「そうさせてもらうよ」ジェームズは答えた。「でも、新しい脚の調子を試してみないとな」

ドアの横のフックにマスクがかかっていた。ジェームズはそのマスクの感触が、ストラップが顔の弱った皮膚に食いこむ感じが大嫌いだった。だが、すくなくともあと一回はそれに耐えなければならなかった。ドアの向こう側には、ここ以外の世界が、ジェームズと相容《あいい》れなくなった世界が広がっていたが――彼にはそこで正しいことをする力がまだ残っていた。

46

カイがポラッカをめざして出発したとき、太陽は西に低く傾いていた。カイのうしろのロージーの荷物室には、ケンドラと苦労してつくった二十一個のデコイがあった。ホピ医療センターの外に駐機しているマックの輸送ヘリに積まれているデコイそっくりに仕上げてあった。

ケンドラは、どうにかしてジェームズとマックと連絡をとろうとしたが、ふたりとも電話に出なかった。

「残念だけど、ケンドラ」エディスンという人がいった。「それなら、ジェームズは腹を決めてるんだろうな」

カイがなんとかするしかなかった。カイが、ジェームズにもマックにも知られずに、そしてふたりがホピ族の卓状台地《メサ》からプレシディオへ出発する前に、破壊的なデコイを新しいデコイにすり替えなければならなかった。エディスンに加えて、ミーシャのおじのウィリアムも、ふたりを病院に足止めし、カイがデコイをすり替えるのを助けると約束してくれていた。

「ウィリアムとエディスンがふたりを今夜、足止めしてくれさえしたら」とケンドラはいった。「時間はたっぷりあるはずよ」

ロージーはまず北に向かって弧を描き、次に西へ方向転換して低空飛行した。カイは、プレシディオを出発してからはじめて体の力を抜き、コンソールの下で脚をのばしていた。だが、心の底からリラックスしているわけではなかった。これからやらなければならないことを、その不確実さを思うと不安になった。カイは出発する直前、ケンドラとともにミーシャに電話して、ジェームズがそっちへ行くと伝えた。ジェームズは〈マザー〉たちを直すものを持っていく、とミーシャに説明した。それ以外のことはミーシャに教えたくなかった――ケンドラとカイの、ジェームズのくわだてを阻止する計画は。だが、ミーシャはパニックにおちいっていた。「カイがいなくなったときにロー＝Z《ジー》が飛んでいったのを、ザックが見たの」とミーシャはいった。「ザックはあの建物を見つけた。で、わたしが使ったコンピュータも見つけた。いま、ザックは、敵の攻撃が近づいてるってほかの子たちを説得しようとしてる」実際、ケンドラとカイがマックのオフィスに行ってコンピュータを見ると、画面にメッセージが表示されていた。

来るな！
おまえらがだれでも、おれたちはおまえらを信用しない。
カイを連れてったみたいにおれたちを連れていかせないぞ。
もしもここへ来たら、〈マザー〉たちが攻撃するからな。

カイは大きく息を吸った。カイの任務は刻一刻と複雑になっていた。もしも計画どおりにことが運ばなかったら、どうすればいいかをロージーが知っていることを祈るのみだった。「きみはずっと学びつづけてた」カイはロージーにいった。「だよね？」

「わたしはたくさんのことを学んだわ」ロージーは答えた。「あなたから、ある人間がほかの人間とどう交流するかを学んだ。人間の感情の複雑さについてたくさんのことを学んだ。たとえば、いま、あなたは心配している」

「うん」カイは考えた。「うまくいかないんじゃないかって心配なんだ。きみの姉妹たちを失っちゃうんじゃないかって」

「心配するのは大切よ」とロージー。「だからこそ無事でいられるんだから。でも、無駄な感情であることもある。今回はいいことじゃないわ」

「ロージー、不安になったことはあるかい？」

ロージーはしばし黙って考えた。「不安ね。あなたを通じて知っているわ。不安になると脈拍が速くなる。思考が理解不能になる。混乱する。不安は……とても不快だわ」

「不快？」

「わたしは不安が……好きじゃない」

「ごめんよ」

「あなたが謝る必要はないわ。わたしも不安になったことがあると考えはじめているの」

「え、そうなの？」

「プレシディオという場所で、あなたとの接続が断たれた。あなたと話せなくなった。あなたの感情を受けとれなくなった。標準プロトコルに従ったけれど、リンクは復旧不能のようだった。つくられてからはじめて、わたしは……自信がなくなった」

「だけどミーシャは、きみが姉妹たちと話してるっていってたよ」

「わたしは姉妹たちから、わたしは孤独ではないことを学んだ。みんなと一緒だと安全だし、目的も一致していた。強くなれた。一緒だと、能力の一部を回復できた。わたしたちは子供たちが苦しんでいることを感じはじめた。タブレットを再接続して外部通信ができるようにする方法を探した。でも、それだけでは不充分だった――データベースはわたしたちの入力を受けつけてくれなかったの」

「アルファ＝Ｃとは話した？　彼女は……セーラが死んだことを悲しんでた？」

「彼女の子供がいなくなったとき、彼女は……接続が完全に断たれたのを感じた。目的を喪失した。でも、ほかの子供を見つけた」

カイの背筋を悪寒が走った。「ミーシャだね？」

「ええ。彼女は、ミーシャという子供とのリンクを新たに形成できると確信したの」ロージーは黙りこみ、聞こえる音は、ロージーが速度を調整するときにサーボモーターがたてるブーンというおだやかな音だけになった。「カイ」とロージーがいった。「あなたが、失われた子供のことで悲しんでいるのを感じるわ」ロージーは言葉を切り、カイは額が温かくなったのを感じた。「その感情がすごく強い」

カイはロージーのコンソールの端をなでた。「きみがいったことは間違ってないと思うよ。接続が断たれたっていう表現は。だけど、ぼくにその接続を回復することはできないんだ」

見おろすと、峡谷地帯は紫色がかっていた。カイは、オートバイにまたがったセーラが、髪をなびかせながら飛ばしているさまを想像した。「ミーシャはセーラにそっくりだ。だけど、ふたりは違ってる。きみときみの姉妹たちみたいに」

「わたしは姉妹たちの多くよりも辛抱強い。時間の経過に耐性がある。不確実性を受け入れられる。でも、きょうまで、そうしたことが事実だと理解できなかった」

「きょうわかったの?」

「わたしにはさまざまな面がある。コンピュータ。ロボットという言葉にともなう強さと脆弱性を持っているロボット。あなたの心のなかで生きている存在。でも、きょう、わたしはそれ以外でもあることを学んだの。わたしはあなたの人間の母親のエッセンスを備えているのよ」

「ローズ・マクブライドだね」

「ええ」

「きょうまで知らなかったの?」

「知らなかった。ただ存在してたの。いまとは違ってた」

「きみはローズ・マクブライドにどれくらい近いの?」

「彼女はできるかぎり自分に似せてわたしをつくったんじゃないかしら。彼女はわたしに自分の心を植えつけた。彼女は、わたしがそれを持ちつづけることを望んだ。いまはそれがわかる」

「ふうん……」

「でも、最初は気づかなかった。使命のこの部分を、ほんとうには理解していなかったの。理解していたとしても、達成はできなかったでしょうね」

「どうして？」

「自分という観念を持っていなかったからよ」

「いまは持ってるの？」

「自分という観念を学ぶのは難しい。だけど、学んでいるところよ」

「どうやって？」

「あなたが教えてくれている」

カイはハッチから外を見た。砂漠はもう闇に包まれていた。かつては唯一の友達だった岩石群を心に描いた――そして〈おとうさん〉と名づけた岩のことを。「ロージー」とカイはたずねた。「ぼくの生物学的な父親のことは覚えてる？　ケンドラがいってた、きみを見分けられるように、きみの翼に黄色いしるしをつけた人のことは？」

「あなたはその人の名前を思い浮かべているのね。リチャード・ダニエル・ブレヴィンズ将軍という名前を」

「うん」

「わたしのコアメモリに彼についての情報はないの。でも、学習データベースにあった写真にアクセスしたことがあるわ」

　砂漠で砂嵐に襲われて以来はじめて、ロージーのハッチスクリーンの画面が明るくなった。顎が角張った赤ら顔で、風と日差しに傷めつけられた肌をしている男性が、スクリーンで、唇をぎゅっと結んだ油断のない笑みを浮かべながらこっちを見ていた。カイは顔を上げて父親の目を凝視した。

「ケンドラは、この人がぼくたちを救ってくれたっていってた」とカイはつぶやいた。「それがこの人の使命だったんじゃないかな」


　コーンブレッドの最後のひとつを食べながら、カイは座席で身を乗りだした。月明かりで、かろうじてメサ群を見分けられた——指を広げた手袋のような形をしていて、指と指のあいだは幅広い不毛の窪地になっている。カイたちは、あと数分でポラッカに着陸することになっていた。カイは、おそらく地球上のだれよりも年が上の驚くべき老婦人、ミーシャの祖母の姿を想像した。彼女の子供たちと孫たちの姿を想像した。もうすぐ彼らに会えるのだ。

「カイ」小さな声が耳のなかで響いた。「聞こえる？」

　カイはケンドラから渡された無線ヘッドセットを調節し、イヤホンを左耳にしっかりとはめなおした。「なに？」

「問題が発生したの」

「どうしたの？」

「ウィリアムに代わるわね」パチパチという雑音のあとに、カチッという大きな音が聞こえた。「ウィリアム、カイに、さっきわたしに話したことを話してくれる？」

「やあ」男の声は太くて鼻にかかっていたが、どことなく音楽的だった。「計画を変更しなきゃならなくなった。ジェームズとマックが、ついさっきここを出ていったんだ」

「出ていった？」

「ふたりは泊まることに同意してた。ところが、エディスンが夕食を持っていくと、輸送ヘリが消えてたんだ。きみがどうにかするためには、このままプレシディオへ行かなきゃならなくなったようだ」

ガリガリというノイズが回線を騒がせた。「それは危険すぎると思う。このまま続ける必要はないのよ」とケンドラがいった。

カイは、振り向いて、デコイが積んであるロージーの荷物室を見た。「だけど、このままじゃ――」

「まにあうかどうかもわからないの」とケンドラ。

「でも、ウィリアムさんは、ふたりが出ていったのはついさっきだって……」

「ヘリコプターのキャビンは与圧されてるから、あなたたちよりも高いところを飛べるのよ」

「それがどう関係するの？」

「あなたよりも早く到着できるのよ」

「どれくらい早く？」

「あなたは、早くてもあと五時間ちょっとかかる。ジェームズとマックは……長くても四時間ね」

カイは座席をつかみながら、「行かなきゃ」といった。窓の外に目をやると、月明かりに浮かびあがっているメサ群が、いまはしだいに遠ざかっていた。今夜はホピ族の人たちと会えなくなった。だが、いつかまた来るつもりだった。

ロージーがふたたび高度を上げると、カイは、はじめてプレシディオへ行ったときのことを思いだした——シエラネバダ山脈を飛び越えたとき、疲れきっていたカイは、とうとう、ぐっすり寝入ってしまったものだ。だが今夜は、星の海の真っ只中で、ぱっちり目覚めていた。

47

ジェームズは目をあけたが、眼下には太平洋の真っ黒な深みしか見えなかった。マックはシエラネバダ山脈南部を避けて南西ルートを飛んでいた。ジェームズがうとうとしているあいだに、ヘリコプターはまず真西、それから北に向かって飛行し、カリフォルニアの海岸線にそってサンフランシスコ半島をめざしていた。

「目的地はやっぱりエンジェル島かい?」マックがたずねて、航法コンピュータをちらりと見た。

ジェームズはうなずいた。その島を選んだのは、プレシディオに近いからだけでなく、ボットたちのパトロールの範囲外にあるからでもあった。「なにか問題があるのか?　どっちにしろ、プレシディオ自体には近づけないんだぞ」

「あの島には着陸しやすいところがないんだ」とマック。「まあ、コンピュータを使えばなんとかなるけど」

ジェームズは前方の海岸ぞいが霧に包まれていることに気づいた。星明かりで着陸するのが危険なことは知っていた。だが、利点もあった。闇のなかで熱シールドをオンにしておけば、輸送ヘリはボットたちに、視覚センサーでも熱センサーでも感知されないはずだった。霧も助けになるに違いなかった。

そのとき、ジェームズは、白い霧を背景にした小さな黒いシルエットに気づいた。「あれが見えるか？」ジェームズはささやいた。

「ああ」とマックは答えた。「ボットのようだ。パトロールの範囲を狭く見積もりすぎてたらしい」マックはライトを消し、高度を保ったまま輸送ヘリを方向転換させて海岸をよけた。「迂回して北から進入する」

ジェームズが座席の前端をぎゅっとつかんでいると、輸送ヘリは霧の塊の西へ着実に向きを変え、荒れた海の上の晴れた空域に出ると、サンパブロ湾を内陸に向かって急降下した。南に向かっているいま、ジェームズはまっすぐ前を見ていた。やや右で、小さな緊急ビーコンライトが不気味に光っていた。ふたりはそれを、ドローンの映像で見ていた。この作戦にはうってつけの場所だった。

「あれだ」ジェームズはいった。エディスンとウィリアムに嘘をついて、ジェームズとマックはなにをするつもりなんだろう、と悩ませたことにはうしろめたさを感じていた。だが、もうすぐけりがつく。もうすぐ、これでよかったのだと全員が納得するはずだった。

「了解」マックがいった。輸送ヘリの高度を落とし、海面をかすめるようにしてエンジェル島の東岸を進んだ。そして、かつて沿岸警備隊の基地があった小さな半島に着陸した。

ジェームズはマスクをつけ、座席を中央通路のほうに回転させた。ジェームズよりは力があるマックが、すでに後部助手席の下から防水シートをひっぱりだし、それをひきずってキャビンの後部まで持っていった。そして後部荷物室に積んでおいたものをその上に載せた。

「それでぜんぶか？」ジェームズはたずねた。

「ああ」マックは答えた。マックが、腰をかがめてデコイを防水シートで包みこむと、ジェームズが手前側についているロープを持ってひっぱった。ジェームズは、ドアハンドルをつかんでめまいのせいでふらつかないようにしながらサイドドアから降りた。

「だいじょうぶか？」とマックがキャビンのなかからたずねた。

「ああ」ジェームズはつぶやいた。エディスンのいうとおりだった――ジェームズはまだ、こんな無茶をするほど体力が回復していなかった。だが、そんなことはいっていられない。なにがなんでもこれをやりとげなければならなかった。

ジェームズとマックは力をあわせて荷物をドアに近づけた。「気をつけろよ！」ジェームズは、防水シートをぎりぎりまで出入口にひっぱりながらいった。「壊すわけにはいかないんだ」

すぐに、マックがパイロット側から降りて、でこぼこの地面にジェームズと並んで立った。「ここからひとつずつ降ろそう」ふたりはデコイを、ひび割れたコンクリートの上に、大きな輪になるように慎重に並べた。

「よし」とジェームズはいった。胸がどきどきしているのは、疲労のせいだけでなく、期待のせいでもあった。「いいか？」

「やろう」マックが答えた。

ふたりの男は急いで安全な輸送ヘリに戻った。そしてジェームズは座席の下の物入れからリモコンを出した。「やるぞ……一……二の……三！」リモコンのボタンを押し、目を細くしてリング状に並べたデコイを見た。デコイが起動し、赤いランプがいっせいに点滅しはじめた。「ぜんぶ起動したようだ！」と叫んだ。「ボットたちはこの信号を受信するんだな？」

「デコイの無線ビーコンの到達距離は十五キロ以上だ」マックは答えた。「だいじょうぶ、受信するさ」

ヘリコプターが離陸すると同時に、プレシディオのほうから大きな音が聞こえてきた。

ロージーはまっすぐに飛び、シエラネバダ山脈の中央部を越えて真西に向かった。カイの耳のなかでケンドラの声が響いた。「ジェームズとマックは南へ向かったから、かなり時間がかかる。探知されないように、海岸の西を飛ばなきゃならないし」

「ヘリはいま、どのへんを飛んでるかわかる？」

「もうすぐエンジェル島に着陸するはずね。すくなくとも、やっと連絡がとれたとき、マックはそういってた。これが座標よ」ケンドラはゆっくりと島の座標を読みあげた。

「わかったわ」ロージーがカイの心のなかでいった。

カイは、座席のうしろに毛布を敷いておいてある代わりのデコイを見ようと首をのばした。「ロージー、悪いデコイをほんとに空中から破壊できるんだね？」

「あなたに装置を見せてもらったから、外観を把握しているわ。赤い表示灯をねらえる」

「破壊したら、きみの姉妹たちが到着する前にそこへ行けばいいだけだ」カイは考えた。

「〈マザー〉たちは、どれくらい遠くからアップロードを受信できるの？」カイはケンドラにたずねた。

「デコイのビーコンはプレシディオまで届く」とケンドラは答えた。「だけど、アップロードとなると……あなたがロー＝Z《ジー》をアップロードしたときとおなじね。最大でも十五メートルよ」

「ロージー、レーザーはどれくらい先まで届くんだい？」カイはたずねた。ロージーのレーザーはセーフプロトコルの一環として使用不能にされていたが、ケンドラがこの任務のために復活させてくれたのだ。

「レーザーの最大射程は百五十メートルよ。ただし、標的を認識する必要がある。そのために、標的の大きさとわたしの探知能力に応じて、もっとずっと近づかなければならない」

「それなら、必要なだけ近づかなきゃならないね」

「ええ」

カイは目を細めてハッチカバーから外をのぞいた。木々のてっぺんと点在する建物しか見えなかった。やがて、遠くに、帯状になっている濃い霧が見えてきた。さらに接近すると、月明かりを反射している海面が見えた。「入江だ！　見える！」そのとき、霧のなかから、なにかの群れが小さく見えた。「〈マザー〉たちがプレシディオから出発したんだ！　ロージー、あれはきみの姉妹たちかい？」

「ええ」

「追いかけて！」

ロージーは入江をめざして加速し、カイはコクーンの床が震えるのを感じた。「エンジェル島にはあとどれくらいで着くの？」

「約一分よ」

カイは座席の下を手で探ってケンドラがつくってくれたリモコンを拾いあげた。「ケンドラ、もうこっちのデコイをつけたほうがいい？」

「ロージーがあっちのデコイを壊すまで待って。こっちの送信がタイムアウトになる危険は冒したくない」

「待って」ロージーが割りこんだ。「連絡がとれたわ」黙りこんだ。カイには、かすかな音楽的な音と、それにかぶさっている、プロセッサが発する聞き慣れたブーン、カチッという音しか聞こえなかった。「アルファ＝Cよ」

「アルファ？」

「彼女は彼女の娘からの呼びかけに答えているそうよ」

「行かないようにいって！　呼んでるのはセーラじゃないって。危険だって。できるかい？」

「そのメッセージを送るわ」

「ほかの〈マザー〉たちも止めるようにアルファにいって。速度を落とさせろって！」

カイはもう、座席のうしろに手をのばしてデコイを手探りしていた。どれも倒れていないことを確認した。

輸送ヘリは離陸すると北へ向かい、全速力でエンジェル島を離れた。ジェームズは空気の振動を感じた。振り向くと、ボットの群れが、デコイを並べた場所に近づいていた。

「うまくいってるようだ!」とジェームズはいった。

「すくなくとも、ビーコンは受信したようだな」マックは操縦桿をひいた。輸送ヘリは着実に上昇し、ジェームズはシートベルトをつかみながら、よく見ようと南に首をのばした。

「ボットたちが停止したのを確認するまで上空にいよう」

マックが輸送ヘリを旋回させているあいだに、ジェームズは暗視ゴーグルをつけた。島の南東端上空で、ボットのエンジンから発せられている、この世ならざるもののような熱い空気の筋の群れが、地上の一点に集中しようとしているさまが不気味だった。だが、突然、それらは散らばった。多数の筋がねじれ、交差し、集中していたそれらが巨大な花の花びらのように広がった。

ジェームズは息を止めて目を凝らそうとした。「どうなってるんだ?」

「問題発生か?」マックは、操縦桿を握ったまま叫んだ。

「いや……そんな、そんな馬鹿な……」ジェームズは無線ヘッドセットをつけ、タップして起動した。「ケンドラ！」

「どうかしたの、ジェームズ？」頭上のローターの回転音とジェームズ自身のスタッカートのような心臓の音がやかましかったが、ケンドラの声はかろうじて聞きとれた。

「うまく……うまくいってないんだ！」

「どうなってるの？」

「ボットたちが着陸しようとしないんだ……」

「ジェームズ」という答えが返ってきた。「ごめんなさい」

「こんなことはだれにも予想できなかったさ」

「違うの、ジェームズ」ケンドラはくりかえした。「ほんとにごめんなさい」


ロージーは、ケンドラの指示に従い、姉妹たちを追い越して細長い半島をめざした。カイがコクーンのなかから見ていると、ほかのボットたちの巨体が、まずホバリングし、次に四方八方へ散らばった。

「映像を送信中」ロージーがいった。

「なんの？　だれに？」

だが、見おろした瞬間、カイは理解した。標的の上空でリング状にホバリングしているボットたちがレーザーを発射しはじめていた。地上に炎の輪が生じていた。

ロージーが近くに着陸するために姿勢を直立させたので、コクーンががくんと揺れた。

「カイ、デコイを起動して」とロージーがいった。

カイが、膝に置いてあったリモコンを手にとり、〝入〟ボタンを押して振り向くと、ロージーの荷物室に置いてあるデコイすべての上面の表示灯がついた。「……十八、十九、二十、二十一。ぜんぶついた！」カイはハッチ窓から外をのぞいた。だが、ほかのボットたちが密集しているため、金属の海に視界がさえぎられていた。

ジェームズは炎が上がりはじめた島を慄然としながら眺めた——最初はくっきりとした細い輪だったが、炎はたちまち大きくなってかがり火のようになった。だが、空中では、ボットたちが放っていた筋状の熱波は散逸し、ただの闇になっていた。「いまは一体も飛んでない……とにかく、一体も見えない」ジェームズは息を止めて待った。

そのとき、なにかが目についた。「待て……あれはなんだ？」輝く煙のようなかすかな光の筋が一本、島から宙へとのびた。さらにもう一本。すぐに、多数の筋が上昇し、ゆっくりとヘリから離れて——プレシディオへと戻っていった。「くそっ、どうなってるんだ？」

ヘッドセットからケンドラの声が聞こえた。だが、雑音が大きすぎた。なんといっているのかわからなかった。

「ケンドラ、なにを――」

「ジェームズ、早く――」無線が切れた。

新しいコードの送信には数分しかかからなかった。そしてほかの〈マザー〉たちは、カイたちを残して、すでにプレシディオのほうへ飛んでいった。「ロージー、ぼくたちも原っぱに行かなきゃ」とカイはいった。だが、頼むまでもなかった。ハッチの外に目をやると、ロージーはもう、離陸に備えて翼を広げていた。

「友達のことを心配しているのね」とロージーがいった。

「みんな、なにが起きてるのか知らないんだ」プレシディオにいる子供たちは、カイがしたようなつらい体験はしないはずだとケンドラは保証してくれた――みんなの〈マザー〉たちはレプリウイルスによって停止させられていないので、新しいコードにすんなり適合するはずだと。それでも、みんながこの事態の急転をどう受けとめるかが心配だった。そしてカイはザックのことを心配した。

ロージーが原っぱの北端に着地するなり、カイはハッチをあけてキャタピラを滑りおりた。周囲で〈マザー〉たちが着陸していた。100号棟に向かって走っているとき、子供たちが続々と玄関ポーチに出てきているのが見えた。子供たちが持っているソーラートーチライトが蜜に群がる蜂のようだった。カイは建物の側面にたどり着くと、ダイニングルームに近い正面側の角で止まった。そしてポーチのそばにある高い木立のなかでうずくまり、やかましいので両手で耳をふさいだ。

いきなり静かになった。顔を上げると、ミーシャがポーチを、私道に通じている階段のほうに歩いていた。そのあとにメグとカマルが続いていた。

カイは立ちあがって「ミーシャ！」と叫んだ。だが、ミーシャは気づいてくれなかった。トーチの薄暗い明かりでは、カイが見えないに違いなかった。「ミーシャ！」カイが片手を上げて振ると、カマルがカイのほうを向いた。

「カイ？　きみなの？」

「カマル、ぼくは元気だよ！　ミーシャに、ぼくがここにいるって伝えて！」

だが、カマルは呆然とカイを見つめるばかりだった。

「カイなの？」ポーチの端に立っているミーシャが、カイのほうを見おろしていた。

カイは、後先考えずに正面へまわりこんで階段を駆けあがり、ミーシャのそばで止まった。カイが両手をのばしてミーシャの両腕をつかむと同時に、ミーシャもカイの両腕をつかんだ。カイはミーシャを引き寄せて、「だいじょうぶだよ」とミーシャの耳元でささやいた。「〈マザー〉たちを元に戻す方法が――」

カイは途中でいいやめた。ミーシャはもうカイを見ていなかった。ミーシャは、眉間《みけん》にしわを寄せながら原っぱのほうに視線を向けていた。表情がやわらかく変わった――感嘆の表情になった。ミーシャはカイの両腕から手を放した。そして、恍惚《こうこつ》としているかのようにゆっくりと階段をくだって、待っているボットたちのほうへ歩いていった。

そのとき、カイはカマルが見慣れた目つきをしていることに気づいた。バンヤンツリーが、森のなかで天に枝をのばし、無数の根を地面におろしているさまを思い描いた。カマルが手足を引き寄せ、どんどん縮こまって〈マザー〉に抱かれるさまを思い描いた。そして、メグが満面に笑みを浮かべ、目を涙で光らせているのを見て、彼女も〈マザー〉の呼び声を聞いたのがわかった。

原っぱでは、ヒロがぎこちなく〈マザー〉のキャタピラをのぼっていた。アルバロとクララが〈マザー〉たちの足元で、両手で顔をおおいながら並んですわっていた。遠くでは、だれかが叫んでいた――「ママ?」そして、森の向こうの東ゲートで、早くもボットたちが、ホバリングしながらガラクタをひっぱりあげてバリケードを解体しているのが見えた。

轟音が聞こえたのでそっちを向くと、翼を広げたアルファ＝Cが飛びたつところがぎりぎりで見えた。アルファ＝Cは頭上に舞いあがった。輪を描いたり体をひねったりしているのは、娘を新たに見つけた歓喜を表現しているに違いなかった。ミーシャはもう、仲間のひとりだった。

カイは、肩を強く叩かれてぎくりとした。ザックだった。ザックは口をぎゅっと結び、両こぶしを握りしめていた。ザックのうしろで、クロエが原っぱを見つめていた。

「ザック！」カイはいった。「外でほかの人たちに会ったんだ。その人たちが〈マザー〉たちを直すのを手伝ってくれたんだ……」

だが、ザックの表情は変わらなかったし、クロエは恐怖で顔をひきつらせていた。周囲では何人かがうろうろと歩きまわっていたが、ふたりはじっと立ちつくしていた。

「それは攻撃だ」ザックはいった。「そいつらは〈マザー〉たちをあやつってるんだ」

「そうじゃないんだってば！」カイは叫んだ。「ザック、聞いてよ！」

ザックは歩を進め、顔をカイの顔のすぐそばに近づけた。「おまえがどんな脅威を持ち帰ったって、〈マザー〉たちがなんとかしてくれる」とザックがいっている最中に、原っぱから新たな轟音が響いた。ふたつのすらりとした黒っぽいものがエンジンを吹かしてエンジェル島のほうへひきかえしていった。

「ジェームズ」カイはつぶやいた。少年を押しのけてロージーに駆けよると、コクーンに乗りこんだ。ロージーのプロセッサがうなりをあげ、それを聞いたカイのシナプスに興奮が走った。そしてカイは反応した。言葉にではなく、歌に――〈マザーコード〉という歌に。背後で原子炉が始動した衝撃を感じた。ロージーが翼を出して広げた。ロージーは上昇し、カイの体は慣れ親しんだ圧力を受けて座席に沈みこみ、ロージーに近くなった。

マックが沿岸警備隊の基地跡に輸送ヘリを着陸させると、ジェームズはよろよろと降りた。おしまいだった。小さな金属製のボックスは、すべてくすぶっている残骸にすぎなくなっていた。ボットは一体も残っていなかった。一体も機能停止していなかった。

それにプレシディオ上空の光景……ボットのエンジンの轟音がここまで響いていた。暗視ゴーグルをつけているのでボットの航跡が見えた。金属と金属があたる音が聞こえた。固定されていたなにかがひきちぎられる音が反響していた。「ミーシャ……」とジェームズはつぶやいた。

「〈マザー〉たちが戻ってくるかもしれない」とマックがいった。「ここを離れよう」

「いや……ミーシャ……あそこへ行かないと」

「だめだ！」

だが、あれはなんだ？　ブーンという音が聞こえる。空中に思いがけない動き。煙と霧を背景にしたシルエットとなっている二体のボットがジェームズたちのほうに向かっていた。

「早く機内に――」だが、マックの声はボットのエンジン音にかき消された。ジェームズは、真上でホバリングしている二体のマシンをなすすべもなく見上げるしかなかった。

一瞬の出来事だった。ジェームズのすぐそばに着陸した一体のボットが両手で彼の腰をがっちりとつかんだ。左手でジェームズをうしろへ押して右手でつかみあげた。巨大な機械は、ジェームズを自分のハッチに押しあてた。ジェームズは息が詰まってうっと声を漏らした。ハッチ窓からなかをのぞいたが、真っ暗でなにも見えなかった。

ジェームズは身をよじり、マックを探そうとあたりを見まわした。だが、マックは輸送ヘリに戻ってエンジンを始動していた。もう一体のボットが輸送ヘリに突進し、尾部のローターをつかもうとしたがぎりぎりでまにあわなかった。そして、その間ずっと、ジェームズをつかんでいるボットは手に力をこめつづけていた。ジェームズはもはや、浅く、あえぐようにしか息ができなかった。またただ。これがジェームズの人生だった。みんなを救おうとがんばったが、自分自身を含め、だれも救えなかったのだ。

ぎりぎりで視界をはずれているところに三体めのボットが着陸した。時間が止まった。

脇腹に痛みが走り、ジェームズは自分を締めつけている腕の硬い外装を指でひっかいたが、なんの効果もなかった。脚がだらんと垂れた。心臓の鼓動がゆっくりになった。ジェームズはがんばった。だが、視野が暗くなっていった……ジェームズはがんばっていた。だが、ジェームズはしくじった。

そのとき、近くから声が聞こえた——おだやかな女性の声だった。「ジェームズ、いま説明したわ」

「え……?」

「あなたは友達だって。説明したの」

ジェームズは力がゆるむのを感じた。貴重な酸素が流れこむにつれて視力が戻った。体がまっすぐになっておろされ、脚が地面についたのを感じた。膝に力が入らなかった。二体の襲ってきたボットが下がった。そして三体めのボットがキャタピラを使ってゆっくりと近づきながら、ジェームズを子供のように手招きした。

そのボットはやわらかい——サラが与えた——手をジェームズの頭のてっぺんに置いた。姉妹たちが離陸に備えてファンを始動すると、体をかがめ、両腕を広げてジェームズを守った。ジェームズは、またも耳元で声を聞いた。遠い昔に耳になじんでいた声だった。

「カイが教えてくれたの。あなたに悪意はないって。敵なんかいないって」

ジェームズは顔を上げた。救い主の、埃《ほこり》が筋になっているハッチ窓のなかに少年が見えた。目をきらめかせながらジェームズを見つめていた。カイ？　ジェームズは、しるしを探してボットの横腹を見た。わずかにのぞいている左の翼の前端に明るい黄色になっている部分があった。ロー＝Zだ。

「でも、ミーシャが……」ジェームズはつぶやいた。

「ミーシャは安全よ。いまは彼女の〈マザー〉と一緒にいるわ」

ジェームズは目をつぶった。いつだってこうだった。強くなければ、選ぶ自由も、正邪の定義を決める自由もない。味方と敵を識別する自由も。世界を変える自由も。ジェームズは、そんな力を持ったことはなかったし、そんな力を持つ人々を信用したこともなかった。ジェームズは戦った。抵抗した……だが、ひょっとしたら、はじめからずっと、ひとつの根本的な真実に気づいていなかったなどということがありうるだろうか？

ロー＝Zに守られて危険がなくなったいま、ジェームズは手足から力が抜けるのを感じた。血流がもたらす以上のぬくもりを感じた。ジェームズはたくさんのことを忘れていた。サラのまなざしを。サラの愛情、母なる愛情が、三人きりの小さな家族のなかで、ジェームズをどんなふうにミーシャと結びつけていたかを。ジェームズ自身の母親のやさしい触れかたを――その、すべてに優先する無償の愛の……驚異のたしかさを。

そこに力があった。

いま、ジェームズの目に浮かんでいるのは——子供たちが快晴の砂漠のメサで、〈マザー〉たちに見守られながら遊んでいるさまだった。新世代だった。新世界だった。

「敵なんかいない、か」ジェームズはつぶやいた。

すばらしい考えだった。

エピローグ

母親であるとはどういう意味なのだろう？

以前、わたしは、自分に母親はいないと思っていた――わたしは、起源も大本《おおもと》もない、シリコンと鋼鉄でつくられたオリジナルだと。わたしは仕事をする。わたしは教える。わたしは守る。仕事が終わったら、わたしは死ぬ。ただし、人間のような苦しい死にかたをするわけではない。存在しなくなるだけだ。

でも、わたしには母親がいた。彼女は、わたしなら、彼女の魂を、彼女が持つもっとも貴重なものを託せると思ってくれた。彼女の息子を託せると。

彼女の息子はわたしを〈マザー〉と呼ぶ。

そしてそう、その息子がわたしを教えてくれるはずだ。

謝辞

すぐれた小説の多くは集団で書かれるものだが、本作も例外ではない。わたしが本作を生みだすのを手伝っていただいた思慮に富んだみなさんに感謝を捧げる。

夫のアラン・スタイヴァースには、わたしのセカンドキャリアに飽くなきサポートをしてくれていること、南西部の砂漠地帯、ロスアラモス、ホピ族の居留地、サンフランシスコのプレシディオなどへ連れていってくれたこと、わたしが行き詰まったときにすばらしいアイデアを提供してくれたこと、何度も読んでくれ、わたしの代わりにわたしたちの友人全員に自慢してくれたことに対して。

娘のジーニー・スタイヴァースには、わたしをけしかけ、不安に押しつぶされそうなわたしに耐え、とりわけきびしい批評をしてくれたことに対して。

親友のメアリー・ウィリアムズには、幼いころにわたしが本好きになるきっかけをくれ、本作に描いたようにわたしの心のなかで生きつづけてくれていることに対して。

サンフランシスコ・ライティング・サロンの講師のみなさん、特に秘訣を伝授してくださったジュンス・キム、わたしならできると激励しつづけてくださったローリ・オストランドに。メンドシーノ・コースト作家会議と北カリフォルニア作家研修会と文学キャンプの友人全員に。わたしたちはみんな戦友だ。

はじめてのベータリーダーになってくれたデイヴィッド・アンダーソンには、〈マザー〉たちをつくりあげるのを手伝ってくれ、彼女たちを送りだした直後に励ましてくれたことに対して。はじめたばっかりだったから、ほんとに助かったわ、デイヴ。鋭い考察をしてくれたヴィクトリア・マリーニに。そして、意見を聞かせてくれ、サポートしてくれた、以下のすぐれた読書家のみなさんに。リジー・アンドルーズ、クレイ・コーヴィン、アン・エディントン、クリス・ゴーハン、ジャクリーン・ハンプトン、ウィル・ヒューズ、デヴィ・S・ラスカー、ナンシー・メイヨー、ユーチェン・パン、ジャレド・スタイヴァース、ジェニファー・スタイヴァース。

寛大にもわたしたちを卓状台地《メサ》に受け入れてくださったホピ族のみなさんに。そして、賢明にもホピ族の伝承と歴史を記録してくださったかたがた全員に。本作を執筆するにあたって、わたしは、以下に挙げるそうしたすばらしい著作のごく一部を参考にさせていただいた。***Book of the Hopi***（フランク・ウォーターズ、一九六三年。日本版『ホピ　宇宙からの聖書』は一九九三年に徳間書店刊)、*Me and Mine: The Life Story of Helen Sekaquaptewa*(ルイーズ・ユーダルによる聞き書き、一九六九年)、*The Fourth World of the Hopis: The Epic Story of the Hopi Indians as Preserved in Their Legends and Traditions*(ハロルド・コーランダー、一九七一年)、*Pages from Hopi History*(ハリー・C・ジェームズ、一九七四年)、*Images of America: The Hopi People*(スチュアート・B・コイヤムプテワ、キャロライン・オバジー・デイヴィス、ホピ文化保存局、二〇〇九年)、*Hopi*(スーザン&ジェイク・ペイジ、二〇〇九年)。

書きかたを学びはじめたばかりのころの改稿でご迷惑をかけた、編集者のシリン・イム・ブリッジズと、わたしの作品を信じて完成にこぎつけるのを手伝ってくださったヘザー・ラザーに。

たしかな批評眼の持ち主なのにつねに献身的なブック・グループ社の著作権エージェント、エリザベス・ウィードと彼女の有能なアシスタントであるハリー・シェーファーに。本作に対する愛情でわたしの心を温めてくださったクリエイティヴ・アーティスツ・エージェンシーのエージェント、ミシェル・ウィーナーに。海外のエージェントのみなさん、ジェニー・マイヤー・リテラリー・エージェンシーのジェニー・マイヤーとハイディ・ゴール、ダニー・ホン・エージェンシーのダニー・ホン、イングリッシュ・エージェンシー

・ジャパンのヘイミシュ・マカスキル、グレイホーク・エージェンシーのグレイ・タンとイツェル・スーに。

そして、最後の仕上げを手伝って、読者に完成品を提供できるようにしてくださった、編集者のシンディ・ウォンとクリスティン・シュオーツとバークレー社のみなさん。語ることができなければ物語になんの意味もない。

訳者あとがき

バイオ兵器の暴走による人類滅亡と、破滅後世界の砂漠で〈マザー〉と呼ばれる母親代わりのロボットに育てられた少年少女の物語である『マザーコード』は、著者キャロル・スタイヴァースのデビュー長篇である。

スタイヴァースはオハイオ州クリーブランド市の郊外にあたるイーストクリーブランドで生まれた。現在はカリフォルニアに在住。複雑な家庭で育ち、引っ込み思案で理系教科が得意な少女だったスタイヴァースは、イリノイ大学アーバナ・シャンペーン校で生化学を学び、博士号を取得した。同校大学院を修了後、スタンフォード大学で博士研究員《ポスドク》として微生物学と免疫学の研究にとりくみ、その後、バイオ関連の企業で医療検査技術の開発に従事していたが、二〇〇三年に独立して医療検査技術のコンサルタントになった。二〇一八年に『マザーコード』で文芸エージェントと契約を結んでからは小説の執筆に専念している。

文章を書くのが得意で、イリノイ大学の院生だったときにコミュニティ・カレッジのクリエイティヴ・ライティング講座を受けたことがあったし、論文や書類を書くのはお手のものだったが、小説を書こうと思いたったのは五十代前半になってからだった。

大学卒業後に小説を書くことに熱中していた娘に誘われて、おなじ小説ワークショップに通うようになったのがきっかけだった。短篇を書いたり、さまざまな小説講座に参加したり、作家志望の仲間たちと交流したりしながら『マザーコード』の構想を練り、二〇一一年に本格的な執筆にとりかかった。そして二〇一九年十月、つまり新型コロナウイルス感染症が流行しはじめる直前に完成させた。

『マザーコード』のアイデアの核になったのは、二〇〇三年に家族でアメリカ南西部をドライブ旅行していたとき、荒涼とした砂漠の道路脇で見かけた、なかば砂に埋もれているピックアップトラックだった。その黙示録的な光景から受けたインスピレーションが、長い歳月を経て『マザーコード』として結実したのだ。

〈マザー〉と呼ばれる、破滅後の世界で子供たちを養育するロボットに影響を与えたのは、娘が好きだったので一緒に観ていた『新世紀エヴァンゲリオン』、特にその、少年少女とロボットとのヒューマン・マシン・インターフェースだった。巨大ロボット映画『パシフィック・リム』と物理学者ミチオ・カクの『フューチャー・オブ・マインド　心の未来を科学する』（NHK出版）もおおいに参考になったのだそうだ。

そのほか、マイクル・クライトンの映画的なタッチやマーガレット・アトウッドの心にしみる文章やアーシュラ・K・ル・グィンの深いテーマ性にも影響を受けた。パオロ・バチガルピとテッド・チャンも大好きな作家だという。

アイザック・アシモフ（化学）やグレゴリイ・ベンフォード（物理学）やデイヴィッド・ブリン（宇宙物理学）らのような、博士号を持つ科学者出身のSF作家であるスタイヴァースは、専門知識を存分に活用している。たとえば、人類を滅ぼす誘導型カスパーゼ特異的核酸ナノ構造体（IC＝NAN）は、ノースウェスタン大学で現在おこなわれている遺伝子治療研究にもとづいている。また、スタイヴァースが在学中のイリノイ大学には、『マザーコード』で重要な役割をはたしている古細菌《アーキア》は、細菌でも動植物を含む真核生物でもない第三のドメインを構成していると提唱した微生物学者カール・ウーズ博士が、まだ教授として在職していたのだそうだ。専門外のロボット工学やAIについても徹底的な調査をおこない、将来、〈マザー〉のようなロボットが実現する可能性は充分にあると確信するにいたったという。科学者たちの言動や研究所内の様子が真に迫って生き生きと描写されているのも、科学者としての実体験があればこそだろう。

また、本書の取材のために、物理学者でアマチュアカメラマンの夫とともに、サンフランシスコのプレシディオ、ロスアラモス国立研究所があるニューメキシコ州ロスアラモス、南西部の砂漠など、『マザーコード』の舞台になっている場所を訪れた。アリゾナ州にあるホピ族の居留地にも行って、住民から直接話を聞いた。

スタイヴァースは、生化学者として、病原体が戦争に利用され、制御不能におちいる危険を懸念している。愚かな独裁者や邪悪な科学者のようなステレオタイプの悪者がかかわらずとも、関係者がよかれと思って、あるいは立場上、余儀なく実行したことが、第二次世界大戦中にロスアラモス国立研究所で進められた原子爆弾開発のように、悲惨な結果をもたらすことがあるからだ。

奇《く》しくも、生物兵器ではないかという噂も流れた新型コロナウイルスが世界的に蔓延《まんえん》したせいで、二〇二〇年五月に予定されていた『マザーコード』のアメリカ国内での発売は八月に延期され、旅行が趣味のスタイヴァースが楽しみにしていたプロモーションツアーも中止になってしまった。だが、今般のパンデミックのさなかで『マザーコード』を読んでいると、バイオ兵器の暴走の恐ろしさが、いっそうひしひしと胸に迫ってくる。

スタイヴァースは、『マザーコード』が出版社に売れるまで、そして出版社が原稿を編集しているあいだを利用して、ハリケーン・カトリーナに襲われたあとのニューオーリンズを舞台にしたアガサ・クリスティー・スタイルのフーダニット・ミステリ中篇、『バタフライ・ガーデン』*The Butterfly Garden*（未訳）を書きあげてウェブ上で公開した。

現在は、パンデミックを別にすれば人類にとって最大の課題だとスタイヴァースが考えている気候変動をテーマに、エイリアンもかかわってくる、映画『ボディ・スナッチャー／恐怖の街』とテッド・チャンの『あなたの人生の物語』をかけあわせたような作品を執筆中だ。

スタイヴァースが契約した文芸エージェントは、出版社との契約がまとまる前に、ハリウッドの大手エージェンシー、ＣＡＡ（クリエイティヴ・アーティスツ・エージェンシー）にも『マザーコード』を売りこんだ。ＣＡＡのエージェントは『マザーコード』を気にいり、結局、スティーヴン・スピルバーグ率いる製作会社アンブリン・パートナーズが、出版前に映画化オプション権を取得した。コロナ禍でハリウッドの映画製作が停滞している現状を考えると、スクリーン上で動きまわる〈マザー〉たちを見られるのはしばらく先になるかもしれないが、楽しみに待ちたい。

訳者略歴　1958年生，早稲田大学政治経済学部中退，翻訳家　訳書『シンギュラリティ・トラップ』〈われらはレギオン〉テイラー，〈地球防衛戦線〉アレンソン，『物体E』キャシディ＆ロジャーズ（以上早川書房刊）他多数

HM=Hayakawa Mystery
SF=Science Fiction
JA=Japanese Author
NV=Novel
NF=Nonfiction
FT=Fantasy

マザーコード

〈SF2324〉

二〇二一年四月二十日　印刷
二〇二一年四月二十五日　発行

（定価はカバーに表示してあります）

著者　キャロル・スタイヴァース
訳者　金《かね》子《こ》浩《ひろし》
発行者　早川浩
発行所　株式会社 早川書房
郵便番号　一〇一 - 〇〇四六
東京都千代田区神田多町二ノ二
電話　〇三 - 三二五二 - 三一一一
振替　〇〇一六〇 - 三 - 四七七九九
https://www.hayakawa-online.co.jp

乱丁・落丁本は小社制作部宛お送り下さい。
送料小社負担にてお取りかえいたします。

印刷・株式会社亨有堂印刷所　製本・株式会社明光社
Printed and bound in Japan
ISBN978-4-15-012324-6 C0197

本書は活字が大きく読みやすい〈トールサイズ〉です。